LES FILS DU LION

Sur simple envoi de votre carte nous vous tiendrons
régulièrement au courant de nos publications.
Éditions Jean-Claude Lattès
B.P. 85 - 75006 Paris

PETER DANIELSON

LES FILS
DU LION

Traduit de l'anglais par
Marie-Odile Fortier-Masek

Titre original : *Children of the Lion*

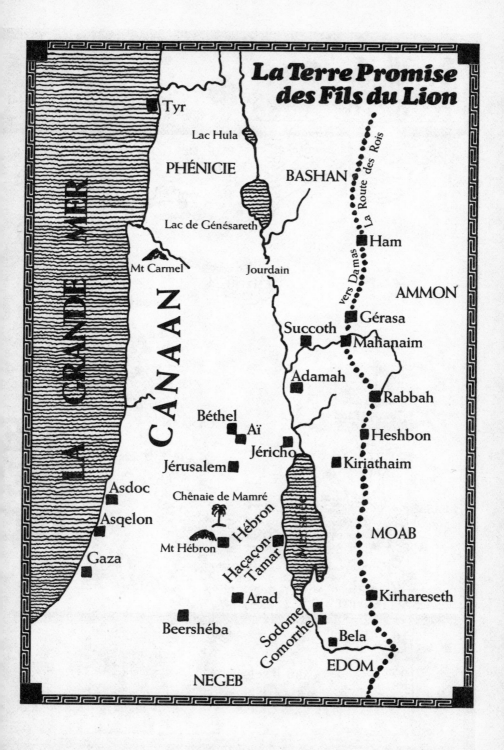

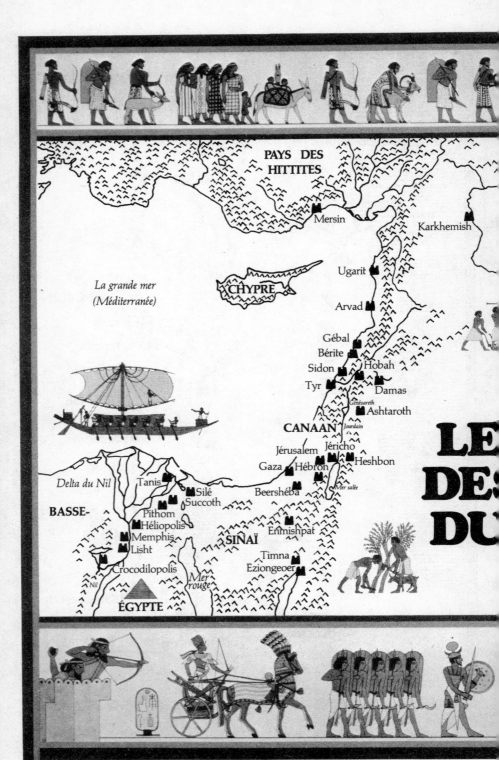

PAYS DES HITTITES

Mersin

Karkhemish

La grande mer
(Méditerranée)

CHYPRE

Ugarit

Arvad

Gébal
Bérite
Sidon — Hobah
Tyr
Damas
Genésareth
Ashtaroth

CANAAN
Jourdain

Jérusalem — Jéricho
Gaza — Hébron
Heshbon
Mer salée

Delta du Nil
Tanis
Silé
Beershéba
Succoth

BASSE-
Pithom
Héliopolis
Memphis — SINAÏ
Lisht
Enmishpat

Crocodilopolis
Timna
Eziongeoer
Mer
rouge

Nil

ÉGYPTE

LE
DES
DU

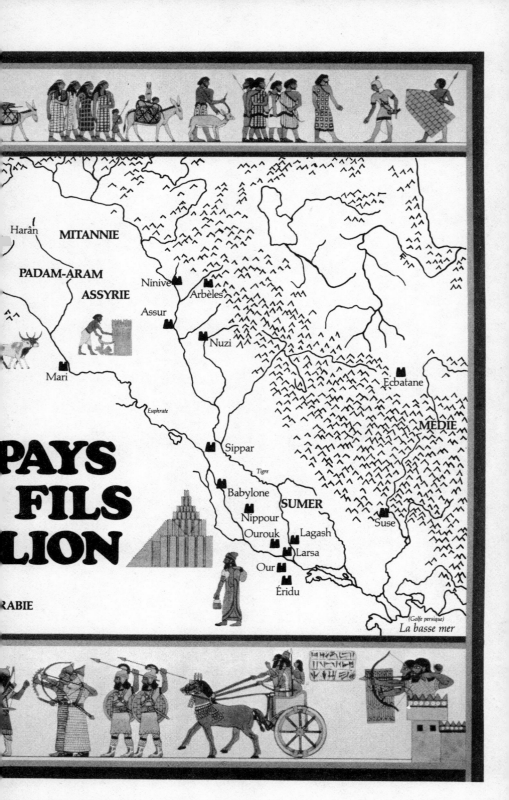

Harân MITANNIE

PADAM-ARAM

ASSYRIE

Ninive
Arbèles
Assur

Nuzi

Mari

Ecbatane

Euphrate

MÉDIE

Sippar

Tigre

PAYS

Babylone

FILS

SUMER

Nippour

LION

Ourouk Lagash

Suse

Larsa

Our

RABIE

Éridu

(Golfe persique)
La basse mer

PREMIER LIVRE

PROLOGUE

— Au nom du Dieu très bon et miséricordieux...

Le conteur parcourut du regard son auditoire pour voir s'il avait réussi à en capter l'attention. Il avait entonné la vieille invocation d'une voix forte et mélodieuse. Le silence se fit ; tous étaient suspendus à ses lèvres.

— Approchez !... Approchez ! mes bien-aimés, commença-t-il. Oyez les contes du temps jadis que vos pères entendirent avant vous et que leurs pères entendirent avant eux. Venez autour de moi, mes enfants.

Tous l'écoutaient, buvant ses paroles, vibrant au moindre de ses gestes. De ses yeux d'aigle il les scrutait un à un ; de ses mots, il les hypnotisait.

— Écoutez le conte des fils du Lion. Le conte des hommes qui n'appartenaient à aucune nation. L'histoire de leur vie pour toujours errante, à travers les tribus des hommes.

Un murmure approbateur rompit le silence. C'était, en effet, un de leurs contes préférés, peut-être parce qu'on le leur racontait moins souvent que d'autres. Le conteur réclama le silence.

— Écoutez comment les fils du Lion rencontrèrent Abraham, comment ils vinrent en aide à Abraham, le Père des nations, l'ami de Dieu alors qu'il se rendait du pays de Goshen vers le pays de Canaan pour y établir une alliance éternelle entre sa descendance et El Shaddai, le seul vrai Dieu... Vous entendrez l'histoire de Belsunu, le Babylonien, l'homme sans tribu, en quête de l'enfant qu'il avait perdu. Vous entendrez l'histoire d'Ahuni, l'esclave, le récit de son grand voyage depuis le pays des Deux-Rivières. Vous entendrez aussi l'histoire d'Agar, l'Égyptienne, belle comme le jour ; vous partagerez son grand amour et son grand chagrin. Vous entendrez enfin l'histoire de l'enfant qu'elle porta pour l'ami de Dieu...

13

Un lien sacré s'était établi entre le conteur et son auditoire. C'était une nouvelle histoire, une vieille histoire... C'était peut-être toutes les histoires en une seule.

Conte de la faim. Conte d'épreuves. Conte d'un amour perdu et retrouvé, qui commence comme tout conte se doit de commencer...

Il était une fois dans un lointain pays...

CHAPITRE PREMIER

1

Le ciel était sans nuages, le disque embrasé du soleil semblait s'acharner sur le front casqué, dégoulinant de sueur de Senmut, gouverneur des territoires orientaux du roi d'Égypte et commandant en chef de la place forte de Silé. Pour la vingtième fois peut-être depuis le début de la revue des troupes du roi, il jeta un coup d'œil nerveux et las à l'envoyé, réprimant l'envie d'essuyer son visage ruisselant. En vain..., toujours en vain. Pas le moindre signe d'émotion chez cet homme au profil impassible de faucon.

La revue des troupes était une cérémonie solennelle. Elle avait été ordonnée par le gouverneur en l'honneur de la visite de l'envoyé du roi dans ce bastion situé aux confins de l'empire égyptien ; on ne pouvait donc l'interrompre. L'an passé, lors de sa visite, le grand pharaon Sésostris, seigneur des Deux-Pays, y avait assisté, et cela jusqu'à la fin, pour honorer ainsi de sa présence les officiers et les hommes courageux qui protégeaient son domaine contre les attaques de ces sauvages Bédouins du désert d'Orient. Sésostris n'avait pas bougé jusqu'à ce que le dernier soldat eût défilé devant lui... Comment son ministre, Nakhtminou, oserait-il faire moins que son roi ?

Senmut murmura une prière à Horus, dieu protecteur de Silé. La visite n'avait pas été annoncée. On avait à peine eu le temps d'organiser la cérémonie. Après tout, pourquoi cette visite ? Pourquoi le mobile en avait-il été gardé secret, au cours de ce long après-midi, sous cette chaleur accablante ? Pourquoi ce visage de pierre paraissait-il toujours plus dur, plus froid ?

Senmut se mordilla les lèvres avec nervosité. Dans la cour, au-dessous de la tribune, ses soldats célébraient la remise des armes que leur avait octroyées l'arsenal. Vingt archers faisaient la danse de guerre des Bédouins de la tribu Maaziou. Leurs camarades la scandaient en battant des mains ou en frappant deux javelots l'un contre l'autre. Les archers sautaient, en brandissant leurs arcs, les déposant sur le sol pour les ramasser à nouveau. Ils ponctuaient leurs mouvements de cris perçants.

Vint ensuite le tour des chars. Leurs châssis de bois et de cuir étaient suspendus sur des roues à six rayons pivotant autour d'un essieu de bois d'acacia, discrètement orné de bronze, assez léger pour qu'un homme pût les porter sur ses épaules ou pour être tirés avec la rapidité de l'éclair par deux chevaux fous. L'infanterie légère suivit. Les fantassins étaient nu-tête, sans bouclier. Ils tenaient une hache de la main gauche et un javelot ou un étendard de la main droite, selon leur rang. L'officier du bataillon fermait fièrement la marche, ne portant que son bâton de commandement.

— Tu te demandes ce que je fais ici ? dit enfin Nakhtminou d'une voix rauque.

Senmut, pris au dépourvu, se retourna et le regarda d'un air hébété :

— Plaît-il, mon général ?

— Regarde donc devant toi, répliqua sèchement le ministre. La racaille a besoin d'un certain décorum. Elle s'y attend. Après tout, c'est payer bon marché l'honneur de commander un poste, oserais-je dire..., prestigieux.

Ses paroles étaient empreintes d'ironie. De fait, Silé, poste de commandement dont l'effectif militaire avait été renfloué par des bagnards, le rebut de l'empire égyptien, était l'une des garnisons les moins enviées du service civil. « Les arrêts de rigueur des Deux-Pays », comme l'avait surnommé un ancien brigadier. Un de ces endroits où l'on ne vous accordait pour toute compagnie que les moustiques au crépuscule et les mouches à midi.

Senmut se remit au garde-à-vous.

— Mon général ? répéta-t-il avec une confiance feinte.

— Tu te demandes pourquoi je suis venu ? reprit Nakhtminou. Et tu fais bien de te le demander ! Comme tu ferais bien également de veiller à ce que tes affaires soient en ordre.

Senmut crut que son cœur s'arrêtait de battre.

— Mmm... Mes affaires en ordre...? bégaya-t-il.

— Disons, répondit Nakhtminou sur un ton sarcastique, que je pourrais, bien entendu, te lire le message royal, ou te le faire lire : « Horus et le roi de Haute et Basse-Égypte, Sésostris, fils du Soleil, Amenemhet, à jamais vivant, dans l'éternité, ordonnent que notre sujet Senmut... » Tu vois que le roi désire te faire connaître sa volonté...

Le porte-parole qui avait prononcé ces derniers mots en chantonnant s'arrêta net. Son regard absent s'attardait sur les troupes qui défilaient en bas. Senmut, affolé, ravala sa salive et écouta la conclusion du ministre du roi.

— Allons, tu en devines le contenu. Je n'ai pas besoin de te le réciter. Mais laisse-moi simplement te dire le plus important : ta carrière, mon ami, et, qui sait, ta vie ne tiennent qu'à un fil.

Senmut s'agrippa à la balustrade. La tête lui tournait.

— Ma... vie, mon général ? Mais...

— Oh ! continua Nakhtminou, tu sais très bien ce que tu as fait, n'est-ce pas ? ajouta-t-il, narquois. Par tous les dieux, mon brave, n'insultons pas notre intelligence !

— Cela aurait-il quelque chose à voir avec l'histoire de Sanehat, le déserteur, celui qui vivait je ne sais où et qui est revenu un beau jour nous demander de le rapatrier ? Je suis sûr d'avoir fait tout ce qui était en mon pouvoir. J'ai même, grâce à mes questions, mis à jour sa trahison. Résultat, un de mes officiers supérieurs a été écroué, ayant été soupçonné d'avoir entretenu une correspondance illégale avec les forces dissidentes situées de l'autre côté de la frontière.

En guise de réponse, Nakhtminou ricana :

— Tout cela est ridicule ! Ne me fais pas perdre mon temps avec ces idioties.

Ses doigts basanés tapotaient nerveusement la balustrade.

Soudain quelque chose sembla lui traverser l'esprit. Alors, pour la première fois, il laissa de côté son masque de fer et regarda Senmut avec incrédulité.

— Non, vraiment, se pourrait-il que...? Que tu ne sois pas au courant ? Tu sens, déjà ou presque, le cuir tanné et tu veux me faire croire que...?

Son air désapprobateur se transforma en une vilaine grimace. Senmut, n'osant pas détourner son regard du défilé qui continuait en bas, reprit d'une voix brisée :

— Non, franchement, je n'en ai pas la moindre idée. Je n'ai rien fait de mal. Je... (il fit un effort pour ravaler sa salive), je vous en supplie, dites-moi.

Nakhtminou eut un éclat de rire aussi bref que dur.

— Par tous les dieux, on les prend au maillot !

Il jeta un coup d'œil vers ce qui se passait au-dessous de la tribune :

— Regarde donc par ici. Tu ferais mieux de faire attention. La revue est finie. Voilà les officiers qui viennent nous saluer. Allons, remue-toi !

Lui-même se redressa, revint à la réalité, approuvant d'un salut l'hommage des officiers de la garnison et des porte-étendards. Senmut en fit de même, cachant son désarroi le mieux qu'il le pouvait.

Dès que les troupes eurent reçu l'ordre de rompre, Nakhtminou se tourna vers Senmut, les bras croisés sur la poitrine, son regard de faucon pénétrant au tréfonds de l'âme du commandant de la garnison.

— Rappelle-toi, dit-il, avec une légère pointe de sollicitude dans la voix, ce riche berger mésopotamien, ce gaillard que tu avais envoyé travailler à Tanis avec sa tribu et ses domestiques pendant la famine.

— Oui, répondit Senmut, je me le rappelle. Il s'appelle Abram, je crois. Il vit avec ses gens dans les environs de Tanis.

— Alors, si tu tiens à la vie, envoie un messager le chercher, et vite ! Donne-lui l'ordre de ramener le Mésopotamien ici, sain et sauf, le plus rapidement possible, mais, je t'en conjure, veille à ce qu'il ne lui arrive rien !

— Naturellement... Naturellement. Mais enfin... pourquoi ?

Nakhtminou laissa échapper un soupir odieux.

— Parce que tu l'as offensé, imbécile ! On ne t'a donc jamais appris à te renseigner sur les étrangers !

— Je ne comprends vraiment pas, dit Senmut, terrifié. De quoi s'agit-il ? Qui est-il ?

Nakhtminou se pencha, ses yeux n'étaient plus que deux fentes dans son visage brun.

— Imbécile ! Crétin ! Cet homme est un sorcier, voilà tout ! Et, toi, tu envoies une de ses épouses à Lisht pour joindre le harem royal...

— Épouse ? Une de ses épouses ? On m'avait raconté que c'était sa sœur. Je n'avais pas la moindre idée...

— Idiot ! Triple idiot ! Ne sais-tu donc pas que « sœur » ou « cousine » c'est la même chose pour ces gens ? Ne sais-tu donc pas qu'ils épousent leurs cousines ? Alors voilà que sans poser de questions, sans réfléchir, tu as envoyé au milieu de la nuit tes serviteurs avec mission de ramener la femme et de la faire embarquer pour partager la couche du seigneur des Deux-Pays.

Senmut tremblait de peur. Le général était hors de lui. Bien pire, la moitié de sa garde personnelle assistait à cette verte semonce.

— Mais comment vouliez-vous que je le sache ? dit-il faiblement.

— Bah ! dit Nakhtminou, ce qui est fait est fait. Essayons de minimiser les dégâts. On est en train de rapatrier la femme. Mais l'essentiel est de ramener ici le plus vite possible ce Mésopotamien mal équarri et de voir ce que l'on peut faire pour l'apaiser afin qu'il conjure le sort magique qu'il a jeté.

— Un sort ? reprit Senmut. Quel sort ?

Mais Nakhtminou avait fait demi-tour. Une fois encore il regarda son subordonné dans les yeux et reprit de sa voix rauque, monotone.

— Décidément tu n'es qu'un abruti ! Voyons, il s'agit du sort qu'il a jeté sur notre maître à tous deux, le seigneur des Deux-Pays... Ne sais-tu pas que le sorcier mésopotamien l'a rendu aveugle !

2

Au moment où Agar entra dans le jardin elle reprit courage. La chaleur de l'après-midi était sèche, accablante. Le seul endroit frais était ce jardin. Son regard assombri s'éclaira lorsqu'elle aperçut le bassin, peu profond, couvert de lotus, bordé de lauriers-roses, de jasmins, de mandragores et de chrysanthèmes nains. Ses eaux tranquilles reflétaient le ciel. Elle s'arrêta à l'ombre d'un figuier pour admirer les reflets sur l'eau de ces fleurs aux couleurs gaies. Spectacle merveilleux, qui ne suffisait pourtant pas à lui faire oublier le rêve qui l'avait poursuivie toute la journée. Ses grands yeux bruns reprirent leur expression de tristesse.

C'était jour de fête, mais elle ne se sentait pas heureuse, elle avait le pressentiment d'une catastrophe. Même éveillée, elle ne pouvait se débarrasser du rêve atroce fait la nuit précédente : elle se voyait seule, déshéritée, conduite au désert pour y mourir. Des images terrifiantes la hantaient, vautours, terres salées à perte de vue et, peut-être après, la mort.

Après tout que voulait dire tout cela ? La pensée d'aller trouver le devin du village lui vint à l'esprit, mais elle la chassa rapidement. Elle n'avait aucun désir de provoquer des réponses à des questions qui la dépassaient.

Pourquoi avait-elle eu ce songe qui semblait présage de misère, de détresse ou de mort ? De toutes les servantes de Silé, elle était celle qui jouissait de la situation la plus privilégiée. Bien sûr, elle était esclave, mais l'esclave de Psarou, un scribe, un homme riche, bon et généreux. Son statut, à de nombreux égards, était plus enviable que celui de bien des épouses. Psarou s'appuyait sur elle, lui faisait confiance. Si son âge ne l'avait pas empêché de se servir sexuellement d'elle ou de toute autre femme de son harem, elle était persuadée qu'il l'aurait affranchie et épousée depuis longtemps.

Sa présente situation comblait donc ses espérances. Son futur était assuré. Psarou lui avait souvent mentionné qu'à sa mort elle serait libre et n'aurait aucun souci financier. Il devait même donner l'ordre à ses exécuteurs testamentaires de veiller à lui arranger un mariage convenable et de lui prévoir une dot. Alors, pourquoi ce rêve ? Pourquoi s'était-elle vue déshéritée, égarée, menacée par la misère, la mort ?

Elle frissonna, se retourna et aperçut, sur le mur de pierre, une enfant, Shepset, qui la regardait, trop intimidée pour parler. Agar sourit malgré elle. Cette enfant était si belle !

— Shepset, lui dit-elle, viens t'asseoir près de moi au bord du bassin.

La fillette esquissa un sourire.

— Moi ? Merci, maîtresse.

Elle descendit prestement les marches, sur la pointe de ses petits pieds nus.

Shepset, mince comme un roseau, dont la poitrine commençait à peine à éclore, s'était vu confier la charge de servante pour la soirée que donnait Psarou. Elle était admirablement coiffée pour l'occasion. La fraîcheur de son jeune visage était délicatement mise en valeur par un léger maquillage. Elle portait un collier de faïence colorée et un rang de perles qui lui tombait plus bas que les hanches. Rien d'autre.

Agar regarda le corps basané et svelte de la jeune fille :

— Ah ! s'exclama-t-elle. Quelle chance tu as d'être jeune et mince ! Je t'envie, cela fait des années que je n'ai osé me rendre à une fête sans avoir à m'inquiéter d'un bouton par-ci ou d'un peu de graisse par-là !

Shepset sourit en rougissant :

— Maîtresse, vous êtes trop bonne, dit-elle, puis-je faire quelque chose pour vous ?

— Non, non, répliqua Agar, je t'admirais, c'est tout. Tu sais, il fut un temps, qui n'est d'ailleurs pas si loin, où je te ressemblais.

Agar avait vingt-quatre ans, deux fois l'âge de Shepset

et, quoique fort belle, elle n'était plus considérée comme jeune suivant les normes égyptiennes.

— Viens ici, dit-elle, laisse-moi te recoiffer un peu.

De ses doigts agiles elle arrangea les cheveux de la jeune fille.

— Voilà, tu es absolument ravissante. Mon maître sera heureux.

— Merci, maîtresse. Mais, dites-moi, quelque chose ne va pas ? Vous avez l'air...

— Oui, j'ai l'air triste, dit Agar. J'ai fait un mauvais rêve, c'est tout. Cela m'a tourmentée toute la journée, ce qui est sans doute ridicule de ma part.

— Pourquoi le serait-ce ? maîtresse, reprit la jeune fille. Ne puis-je vraiment pas faire quelque chose pour vous ?

Agar regarda le visage délicat aux yeux d'un vert transparent, cernés de noir comme les siens. L'inquiétude de Shepset semblait tellement sincère qu'elle posa la main sur son épaule nue pour la rassurer.

— Non, dit-elle d'une voix lasse. Non, merci. Vois-tu, c'est rare que je rêve... Et que mon rêve soit si précis.

Les mots s'arrêtèrent dans sa gorge.

— Ramisou, l'astrologue, parle d'une conjoncture peu favorable, dit la jeune fille, croyant lui venir en aide.

Agar secoua la tête et regarda le bassin puis leurs pieds, les siens, chaussés de sandales et ceux de la jeune fille, nus.

— Shepset, dit-elle, en la serrant dans ses bras, je ne suis pas née dans une maison aussi belle que celle-ci. J'étais la fille d'un petit artisan. La fille d'un pauvre fabricant de sandales. J'aidais mon père au magasin, m'efforçant de maintenir la semelle en place tandis que mon père la découpait suivant le modèle choisi. Avec mes dents de lait je tirais sur la lanière de toutes mes forces. Mais, tu vois, je ne pouvais même pas m'offrir les sandales qu'il fabriquait. Je portais des semelles de paille tressée, y compris les jours de fête. Un jour, Psarou m'aperçut au marché et m'acheta à mon père. J'avais à peu près ton âge.

» J'étais belle, continua Agar, d'une voix fragile et douce, sinon Psarou ne m'aurait jamais remarquée ni emmenée vivre chez lui pour faire partie de son entourage. Oh! tu sais, il était déjà âgé. Il ne se rendait que rarement dans les appartements des femmes pour y faire l'amour. Jamais il ne m'y a rendu visite. Me croirais-tu si je t'avouais qu'à mon âge je suis aussi vierge que toi?

Elle continua pour éviter à la jeune fille de répondre.

— Oui, j'ai mené une vie agréable. Je n'aurais pu souhaiter mieux. Je suis heureuse, à l'aise, respectée.

Elle n'acheva pas sa phrase, une expression douloureuse venait de réapparaître sur son visage.

— S'il me fallait perdre tout ça maintenant...

— Maîtresse?

Agar se retourna vers la jeune fille qui l'écoutait, les yeux écarquillés, pleins de compassion. Elle se surprit à raconter son rêve à Shepset. Ses phrases étaient entrecoupées, elle hésitait : oui, la misère noire, les haillons, l'exil, le désert aride, inhospitalier, les horribles crânes rouges des vautours... Elle s'était mise à sangloter sans pouvoir s'arrêter, pressant le corps nu de la jeune fille contre le sien pour se rassurer.

— J'ai essayé de me rendormir, mais à chaque fois que je fermais les yeux je revoyais tout cela : le désert sans piste, le soleil brûlant, les roches, le sable, les buissons d'épines.

Elle frissonna et se dégagea des bras réconfortants de la fillette.

— Pardon, mon enfant. Grands dieux, je dois avoir une drôle de tête!

Et en disant cela elle ébaucha un sourire en ravalant ses larmes.

— Allons, reprit-elle, viens m'aider à me refaire une beauté. Veux-tu? J'ai besoin de ne pas me sentir seule en ce moment.

La jeune fille regarda le visage défait d'Agar. Elle l'aida gentiment à remonter l'escalier de pierre qui menait à la villa de Psarou. Dehors, le soleil avait commencé à disparaître. Une brise de fin d'après-midi se levait.

— Grands dieux, que tu es nerveux, dit Nakhtminou, en esquivant une flaque d'eau croupissante dans le caniveau.

Senmut essayait de régler son allure sur celle du ministre du roi qu'il suivait désespérément à travers les rues étroites de Silé. Pourquoi, se disait-il, choisir ce moment pour traverser le quartier le plus déshérité ? N'était-ce pas déjà assez que Nakhtminou l'eût surpris au moment où l'on s'apprêtait, comme tous les deux ans, à procéder au badigeonnage à la chaux des murs de la ville et des bâtiments publics ! Dans une situation même idéale, n'était-il pas déjà embarrassant pour un gouverneur d'avoir à montrer les quartiers indigènes d'un trou aussi misérable que Silé ?

Rien d'étonnant à ce qu'il se sentît nerveux. La terrible nouvelle que Nakhtminou lui avait apportée suffisait à vous remuer les tripes. La seule chose dont il aurait eu besoin pour l'instant était un cordial, mais comment satisfaire ce désir sous l'œil implacable de l'envoyé du roi qui, lui, n'ouvrait guère la bouche.

Nakhtminou pressait le pas, laissant les taudis derrière lui. Il passa devant le stand d'un confiseur, devant la boutique d'un bourrelier...

— Par tous les dieux ! Un café !

Le cœur battant, Senmut le suivit en courant, priant les dieux de permettre que son choix s'arrêtât sur un établissement convenable.

Il entra chez Motour, à l'Étoile d'Horus, dont les vins réputés étaient importés de Haute-Égypte pour les riches bourgeois de Silé. C'était bon signe. Que pouvait-il lui arriver de gênant à l'Étoile d'Horus ?

Mais... que se passait-il ? Voilà que, sous ses yeux, Nakhtminou et Motour s'embrassaient comme des frères ! Ahuri, Senmut se dépêcha d'entrer dans la salle. Sur le sol recouvert de nattes attendaient tabourets et fauteuils. De larges amphores étaient alignées le long des murs.

— Sacré Motour ! dit Nakhtminou, un sourire inhabituel traversant son visage de faucon. Ma parole, mais tu es gras comme un bœuf ! Je parie que tu es ton meilleur client !

Il donna une tape amicale au gros aubergiste et s'assit sur une chaise au milieu de la salle. Ceux qui étaient présents, devinant en lui un important personnage, se hâtèrent de se replier dans les coins de la pièce. Ils venaient d'apercevoir le visage familier de Senmut, qui entrait.

— Senmut, dit l'envoyé du roi, je te présente mon ancien aide de camp du temps de la campagne de Nubie.

Il regarda avec respect le propriétaire rayonnant.

— Allons, qu'est-ce que nous... Mais assieds-toi donc, Senmut ! Que pourrions-nous boire maintenant ?

— Voyons, mon général, répondit Motour, nous avons des vins de Syena, de l'Oasis, du vin de Bouto...

— Du vin ? Mais qui te parle de vin ? beugla Nakhtminou, apporte-nous de la bière ! De la bière ! C'est ça, la boisson du soldat !

— Parfait, mon général. Laquelle désirez-vous : moussante ou épicée ?

— Hum ! Te rappelles-tu cette bière brune, forte, que font les Noirs, au-dessus de la quatrième cataracte du Nil ?

— Oui, mon général, et figurez-vous que je crois...

— Bon, remue-toi, apportes-en deux pichets, et vite ! J'ai une de ces soifs !

Senmut s'effondra sur sa chaise, abasourdi. Plein de surprises ce Nakhtminou ! Après tout les choses finiraient peut-être par s'arranger.

Le crépuscule vint et s'en fut ; ainsi en fut-il de trois pichets de cette épaisse bière nubienne. Senmut essaya de se lever pour aller se soulager, mais ses jambes tremblaient. Il décida donc d'attendre quelques minutes et se contenta de secouer la tête pour s'éclaircir les idées. Nakhtminou, lui, conversait familièrement avec Motour venu s'asseoir à leur table.

Ce ne furent d'abord que ces éternelles histoires de soldats, vieilles campagnes, vieilles frustations, vieilles putains. Puis, tout à coup, Senmut se surprit à écouter plus attentivement.

— ... Ce triple idiot laisse son lieutenant kidnapper la femme d'un sorcier de... Oh! fichtre! l'endroit, de par là-bas sur l'Euphrate, au bout du monde. Et qu'est-ce qui se passe? Voilà que le palais me délègue pour enlever le sort...

— S'il vous plaît! se prit à dire Senmut. Je n'y suis pour rien. J'ai dépêché des hommes et des chariots pour ramener le Mésopotamien aussi vite que possible. Que puis-je faire d'autre? Je vous le demande?

Il s'arrêta, il bafouillait comme un ivrogne.

Nakhtminou, cependant, s'adoucissait. Il sourit presque et reprit :

— Puisque tu me le demandes, je vais te dire ce que je ferais si j'étais à ta place. Je me mettrais vite à réfléchir à quelques idées de somptueux présents pour notre Mésopotamien. Mais je veillerais soigneusement à ce qu'il ne reçoive ni terre ni quoi que ce soit qui lui donne une raison de s'éterniser sur les territoires de l'empereur. Sûrement pas! Quand on pense qu'il peut jeter un sort sur un homme qui est à douze jours de marche de lui...

Il vit que son verre était vide.

— Hé! Motour, nous sommes à sec! Nous avons encore soif!

Senmut s'enfonça dans sa chaise et le regarda.

— J'écoute, dit-il. Des présents?

— Oui, par tous les dieux, des présents : du bétail, des ânes, des biens, des esclaves, des femmes. Oui, toutes les femmes que tu voudras. Tout, sauf des terres.

Il fronça les sourcils.

— A moins que...

— Vous dites?

Senmut se pencha.

Nakhtminou était redevenu sobre tout à coup.

— Tu m'as dit que le Mésopotamien avait traversé les territoires du nord que nous administrons. Ne s'agit-il pas du pays qui est au sud du territoire des Hittites? Ne serait-ce pas Canaan?

— Oui. Il raconte que son dieu lui a dit que cette terre lui serait donnée à lui et à sa descendance.

Il ricana :

— Franchement, je ne l'ai pas pris au sérieux. Il n'est pas tout jeune en dépit de sa vigueur. Et on dit qu'il n'a pas d'enfants. Pourtant il parlait bien de sa « semence » et de sa descendance.

— Sérieux ou non, il a un pouvoir qu'il nous faut neutraliser et écarter du delta pour toujours.

— Et cela sans violence, sans l'offenser.

— Oui, pour l'amour des dieux, qui sait, il n'est peut-être pas le seul sorcier de la bande.

Nakhtminou fronça de nouveau les sourcils :

— Au fait, j'ai oublié de demander : combien sont-ils ?

— Je vous l'ai dit, il est d'une richesse extraordinaire pour un Bédouin.

— Malgré ses habitudes de nomade ce gaillard n'a rien d'un Bédouin. Continue.

— Je ne pourrais vous donner un chiffre exact, mais je me rappelle qu'ils étaient plus de trois cents, en tout, serviteurs y compris.

— Plus les troupeaux, je suppose.

— Oui. En un mot, il vit sur nos réserves.

Nakhtminou regarda le plateau que Motour leur apportait.

— Oh ! Merci. Merci, mes amis ! Pourtant je devrais m'arrêter, pas vrai ?

Senmut continua :

— Ce que vous disiez au sujet du Mésopotamien...

Nakhtminou prit une gorgée, s'essuya la bouche avec le revers de la main.

— Vas-y, donne-la-lui, cette terre. Sa terre, comme il dit.

— Mais je croyais que vous aviez dit de ne pas lui donner de terres. Car, si j'ai bien compris, nous voulons nous débarrasser de lui dès qu'il aura enlevé le sort qu'il a jeté sur notre seigneur et maître.

— Il ne s'agit pas de nos terres, imbécile ! Mais de la terre de Canaan ! Ce pays situé tout là-bas, au nord. Un pays qu'il sera d'autant plus heureux d'occuper que son dieu le lui a déjà promis à lui et à sa descendance.

— Dieux du ciel, je comprends maintenant pourquoi je ne suis qu'un simple fonctionnaire et vous l'émissaire personnel du grand roi !

— Oublie tes flatteries, dit Nakhtminou. Et puis, zut ! Après tout, vas-y. Flatte-moi tant que tu voudras ! Ce n'est pas à Lisht ou à Memphis qu'on me flatte ! C'est sûr !

— Votre idée est brillante ! continua Senmut. On le comble de biens, d'ânes, de bœufs... On y ajoute esclaves, femmes et tout ce qu'il peut transporter, puis on lui donne ce misérable pays, là-bas, au nord, en lui disant qu'il lui appartient. Il s'y rend, essaie de l'usurper aux Cananéens, qui sauront lui régler son compte.

— Je n'en doute pas... A moins qu'il leur jette un sort !

— Remarquable, vraiment, opina Senmut.

— C'est pour ça que je suis payé, dit Nakhtminou. Pour tirer d'affaire le seigneur des Deux-Pays des embarras que vous, petits fonctionnaires, vous lui causez. N'y vois pas d'offense, allons, ne ronchonne pas. Tu ne peux pas dire le contraire. Dieu sait si le pauvre homme est malheureux. A sa place, tu le serais aussi.

— Est-il vraiment aveugle ?

— Complètement. Il ne peut pas voir sa main devant son visage, ni distinguer le jour de la nuit.

— Et vous êtes sûr qu'il s'agit de sorcellerie ?

— Bref, disons que je ne crois pas aux sorts et aux choses de ce genre, mais que j'ai appris à croire à ce que croit le seigneur des Deux-Pays. Et il est persuadé que cet homme lui a jeté un sort. Peut-être la femme l'a-t-elle prétendu, qui sait ? Au fait, comment s'appelle-t-elle. Sarai ? De toute façon, tant qu'il sera persuadé que cet homme l'a rendu aveugle...

— Les médecins ne trouvent rien ?

— Non. Mais, moi, je crois à l'autosuggestion. A mon avis la femme lui aura raconté que son mari était un sorcier redoutable et qu'il lui a jeté un sort. Tu sais, elle n'est pas ordinaire elle non plus. C'est sa cousine. Lui, c'est le fils de Térah, un patriarche de Mésopotamie.

— Je ne sais trop pourquoi ils vivaient à Harân, là-bas,

au nord. Mais il paraît que leur dieu de malheur a parlé au vieil homme et lui a ordonné de quitter Our et de prendre avec lui tous les siens.

Nakhtminou hocha la tête et se remit à boire.

— Bon, je t'ai dit que je ne croyais pas aux sorts, et c'est vrai la plupart du temps. Mais j'ai fait la campagne de Nubie et, ma foi..., j'ai vu des choses que je ne parviens pas à m'expliquer, qui relèvent de la magie. Les Noirs qui vivent dans ces régions peuvent vous jeter un sort qui vous rend fou. Pas vrai, Motour ?

L'aubergiste approuva de la tête.

— Alors, tu comprends ? Mieux vaut se débarrasser de l'homme et de toute sa tribu. Comble-le de présents, de tout ce que tu trouveras. Donne-lui Canaan, au nom du seigneur des Deux-Pays. Ensuite, laisse-le y aller. Qu'il s'en empare et s'y fasse massacrer.

— Brillant. Félicitations ! commenta Senmut qui but, puis fronça les sourcils. Comme biens, je me demande ce que je vais pouvoir trouver rapidement.

Nakhtminou finit son verre.

— Je suis sûr que tu sauras te débrouiller.

4

Tandis que les derniers rayons du soleil s'évanouissaient à l'ouest au-dessus des marécages du delta, Ennana, courrier du gouverneur, venait difficilement à bout des sillons de la route desséchée et craquelée. Il tira doucement les rênes, pour faire ralentir les chevaux.

La nuit tomba vite. Le crépuscule ne durait jamais plus de quelques minutes. Soudain un nuage de brouillard épais recouvrit tout le paysage. Ennana fit arrêter les chevaux, descendit de sa monture et se mit à chercher laborieusement des traces de piste sur le sol. Il frissonnait, réalisant qu'il s'était bel et bien perdu dans les ténèbres et que même, s'il essayait de revenir sur ses pas, il aurait fort peu de chances de retrouver son chemin. Tout à coup, au loin, il crut apercevoir un feu. Non pas un seul, plusieurs! Plusieurs faibles taches de couleur. Tandis qu'il regardait, il se retrouva entouré d'un cercle de lumières, que le brouillard rendait floues. Ceux qui tenaient ces torches restaient invisibles.

Soudain il ressentit une douleur aiguë dans les côtes! Il porta la main à sa poitrine, puis essaya d'atteindre de son autre main la lance au long manche qui l'avait si adroitement atteint. Sa main glissa sur la lame allongée : c'était une lance babylonnienne. La blessure était peu sérieuse, mais il avait eu peur.

— Qui est là? balbutia-t-il, regrettant de ne pas avoir pris son poignard.

Une voix grave lui répondit :

— Qui est là? (La voix parlait un égyptien empreint d'un fort accent.) Non! mais c'est à nous de te le demander, à toi de nous répondre.

Et pour bien montrer qui était maître de la situation, une autre lance vint se planter douloureusement sur son dos nu.

— Je... suis le messager du seigneur Senmut, gouverneur de la forteresse de Silé. Je...

Il ne put achever sa phrase.

— Oui, continua patiemment la voix, cela fait un moment que l'on t'observe, avant même que tu aies quitté la route qui longe le canal.

La voix hésita un instant, et reprit :

— Eh bien, vas-y, j'attends ton histoire!

Ennana essaya de parler mais sa gorge était sèche. Il toussa, ravala sa salive et reprit.

— Je... J'ai un message pour... (Zut! Comment s'appelait-il donc le chef de la tribu? Ce n'était sûrement pas le moment de l'oublier!) Ah!... oui, Abram le Mésopotamien.

— Quel genre de message? aboya la voix. Donne-le-moi, je le lui remettrai.

Le ton était sec, cassant.

Ennana ravala encore sa salive et prit son courage à

deux mains : ils n'allaient tout de même pas s'imaginer qu'il pouvait remettre ainsi son message ! Qui plus est, un message de l'envoyé spécial du seigneur des Deux-Pays...

— Il est destiné à Abram le Mésopotamien. A lui seul.

La lance lui piqua le dos encore une fois et il eut du mal à ne pas pousser un cri de douleur.

— Il n'y a qu'un pays, Égyptien, continua la voix, et il n'y a qu'un seul seigneur de ce pays. Et ce seigneur n'est pas ce chien de pharaon, ce malappris, aux jambes tordues, maigrelettes, qui couche avec ses sœurs et ternit la réputation des femmes...

La voix de l'homme s'arrêta si net qu'Ennana ne put en saisir davantage. Il allait répondre quand elle reprit :

— Mon maître Abram est disposé à te recevoir et à t'écouter.

— Je lui en sais gré, répondit Ennana.

— Mon maître Abram te demande si tu as dîné. Si tu ne l'as pas fait, il sera heureux de te recevoir dans sa tente — le ton était, cette fois, tout à fait cordial.

— J'en serai très honoré, dit Ennana se rappelant le sérieux de sa mission et la nécessité d'observer les règles du protocole.

— Mon maître en est heureux, répondit la voix, se faisant plus proche. Viens, suis-moi.

5

La musique avait un accent délicat, doux, insistant et apaisant en même temps. Les six jeunes filles se tenaient légèrement à l'écart des invités qui avaient été assemblés pour partager l'hospitalité de Psarou et de son entourage. Elles étaient nu-pieds et portaient une longue tunique blanche. Quatre d'entre elles jouaient de la lyre, du luth, de la harpe et de la flûte de pan. Deux autres tapaient sur de petits tambourins, chantant et dansant à tour de rôle.

Shepset, ravie, circulait parmi les invités et les autres servantes, tenant dans les mains un petit bol de figues mûres, qu'elle offrait en souriant silencieusement. Les dalles du sol semblaient d'une exquise fraîcheur à ses pieds, et la douceur de l'air du soir paraissait un baume à son corps nu.

Sans doute, pour la première fois de sa courte vie, prenait-elle pleinement conscience de sa nudité. Élevée comme une jeune fille de famille noble par Psarou, elle ne s'était jamais sentie esclave et n'avait jamais trouvé étonnant non plus que d'autres lui disent ce qu'elle devait porter. Depuis son enfance, la nudité était une question de confort, un état parfaitement naturel vu la douceur du temps.

Mais, maintenant, depuis qu'elle avait été choisie comme servante pour la soirée de Psarou en raison de son extraordinaire beauté, quelque chose paraissait changé. Si les autres filles qui circulaient dans la pièce avaient l'habitude d'attirer l'attention, c'était la première fois que Shepset se voyait confier un tel honneur. Il la remplissait de fierté et la rendait encore plus belle.

Un regard semblait s'attarder plus longtemps que les autres sur son jeune corps. Ankh-Ren, fils de Senbef, un riche marchand, l'avait fixée de façon pénétrante au moment où elle lui présentait la coupe de fruits. Ses yeux s'étaient rivés aux siens pour les retenir le temps de plusieurs respirations. Son sourire n'avait rien de neutre. Ses yeux d'homme parcouraient sa poitrine, sa taille mince. Elle rougit, se sentit troublée. Elle n'aimait pas cela.

Un léger frisson, le frisson de quelque chose de nouveau, elle ne savait trop quoi, la fit frémir. Elle en eut la chair de poule, mais continua son service.

— Des figues, monseigneur ? Des figues fraîches, maîtresse ?

« Fais ce que tu as à faire, se dit-elle, et n'y repense pas trop ! »

Quand le bol fut vide, elle alla le regarnir. Kat-Senut, la grosse cuisinière, le lui prit et le remplit.

— Tiens, reste un moment, dit-elle.

Elle se dirigea vers une grande table dont elle revint les

bras chargés d'une coupe de métal lourde et ciselée, et d'une amphore elle y versa le vin.

— Tiens, mon enfant, ton premier verre de vin. Te voilà adulte, maintenant. Bois-le.

Shepset souleva le verre sans oser l'approcher de ses lèvres. Elle paraissait pensive, un peu triste même et regardait Kat-Senut.

— Adulte, reprit-elle, je ne sais pas pourquoi, cela me fait peur...

Kat-Senut acquiesça d'un sourire.

— Oui, je me rappelle ça. On ne sait plus trop où l'on en est. On se demande si ce que l'on perd est égal à ce que l'on gagne. On se retrouve avec tous les inconvénients de l'âge adulte sans en connaître encore les avantages. Allons, bois, ma chérie.

Shepset restait là, son verre à la main.

— Un homme, un jeune homme m'a regardée. Il m'a regardée... mais d'une drôle de façon. Je veux dire, il...

— Ah! reprit Kat-Senut, c'est la vie, n'est-ce pas?

Elle s'appuya contre le rebord du poêle qui était éteint.

— Que veux-tu, tu es à l'âge ou presque. Détends-toi et profites-en. Tu ne seras pas toujours aussi belle. Là où tu pourras t'inquiéter c'est quand ils ne te regarderont plus!

— C'était comme s'il me possédait. J'ai senti... Je ne sais pas ce que j'ai ressenti, mais tout à coup j'ai voulu courir mettre ma robe longue pour me couvrir.

— Ah! dit Kat-Senut. Profite de ce que les autres filles ont à offrir aux invités et arrête-toi donc un instant. Prends ton vin, va le boire tranquillement sous le porche et reviens quand tu l'auras fini. Mais ne me perds pas ma coupe, par pitié!

Sous le porche, l'air était merveilleusement frais. Shepset regarda du côté du bassin où une lune pâle se reflétait dans l'eau. Elle prit une première gorgée de vin. Après tout, ce n'était pas si mauvais que ça. La seconde lui parut encore meilleure.

Soudain, elle entendit des voix. Un homme et une femme. Psarou! Et elle qui était en train de boire du vin, alors qu'elle aurait dû être... Pressant la coupe contre sa poitrine elle se tapit contre le mur, derrière une colonne.

33

— Je voulais te parler, disait le vieux Psarou de sa voix tremblotante. J'ai des plans dont je souhaite te faire part.

— Plaît-il, maître ? disait la voix grave de la femme.

Shepset reconnut la voix d'Agar.

— Oui, ma chère enfant. Tu vois..., j'ai eu une vie longue et heureuse. Tu le sais, j'ai commencé moi aussi par être esclave.

— Oui, maître, mais chez vous je ne me sens pas esclave.

— Ah ! reprit le vieil homme. Je tiens cela de mon second maître. Il fut pour moi un père. J'ai beaucoup reçu de lui. Il m'a élevé et m'a aidé à faire des études en vue de devenir scribe. Il m'a surtout appris à reconnaître la valeur des gens, petits ou grands. Son secret était que l'esclave qui se sent esclave ne travaillera jamais de la même façon que celui qui se sait un serviteur apprécié et respecté.

— Maître, vous ne m'avez jamais fait sentir que j'étais esclave.

— Merci, mon enfant.

La voix du vieillard devint encore plus douce.

— Mon maître signa lui-même les documents relatifs à mon émancipation. Les choses étaient plus simples alors. Mais je m'éloigne du sujet. Voilà : je pensais annoncer à la fin de la soirée l'ordre que j'ai donné que l'on prépare les documents d'émancipation. Vous tous qui faites partie de ma maison, vous allez être libres.

— Maître !

Derrière eux, dans la pénombre, Shepset en lâcha presque sa coupe. « Tous ! Mais, mais, cela veut dire moi aussi ! » pensa-t-elle.

— Oui, ma chère, reprenait le vieil homme. Vous tous, et je crois que vous en serez tous heureux quand je l'annoncerai. Hommes et femmes. J'espère arranger des mariages pour certaines. Par exemple, Senbef le marchand : il cherche une épouse pour son fils et sans doute peux-tu me conseiller à ce sujet. Il y a plusieurs jeunes femmes de son âge. J'ai remarqué qu'il jetait un œil favorable sur l'une des jeunes servantes, ce soir.

— Cela devait être Shepset, dit Agar. Mais vous me prenez de court.

— Oui, reprit Psarou, mais depuis quelque temps je ne me sens pas très bien. Que veux-tu, je vieillis. J'ai dix printemps de plus que mon maître lorsqu'il mourut. Et, vois-tu, on a porté des accusations contre moi... Senmut m'a pour ainsi dire placé sous séquestre dans ma propre maison et désormais je dois lui demander une autorisation pour me déplacer, ne serait-ce que pour me défendre au tribunal contre ceux qui m'attaquent. Vu les circonstances, je désire prendre des dispositions pour te protéger, pour vous protéger tous au cas où les choses tourneraient mal pour moi.

— Maître, mais enfin qui oserait vous accuser ?

— Ce n'est pas la question. Il y aura toujours des associés mécontents et jaloux pour se plaindre que mes affaires vont mieux que les leurs. L'important est que je me protège et, plus encore, que je vous protège. C'est pourquoi, toi, Agar, mon enfant, j'ai tenu à te prendre à part pour te tenir au courant de mes plans à ton sujet.

— Des plans pour moi, maître ?

— Oui, ma chère. (Le ton du vieillard était aussi net et paternel que sa voix était faible.) Tu t'es montrée parfaite intendante. Si j'étais plus jeune, j'aurais considéré comme un grand honneur de te prendre pour épouse, et je n'aurais pas eu à cet égard la moindre hésitation. D'ailleurs, j'aurais dû t'affranchir depuis longtemps, ce qui te permettrait de jouir ici d'une situation privilégiée. J'ai été stupide de ne pas le faire. Agar, sache-le, non seulement je t'affranchis, mais je te donne ma villa de Tanis et mets à ton nom les revenus des terres fertiles que je possède dans le delta. D'ici une semaine environ tu seras une des femmes les plus riches de Basse-Égypte.

Il continua sur un ton enjoué :

— J'avais pensé te trouver un mari, mais si je fais de toi une femme riche et bien dotée, tu auras tout loisir de choisir toi-même.

Et puis son ton de voix changea.

— Mais qu'est-ce que je vois ? Moi qui croyais te rendre heureuse...

Shepset, dont le cœur battait la chamade, écoutait Agar pleurer doucement.

— Maître, je n'avais pas idée, jamais je n'aurais pensé...

— Je comprends, reprit le vieil homme avec bonté, je comprends. Quand mon maître m'a affranchi et m'a offert mes études comme ma charge de scribe, je n'y croyais pas non plus. Et quand il fit de moi — moi son ancien esclave — son intendant, puis son associé, j'ai fini par comprendre. Allons, tu feras bien de te faire à cette idée, ma fille. Et regarde-moi ça : tes larmes ont fait couler ton mascara. Va vite t'arranger, nous devons aller retrouver nos invités.

Sa voix se fit jeune et forte :

— Rappelle-toi que j'ai quelque chose à vous annoncer, quelque chose de très joyeux.

6

Shepset osait à peine respirer. Elle attendait que Psarou eût franchi la grande porte de la maison. Pendant un instant, reprenant son souffle, elle se tint appuyée contre le marbre froid. Elle était à la fois excitée et anxieuse.

Affranchie ! Elle allait donc être affranchie. Et on faisait pour elle des projets de mariage ! Elle n'osait y croire. C'en était trop à la fois ! Qui plus est, tout cela aurait lieu dans quelques jours seulement...

C'est alors qu'elle aperçut Agar, là, devant elle. Le clair de lune était si timide que sa coiffure obscurcissait son visage. Mais son port de reine empêchait toute méprise :

— Shepset ? J'avais deviné que c'était toi !

— Maîtresse, commença Shepset. Je...

— Oh ! qu'importe. Je suis sûre que tu n'avais pas l'intention d'écouter aux portes. Mais, dis-moi, as-tu vraiment tout entendu ?

— Oh ! dit la jeune fille, en s'éloignant du mur. Vous croyez vraiment ?...

— Il en a, en tout cas, la ferme intention, reprit Agar. Mais viens par ici et aide-moi à me remaquiller. Je suis aussi excitée que toi. Je savais qu'il avait prévu quelque chose pour moi dans son testament, mais j'étais convaincue de devoir attendre longtemps encore.

Agar la prit par le bras et l'emmena vers les appartements des femmes. Shepset aurait voulu y passer des heures à parler avec sa nouvelle amie de ce futur merveilleux qui s'ouvrait à elles, mais Agar l'arrêta : elles auraient bien assez de temps pour cela plus tard. Pour l'instant elles devaient se dépêcher de retourner à la soirée.

Les invités venaient à peine de quitter la demeure que Psarou rassembla toute sa maisonnée dans le grand hall de la villa. Assis sur une petite estrade, les jambes croisées à la manière des scribes, il commença à parler d'une voix calme, son beau visage illuminé d'un merveilleux sourire.

— J'ai été pendant de nombreuses années au service de deux grands rois. Ma vie a été agréable et prospère. Mais je deviens vieux et je me prépare pour mon dernier voyage, entouré de visages que j'ai appris à aimer et chérir. Pourtant j'ai tant de biens qu'il me sera difficile de les distribuer tous, même en tenant compte de ce que je peux emporter avec moi dans l'autre monde.

— Maître! s'écria une servante, affolée de l'entendre parler de la mort.

Mais Psarou fit un geste de la main :

— Calmons-nous. C'est un moment que nous connaîtrons tous. On doit l'accueillir avec une joie semblable à celle avec laquelle nous accueillons la vie. J'ai décidé de mourir comme j'ai vécu, en homme heureux. Et quel plus heureux choix pourrais-je faire en mes derniers jours que de partager mon bonheur avec ceux que j'aime? C'est pourquoi...

Il s'arrêta un moment. Les regards étaient suspendus à ses lèvres.

— C'est pourquoi, continua-t-il sans se presser, je voudrais dès ce soir vous annoncer que j'ai donné des ordres pour que dans une semaine tous mes esclaves soient affranchis.

Cette simple phrase avait déclenché un vacarme assourdissant, auquel Psarou mit fin en levant la main une nouvelle fois.

— Attendez maintenant, laissez-moi finir de vous faire part de tout ce que j'ai à vous dire. Comme je vous l'ai annoncé, je vous affranchis. Mais, en outre, j'ai prévu une disposition testamentaire qui pourvoira amplement aux besoins de ceux qui ont su mériter ma confiance par le passé. J'ai déjà fait part à Agar de ce que j'avais envisagé pour elle. Rekhmira, régisseur de mes terres de Silé, sera le nouveau seigneur et maître de mes terres de Matariyah.

Agar, le cœur battant, jeta un coup d'œil du côté de Rekhmira : il n'en croyait pas ses oreilles. Quelle chance pour lui, pensa-t-elle ! Au moins il verrait ses vœux se réaliser ! Pourtant, quand elle se tourna vers Psarou, elle retrouva la même anxiété que celle qu'elle avait éprouvée dans la journée.

— Maîtresse ? murmura Shepset, qui était assise auprès d'elle, quelque chose ne va pas ?

— Non, non, murmura Agar. Cela m'a reprise tout d'un coup. (Elle se mordit la lèvre nerveusement.) Shepset, j'ai fait un très mauvais rêve. J'ai cru... mais, tu vois, le rêve a menti. C'était un faux présage. J'en suis sûre.

— Oh ! maîtresse, ce rêve ne voulait sûrement rien dire. Vraiment ! Regardez, vous aurez tout oublié dans un jour ou deux.

On frappa très fort à la porte du grand hall. Psarou leva la tête, s'arrêta au milieu d'une phrase, puis continua :

— Quant à Paheri, fidèle gardien de mes troupeaux, dit-il en souriant, il recevra des terres au sud du lac Balah.

On frappait de nouveau à la porte, cette fois avec plus d'insistance.

— Attendez, dit Psarou. Je voudrais que quelqu'un aille voir.

Puis il reprit :

— Je crois que ce domaine entre les mains expertes de Paheri...

Dehors, on entendait des éclats de voix. Psarou s'arrêta, regarda. Il parut surpris :

— Qu'est-ce qui se passe, s'il vous plaît ?

Plusieurs serviteurs étaient déjà partis aux nouvelles. Ils se virent brutalement repoussés, tandis que s'avançait un officier escorté de deux gigantesques shairetana de la garde royale. Ils avaient une barbe noire, le regard féroce, portaient une longue épée à double tranchant, un bouclier de cuir et le casque de leur tribu, orné de cornes et d'une boule.

Psarou se redressa lentement.

— Veuillez m'excuser, commandant, dit-il, que puis-je faire pour vous, chez moi, dans cette maison où vous vous êtes introduits sans en avoir été priés.

L'officier le regarda droit dans les yeux sans le moindre sourire :

— Psarou ? Vous êtes bien Psarou, le scribe ?

— Oui, dit Psarou, mais de quel droit...

— J'ai ici un ordre vous sommant d'apparaître demain matin devant le conseil du seigneur Senmut, gouverneur des territoires de l'est du seigneur des Deux-Pays et commandant de la forteresse de Silé.

Il agitait un rouleau de papyrus non décacheté.

— Voulez-vous que je vous le lise ?

Psarou demeura imperturbable.

— Oh ! dit-il. Un capitaine de la garde, et qui, de plus, a de l'éducation ! Un homme qui sait lire ! Mais vous irez loin au service de Sa Majesté, mon ami, à condition toutefois que vous sachiez vous montrer respectueux envers les serviteurs fidèles du seigneur des Deux-Pays qui ont su mériter le droit à ce respect par leurs années de dévouement à son service.

— Ça va, ça va, reprit l'officier. Vous êtes accusé de trahison.

Psarou arracha le rouleau des mains de l'officier.

— De trahison ! s'exclama-t-il sur un ton de mépris. A-t-on jamais entendu pareille stupidité ! Attendez que le seigneur des Deux-Pays apprenne ça !...

Mais, à la lecture du rouleau, il pâlit. La voix tremblante il continua :

— Je ne comprends pas, il exige...

— La confiscation de tous vos biens, acheva l'officier ignorant l'angoisse de ceux qui étaient assemblés dans la pièce. Terres, biens mobiliers, esclaves..., tout sera mis à la disposition de la couronne. Demain, à cette heure, des administrateurs militaires s'établiront sur vos terres. Votre régisseur est déjà en prison et c'est sans doute là que vous vous trouverez avant que le soleil ne se soit levé deux fois.

— Mais, c'est parfaitement illégal.

— Aucunement, puisqu'il s'agit de trahison, répliqua l'officier sur un ton méprisant. Vous auriez dû réfléchir aux conséquences avant de conspirer avec les forces de l'ennemi contre notre garnison.

L'officier fit un signe de la main et l'un des gardes du corps saisit Psarou par le bras.

— Cernez la villa, ordonna-t-il, et veillez à ce que personne ne pénètre ou ne quitte les lieux. Quant à lui, amenez-le à Setna, le commandant en chef des gardes, puis revenez me trouver.

Shepset, terrifiée, finit par regarder sa maîtresse. Elle était méconnaissable et semblait avoir vieilli de dix printemps en l'espace de quelques instants.

— Mon rêve était juste, dit tristement Agar. Les promesses de Psarou étaient trop merveilleuses pour se réaliser. Je le savais.

7

Nakhtminou s'assit, s'étira et bâilla. La fille qui était allongée près de lui poussa une sorte de grognement et se retourna sur le côté. Il ouvrit les yeux à demi, souleva un coin du couvre-pieds pour regarder sa croupe gracieuse et basanée. Il bâilla et s'étira encore une fois. Puis soudain se redressa, attentif. Des tambours ? Des tambours de guerre ? Ici, à Silé ?

Il se leva, chercha ses vêtements. Impossible de se rappeler où diable il avait pu laisser ses sandales. Enfin il retrouva son pagne, s'en ceignit et, nu-pieds, sortit de la chambre pour se rendre dans le corridor.

Un garde le salua de la tête et se mit au garde-à-vous.

— Mon général ! dit-il.

— Tu peux rompre, dit Nakhtminou. J'allais simplement me renseigner sur la cause de ce chambardement.

— Je n'en sais rien, mon général, mais si vous le désirez, je peux me renseigner auprès de mon officier supérieur.

— Je t'en saurai gré, répondit Nakhtminou. Vas-y, pendant ce temps je te remplacerai ici.

Quelques instants plus tard, les tambours semblaient se rapprocher encore. Nakhtminou se dirigea vers la porte. Le garde remontait les marches quatre à quatre.

— Eh bien, qu'est-ce qui fait ce vacarme ? demanda Nakhtminou.

— Permettez-moi de vous rapporter ce que j'ai appris, mon général. C'est le... le Mésopotamien qui s'approche de la forteresse avec tous ses gens !

— Reprends ton souffle ! Le Mésopotamien ? Sais-tu si le colonel Senmut est au courant ?

— Oui, mon général. Il a envoyé une escorte à leur rencontre avec l'ordre de ramener leurs chefs à la forteresse. Les autres devront rester à l'extérieur.

— Bien, dit Nakhtminou. Surveille cet endroit. Moi, je vais m'habiller et jeter un coup d'œil sur ce rustre et son entourage.

Il retourna dans ses quartiers, l'esprit alerte, anticipant déjà les événements d'une journée qui, pensait-il, sortirait de l'ordinaire.

Mais il eut à peine le temps d'aller retrouver Senmut qu'au-dessus du mur on apercevait déjà la caravane.

— Dieux du ciel ! s'exclama-t-il, mais regarde-les. Assurément, ils sont nombreux. J'avais oublié le barbare... Moi qui m'imaginais qu'il voyageait avec le strict minimum.

Senmut regarda au-dessous d'eux :

— Ils sont environ trois cents. Je veux dire trois cents hommes, car je ne sais pas combien il y a de femmes. Il les a fait venir de Harân, en passant par ce maudit repaire de tribus guerrières qui sont du côté de Canaan, et cela sans en perdre un seul, dit-on.

— Ils semblent convenablement armés. Regarde la façon dont ils sont déployés. Je t'assure que l'homme est aussi bon soldat que nous. Oui, sacrément bon soldat. Il faut que je me rappelle cette formation. Ingénieux. J'aurais pu m'en servir il y a quelques années, quand j'ai dû faire remonter le Nil à mes troupes, une marche de quarante jours...

— J'ai eu beau essayer de le repérer, dit Senmut, je n'ai pas encore pu y arriver. Je me demande si...

— Tant mieux si tu ne le peux, tu auras au moins une chance de sauver la face. Qu'il n'aille pas te voir en train de l'attendre. Rentre chez toi et arrange-toi pour y mettre le paquet, l'accueillir avec tout l'apparat que requiert ta charge de représentant du noble et puissant seigneur des Deux-Pays. C'est la première fois que tu le reçois, n'est-ce pas ?

— Euh ! oui. La première fois qu'il est passé par ici, un de mes lieutenants...

— Hum ! reprit Nakhtminou, en fronçant les sourcils, je ne dirai rien cette fois-ci, mais ne laisse jamais plus un subordonné s'occuper d'une affaire d'État, si négligeable qu'elle paraisse ! Si le subordonné fait une erreur, vois-tu, c'est ta tête qui sera sur le billot.

— C'est vrai, répondit Senmut qui, après avoir jeté un coup d'œil du côté de Nakhtminou, se retourna, l'air inquiet, vers la formation qui s'avançait.

Pour Senmut l'alternative était la suivante : soit recevoir le barbare avec grand apparat, entouré des notables de Silé, mais alors on risquerait de remarquer l'absence de Psarou, l'homme le plus riche de la région ; soit d'organiser une cérémonie privée. Il opta sans hésitation pour la seconde façon ; pour le moment, il en avait assez sur les bras sans vouloir en rajouter.

Assis sur un siège surélevé, entouré de ses gardes, et ayant à sa gauche Nakhtminou, Senmut se sentait mal à l'aise. Où était ce fichu Mésopotamien ?...

Le héraut s'avança au milieu de la longue ligne d'hommes armés.

— Le seigneur Abram, d'Our, annonça-t-il.

Il s'écarta et trois hommes entrèrent.

Le premier était un homme d'âge mûr, à la barbe grise, mais grand, athlétique, de large carrure. Il s'avança d'un pas assuré de soldat, portant le pagne à frange de la vallée des Deux-Rivières. On sentait en lui un homme habitué à travailler dur et à mener des hommes. Il avait un regard saisissant, des yeux sombres, perçants, qui vous fixaient comme une chouette, sans ciller, vous dévisageaient au-dessous de sourcils menaçants.

— Vous m'avez fait venir, dit l'homme dans un égyptien empreint d'un fort accent.

« Nous y voilà, pensa Senmut. Pure insolence! Si ce fichu rustre pense... » Mais il aperçut encore une fois les yeux de sorcier et ravala sa salive.

— Oui, dit-il, je suis Senmut, gouverneur des territoires de l'est.

— Je sais qui vous êtes, continua l'homme. Moi, je suis Abram, fils de Térah. Vos hommes ont enlevé ma femme.

— J'ai réalisé leur grave erreur, reprit lentement Senmut. J'en assume l'entière responsabilité et je vous présente mes sincères excuses. Nous sommes en train de faire raccompagner votre femme à Silé où elle devrait arriver d'un jour à l'autre. Le seigneur des Deux-Pays vous salue et vous prie de lui pardonner l'offense qu'il vous a faite.

— C'est bon, murmura Nakhtminou, n'en ajoute pas trop.

— Si c'est ainsi, rétorqua le barbare, mes hommes et moi camperons à l'extérieur des portes jusqu'à ce que mon épouse nous soit rendue.

— Enfin il y a autre chose, dit Senmut. Il était aussi, comment dirai-je, question d'un sort. (Comment aborder le sujet, murmura-t-il pour lui-même.) Si vous pouviez avoir la bonté de...

— Il n'a jamais été question de sort, répliqua le barbare. Je devine ce à quoi vous faites allusion. Votre maître a été l'objet de la colère du Dieu vrai et unique, dont je suis le serviteur. Quand il aura réparé le tort qu'il a causé à sa servante, ma femme Sarai, et qu'il se sera purifié, il ne sentira plus la main du Dieu passer sur lui.

— Purifié? Mais...

Cette fois c'en était trop! Senmut soupira.

— Écoutez, mon ami. On m'a dit que vous prétendiez avoir des droits sur des territoires du pays de Canaan.

— Des droits! s'exclama Abram de sa voix puissante. Mais cette terre de Canaan est à moi! Je me moque de vos titres, de vos privilèges, de vos concessions. Le Dieu m'a parlé et m'a dit que ce pays serait à moi pour toujours, la terre de mon peuple.

— Enfin, disons que c'était ce dont je voulais parler. Le seigneur des Deux-Pays a donné son assentiment. Bien que ce territoire soit soumis à son autorité, il a décidé de vous accorder le droit de vous y installer, vous et les vôtres.

— Ce n'est pas à lui de m'en donner le droit, mais remerciez-le pour moi.

— Je voulais ajouter... (Ce que cet homme pouvait être exaspérant!) Non seulement le seigneur des Deux-Pays vous concède respectueusement les terres sur lesquelles vous avez décidé de vous installer, dans les territoires du nord, mais, comme autre preuve de son amitié, il a ordonné que certains de ses biens soient mis à votre nom.

— Remerciez votre maître et dites-lui que je n'ai que faire de terres! Je repartirai vers le nord dès que ma femme me sera rendue et prendrai possession de ce pays qui est mien. Mais néanmoins remerciez-le de sa promesse de ne pas aller à l'encontre de mes revendications.

— Non, reprit Senmut. Il ne s'agit pas de terres, mais un riche notable d'ici s'étant vu confisquer ses biens, ses troupeaux et ses esclaves, pour cause de trahison, le seigneur des Deux-Pays m'a autorisé à vous les offrir.

— Des troupeaux? C'est autre chose, dit l'homme, dont le regard s'éclaira tout à coup. J'aurai en effet besoin de robustes gaillards, car il faudra nous battre pour la terre que Dieu m'a donnée. Avec le bétail j'aurai de quoi les vêtir et les nourrir. Dites à votre maître que j'accepte son présent. Vous avez bien parlé de troupeaux?

— Oui, des moutons, des ânes, des bœufs, je ne sais pas combien au juste. On est en train d'en faire une estimation. L'ancien propriétaire était un homme très riche.

— Tant mieux, reprit l'autre. Mon neveu Lot, que voici (il montrait du doigt le plus petit des deux hommes qui l'escortaient) recevra ces biens en mon nom.

— Vous pensez donc partir d'ici peu?

— Aussitôt qu'on m'aura rendu ma femme et que vos

présents seront en ma possession, en bonne et due forme. Cela fait déjà un mois que nous sommes prêts à nous rendre là-bas.

Tout est donc parfait, conclut Senmut qui, désignant Lot, ajouta : Vous qui vous appelez Lot, peut-être pourriez-vous rester ?

Le patriarche fit un signe à son neveu qui acquiesça.

— C'est d'accord, dit-il à Senmut. Je me réjouis que nous ayons terminé nos affaires et que ma femme me soit rendue.

Et sans autres formalités, il tourna les talons et s'éloigna entre les rangées de gardes.

Un lieutenant ayant été envoyé pour accompagner Lot chez Psarou, Senmut s'effondra dans un grand fauteuil. Il regardait les gardes se disperser dans le hall.

— En tout cas, commenta Nakhtminou, ton barbare est un sacré gaillard. Crois-moi, s'il te dit qu'il est prêt à se battre pour son territoire, tu peux être sûr que ce ne sont pas des paroles en l'air !

— Ça, je m'en fiche, répondit Senmut. Tout ce qui m'intéresse c'est de m'en débarrasser. J'ai rarement eu aussi chaud !

— Ça, je comprends. Il te doublait à tous les virages. Entre nous, je ne serais pas surpris s'il s'emparait de cette terre qu'il convoite, et à l'épée, s'il le faut.

Nakhtminou grimaça, secoua la tête et reprit :

— J'ajouterai que je suis content que ce ne soit pas contre moi qu'il se batte. C'est un soldat, un vrai, peu importe ce qu'il était à Harân ou ailleurs, on ne saurait s'y méprendre. A guerroyer contre un gaillard pareil, on n'aurait guère de chance de se voir couvrir de décorations !

— Vous avez fichtrement raison, dit Senmut d'un ton sinistre, oubliant tout protocole dans son malheur. Encore heureux que je me retrouve entier. Sapristi, quel bonhomme !

Nakhtminou opina de la tête et s'éloigna.

— Ne t'en fais pas, dit-il. Je dirai au seigneur des Deux-Pays que tu ne t'es pas si mal débrouillé. L'affaire, il faut le dire, était délicate. Je ne serai pas fâché moi non plus de le voir partir.

— Sacré bonhomme ! répéta Senmut.

8

Trois jours s'écoulèrent avant que les palanquins du grand roi transportant la femme d'Abram, le barbare, atteignissent Silé. Elle était escortée par un détachement de la garde royale, réservé aux épouses qui occupaient un rang élevé dans le gouvernement. Et Nakhtminou, accompagné d'un capitaine de la garde, se rendit en char à leur rencontre. Là, il fut ravi de s'apercevoir que le chef de l'escorte était l'un de ses vieux amis, un compagnon d'armes des campagnes du Nil, un dénommé Kha-Emhet.

Ils se saluèrent, s'embrassèrent. Tandis que Kha-Emhet confiait l'escorte à l'un de ses hommes, il prit son vieil ami à part, ignorant les nuages de poussière que soulevaient au loin les chariots d'Abram.

— Nakhtminou ! dit-il, j'avais vaguement espéré te trouver ici, mais je craignais que tu ne sois déjà reparti. Comment te fais-tu à la vie de Silé ?

— Oh ! pas trop mal, répliqua le vieux soldat. De fait, j'ai eu de la distinction ces jours-ci. Le gouverneur d'ici s'est trouvé dans une situation impossible et je me suis amusé à le regarder essayer de s'en dépêtrer. Dis-moi, comment va le seigneur des Deux-Pays ?

— Beaucoup mieux, répondit Kha-Emhet. Les dieux soient loués ! Les médecins du palais attribuent ses ennuis à une insolation. Mais notre seigneur et maître pense autrement. Ses astrologues et lui-même seraient curieux de savoir à quel moment précis vous avez promis au barbare de lui rendre sa femme et quand vous avez su qu'il acceptait les présents que vous lui offriez. Vous l'avez comblé, n'est-ce pas ?

— Disons qu'il sera riche, dit Nakhtminou. Franchement, il m'a fait une impression favorable. Mais tu aurais dû le voir avec Senmut. Il a tout accepté comme son dû, sans même remercier. Quand nous lui avons cédé des titres officieux sur ces terres situées au nord du désert, dans ce misérable pays qui fait État tampon entre le delta et le territoire des Hittites, notre présent ne lui a fait aucun effet. Il était prêt à s'emparer de cette terre à l'épée si besoin en était.

» De plus, nous lui avons cédé les biens d'un riche marchand du coin. Il a reçu tout ce que le type possédait, tout ce qui marchait à deux ou quatre pattes !

— Fort bien, répondit Kha-Emhet. Voilà qui fera bien sur votre rapport.

Puis regardant son escorte, il ajouta :

— On dirait que mon lieutenant a achevé le transfert sans problème. Sans doute va-t-il falloir que je me rende maintenant auprès du gouverneur.

— Je vais lui faire porter un message par l'officier qui m'a accompagné, ce qui va nous permettre d'aller nous rafraîchir dans un bar tenu par un de mes anciens aides de camp de la campagne de Nubie. Qu'en penses-tu ?

— Bonne idée, dit Kha-Emhet. Une bière bien forte ferait mon affaire ! Mais, dis-moi, cet homme aisé que vous avez spolié de ses biens pour payer le barbare, qu'est-ce qui va lui arriver ? Quel crime avait-il commis ?

— Quel crime ? reprit Nakhtminou. Mais aucun, je suis sûr que c'était purement et simplement une affaire montée de toute pièce. Il s'est d'ailleurs effondré, pour mourir peu après que nous l'ayons amené ici. On l'avait arrêté pour trahison. Mais, pour ma part, je suis convaincu qu'il n'était pas le moins du monde coupable.

— Ah ! les dangers de la vie politique..., ironisa Kha-Emhet.

Abram, qui venait de regagner son camp, hurlait des ordres de tous côtés.

— Formez les caravanes ! Nous partons demain matin dès l'aube. Mettez-vous en colonnes et dites à Lot de veiller à placer en tête l'élite de ses hommes.

Puis soudain il se retourna et aperçut un homme et une femme ceints du pagne des esclaves.

— Tiens, dit-il, je ne vous connais pas.

— Je m'appelle Paheri, répondit l'homme. (Il avait la peau basanée, l'œil vif, l'air compétent.) Je m'appelle Paheri, maître. Jusqu'alors j'étais en charge des troupeaux de mon maître.

— Fort bien, répondit Abram. Nous avons besoin d'hommes comme toi, mon ami. Va donc trouver celui auquel j'étais en train de parler et demande-lui de ma part de te mettre à l'ouvrage. Et toi, la femme?

Il la regarda. Elle était belle, avait des yeux sombres, le corps gracieusement proportionné. Une expression de tristesse lui traversa le visage au moment où pour répondre à sa question elle disait son nom et lui récitait les tâches dont on l'avait chargée auparavant.

— Agar, reprit Abram. En somme, tu étais intendante de la maison de ton maître. Disons que nous n'avons pas besoin de toi pour ce genre de service et qu'il va falloir que tu apprennes à te rendre utile autrement. Va donc trouver ma femme, veux-tu? et aide-la à se débarrasser de cette saleté qu'ils ont mise sur ses cheveux. Enlève-lui aussi cet enduit rouge avec lequel on lui a teint les paumes et le dessous des pieds.

— Tu ne vas tout de même pas m'en vouloir pour cela, s'exclama Sarai qui de sa tente avait tout entendu. Ce n'est tout de même pas moi qui ai eu l'idée de remonter la rivière et d'aller chez ces rustres.

Elle apparut, les cheveux encore nattés à la mode de la cour.

— Toi, ma fille, viens ici, dit-elle en s'adressant à Agar. Ton aide ne sera pas de trop, je te prie de le croire. Ses yeux vifs avaient eu tôt fait de repérer la nudité de la jeune femme et son air soumis, de remarquer également sa beauté délicate. Du regard elle chercha Abram.

— Allons, dit-elle. Viens donc, ma fille, qu'est-ce que tu attends?

Le roulement des tambours réveilla Shepset aux premières lueurs de l'aube. Elle bâilla, s'assit puis se leva.

— Déjà debout ? dit Enosh, qui supervisait cette partie de la caravane. Brave fille. Va chercher ta ration de pain et de lait de brebis au chariot de l'intendance. Tu auras besoin de te nourrir ces jours qui viennent, mais ne t'inquiète pas, tu es jeune et forte. Tu y arriveras.

— Je l'espère, dit-elle avec un sourire timide.

Elle hésita, puis reprit :

— Oh ! maître, pouvez-vous me dire quelque chose ?

— Sûrement, mon enfant.

— Où allons-nous ?

— A Canaan, au nord, à mi-chemin entre Silé et Harân, mais c'est encore loin.

Il regarda les jambes frêles de la pauvre enfant, ce serait dur pour elle.

— Je sais que tu y arriveras. L'important est d'acquérir de l'endurance. Un conseil : ne bois pas trop d'eau tout d'un trait maintenant.

— Dites-moi, à quoi ressemble ce pays ? Est-ce comme ici ?

Enosh soupira et lui jeta un regard plein de compassion. Pourquoi lui mentir : elle aurait tôt fait de découvrir la vérité.

— Je ne veux pas te raconter d'histoires, ma chère enfant. Il faut que tu le saches : ce ne sera pas facile. Au bout du voyage, tes petits pieds seront durs comme du cuir et tu seras aussi basanée qu'une Nubienne. Puis au moment d'arriver à Canaan il nous faudra passer au moins trois lunes à nous battre si nous voulons y rester.

— Nous battre ? dit Shepset. Mais on m'avait dit que la terre avait été donnée à notre maître par le seigneur des Deux-Pays.

— Hélas ! cela importe peu, mon enfant. Le seigneur des Deux-Pays y est reconnu quand il prend la peine d'y envoyer quelqu'un, mais il n'a guère de contrôle sur ces tribus barbares. Reconnaissons que nous allons avoir à nous battre et que vous, les femmes, devrez soigner nos blessures, comme vous inquiéter de nous quand nous serons absents.

Shepset soupira et Enosh regretta d'avoir été si candide dans ses propos.

— Allons, dit-il. Ne t'affole pas, tout se passera bien.

Il aurait pourtant donné tout ce qu'il avait — du temps où il avait encore quelque chose à lui — pour faire disparaître les larmes qui embuaient ce jeune regard transparent.

La corne de bélier retentit, donnant l'ordre de se remettre en route. Le roulement lancinant des tambours reprit.

Agar, à moitié nue, suivait les ânes d'Abram. Elle ressentait au creux de l'estomac une vague douleur, comme un sinistre pressentiment qui la tiraillait au rythme de ces tambours de malheur. Elle essayait de ne pas y prêter attention, mais en vain. Et puis il y avait tous ces mots d'adieu qui se formaient sur ses lèvres. Adieu à l'Égypte, terre de la douce bruine du matin, terre de ces soirées merveilleuses caressées par la brise délicieusement parfumée. Adieu à ce pays dont les dieux, incarnés en la personne du Dieu-Roi, protégeaient maître et esclave de tout besoin et de la faim. Adieu à cette vie menée au service d'un maître bon et paternel dont le joug se faisait aussi léger sur vos épaules que la main attentionnée et clémente d'un père. Adieu...

Le premier chant s'éleva, scandé par les tambours. Chant joyeux, chant de l'espoir et du désir de voir un jour cette terre promise. Chant d'action de grâces pour les bénédictions que le Dieu d'Abram, ce dieu mystérieux, ce dieu sans nom, leur avait promises. D'autres voix s'y joignirent, des voix jeunes et fortes, chantant des victoires à venir, des conquêtes, le don de la terre promise à Abram et à ses enfants et aux enfants de leurs enfants... Agar les entendait, les yeux pleins de larmes. Car pour elle, Agar, qui avait osé espérer, l'espace d'un joyeux et court instant, et avait vu s'envoler cet espoir pour toujours, ce chant qui s'adressait au cœur résonnait avec des accents poignants, amers et faux. Elle marchait derrière les bêtes, pleurant à chaudes larmes, se couvrant les oreilles de ses mains fines et brunes pour essayer d'oublier ces hymnes d'action de grâces, de louange et d'espérance. Oui, pour elle, tout s'en était allé. Elle ne pouvait plus retenir ses larmes et elle se promit de ne plus jamais entretenir l'ombre d'un espoir. Jamais ! Jamais !

CHAPITRE II

1

Zakir, le forgeron, avait une solide réputation dans les bazars de la cité de Babylone, situés sur la rive occidentale de l'Euphrate. A en croire un de ses amis c'était un homme simple mais plein de contradictions. Jouisseur, aimant ses aises, il vivait pourtant seul et de façon modeste, dans le quartier commerçant de la ville. Fort comme un bœuf, il savait être aussi le plus doux des hommes. Sobre et travailleur aux heures de marché, il menait une vie plus débauchée, la nuit tombée, dans les bars et les bordels. Marchands de vin, femmes, tous le connaissaient.

Sa vie se déroulait selon une routine si bien établie que le moindre changement était source d'inquiétude pour ses associés et ses amis, qui comprenaient dans l'instant que quelque chose n'allait pas. C'est pourquoi, ne le voyant pas à sa forge un matin, vers la fin du printemps, les marchands qui occupaient les échoppes voisines de la sienne envoyèrent l'un d'entre eux s'enquérir de son sort. Était-il saoul ? Était-il au lit dans les bras de quelque serveuse de bar ? A moins que le pauvre diable ne fût malade ? Mais cette dernière hypothèse semblait fort peu plausible, Zakir n'ayant jamais manqué une journée pour raison de santé.

Iddina, le marchand de vin, confia donc ses affaires à son second et se dirigea vers ce quartier des taudis, toujours grouillant de monde, où vivait Zakir. Il interpella une ménagère bien en chair qui récurait une casserole sur son toit.

— Hé ! la femme, dit-il, je cherche Zakir, le forgeron.

— Ah ! répondit-elle, en le dévisageant avec une sorte de grimace et tout en continuant à gratter sa casserole. Qu'est-ce que vous lui voulez donc ? Une dette de jeu ?

— Non, dit Iddina en riant, mais à ce que je vois vous avez l'air de bien le connaître ! Je suis un de ses voisins de marché. Et, comme nous ne l'avons pas vu à sa forge aujourd'hui, nous nous demandions s'il lui était arrivé quelque chose.

— Mon mari l'a rencontré hier soir, répondit la femme. Il lui a raconté qu'il avait la bourse pleine. Un de ses clients l'avait payé, et il se rendait au marché aux esclaves ce matin pour y acheter de la main-d'œuvre.

Iddina remercia la femme et s'en fut. Zakir devait en effet avoir eu la bourse bien pleine, car un esclave adulte et en bonne santé, Iddina le savait, pouvait coûter dans les trente-cinq shekels, le prix de trois ou quatre bœufs. Davantage même quand l'esclave provenait de Subartu ou de Lullu ou quand on l'achetait à Babylone.

Les affaires allaient donc bien pour le forgeron. Ce qui n'avait rien de surprenant puisque ses travaux étaient exposés au temple de Bel et au palais, et qu'il avait pour clients les gens riches et influents de la cité. On commençait à le comparer aux célèbres forgerons d'Our, berceau de cet art.

Quand Iddina atteignit le stand de Nebo, le marchand d'esclaves, il reconnut Zakir. Au milieu d'un groupe d'hommes, il attendait que les enchères commencent.

— Zakir, dit-il à mi-voix, on m'a dit que tu étais ici !

— Salut ! dit le forgeron avec un grand sourire. Tu es venu pour la vente aux enchères ?

— Non, juste pour voir.

Deux belles femmes de Lullu étaient déjà sur le podium, nues, leur tunique d'esclave négligemment jetée au sol. Iddina apprécia du regard : si seulement... mais, non, c'était impossible. Il avait déjà trop de personnel. D'ailleurs Nebo était en train de vendre les filles à un vieux marchand à l'œil perçant et à l'accent atroce.

— Je ne suppose pas que ce soit des femmes esclaves que tu désires ? dit-il à Zakir.

— Non, répondit ce dernier. Non, j'ai besoin de quelqu'un qui puisse m'aider à la forge. Je commence à être débordé de travail.

— Pourquoi n'achèterais-tu pas un apprenti ? répondit Iddina.

— Dans quelques mois on verra. Mais pour l'instant j'ai besoin de quelqu'un qui puisse veiller à ce que mon fourneau soit chargé et chaud. Un jeune garçon ferait l'affaire, car je perds mon temps à ce genre de boulot.

— Tiens, continua Iddina, en voilà un, mais il a l'air faiblard.

Zakir leva la tête. Nebo amenait un adolescent chétif.

— Tu l'as dit, il ne remporte pas la palme, mais en le nourrissant correctement, donne-lui un an ou deux et il sera robuste. Quel âge crois-tu qu'il puisse avoir ? Une dizaine d'années ?

— Non, au moins une douzaine, répondit Iddina. Regarde, c'est déjà un homme.

Zakir examina le jeune garçon de la tête aux pieds. Nebo lui avait enlevé son vêtement et le montrait. Zakir remarqua des traces de coups de fouet récents qui le firent tressaillir.

— Par tous les dieux, dit-il, ne devrait-il pas y avoir des lois interdisant de maltraiter ainsi les enfants ?

— Il y en a, reprit Iddina, mais on ne les respecte guère. Bien triste ce petit garnement, n'est-ce pas ?

— A sa place, je le serais aussi, dit Zakir, en fronçant les sourcils. Il a un type étrange. Pas d'ici, pas de Lullu non plus, ni de Subartu. Je me demande comment il a abouti là. Il a sûrement été ramassé dans un raid. Bonté, ils auraient quand même pu le nourrir !

— Malgré son air chétif, il semble avoir retenu l'attention d'un acheteur. Regarde donc par là, tu vois le barbu à l'air efféminé ? Il vient d'en offrir dix shekels.

— Trop pour moi, dit Zakir. Il peut l'avoir. Rien qu'à voir le bonhomme, je plains le garçon. Tomber entre ces jolies et délicates petites pattes !...

— Je vois que tu n'apprécies pas spécialement ce genre d'hommes !

— A chacun ses goûts, mais ce gars-là me paraît malsain. Je ne pense pas que j'aimerais être esclave chez lui. Iddina, dis-moi, qu'est-ce que c'est cette marque sur le dos du garçon ?

— Je ne l'ai pas remarquée. Où est-elle ?

— Regarde, Nebo le fait tourner encore une fois. Tu vois, là, juste au-dessus de la hanche ?

Iddina regarda.

— On dirait l'empreinte de la patte d'un animal, n'est-ce pas ? C'est vrai que c'est étrange. Je n'ai jamais rien vu de semblable.

— Un animal, un chat, peut-être. Un lion...

— On dirait que personne ne va surenchérir. Espérons que les dieux le protègeront. Il s'amusera ce soir, oui, il s'amusera, je te le dis.

Zakir mordilla sa grosse lèvre inférieure. Puis, à sa surprise comme à celle de tout le monde, il se retrouva la main levée, hurlant de sa grosse voix de baryton :

— Douze shekels !

— Douze shekels, reprit Nebo, douze shekels pour ce jeune garçon. Personne ne dira quinze ?

— Juste ciel, Zakir, souffla Iddina. Moi qui croyais que tu ne voulais pas de lui, il a l'air si chétif !

— Je ne sais pas ce qui m'a pris, répondit Zakir. Mais il y a une sorte de vieille légende au sujet de ceux qui portent l'empreinte de la patte du lion. On m'a raconté ça quand j'étais apprenti. Je ne me rappelle pas vraiment l'histoire. Mais je sais qu'il y était question d'un lion et je crois qu'elle disait que le lion était signe de chance ou quelque chose de ce genre, du moins pour un forgeron.

— Tu ne vas quand même pas jeter douze shekels par la fenêtre à cause d'une légende. D'ailleurs, regarde, le minet va surenchérir. Oui, treize shekels ! Tu vois quel œil noir il te jette !

— Quatorze ! cria Zakir.

Alors, il dit à mi-voix à Iddina :

— Dis ce que tu veux, mais j'ai le sentiment que cet achat est de bon augure.

Les enchères continuèrent à monter. Vingt shekels... Trente shekels... Trente... Trente-deux... Trente-trois...

— Attends un peu, toi, dit l'homme à la barbe frisée. Tu veux me faire un affront, mais méfie-toi ! Tu ferais mieux de t'arrêter là !

Debout, jambes écartées, mains aux hanches, Zakir le narguait.

— Tu connais la règle du jeu. La marchandise va au plus offrant. J'ai l'impression que tes menaces sont, pour le moins, de mauvais goût, non ?

— J'ai trente-trois shekels, criait Nebo, qui dit mieux ?

— Trente-quatre! hurla le dandy, montrant ses petits poings serrés à Zakir. Bahé! dit-il en se tournant vers un esclave, combien ai-je pris d'argent avec moi ?

— Trente-six shekels, répondit l'esclave.

Zakir eut un sourire diabolique.

— Merci, l'ami! Trente-sept!

— Tu me le paieras, et cher! piaffa le minet. Rappelle-le-toi bien. Tu peux être sûr que je n'oublierai pas.

— J'ai déjà commencé à oublier, dit Zakir, en riant. Mais, pour mon information personnelle, dis-moi qui tu es pour que je doive trembler devant toi ?

— Soulai, répondit le freluquet, le fils de Habaslé, vice-procureur de la cité. Rappelle-le-toi bien.

Il tourna les talons, et s'en alla en se dandinant.

— Trente-sept shekels, dit Nebo. Adjugé! Vendu à Zakir, le forgeron!

Zakir et Iddina s'arrêtèrent pour déjeuner à un comptoir au bord du fleuve et le serveur emmena le garçon au sous-sol, après avoir reçu l'ordre de lui donner un repas copieux. Les deux amis avaient déjà bu plusieurs verres de vin de palme quand, tout à coup, ils entendirent du bruit en provenance de la cuisine.

— Tiens, dit Zakir, on dirait notre garçon. Aurait-il des ennuis ?

Ils descendirent tous deux dans la cave qui servait de cuisine. Au bas de l'escalier, le cuisinier passait la serpillière sur ce qui restait du déjeuner du garçon, qui, à genoux, rendait misérablement tout ce qu'il avait avalé. Il regarda Zakir, d'un air déchirant.

— Que diable lui avez-vous donné ? On ne peut donc pas vous faire confiance ?...

Puis il s'arrêta net, et comme s'il comprenait soudain la situation :

— Toutes mes excuses, dit-il. Je vous dédommagerai pour les ennuis que nous vous avons causés. Allons, mon garçon, viens.

Il aida l'esclave à se relever et regarda avec inquiétude sa maigreur.

— Eh bien, mon garçon, dit Zakir, peux-tu marcher

maintenant ? Assieds-toi là un moment. Reprends ton souffle. As-tu moins de crampes ? Reste donc ici, jusqu'à ce que tu aies moins mal.

Iddina remarqua le regard que l'adolescent avait jeté à Zakir, un regard mêlé de douleur, de peur, d'appréhension et de confusion. Grands dieux, avait-on jamais traité ce garçon de façon humaine ?

— Tu sais, tu pourrais te retourner contre Nebo, dit-il. L'enfant est malade et toutes les ventes garantissent le bon état de la marchandise.

— Il va se remettre, répondit Zakir, n'est-ce pas, fiston ? Je vais l'emmener chez moi et lui donner un peu de gruau au lait de brebis, par petites quantités. C'est le seul secret.

Puis il reprit :

— Dieux du ciel ! Regarde-moi ça ! Il n'a que la peau et les os. Écœurant de voir ce dont les gens sont capables ! Dis-moi, mon garçon, quand as-tu mangé pour la dernière fois ?

L'adolescent les regarda l'un après l'autre.

— Je ne me le rappelle pas, dit-il, il y a deux ou trois jours, je crois.

— Dieux du ciel ! reprit Zakir avec dégoût, agitant un gros poing menaçant. Ce Nebo, t'a-t-il aussi battu ?

— Non, c'était l'autre. Quand j'ai tenté de m'enfuir il a dit...

Mais il ne put finir. Il eut à peine le temps de se pencher sur l'Euphrate pour finir de rendre ce qui lui restait du maigre repas qu'il avait englouti. Une fois ses spasmes calmés, il dit :

— Pardon, maître.

— C'est bien, mon garçon, dit Zakir, jetant vers Iddina un regard de compassion et de colère à la fois. Nous allons rentrer à la maison.

— A la maison ? reprit le garçon.

2

Le jeune garçon s'appelait Ahuni. Son accent était fort étrange. Un mélange d'accents des villes situées au nord du Nil et de la vallée du Tigre, à vrai dire le plus curieux que Zakir eût jamais entendu.

Assis à une table basse, il mangeait lentement le gruau que son nouveau maître avait préparé pour lui. Zakir voyant son dos décharné se mit à réfléchir.

— Rien qu'à t'entendre parler, je suppose que tu as eu un bon nombre de maîtres. Cinq ? Six ? et qu'ils ne t'ont pas trop bien traité.

— Oui, six. Six, autant que je puisse me le rappeler.

— Je l'avais deviné. J'ai repéré chez toi un mélange de six accents. Tu sais, je suis un vieux Babylonien. Il en passe du monde à ma forge ! Beaucoup de monde ! Je peux te dire d'où vient un homme avant même qu'il ait terminé de me passer sa commande. Allons, finis ton dîner. Tu auras besoin d'une bonne nuit de sommeil car demain je te mettrai au travail, crois-moi. J'ai des échantillons à finir. Ce soir je vais aller rendre visite à des dames que je connais, là-bas, au Croissant de lune.

Soudain une pensée lui traversa l'esprit :

— Tu ne vas pas essayer de te sauver, dis-moi ?

— Non, maître, répondit le garçon.

Zakir avait beau le regarder droit dans les yeux, il ne pouvait pas arriver à savoir s'il disait ou non la vérité. Il secoua ses larges épaules et bâilla, se leva, puis alla se laver et se changer.

— Rappelle-toi, ajouta-t-il, que tu ne dois laisser entrer personne. Au petit matin, il se peut que tu entendes une bande de braillards chantant des chansons paillardes et essayant de hisser quelque chose dans l'escalier. Ce quelque chose, ce sera moi. Donne-leur donc un coup de main, je pèse un bon poids, tu sais, et ce soir j'ai décidé de faire trois bars, pas moins !

— Oui, maître, répondit solennellement le garçon.

Quand Zakir fut parti, Ahuni s'assit sur le lit étroit, fixant des yeux la porte fermée. Il n'avait plus mal au ventre pour le moment, mais il était sûr que la douleur allait revenir. La tête se mit à lui tourner.

Au lieu de s'allonger il se leva et se surprit à regarder autour de lui. Apparemment, Zakir vivait simplement, sans faste. Son seul luxe était de dormir dans un lit surélevé plutôt qu'à même le sol, privilège qu'il semblait vouloir accorder également à son esclave. La maison était simple mais bien éclairée. Partout brûlaient de petites lampes plates en l'honneur de Nusku, le dieu du feu. Son propriétaire ne lésinait pas plus sur l'huile que sur la nourriture, la boisson ou les femmes.

Quel genre de maître serait-il ? Ahuni se mit à y réfléchir. Jusque-là tout s'était bien passé... mais d'autres fois aussi, et puis les choses s'étaient gâtées, petit à petit, ou même d'un jour à l'autre comme lorsque le maître s'était marié et que sa nouvelle épouse avait décidé que les esclaves en prenaient trop à leur aise. Mieux valait, en tout état de cause, rester sur ses gardes.

Il regarda la porte. Après tout, il était facile de l'ouvrir et de se glisser dans la rue, puis jusqu'au fleuve, dans les quartiers commerçants, et de s'embarquer clandestinement sur un des bateaux qui voguaient vers le delta.

Il saisit le loquet puis hésita. « Écoute, se disait-il, tu ne sais vraiment rien de lui. C'est vrai que les autres ont tous changé, du moins ceux qui commençaient par se montrer bons. Mais, qui sait ? les choses peuvent bien tourner et ce maître-là est peut-être différent. »

Il ouvrit la porte.

De toute façon, il ne pourrait pas s'enfuir : les portes de la ville étaient fermées pour la nuit, les fortifications de la cité de Babylone étaient infranchissables et, derrière les murs, de larges douves encerclaient la cité. La seule brèche était le fleuve, qui séparait la vieille ville de la nouvelle. Mais jamais les bateaux ne quittaient le port la nuit. Sa seule chance était donc de se faufiler jusqu'aux quais et se glisser sous la bâche d'un bateau prêt à lever l'ancre à la première marée.

Très bien, mais ensuite que se passerait-il ? Il portait encore la marque d'esclave faite au fer rouge — il était alors si jeune qu'il en avait oublié la douleur. Car si ses cheveux, rasés pour la vente aux enchères, pouvaient toujours repousser, la marque, elle, était indélébile. L'effacer constituait un délit pour lequel on vous coupait la main au poignet. La loi était dure à l'égard des esclaves qui tentaient de se faire passer pour des hommes libres.

Et, s'il tombait entre les mains d'un nouveau maître, celui-ci, pourrait, en fin de compte, s'avérer pire que Zakir ne le serait jamais. Il pouvait être un ignoble individu, un sadique, il pouvait...

Une douce brise brassait l'air du soir. Ahuni, sur le pas de la porte, humait des odeurs de dîner très tentantes. Il faisait délicieusement frais. Être libre, songeait-il, libre de flâner dans les rues, de vivre selon son bon plaisir.

« Après tout, se disait-il, que veux-tu vraiment, Ahuni ? Que ferais-tu si tu étais libre d'aller où bon te semble, de faire ce que tu veux ? » Il se mordilla les lèvres, se détestant lui-même. Sa main tremblait sur la poignée de la porte. « Lâche, tu n'es qu'un lâche ! » se dit-il avec amertume.

Zakir et Irsisi, le joyeux compagnon de ses libations, avaient déjà fait trois tavernes avant qu'Iddina ne les rattrapât. Zakir avait l'œil vague et bredouillait. Et au moment où Iddina pénétrait au Croissant de lune, il beuglait la chanson que la légende attribue à Siduri, la cabaretière :

Gilgamesh, où vas-tu ?
Tu ne trouveras jamais ce que tu cherches, tu ne
*   le trouveras jamais.*
Quand les dieux ont créé les êtres vivants,
Ils ont doté l'homme d'une vie mortelle,
Mais, pour eux, ils se sont réservé l'immortalité.
Toi, Gilgamesh, emplis-toi la panse,
Et profite joyeusement du jour et de la nuit...

Iddina se fraya un passage à travers la foule.
— Zakir ! cria-t-il.

Il trébucha sur la jambe d'un marin ivre et s'étala de tout son long.

— Zakir! cria-t-il de nouveau, se relevant et secouant la poussière qui collait à son vêtement.

— Iddina, grogna Zakir, viens boire un coup avec moi! On célèbre. Grands dieux, je ne sais plus trop ce qu'on célèbre! Irsisi, dis-moi donc, qu'est-ce qu'on célèbre?

Mais Irsisi, une serveuse sur les genoux, brandissait un verre de vin et chantait une chanson paillarde de marinier.

— Iddina, assieds-toi et...

— Zakir, écoute, il faut que je te parle, dit Iddina. C'est important. Juges-en toi-même; ne crois-tu pas qu'il faut que ce soit sérieux pour que je laisse ma femme et mes enfants si tard le soir?

— Oh! tu es trop rangé pour moi, Iddina. Tu ne sais pas profiter de la vie, mais tu es un bon copain malgré tout. Garçon, un verre!

Iddina s'assit sur une chaise, face à Zakir. Il posa la main sur son gros genou.

— Zakir, il faut que je te dise quelque chose. Tu te rappelles, ce matin, au marché?

— Au marché? reprit Zakir, l'air hébété. J' suis pas allé au marché aujourd'hui, mon ami... Je me suis acheté de l'aide, puis je suis allé faire les bars du coin et...

— Zakir, écoute-moi, je t'en supplie. Ce type avec lequel tu as eu maille à partir ce matin, tu sais, celui qui avait l'air efféminé... Je viens d'apprendre quelque chose à son sujet.

— Oh! ne viens pas m'embêter avec ça! Tous les mêmes, c'est-à-dire pas grand-chose... Il va taper du pied, s'agiter et puis fini.

— Zakir, par tous les dieux du ciel et de la terre, vas-tu m'écouter! Tu es peut-être en danger.

— En danger, moi? A cause de ce freluquet? Allons!

— Zakir, écoute, je t'en supplie.

Iddina mit ses mains sur les épaules de son ami et essaya de capter son regard.

— Ce dénommé Soulai... Figure-toi que j'ai pris des

renseignements sur son compte. Il a la sale réputation de vouloir faire l'important, son père...

— Son père est magistrat, continua Zakir, ça, je le sais déjà.

— Son père est vice-procureur de la cité! espèce d'idiot! C'est Habaslé et, d'après ce qu'on m'en a dit, le gars est un fieffé salaud, comme le fils. En plus, en l'absence du procureur, il est l'homme le plus puissant de toute la ville, après le roi! Et si tu as offensé son fils...

— Iddina, reprit Zakir, apparemment raisonnable, sinon tout à fait sobre, Babylone est une cité où règnent l'ordre et la justice. S'il m'est arrivé d'avoir offensé un de mes concitoyens, c'est sûrement pas le genre d'offense dont on va se plaindre au juge. J' suis bon citoyen, moi! j' paie mes impôts comme tout le monde, même plus que les autres, vu que les affaires ne vont pas trop mal en ce moment. Et si c'est une question d'influence, bonté! mon travail n'est-il pas exposé au temple de Bel et au palais? Qui oserait citer en justice un forgeron chevronné à moins qu'il n'ait commis quelque chose de grave? Allons, je te le demande.

Iddina soupira :

— Dire que j'avais espéré que tu m'entendrais! Écoute, il n'est pas encore trop tard, envoie donc un messager pour faire la paix avec le camarade. Trouve-lui un petit présent, ou autre chose. Écris-lui un mot gentil, dans un style fleuri, dans lequel tu lui dis que tu t'excuses mais qu'il faisait chaud et que tu ne te sentais pas dans ton assiette...

— Foutaise! Rarement je me suis senti aussi en forme qu'en me fichant de sa poire. Un sacré tonique! J' voudrais bien me sentir en pareille forme maintenant. Honnêtement, je crois que j'ai trop bu. Un peu d'air frais me ferait du bien. Aide-moi donc à me relever, s'il te plaît.

Iddina lui fit faire quelques pas sur la terrasse.

— Écoute, Zakir, reprit-il, tu as probablement une rude journée de boulot qui t'attend. Pourquoi ne rentrerais-tu pas chez toi?

Alors, doucement, Iddina l'aida à se diriger vers la rue. Ils venaient à peine d'arriver devant chez Zakir que ce dernier s'appuya contre le mur et beugla :

— Ahuni! Viens donc aider à me mettre au lit! J' suis trop lourd pour Iddina!

Mais personne ne répondit.

— Il doit être en train de dormir, dit Zakir, après tout ce qu'il a vu... Ahuni! Réveille-toi, mon garçon! On a besoin de toi!

Mais il n'y eut pas de réponse. Ils fouillèrent la maison. Le jeune garçon restait introuvable. Il était parti.

3

Le matin, Zakir eut encore plus de difficulté à se lever que d'habitude. « Un de ces jours, se dit-il, tu apprendras. » Eh oui... Il lui faudrait un de ces jours renoncer au vin de palme, ou tout au moins savoir se contenter de vin nouveau et refuser ce vin très fermenté qu'on buvait au Croissant de lune.

Il s'étira et bâilla. Le soleil du matin était déjà haut dans le ciel et son éclat gênait ses yeux rougis. « Dieux du ciel! se dit-il, je vais être en retard à la forge! » L'air maussade, il se dirigea vers la porte, mais en mettant le pied dans la rue il trébucha sur quelque chose et tomba.

Il se releva, se demandant ce qui, diable! avait pu le faire tomber. Il recula d'horreur. Ahuni gisait là, devant lui, inanimé, sur les briques du seuil de la porte. Son visage était maculé de sang, son corps meurtri de coups.

Le forgeron eût tôt fait de reprendre ses esprits, il se pencha sur l'enfant.

— Ahuni..., tu m'entends?

La réponse se fit attendre un court instant puis un des yeux tuméfiés s'entrouvrit imperceptiblement et se referma.

— Vivant! s'écria Zakir, vivant. Allons, mon garçon, laisse-moi t'aider à te relever. Mets ton bras autour de mon cou. Ça te fait mal? Pardon! Maintenant allons-y, tout doucement!

Iddina fit son apparition un peu plus tard. Zakir avait déjà mis le garçon au lit et lui avait lavé ses blessures. Ahuni dormait d'un sommeil agité, ponctué de gémissements de douleur et de terreur. Iddina le regarda longuement et revint trouver son ami qui s'était assis à la table près de la porte.

— Que lui est-il arrivé ?

— Il s'est sauvé, dit Zakir, et si j'étais dans sa peau j'en aurais probablement fait autant. Il se sera glissé jusqu'au fleuve, espérant s'embarquer clandestinement sur un des bateaux en partance pour le delta et sera tombé entre les mains de l'équipage. Ils s'en sont donné à cœur joie : impossible qu'il s'asseye avant une semaine ! Mais il s'est défendu comme un diable. Brave gosse, il leur en aura fait voir. Tu as vu son bras ?

— Oui, qu'est-ce qui s'est passé ?

— De toute évidence, il a voulu essayer de faire disparaître sa marque d'esclave. Mais ne t'inquiète pas, je lui donnerai un bracelet pour cacher ça. Tu sais ce qu'il pourrait lui en coûter... Pauvre enfant. Vois-tu, Iddina, ces histoires d'esclaves...

Il s'arrêta, soupira, fronça les sourcils.

— C'est une bonne façon de se faire aider à bon marché.

— Dieux ! Je devrais bien faire faire ton horoscope. Tu es trop sensible pour survivre.

— Attends une saison, nous comparerons nos profits. Mais, si mes affaires continuent à aller comme en ce moment, je serai bientôt aussi riche que toi. D'accord, je suis sensible, mais je ne me débrouille pas si mal, je t'assure.

— Je sais, je sais. D'abord tu as l'avantage du fait que les ventes se font là, devant toi. Tu n'as pas à soudoyer les fonctionnaires pour passer la douane. Tu n'as pas de bandits qui attaquent tes caravanes.

— Allons ! De Ninive à Arbela ou d'Arbela à Kalakh, la route est on ne peut plus sûre !

— Tu changes de sujet. Tu sais très bien ce dont je parle. Avoue, tu songes à affranchir le gamin.

— Non, pas pour l'instant. On verra plus tard. Beaucoup plus tard. Mais je songe à le prendre comme apprenti, du moins s'il est adroit. Après, il trouvera toujours du travail comme forgeron.

— Dans le fond tu t'y retrouveras. Mais pourquoi deviens-tu soudain si sensible?

Zakir prit son air pensif :

— Je ne sais pas, mais ce garçon a quelque chose d'attachant. Et puis il y a cette drôle de tache de naissance et cette légende qui a à voir avec mon métier. Je me suis creusé la cervelle pour essayer, mais en vain, de me la rappeler. On a dû me la raconter du temps où j'étais apprenti moi-même.

— Ça ne tient pas debout! La vérité est que tu cherches des excuses pour faire ce que tu as déjà décidé de faire. Une tache de naissance n'est qu'une tache de naissance. Allons, dit Iddina en se levant, iras-tu à la forge aujourd'hui ou vas-tu continuer de jouer à la nounou?

Zakir fit la moue.

— Hum! Il y a une ou deux courses que je devrais faire, mais, zut! Vivant seul, je n'ai personne pour veiller sur lui.

— Même pas une de ces femmes que tu sembles si bien connaître?

— Laquelle? Tu penses à Banatsagil? Laisse-la mettre les pieds chez moi et elle n'en ressortira jamais! Elle veut que je l'épouse. Mais, si je l'épouse, qu'est-ce que je ferai du reste? Non, non, je préfère m'occuper de lui moi-même.

Et il ajouta, l'air penaud :

— Du moins aujourd'hui.

Il fallut une semaine pour qu'Ahuni se sentît assez en forme pour travailler à la forge. Zakir, lui, avait repris son travail trois jours plus tôt. Les amis qui passaient devant sa forge le trouvaient en train de chanter des chansons paillardes qu'il ponctuait de gros coups de marteau.

— Tu sembles bien joyeux aujourd'hui, dit un passant.

« Avec un apprenti pour s'occuper de mon feu et le garder le plus chaud possible, le métal fondra mieux, se disait

Zakir. Avec un garçon à côté, en charge du chalumeau, j'aurai les deux mains libres. »

Deux commandes arrivèrent le jour où Ahuni, la marque de son bras cachée par un bracelet de cuivre, vint travailler. Après déjeuner, Zakir lui tendit le chalumeau, lui demandant de souffler sur la ferrure de cuivre qu'il tenait avec ses pinces et façonnait à l'aide d'un tout petit marteau.

— Pour l'amour de tous les dieux, n'aspire pas. Respire par le nez, puis souffle, lentement, sans à-coups. Tu attraperas vite le rythme.

Dès le début ils firent bonne équipe. Le jeune garçon était rapide et travailleur. Zakir avait de plus en plus d'affection pour lui. Il s'aperçut rapidement que le garçon était doué : il était adroit de ses mains et avait l'œil sûr et juste. Il méritait qu'on l'initie aux secrets du métier. Si des amis s'arrêtaient pour parler affaires, Zakir ne leur présentait plus Ahuni comme un esclave mais disait fièrement :

— Voici Ahuni, mon nouvel apprenti.

Un mois passa et Soulai, le fils du magistrat, s'arrêta au marché de Nebo, le marchand d'esclaves. Une visite de Soulai valait le coup d'œil, il entrait escorté d'une douzaine de suivants, ses compagnons de joie ou les mignons favoris du moment. Nebo regarda leurs figures peinturlurées, mais resta si déférent qu'il en était presque obséquieux.

— Nebo ! dit Soulai sur un ton irrité. Tu n'as rien de mieux que ça. J'ai rarement vu autant de squelettes ambulants de ma vie.

Il tâta la cuisse nue d'un jeune esclave mâle et le pinça si fort qu'il le fit tressaillir. Alors, l'air méprisant, il passa à un autre étalage où se tenaient deux Nubiens, un homme et une femme, l'air hagard.

— Ouais, dit-il, un Noir ou deux feraient bien mon affaire s'ils étaient assez dociles. Déshabille-moi celui-ci.

— La femme ? demanda Nebo avec candeur.

— Allons donc ! reprit Soulai en minaudant. Tu me connais mieux que ça. Laisse-moi faire !

Il enleva lui-même le pagne du colosse noir et examina son corps de la tête aux pieds. Sa face d'hermaphrodite grimaçant de plaisir, il avança la main pour toucher les parties génitales du Noir. Le corps de l'esclave fut secoué de spasmes et, par mégarde, il serra deux énormes poings. Soulai le regarda en battant des cils. Le Noir avait du mal à contrôler sa rage.

— Bahé! dit-il. Il apprendra. On trouve toujours un moyen. Oui, d'accord pour celui-ci. Fais-le accompagner chez moi ce soir. Envoie la facture à mon père, veux-tu?

— Êtes-vous sûr? répondit Nebo. Votre père, l'honorable Habaslé, m'a vertement tancé la dernière fois que je vous ai vendu un esclave qui avait du tempérament, disons du genre qu'il faut un peu apprivoiser au début.

— Ne t'inquiète pas, répliqua Soulai. Je le domestiquerai, tu peux compter sur moi. De fait, ce que je voulais vraiment c'était un garçon, un gentil garçon d'une douzaine d'années, encore inexpérimenté, comme celui que cette espèce de rustre m'a chipé sous le nez à la vente aux enchères du mois dernier.

« Grands dieux, pensa Nebo, j'espérais que tu n'allais pas remettre cela sur le tapis! »

— Ah! oui, c'est vrai, dit-il. Mais j'attends un nouvel arrivage d'un jour à l'autre et je veillerai à ce que vous en ayez la primeur, maître. Voyons, un client comme vous!

Soulai grimaça et reprit :

— Dis-moi, ce vulgaire malappris, comment s'appelle-t-il? Un de ces jours il aura de mes nouvelles.

— Excusez-moi, maître, mais je n'ai pas le droit de vous donner ce genre de renseignement.

— Pas le droit? Nebo, mon ami, tu n'es guère réaliste. Rappelle-toi que le procureur général est absent ces jours-ci. Alors, qui fait la loi dans le quartier? Qui prend toutes les décisions en son absence? Si tu l'as oublié, je vais te le dire, c'est mon père, Habaslé. Oui! Et s'il apprend que mes désirs ont été contrecarrés par un marchand d'esclaves, un homme dont la carte de commerçant doit être renouvelée de temps à autre...

Un sourire triomphant traversa le visage de Soulai.

— Pigé? Hein! Tu as à faire renouveler ta carte? Alors si j'étais toi, je me méfierais...

— Maître, s'il vous plaît...

— Le nom, je veux le nom et tout de suite.

— Maître, c'est... C'est Zakir. Le forgeron du Bazar des

Trois Palmiers. Mais vous ne voudriez quand même pas...

— Mêle-toi de tes affaires, reprit sèchement Soulai. Tu me parlais donc d'un nouvel arrivage... Pour bientôt ?

C'était maintenant au tour de Zakir de tenir le chalumeau et à celui d'Ahuni, encore tremblant et maladroit, de manier le marteau.

— Vas-y, vas-y, frappe pendant que c'est chaud, disait Zakir entre deux bouffées. Là, parfait, répétait-il, tandis que, les yeux exorbités, il se remettait à souffler.

Quand le morceau de métal était chauffé à blanc, Ahuni devait dorénavant, sous l'œil et les encouragements de Zakir, lui faire prendre forme à chaque coup de marteau.

Ce soir-là, Zakir emmena le jeune garçon visiter un quartier résidentiel. Ils passèrent par des dédales de rues avant d'arriver devant une maison grande et imposante.

— Voilà, dit Zakir en s'arrêtant, n'aimerais-tu pas habiter ici, mon garçon ?

— Qu'est-ce donc, maître ? dit Ahuni.

— Je n'en ai parlé à personne au marché, mais j'ai demandé l'avis d'un courtier et même consulté un astrologue. Il est temps que je change d'adresse, tu sais ! Après tout, je deviens quelqu'un !

Zakir rayonnait de joie tandis qu'il parlait au garçon. Il posa la main sur son épaule et remarqua qu'elle commençait à se muscler.

— Alors, qu'en penses-tu, mon fils ?

Le visage d'Ahuni changea en s'entendant appeler « fils ». Il regarda Zakir droit dans les yeux avec un mélange de crainte et d'incrédulité. Il hésita, puis répondit en rougissant :

— Parfait, maître.

Que pouvait-il dire d'autre ? Toute autre réponse eût pu paraître osée de la part d'un esclave, mais il sentait tellement que Zakir voulait qu'il en dise davantage qu'il balbutia :

— Je... je crois que je l'aimerai bien.

— Que tu l'aimeras bien, reprit Zakir radieux. Bien sûr que tu l'aimeras bien ! Et tu vois cette petite fenêtre là-haut ? Ce sera ta chambre. Celle qui est au-dessous, celle avec le balcon, sera la mienne. La cuisine est de ce côté. Il y a de quoi loger une cuisinière et...

— Une cuisinière, maître ? dit Ahuni, regardant Zakir avec stupeur.

— Oui, il est temps que je commence à m'installer. Je vieillis, tu sais. Et grâce au ciel, je peux me l'offrir. Jamais les affaires n'ont été aussi bonnes.

Ils s'éloignèrent et Zakir commença à lui faire part de ses projets pour la maison. Ceux-ci passaient bien au-dessus de la tête du garçon qui réfléchissait ou, du moins, essayait de réfléchir. La tête lui tournait. Une pièce pour lui tout seul ? Un maître qui l'appelait « mon fils » ? Et une vie dans une grande maison, avec du personnel ? L'apprentissage d'un métier lucratif et non pas les travaux fastidieux et sans aucun avenir réservés aux esclaves ? Enfin la possibilité d'être libre une fois que ses années d'apprentissage seraient terminées ? Il avait du mal à croire à ce qui lui arrivait.

4

Les progrès d'Ahuni à la forge ne cessaient d'émerveiller Zakir. Au bazar, ses voisins admiraient l'esprit vif et l'adresse du jeune garçon, mais aussi la façon dont Zakir changeait. Auparavant, quand les affaires ne marchaient pas, Zakir jurait et pestait contre tout, contre la forge, contre le métal rougi qui s'obstinait à ne pas épouser la forme qu'il avait en tête, contre le premier venu. Maintenant, il était toujours souriant. Dès qu'un client entrait, il l'accueillait avec une gentillesse et une courtoisie qui ne lui étaient pas coutumières. « Le garçon le transforme », chuchotaient les marchands du bazar, incapables d'expliquer pourquoi la relation entre le forgeron et son jeune esclave avait amené chez Zakir un changement aussi radical. L'Hypothèse la plus valable semblait avoir été donnée par la femme d'Iddina qui s'était exclamée un jour : « N'est-il jamais venu à l'esprit d'aucun d'entre vous que cet homme pouvait se sentir seul et avoir besoin de quelqu'un à qui parler ? »

Petit à petit, la plupart des amis de Zakir avaient pris l'habitude d'accueillir Ahuni, comme d'accepter le bruit que le forgeron faisait courir concernant le statut du jeune garçon, à savoir qu'il était un apprenti et non pas un esclave. Après tout, si Ahuni le rendait heureux, quelle importance pouvait avoir le reste.

Un matin Zakir laissa le garçon à la forge pour aller de l'autre côté de la ville acheter du métal brut pour une commande. Ahuni lui dit au revoir puis s'accroupit devant la petite forge, absorbé par la confection d'un protège-tibia de cuivre pour un commandant de la garde royale. C'est alors qu'Iddina passa à la forge.

— Mon garçon, dit-il, sais-tu quand Zakir sera de retour ?

Ahuni lui sourit :

— Après déjeuner, maître. Dois-je lui dire que vous êtes venu ?

Il se montrait toujours déférent à l'égard d'Iddina qu'il aimait bien.

— Non, mon garçon, je reviendrai quand...

Il n'acheva pas sa phrase. Ahuni vit dans son regard une expression de surprise et d'effroi.

— Ahuni, reprit-il, fais ce que tu as à faire et laisse-moi m'occuper de cela.

Le visage de l'esclave reflétait déjà sa propre angoisse. Il venait d'apercevoir Soulai entrant dans le bazar, flanqué d'une douzaine de freluquets, et qui s'arrêtait devant la forge.

— Toi, cria-t-il à Iddina, mais je t'ai déjà vu quelque part !

— Excusez-moi, dit Iddina en se redressant.

Soulai se rapprocha.

— Oui, tu étais avec Zakir, le forgeron, le jour où il m'a humilié au marché.

Et puis soudain ses yeux brillèrent, il venait d'apercevoir Ahuni accroupi devant le foyer.

— Mais ça, c'est l'esclave qu'il m'a soufflé!

Il regarda le jeune garçon de la tête aux pieds, caressant du regard son corps à demi nu.

— Curieux! Je ne vois aucune marque indiquant qu'il est esclave. Pourtant je parierais une fortune que c'est bien là le même garçon!

Il fronça les sourcils, puis un sourire en coin vint sur son visage.

— Viens par ici, dit-il en s'adressant à Ahuni, et montre-moi donc ton bracelet.

Ahuni regarda Soulai puis Iddina.

— Maître, balbutia-t-il, dois-je...

— Je le crains, répondit Iddina mécontent.

Ahuni fit glisser le bracelet le long de son biceps maintenant bien ferme tandis qu'Iddina suivait avec attention le regard de Soulai... Il eut soudain l'impression que son cœur s'arrêtait de battre.

— Qu'est-ce que je vois? dit Soulai. Aurait-on essayé d'oblitérer la marque qui était sur le bras de cet esclave?

— Esclave? hurla Zikha, le cordonnier qui occupait le stand d'à côté. Esclave? Mais c'est l'apprenti de Zakir. C'est lui qui me l'a dit. Il m'a dit que...

Alors, réalisant son erreur, il essaya de faire marche arrière.

— Non, je voulais dire que...

Soulai l'interrompit froidement :

— Je sais ce que tu veux dire... Le forgeron a conspiré avec le garçon pour effacer la marque qu'il portait au bras. Ne sait-il pas ce qu'il pourrait lui en coûter? Ça va, mon garçon. Tu peux remonter ton bracelet. Pas très joli, n'est-ce pas? Je suis sûr que cela te fait mal de le remettre. Hein? Allons, parle, je n'entends rien. As-tu souffert? J'ai mal rien que d'y penser, ce fer chauffé à blanc qui vous déchire la chair et vous brûle...

— Oh! hurla Ahuni qui venait de se brûler au feu de la forge et en avait lâché les tenailles dans la flamme.

— Regardez, dit Iddina en colère, il s'est fait mal par votre faute. Écoutez, je me fiche de qui vous êtes. Je vous demande de bien vouloir partir, et si vous ne décampez immédiatement, j'appellerai...

Soulai regarda le marchand d'un air moqueur.

— Ah! oui, et qui appelleras-tu? Les gardes? Les gardes qui sont sous les ordres de mon père pour m'expulser du marché?

Il regarda le garçon, son visage crispé par la douleur, puis son corps frêle.

— Je suis désolé, mon garçon, mais j'espère que tu comprends.

Son expression ne portait pas la moindre expression de remord ou de pitié.

— Venez, dit-il en se retournant vers sa suite, nous avons à traiter des affaires qui ne sauraient attendre.

Son regard chercha celui d'Iddina et, en ricanant, il s'éloigna dans un tourbillon de robes aux couleurs tendres, qui laissèrent derrière elles des effluves de parfum.

Zakir se faufilait dans le dédale des rues à l'est de la Voie triomphale, vers la porte Ishtar de la cité de Babylone. En marchant il pensait à Ahuni. Qui était au fond ce garçon? D'où pouvait-il venir? Il n'avait pas le type des tribus dont provenaient traditionnellement les esclaves. Cela vaudrait la peine, se disait-il, de retracer ses origines, si toutefois c'était possible. Pour l'instant, il n'avait pas d'élément qui pût lui permettre de résoudre cette énigme. On pouvait devenir esclave de tant de façons. On pouvait naître esclave dans une famille d'esclaves, mais aussi avoir été fait prisonnier de guerre. Il n'était pas rare non plus qu'un père, harcelé par ses créditeurs, finisse par vendre sa femme, ses enfants, ou se vendre lui-même s'il était dans l'impossibilité de rembourser une dette. Et puis il y avait les enfants adoptifs vendus comme esclaves lorsqu'ils désavouaient leur père adoptif. Un jour, Ahuni saurait ce qui l'avait amené à cet état. Un garçon n'a-t-il pas le droit de savoir qui est son père?

Zakir ressassait encore ces pensées quand il se retrouva dans le quartier commerçant. Comme il arrivait à un bazar, un ménestrel s'approcha de lui et l'attrapa par la manche.

— Chanson, maître? Des vers? Une chanson pour une occasion particulière?

— Désolé, je n'ai pas le temps, répondit Zakir, je cherche un homme du nom de Kannounai. Un vieillard. Il fut jadis forgeron comme moi.

— Vous feriez mieux d'écouter d'abord une petite chanson... J'en ai écrit une pour les gardes du roi : « J'ai rencontré deux filles de joie dans la rue... »

Zakir l'interrompit :

— Oui, moi, dans la rue, j'ai rencontré un casse-pieds. Si tu ne peux pas me dire comment me rendre chez Kannounai, tu ne m'intéresses pas.

Le ménestrel recula, éberlué :

— C'est juste ici ! Il habite au-dessus du vendeur d'huile de sésame.

— Merci, dit Zakir, qui traversa la place sans se retourner.

Rencontrer un ancien maître de l'art exigeait tout un rituel. Zakir se présenta, s'inclina profondément devant le vieil homme et écouta respectueusement ce qu'il avait à dire. C'était parfois assommant de flatter la vanité des vieillards, mais souvent nécessaire. Dès qu'il put placer un mot, il sauta sur l'occasion.

— Kannounai, dit-il, vous qui avez tant voyagé et savez tant de choses, je suis venu vous trouver au sujet d'une histoire qu'on m'a racontée lorsque j'étais enfant. Peut-être ne s'agit-il que d'une légende, mais je n'arrive pas à me la rappeler et votre mémoire est sans doute meilleure que la mienne.

— Fort possible, acquiesça le vieillard. Je m'aperçois que je peux me souvenir maintenant très clairement de choses qui se sont passées lorsque j'étais jeune garçon, il y a de cela soixante ou soixante-dix printemps... Par contre, je ne puis me rappeler où j'ai mis ma béquille il y a une heure. Mais, dites-moi, à quoi pensez-vous ?

— Je pense à ce qu'on m'a raconté... Si j'ai bonne mémoire, il y était question d'une marque de naissance qui ressemblait à l'empreinte d'une patte de lion et aurait eu un rapport avec la corporation des forgerons. C'est une vieille histoire, je ne l'ai entendue qu'une fois, en passant... et je l'ai oubliée.

— Une tache de naissance ? Comme l'empreinte d'une

patte de lion ? Non, je ne la connais pas, mais il se pourrait que ce soit une légende venue d'une autre région, du côté d'Our, par exemple. Quand Our fut détruite, beaucoup de secrets périrent avec elle.

— Auriez-vous alors la bonté de m'adresser à quel-qu'un qui s'y connaîtrait ?

Zakir était décidé à ne pas quitter son sujet. Il savait trop que les vieilles personnes ont tendance à laisser errer leurs pensées.

— Bon, puisque vous y tenez..., reprit Kannounai dont les vieilles mains, paralysées depuis des années, se refermèrent sur la petite bourse que Zakir lui tendait. J'attends prochainement la visite d'un vieil ami d'Uruk. Il vient vendre des pièces de ferronnerie au palais. J'ai reçu une lettre de lui. Attendez, elle doit être par là...

Tout en revenant au Bazar des Trois Palmiers, Zakir s'efforçait de chasser un sentiment de malaise. Il était anxieux et ne se sentait pas bien. Pourtant il n'y avait rien eu dans sa conversation avec Kannounai qui eût pu l'inquiéter et, tout compte fait, ses affaires allaient bien, même mieux que jamais. Comment donc expliquer que son appréhension aille croissant ? Quelqu'un lui aurait-il jeté un sort ? Devait-il aller chez le barbier pour s'y faire saigner ? Aller trouver un devin ? Secouant la tête, il essayait de se ressaisir.

Quand il entra au Bazar des Trois Palmiers, il était trop préoccupé pour remarquer les signes désespérés qu'Iddina lui faisait de sa vitrine, de l'autre côté de la place. Mais déjà deux gardes l'abordaient. Deux molosses.

— Tu es bien Zakir, le forgeron ? s'enquit l'un d'eux.

— Oui, répondit Zakir, la voix rauque.

Il essaya d'avancer, mais le garde l'en empêcha.

— Excusez-moi, reprit-il, je ne me sentais pas bien, et je me dirigeais vers...

— Il va falloir que tu viennes avec nous, répliqua le garde. On a porté plainte contre toi.

— Plainte contre moi ? dit-il d'une voix lasse. Mais à quel sujet ? Qui ?

Les soldats restaient impassibles. Il aperçut Iddina.

— Iddina ! cria-t-il par-dessus l'épaule d'un des gardes. Veille sur le gamin, s'il te plaît. Je reviendrai, mais je t'en supplie, veille sur lui !

— Zakir, dit Iddina en essayant de se faire entendre au milieu du bruit de la foule, le garçon est parti ! Je ne l'ai pas vu !

Mais les gardes l'avaient empoigné chacun par un bras et après s'être débattu une fois encore pour essayer de regarder par-derrière, il finit par se laisser emmener. Il était épuisé.

Le jugement, devant le tribunal réuni à la hâte et présidé par Habaslé, fut rapide et tranchant. Les témoins qu'on avait fait venir affirmèrent qu'ils avaient vu sur le bras d'Ahuni des traces indiquant qu'on avait essayé d'effacer sa marque d'esclave. En vain Zakir protesta-t-il. Bien qu'Ahuni fût absent, ces dénonciations multiples suffisaient à le faire condamner. Restait à attendre misérablement la sentence du tribunal.

Zakir remerciait néanmoins les dieux que l'enfant ait eu le bon sens de s'enfuir avant l'arrivée des gardes, car il connaissait le châtiment réservé aux esclaves aussi bien qu'à leur maître dans ce genre d'affaires. Si on l'attrapait, le garçon serait mutilé. Quant à lui, Zakir, il connaissait la peine requise par la loi pour l'offense dont il était présumé coupable : c'était la mort.

Il entendit donc à peine la sentence et, quand elle fut prononcée, il se laissa emmener sans protester, décidé, dans les six heures de réclusion rigoureuse qu'il lui restait, à se préparer à la mort. Mais quand les gardes vinrent le chercher, ils ne l'accompagnèrent pas à l'endroit où l'on exécutait généralement les criminels mais dans une pièce située au-dessous du palais, où, à la stupeur de Zakir, ce ne fut pas sa tête qui fut placée sur le billot pour être tranchée par la hache du bourreau, mais sa main. Sa main droite.

CHAPITRE III

1

C'est le garde Shairetana qui avait été chargé d'accompagner la grande caravane d'Abram jusqu'aux abords du désert. Quand il fut arrivé à destination, il pria la cohorte de s'arrêter et demanda à parler au maître. Il avait beaucoup d'allure dans son uniforme de garde, Shairetana. Il portait une sorte de jupe longue et un justaucorps rayé, une épée à double tranchant au côté, un bouclier de cuir orné de clous dorés cachant en partie son bras musclé. Au moment où il se présentait devant Abram, Agar était occupée à harnacher l'âne de Saraï. Intéressée, elle le regarda s'adresser à son maître, essayant d'oublier la douleur que lui causaient son dos et sa poitrine brûlés par le soleil, ses pieds nus meurtris par la marche.

— Je vous laisse ici, dit le commandant. L'escorte doit maintenant retourner à Silé.

— C'est bien, dit Abram.

Son regard cherchait celui du jeune homme. Il semblait l'apprécier. Cette fois, son ton n'était pas empreint de cette dignité surfaite qu'il avait arborée durant sa discussion avec Senmut. Il se trouvait en présence d'un meneur d'hommes, comme lui-même, et on pouvait laisser de côté les cérémonies.

— Nous n'aurons plus besoin d'autres forces armées que les nôtres, ajouta-t-il en souriant.

Le commandant regarda la caravane :

— Les hommes, vous les avez, ce sont des armes dont vous aurez besoin.

— C'est exactement ce que je pense, dit Abram. Mais grâce à la mauvaise conscience de votre maître et aux présents dont il m'a comblé pour apaiser ses remords, je suis assez riche pour armer mes gens. Le problème est de trouver qui peut me fournir des armes.

— Allez du côté de Timna. C'est là que nous possédons nos mines de cuivre les plus importantes. Le métal y est fondu et on peut l'acheter sur place. Je suis sûr que vous y trouverez quelqu'un à embaucher, susceptible d'armer, voire de préparer vos hommes à ces combats auxquels vous aurez à faire face plus tard.

— Commandant, je vous remercie pour votre aide et pour votre escorte.

Le commandant sourit, ses dents blanches étincelaient dans son visage sombre.

— J'accepte que vous me remerciiez pour ce conseil, mais l'idée de vous escorter ne venait pas de moi. On m'avait demandé de vous accompagner jusqu'à la première frontière. J'en ai conclu que c'était une manière de s'assurer de votre départ et de votre non-retour.

Abram répliqua avec candeur :

— N'ayez crainte, nous n'avons pas la moindre envie de revoir le delta. Donc, au revoir, commandant, et bonne chance !

Il lui tendit une bourse.

— Voilà pour vos hommes !

— Je la leur remettrai, mais à moi de vous souhaiter bonne chance ! Vous en aurez besoin là-bas, au nord. Adieu !

Agar vit Abram faire demi-tour et se diriger lentement vers les caravanes. C'est alors que le commandant Shairetana l'aperçut. Il eut un mouvement pour partir, puis se retourna et lui dit :

— Il me semble que je te connais ?...

Agar, les lèvres serrées, détourna son visage, honteuse des larmes qu'elle sentait soudain monter à ses yeux.

— Je... je ne sais pas, maître.

— Mais si, tu sais bien.

Son ton venait de changer tout à coup pour devenir aussi doux que la main basanée qu'il avait placée sous le menton de la femme. Il venait de lui relever le visage et la regardait droit dans les yeux.

— Oui..., je me souviens, ne faisais-tu pas partie de la maison de Psarou, le marchand ?

— Oui, maître, répondit Agar, qui essayait de ravaler ses larmes.

— Je comprends, dit-il, excuse-moi. Je sais qu'effectivement, à sa mort, ses biens furent confisqués et...

— Oui, j'en faisais partie, l'interrompit Agar qui s'efforçait de cacher son amertume avec dignité.

— Hélas! répondit le commandant. C'est la vie. La fortune nous sourit un jour et nous délaisse le lendemain. Mais comment vas-tu traverser ce désert? Ainsi vêtue, derrière ces caravanes?

— Je n'ai plus qu'à faire ce qu'on m'a dit.

— Écoute, demande surtout quelque chose pour te couvrir la tête et conseille aux autres femmes d'en faire autant. Tu es nu-pieds? Crois-moi, cela vaut mieux que des sandales. Plus vite tes pieds s'endurciront, mieux ce sera. Au sud de Bershéba vous allez traverser deux chaînes de montagnes. D'ici là la semelle de tes pieds sera aussi dure que du cuir et la roche ne te fera plus souffrir. L'important est de veiller à ce que les enfants aient à boire, même entre les étapes. Ils se déshydratent plus rapidement que nous. Toi-même, n'oublie pas de boire beaucoup!

— Oui, maître, dit-elle en baissant la tête.

— Bonne chance! reprit-il, en lui serrant la main. Je suis passé par là autrefois, et c'est ainsi que je suis devenu soldat. Certes, j'ai laissé les miens pour des raisons différentes des tiennes; ma maison était en flammes, mes parents morts écorchés vifs dans les rues. Donc, écoute-moi, ma fille, ne te laisse pas abattre, n'accepte jamais ton destin. Rappelle-toi que tu en es maître. Garde ta fierté, c'est la seule façon de survivre. Tu réussiras.

Il sourit, mais il y avait autre chose que de la pitié dans ses yeux sombres. Il la salua d'un bref signe de tête, fit demi-tour et s'en alla.

Il fallut trois jours de marche à Abram et aux siens, dans le désert de Succoth, avant d'apercevoir un puits. Une partie du bétail avait succombé, une mère avait perdu son nouveau-né, tandis qu'au cours de la seconde nuit une esclave égyptienne du nom d'Eben mit au monde un enfant, un garçon robuste.

Agar aida à l'accouchement, comme elle l'avait vu

faire chez Psarou. N'ayant guère confiance dans l'entourage d'Abram, elle fit venir Shepset, lui montra comment aider la femme, et l'enfant naquit au petit matin, alors que l'aurore pointait au-dessus des montagnes teintées de rose. Sûres que tout allait bien pour le fils et la mère, Agar et Shepset s'en furent se reposer sur des paillasses, tandis que les autres femmes préparaient le repas. Mais ni l'une ni l'autre ne purent s'endormir. Agar se tourna vers la jeune fille.

— Shepset, lui dit-elle tristement, j'ai envie de pleurer. Dire que nous avons aidé Eben à mettre un fils au monde, alors que nous savons qu'il est né esclave ?

— Oh ! maîtresse..., dit Shepset, qui ne put continuer sa phrase.

— Je me demande, continua Agar, la voix brisée, pourquoi, moi qui ne suis plus rien, je n'ai pas tué cet enfant pour en finir avec lui.

Elle lut une expression de douleur et de reproche dans les yeux de la jeune fille et se reprit.

— Pardonne-moi, dit-elle. Vois-tu, c'est que...

— Je sais, soupira Shepset. Nous avons été si près d'être libres, d'être les égales de ceux qui nous entourent, et maintenant...

— Pour qui travailles-tu ? dit Agar. Je n'en sais même rien. Je t'ai fait chercher, mais on ne m'a pas renseignée sur l'endroit où l'on t'avait trouvée.

— Je travaille pour la femme de Lot, le neveu d'Abram. Mais j'aimerais mieux être avec vous, répondit la jeune fille.

— As-tu des problèmes avec eux ?

— Non... Oh ! non. Ils ne me traitent pas trop mal. Ils me font trimer mais je finis par en avoir l'habitude. C'est juste que...

— Oh ! je devine... Lot s'intéresse à toi...

Agar haussa les épaules, elle savait qu'il n'y avait rien à faire, si Lot décidait d'avoir la jeune fille et qu'Abram n'y fût pas opposé...

— Je me demande ce que je peux faire, reprit-elle. Qui sait ? Si je réussis à plaire au seigneur Abram et à Sarai, son épouse, j'essaierai de leur demander qu'ils te permettent de venir ici.

— Oh! ayez la bonté de le faire, je sais bien que ce ne sera pas facile, mais...

— Je te comprends. J'ai rencontré Lot et je n'arrive pas à croire qu'Abram et lui appartiennent à la même famille. A mon avis d'ailleurs, Abram n'a pas de lui une opinion plus favorable que la nôtre. Mais, que veux-tu, il y a les liens du sang... Tâche donc de l'éviter tant que tu le pourras, c'est tout ce que je peux te dire. Nous sommes aujourd'hui sans protection, livrées à nous-mêmes. A nous de réagir si nous voulons survivre.

La jeune fille s'assit, les mains croisées sur ses seins nus, maintenant aussi bruns que ceux d'Agar :

— Je crois qu'Ah-Mose — vous vous souvenez de cet ancien intendant de Psarou? — m'a remarquée. Je l'ai rencontré pour la première fois le soir où les gardes sont venus. Il s'était rendu à Silé pour s'occuper des affaires de Psarou quand arriva l'ordre du roi.

— Pauvre homme, je me le rappelle. Il est jeune et n'a pas mauvaise allure. Mais il est esclave lui aussi... alors, à quoi bon? Nous serons mariées selon le bon plaisir d'Abram, ou finirons concubines de ses parents pauvres. Il faut que tu le saches : on nous accouplera comme du bétail, à moins qu'on nous vende ou qu'on nous échange pour de la terre lorsque nous serons à Canaan.

Elle secoua encore une fois sa chevelure brune. Non, elle ne céderait pas au désespoir. Il lui fallait garder la tête haute, dominer les événements, ne jamais s'apitoyer sur son propre sort.

— Pardonne-moi, reprit-elle. Je ne me laisserai plus aller de la sorte. Shepset, ma chérie, restons aussi proches l'une de l'autre que possible. Viens me voir dès que tu auras un moment de libre et que tu pourras t'échapper sans mécontenter qui que ce soit. J'ai besoin d'une amie ici; toi aussi, je pense. Ne nous laissons donc pas briser par notre malheur. Nous valons mieux que des animaux ou du bétail. Et puis, tu sais, nous sommes à égalité : désormais, je ne suis plus ta « maîtresse ». Fini tout ça!

Elle prit la main effilée de la jeune fille entre les siennes, ses belles mains que les rudes travaux avaient rendues calleuses.

— Viens, dit-elle, soyons sœurs. Nul ne pourra nous séparer.

Shepset sourit à travers ses larmes.

— Sœurs ? répéta-t-elle...

2

Ka-Nakht, superviseur des mines royales de Timna, sortit de sa tente en souriant. Mais son sourire devint plus radieux encore lorsqu'il aperçut la silhouette robuste qui se tenait à une distance respectable derrière les tentes, les bras croisés sur sa large poitrine.

— Snéféru! cria-t-il.

Ce dernier accomplit les gestes rituels du cérémonial, pour la forme, car son large sourire rendait ce formalisme hors de mise.

— Je vois avec plaisir qu'un soldat n'est pas toujours oublié par ses anciens compagnons d'armes!

— Eh! parbleu, comment oublier un gars qui me doit encore un outnou à la suite d'un vieux pari? répliqua Ka-Nakht.

Ils s'avancèrent l'un vers l'autre et s'étreignirent chaleureusement. Le superviseur prit son ami par le bras et ajouta :

— Allez, oublie cet outnou. La course était truquée. Qu'est-ce qui t'amène à Timna à une époque si tardive?

— Qu'est-ce qui peut amener un mercenaire où que ce soit? répliqua Snéféru. Vois-tu, je suis entre deux postes. Je viens de négocier un traité de paix entre deux tribus qui s'entretuaient, à l'est du Jourdain? On m'a alors fait comprendre qu'on pouvait se passer de mes services.

— Tu as fait un bon boulot, dit Ka-Nakht. Trop bon. Mieux vaut souvent laisser les choses inachevées avec un fond de querelle dans l'air, veiller à ce que l'atmosphère reste un peu menaçante... Ne nous l'a-t-on pas assez rabâché durant notre formation?

...quer, alors
...que a des yeux pour
... seul à l'horizon!
...e! dit Ka-Nakht. Allons, viens
...avec moi. Je me suis donné le mal d'amener
...-douzaine de femmes pour en brasser sur place.

— Pas encore, répondit Snéféru. Je m'interdis toute boisson forte avant le crépuscule. En attendant, raconte-moi ce qui se passe et surtout s'il y a des chefs de tribus des environs qui viennent s'approvisionner en métal ou en armes. Je pourrais me faire embaucher pour leur apprendre à s'en servir.

— Je n'en connais pas pour l'instant, dit Ka-Nakht. Mais pourquoi ne passerais-tu pas quelque temps ici aux frais du roi? Il y a un fonds prévu à cet effet. Je ne me plaindrais pas d'avoir un peu de compagnie. Ce n'est pas particulièrement drôle d'être en poste ici.

Il regarda autour de lui du côté des falaises que des hommes en pagne attaquaient de leurs marteaux de pierre. A leurs côtés, d'autres travailleurs piochaient la malachite, qu'ils concassaient pour la faire fondre.

— Nous en avons beaucoup qui travaillent ici, maintenant.

— Des Madianites, à ce que je vois.

— Oh! oui, dit Ka-Nakht, ce sont de bons travailleurs. L'été est une fichue saison pour eux. Je les garde jusqu'à l'arrière-saison, jusqu'à ce que les oiseaux s'en aillent. Là-bas, dans la vallée, ils broient le minerai, mais les fourneaux sont par ici. Tiens, il y a quelqu'un que tu aimerais sans doute rencontrer. Si j'ai bonne mémoire, tu as toujours aimé observer les artisans au travail.

— Un forgeron?

— Oui, et l'un des meilleurs qui soit : Belsunu. Il vient d'Our, de l'autre côté du désert. En ce moment, il travaille pour le gouverneur de Silé, dans le delta, qui lui a commandé deux portes de bronze pour son palais. Espérons ironique.

— Peu impor[...]
procédés relatifs au [...]
sonne, ce forgeron?

— Écoute, ne va pas le [...] [...]
est malade, très malade. Je sera[...] [...]oit
encore en vie l'an prochain. L'autre [...] [...]s sa
tente pour le réveiller et, en dépit de la [...] air, je
l'ai trouvé trempé de sueur.

— Oh! je vois, dit Snéféru, dont le visa[...] montrait
qu'il comprenait. Il est squelettique et il a beau essayer de
reprendre du poids, il n'y arrive pas, c'est ça?

— L'inquiétant, c'est cette toux. Avant elle ne le prenait que le matin, maintenant, c'est toute la journée et elle
empire.

— Il crache du sang, je suppose?

— Bien sûr, pauvre diable! Ce n'est pas un mauvais
bougre, tu sais. Malade comme il est, on passe avec lui des
moments merveilleux. Il a beaucoup voyagé, menant un peu
le même genre de vie que nous, ou que moi jusqu'à ce que
j'en aie eu assez de rouler ma bosse.

— Oh! un forgeron, surtout un forgeron chevronné, est
toujours le bienvenu. Pour lui, pas de frontières même en
temps de guerre. Tu as raison, j'aimerais vraiment le rencontrer. Après tout, je pourrais peut-être m'arranger avec
lui pour qu'il me refasse une épée, la mienne se démanche.

— Tu l'as abîmée dans un combat?

— Parbleu, non! Un tonneau de vin lui est tombé dessus dans une taverne de Damas! Tu le sais comme moi, ce genre de choses ne nous arrive jamais dans des circonstances héroïques, bien qu'en général on prétende sans vergogne le contraire. Et c'est au moment où l'on raconte que l'on s'est cassé le bras dans une lutte de corps à corps que le soldat qui vous écoute sans mot dire vous tire par le bras et vous demande si ce n'est pas plutôt le propriétaire d'une maison close qui vous l'aurait cassé... et nom d'un chien, il a toutes les chances d'avoir raison!

Ka-Nakht se mit à rire.

— Écoute, débrouille-toi pour passer une semaine ou deux avec nous. Tu sais, on se sent plutôt seul ici. Personne à qui parler... sauf le forgeron et il dépérit à vue d'œil. Si agréables soient-ils, les malades ne sont guère de joyeuse compagnie!

— C'est vrai, répondit Snéféru. Mais j'aimerais tout de même bien rencontrer ce type. Je voudrais lui parler.

Ils se tenaient maintenant sur une marche de la forge, regardant le forgeron et ses ouvriers en train de façonner une porte. Sur l'un des côtés de l'atelier, on apercevait un petit fourneau percé de trous sur ses côtés et alimenté par un tas de charbon, à demi enfoui dans le sol. Des ouvriers brandissaient un soufflet qui paraissait ingénieusement conçu. Ils commençaient par gonfler une vessie en tirant sur une corde avant d'en piétiner une deuxième pour envoyer de l'air sous pression dans le chaudron. A l'intérieur du fourneau, un creuset où le bronze fondu bouillonnait paresseusement sur les charbons ardents.

— Astucieux ce procédé, dit Snéféru, mais ne serait-il pas plutôt égyptien que mésopotamien?

— Oh! oui, renchérit Ka-Nakht. Mais Belsunu s'acharne à vouloir le perfectionner. S'il y arrive, nous pourrons accélérer la transformation du cuivre en bronze. Il pense aussi l'appliquer à d'autres stades de la fonte du métal. Regarde là, par exemple : tu vois, c'est le moule de l'autre porte. Ils y versent le bronze fondu à travers les ouvertures et les gaz sont évacués de ce côté.

— Quel beau travail! dit Snéféru dont le regard s'était cependant éloigné du moule d'argile.

Il contemplait le forgeron.

— Dieux du ciel, dit-il. Mais c'est Belsunu ! D'ailleurs, ça ne pouvait être que lui, vu ta description.

— Pauvre type, sa peau est de plus en plus grise.

— Avec une carrure comme la sienne, il devait être fort comme un Turc avant de tomber malade. N'est-ce pas affreux de voir un homme aussi robuste, terrassé par la maladie ?

— C'est vrai, remarqua Ka-Nakht. Ce fut jadis un solide gaillard. J'ai rencontré un homme qui m'a raconté qu'autrefois il pouvait prendre un âne dans chaque bras et les soulever comme ça ! Il n'arrêtait pas de gagner des paris !

— Dis-moi, est-il réellement aussi triste qu'il le paraît ?

Ka-Nakht regarda son compagnon, ne sachant trop que répondre :

— Oui, mais ce n'est pas pour les raisons auxquelles tu pourrais penser. Il ne considère sa maladie que comme une simple gêne, une entrave. Il a d'autres soucis, des soucis que je suis heureux de ne pas avoir. Si tu deviens son ami, il t'en fera sûrement part un jour ou l'autre. Mais va le trouver, cela en vaut la peine. C'est un homme respectueux d'autrui et qui a beaucoup de choses à dire quand on réussit à le faire parler.

Snéféru ne quittait pas l'homme des yeux qui, tout à son travail, était en train de verser le bronze fondu. Soudain, il fut saisi d'une affreuse quinte de toux. Une toux profonde, déchirante, douloureuse.

— Je crois que je reviendrai plus tard, dit doucement Snéféru. En attendant, mon ami, dis-moi un peu ce qu'il y a comme femmes par ici.

Le superviseur et le soldat mercenaire se retrouvèrent devant un bon feu, du gibier rôti et des pichets de bière. Ils étaient bien décidés à célébrer leurs retrouvailles. Du camp des Madianites on fit venir des chanteurs, des musiciens et des danseuses. Les membres bruns des filles luisaient à la lumière du feu. Snéféru qui avait appris dans ses voyages de nombreux dialectes chantait à tue-tête une chanson paillarde madianite. Ka-Nakht riait aux éclats, il ordonna une nouvelle tournée de bière pour tous.

Le groupe des musiciens avait amené quelques

enfants. Leurs joyeuses cabrioles faisaient un charmant contrepoint aux danses solennelles de leurs aînées, dont l'élément le plus remarquable était une beauté madianite, aux yeux noirs. Défiant les sifflements de ses amis, elle s'approcha de Snéféru et l'entraîna dans la danse.

— D'accord, j'y vais, dit Snéféru légèrement éméché. Je crains de ne pas me rappeler cette danse, mais essayons.

L'officier, véritable armoire à glace, avait une sorte de grâce naturelle, il n'eut aucun mal à se sentir à l'aise au milieu des danseuses. Ka-Nakht, une toute jeune fille sur les genoux, le regarda avec envie au moment où il passait de l'autre côté du feu? Contre lui, la jeune fille se trémoussait, se pelotonnait. Elle approcha son visage pour qu'il l'embrasse. C'est alors qu'il leva la tête et aperçut Belsunu qui se tenait devant le feu, observant les Madianites. Snéféru l'avait vu aussi, il s'arrêta, embarrassé. La musique alla decrescendo puis se tut.

Belsunu regardait autour de lui, l'air gêné.

— Je suis navré, dit-il, continuez, je vous en prie. On m'a dit qu'il y avait parmi vous un jeune garçon... mais à ce que je vois, ceux qui sont ici sont soit trop jeunes, soit trop vieux.

Il fit de sa grosse main un geste de supplication :

— Je vous en prie, recommencez! Je ne voulais pas gâcher votre moment de détente.

Ses épaules s'effondrèrent et il fut saisi d'une nouvelle quinte de toux. Il s'éloigna du feu de camp; la musique reprit.

Snéféru s'avança vers Ka-Nakht, le bras autour de la taille de la jeune fille.

— Qu'est-ce que c'est que cette histoire de jeune garçon? (Il secouait la tête de façon incrédule.) En le voyant, jamais on ne pourrait penser qu'il en est !

— Pardon, tu disais? dit Ka-Nakht. Oh! si c'est ce que tu crois, non, non, absolument pas. Tiens, assieds-toi là, laisse la fille se reposer sur tes genoux, et prends ta bière, veux-tu ?

Snéféru alla s'asseoir à côté de lui, la fille sur ses genoux.

— Que disais-tu au sujet du forgeron ? dit-il.

— Je te disais qu'il n'est pas intéressé par les garçons. De fait, pas spécialement non plus par les femmes. Tu sais, il est malade. Il ne s'approche guère de personne, homme ou femme.

— Alors, pourquoi ?

— Il cherche quelqu'un. Quelqu'un qu'il a perdu. C'est une longue histoire et je voulais qu'il te la raconte lui-même quand tu le connaîtrais, mais...

Snéféru s'amusait à pincer la fille. Elle émit un gloussement et se lova contre lui en frétillant.

— Raconte, dit Snéféru d'une voix rauque.

— Eh bien, commença Ka-Nakht, en faisant passer la fille sur son autre genou et en lui tendant la chope de bière, je crois qu'il vivait dans les environs de Mari, dans la vallée de l'Euphrate. Il travaillait au palais. Un jour, un des astrologues l'avertit, au moment où il s'apprêtait à accompagner le roi et sa suite en mission, que cela lui porterait malheur. Mais il n'y fit pas attention et prit congé de sa femme et de ses enfants. Il avait, je crois, un petit garçon et une fille plus âgée qu'il aimait beaucoup.

— Ton histoire est trop longue, dit Snéféru en serrant la fille contre lui.

— Elle est pratiquement finie. Donc il s'en fut avec le roi et sa suite. Et en son absence la ville fut mise à sac. Quand il revint, il trouva sa femme et sa fille égorgées. Elles avaient été violées, puis empalées. (Ka-Nakht eut un soupir de pitié et de dégoût en pensant à la cruauté humaine.) Pauvre bougre... Avoir ça sur la conscience, tu penses !

— Tu m'as dit qu'il avait des enfants, deux ?

— Oui. Un des voisins qui avait assisté au drame et avait réussi à s'échapper m'a raconté que le jeune garçon avait été emmené en pleurant, la corde autour du cou. Un petit bambin d'environ quatre ans... Emmené pour être vendu comme esclave, évidemment.

— Parbleu, l'histoire est tragique. Et tu penses que notre forgeron est encore en train de chercher son fils ? Après toutes ces années ? Au nom du ciel, comment pourrait-il arriver à le reconnaître ?

— Regarde-le à sa forge. Tu remarqueras la marque qu'il porte au flanc. C'est une marque de naissance, une tache rouge. On dit que tous les mâles de sa race la portent. Si le garçon est encore en vie, il la porte.

— Incroyable! répliqua Snéféru qui se versa une autre chope de bière avant de reprendre d'une voix éraillée : Par tous les dieux, je ne sais plus où j'en suis. Tiens, ma douce, finis ça. De quoi étions-nous en train de parler ? Oh! du forgeron. Tu me disais qu'il avait une marque de naissance ? A quoi ressemble-t-elle?

— C'est une tache rouge, comme l'empreinte d'une patte de lion.

3

Snéféru éprouva de la sympathie pour le forgeron dès qu'il le rencontra. Il y avait dans le regard de Belsunu quelque chose qui vous faisait oublier son déplorable état physique. On sentait en lui une tolérance plaisante, une compassion, un courage que l'on ne rencontre en général que chez les hommes les plus énergiques.

Au moment où Snéféru était arrivé à la forge, Belsunu examinait l'épée qu'il venait d'achever. Elle faisait miroiter le soleil du matin tandis qu'il en essayait la lame et la hampe et la brandissait au bout de son bras long et encore vigoureux. Il se tourna vers l'arrivant, un large sourire sur son visage osseux.

— Ah! dit-il, n'es-tu pas l'Égyptien dont notre hôte m'a parlé? Essaie ça, veux-tu?

Snéféru fit un signe de tête en guise d'approbation et saisit la garde de l'arme que lui tendait Belsunu. Il la serra. Elle ne pouvait être mieux faite à sa main. Qu'elle était donc équilibrée!

— Dieux du ciel! s'écria-t-il, quelle arme merveilleuse! Jamais vous n'auriez dû me la mettre entre les mains! Il vous faudra me tuer pour l'en arracher! Ma paume s'y est faite.

Il la fit tournoyer une fois, deux fois, il se sentait de plus en plus à l'aise.

— Figure-toi que je n'ai pas l'intention de te l'arracher des mains, dit le forgeron en souriant. Ka-Nakht m'a parlé de toi. Il m'a dit que tu étais un homme respectable. Et c'est pourquoi je veux te faire présent de cette épée. Vas-y, essaie-la ! Elle est à toi.

— A moi ? reprit Snéféru. Je ne comprends pas, je suis entre deux missions, je n'ai pas un sou qui vaille.

— Je le sais. C'est pourquoi je veux que tu l'essaies pour moi. C'est un nouveau modèle, quelque chose que l'on ne pourrait pas refiler à un soldat de métier habitué à une arme depuis des années et qui n'en saurait changer. La seule personne qui puisse en essayer une nouvelle est quelqu'un comme toi, un mercenaire au chômage. Un soldat entre deux missions est plus ouvert à ce genre de choses.

Sa phrase s'acheva par une quinte de toux. Il se courba, secoué par des spasmes douloureux qui provenaient du plus profond de sa large poitrine. Snéféru s'approcha de lui, mais le forgeron lui fit signe de le laisser :

— Ça va aller... Je suis...

Il ne put finir sa phrase. La toux avait repris, accompagnée de crachements de sang et de bile verdâtre. Grimaçant de douleur, il se détourna.

— Je suis désolé, dit le forgeron en se redressant. Je ne me suis pas senti en forme ces derniers temps. Pas assez à faire, je pense. Enfin, cette période de calme devrait toucher à sa fin ; j'ai entendu dire que j'aurais sans doute à travailler pour Aryok, le roi d'Ellasar, ainsi que pour ses alliés de la vallée de la mer Salée. Tout le monde sait qu'une guerre y couve, les lignes de bataille y sont déjà prêtes.

— Bon à savoir, continua Snéféru, qui tenait toujours l'arme magique, réticent à s'en dessaisir. Je pourrais moi aussi me mettre à son service et nous formerions une bonne équipe. Cette idée m'enchanterait même, mon ami. Si tu peux armer un bataillon avec ce genre d'arme, je le commande et c'est la fortune !

— Profites-en, répondit en souriant le forgeron, la réputation d'un armurier repose sur le bras fort et dextre d'un soldat chevronné. Vas-y, remporte-moi de nombreuses victoires !

— En tout cas, continua Snéféru, tu sais que tu as en moi un ami. Nous irons faire affaire ensemble là-bas. Quand on va travailler à la solde de ces petits princes qui s'entre-déchirent pour de misérables royaumes sentant la crotte de bique, je t'assure qu'on a besoin d'un bon compagnon. C'est sans doute présomptueux de ma part, mais que penserais-tu d'une sorte d'association entre nous ?

— Attends, voyons...

Mais le forgeron fut à nouveau secoué par une horrible quinte de toux qui le laissa épuisé, il avait de la peine à respirer.

— Je suis désolé. Je...

Snéféru, lui-même ahuri de son propre empressement, se sentit gêné.

— Je réalise, dit-il faiblement, que...

— Mais non, pas du tout, ce n'était pas à toi que je m'adressais... C'est cette fichue maladie... Bien sûr que je serais heureux de voyager avec toi... Ka-Nakht m'a dit que tu étais le meilleur soldat avec lequel il ait jamais servi.

La quinte de toux finit par s'arrêter. Il se tourna alors vers Snéféru et reprit avec un faible sourire :

— Pardonne-moi, mais je ne peux pas arriver à me débarrasser de cette affaire. Les médecins n'y connaissent rien. Ces crises, ces hémorragies, c'est de la foutaise. (Il avait du mal à reprendre sa respiration entre les phrases.) De la foutaise. Rien de tel que de voyager ! à moins que tu ne croies à quelques dieux bien spécifiques ou à ce galimatias avec lequel tu es censé les invoquer !

— Nous sommes faits pour nous entendre, dit Snéféru, il y a belle lurette que je n'ai rencontré un soldat ne croyant à autre chose qu'à sa propre expérience. Je crois à la mienne, je crois à la tienne.

Il brandit sa nouvelle épée, dégaina l'ancienne et replaça la nouvelle dans son fourreau.

— Tiens, dit-il, prends ma vieille épée et refonds-la, fais-en une neuve.

Belsunu la prit mais la reposa négligemment.

— Merci, mais je préfère me servir du bronze que je fonds moi-même.

— Je te comprends, répliqua Snéféru. Quand dois-tu aller trouver ce gars qui vient de la mer Salée ?

— Demain matin.

— Parfait, j'irai avec toi.

Ils partirent de bonne heure sur des ânes que Ka-Nakht leur avait prêtés. Après une heure de route, ils atteignirent les tentes des Ellésarites. Mais l'entrevue n'eut pas lieu. Une quinte de toux avait secoué Belsunu comme feuille au vent d'automne, forçant Snéféru à ramener son compagnon à Timna. Et ce fut Ka-Nakht qui envoya deux femmes madianites pour le soigner dans une tente qu'il avait fait planter à côté de la sienne. Lui-même vint rejoindre Snéféru auprès du feu ce soir-là et tendit au mercenaire une chope de bière pleine à ras bord.

— J'ai aperçu Belsunu, dit-il, il semble en piteux état. Je ne sais pas s'il se remettra de cette crise.

— Fichtre ! répondit Snéféru. Perdre quelqu'un de cette valeur ! T'ai-je montré l'épée qu'il m'a donnée ?

— Il me l'a montrée avant de te la donner et je t'envie d'avoir reçu un tel cadeau. Il se pourrait bien qu'il soit le plus grand armurier à l'heure actuelle (le superviseur secoua sa tête grisonnante), et, qui plus est, un excellent homme. Le meilleur des hommes.

— Juste avant qu'il ait cette crise, j'avais évoqué une éventuelle association. Je n'avais pas bien réalisé la gravité de son état.

— C'est pourtant une bonne idée. S'il se remet, tu peux t'assurer une fortune qui te permettra de te retirer sur des terres dont il te faudra quatre jours pour faire le tour ! mais, hélas !... acheva-t-il en soupirant longuement et profondément.

— Par tous les dieux, dit Snéféru, je crois que je ne vais pas accepter ce travail à Canaan. Penses-tu que je pourrais passer un mois de plus aux frais du seigneur des Deux-Pays ? Ce serait assez long pour me permettre d'aider notre ami à se remettre sur pied ou — que les dieux aient pitié du pauvre diable ! — pour l'enterrer. Des missions, j'en retrouverai toujours. Ne dit-on pas d'ailleurs que les choses vont assez mal du côté de Sodome ? Des deux côtés ils commencent à se chercher des alliés. On va en voir arriver pour acheter du métal d'ici peu et le superviseur de Sa Majesté connaîtra la prospérité. Il va vendre son métal aux deux parties et se tailler ainsi un joli profit.

— Bien sûr, dit Ka-Nakht en souriant. Cela fait partie du métier. Que les petits princes des frontières voisines continuent à s'égorger entre eux ! Cela les empêche de nourrir des ambitions sur les territoires placés sous l'hégémonie directe du Dieu-Roi ! Quant au reste de ta question : reste ici aussi longtemps que le cœur t'en dira. Je me charge de toi. J'aime bien le forgeron, moi aussi. Et puis je voudrais un jour envoyer des échantillons de son travail à Silé. Si on pouvait former les forgerons de Sa Majesté, j'aurais peut-être quelques chances de me retrouver avec une villa, avant de prendre trop d'âge et trop de panse...

— Merci, répondit Snéféru, songeur.

CHAPITRE IV

1

L'aubergiste s'arrêta à leur table et fit la grimace.

— Je me moque de ce que vous dites, dit-il avec un air de dégoût. Il en a eu pour son compte ce soir ! Il regarda sur le sol cette masse affalée, immobile, qui ne semblait ni voir ni ressentir quoi que ce soit. Pour l'amour de tous les dieux, il s'est évanoui. Ça suffit. Fichez-le dehors.

Irsisi approuva de la tête, un sourire servile au coin des lèvres.

— J'ai essayé de le soulever, dit-il, mais il est trop lourd pour moi. Écoutez, envoyez un de vos employés chercher un de nos amis. Peut-être qu'à nous deux nous pourrons le ramener chez lui.

— Bonne idée ! Mais pour l'instant vous encombrez ma taverne pour rien. J'y perds, moi !

— Oui, je comprends, reprit Irsisi, arrachant des mains de Zakir la bourse de cuir qui, de boursoufflée qu'elle était à son arrivée, était devenue bien plate. Tenez, dit-il, mais apportez-moi une autre chope de bière pendant que j'attends. Et... toi, dit-il en s'adressant à l'employé que l'aubergiste avait appelé, sais-tu où habite Iddina, le marchand de vin, celui de la rue des Deux-Lanternes ?

— Oui, maître, répondit-il. Il vend du vin à mon maître.

— Bon, file le chercher à toute vitesse, j'aurai quelque chose pour toi si tu te dépêches. Dis-lui que Zakir le forgeron a eu des ennuis. Qu'il vienne immédiatement, le plus vite possible. Pigé ?

— Oui, maître.

Le servant fit demi-tour et partit. Irsisi prit la chope de bière que lui tendait l'aubergiste. Il la but à petites gorgées, l'air songeur. Eh oui, pensait-il, fini ce genre de vie. Fini aussi Zakir, le compagnon de mes beuveries. Il était clair que dans un mois le forgeron n'aurait plus le sou, que ce serait une épave humaine, traînant dans les rues, là-même où, d'après ce que l'on racontait, il avait commencé. Pour Irsisi il était grand temps de se trouver un nouveau compagnon dont les revenus seraient plus sûrs. C'en était fini de ceux de Zakir... Aujourd'hui qu'il se retrouvait mutilé, il lui serait impossible de terminer toutes ces commandes, sur lesquelles il avait touché une avance importante. Tout laissait supposer qu'il serait bientôt passible de poursuites judiciaires, ce qui signifiait sans doute la mise en liquidation de sa maison et de sa boutique. Un mois... Un mois que Zakir était sorti de prison, titubant, l'œil vitreux, un lamentable moignon au bout de son bras droit. Incroyable de voir ce qu'un homme peut déchoir en un mois ! On aurait dit un clochard... Irsisi tâta la bourse plate. Il avait extorqué à Zakir une pièce par-ci, une pièce par-là, de quoi payer leurs notes de bar en empochant la monnaie. Fini maintenant la poule aux œufs d'or...

Irsisi repensa à ce que Zakir avait encore chez lui. S'il avait pu seulement y pénétrer... Mais comment ? Les voisines surveillaient de près les lieux. Mieux valait donc tout laisser. Il acheva sa chope de bière, jeta un coup d'œil autour de lui. C'était le moment de s'en aller, personne ne le regardait. Autant laisser ici cet abruti. Ses amis finiraient bien par le trouver. Après tout, ils pouvaient tout aussi bien que lui donner au messager son pourboire. Ils en avaient les moyens, surtout Iddina ! Il s'arrêta sur le seuil, se retourna un instant puis disparut dans la nuit.

Juché sur le mur de la maison des prêtres de Marduk, Ahuni aperçut Irsisi qui se faufilait à travers les rues étroites. Les gamins du quartier l'avaient surnommé Irsisi le Tique. Bien sûr, il allait porter ailleurs ses pénates, et sans doute ne reviendrait-il jamais. Ahuni l'observa un moment, avec mépris, puis il regarda une dernière fois le bar, estimant qu'il en avait terminé de sa vigile, pour ce soir du moins.

Quelques instants plus tôt, il avait vu partir le messager, et pensé qu'on avait dû l'envoyer quérir Iddina. Mais il se rappela que celui-ci était absent. On avait donc envoyé chercher un autre ami de Zakir. Après tout, qu'ils s'en occupent ! Il n'y avait aucun sens à ce que lui, Ahuni, s'en mêlât. S'il était pris, il était passible du même traitement que son maître.

Il sauta du mur, atterrit sur le toit d'une maison et failli dégringoler dans la rue, mais il s'agrippa à une poutre, se redressa et acheva sa descente.

Avant de s'en aller, il se retourna pourtant, les larmes aux yeux... Zakir...

Pourquoi cela était-il arrivé ? Le futur paraissait si prometteur ! Zakir, un homme à deux doigts de la réussite... Un homme qui avait voulu l'affranchir et lui apprendre les secrets de son métier. Le forgeron avait été si bon pour lui. Tandis qu'il repensait à lui, d'autres souvenirs, bien flous, revenaient à sa mémoire. Une femme aux cheveux bruns, contre le sein de laquelle il faisait si bon se blottir..., une petite fille, un peu plus âgée que lui... Un colosse aux cheveux noirs, aux grosses mains qui savaient se faire si douces, à la voix pénétrante... Mais non... C'était un point sensible sur lequel il valait mieux tirer un trait.

Ainsi, jamais ses rêves ne se réaliseraient. Son seul espoir désormais était d'échapper quelque temps encore aux autorités, en se nourrissant de détritus ramassés dans les poubelles. Peut-être aurait-il la chance de s'enfuir vers le sud, où personne ne le connaissait.

Il jeta un dernier regard en direction du bar. Zakir...

Il se sentait la cause des malheurs de son maître. C'était en raison de sa bonté à son égard que le forgeron avait été mutilé, empêché d'exercer son métier, que cet homme jovial et heureux était devenu un misérable clochard. Il aurait mieux valu ne jamais entrer dans sa vie...

Et puis, non, c'était ridicule ! Ahuni grinça des dents. A quoi bon voir les choses sous cet angle ? Cela n'améliorerait pas le sort du forgeron et pouvait mettre sa propre vie en péril. Les lèvres serrées, il rentra ses larmes et dévala la rue obscure sans se retourner.

Le messager revint pour annoncer qu'Iddina était absent. Il pesta contre Irsisi qui avait filé sans lui donner son dû. Le cabaretier jeta un œil noir sur le corps bouffi de Zakir.

— Écoute, il faut que nous nous débarrassions de ce poivrot. Il est l'heure de fermer. Allons, donne-moi un coup de main.

Il tâta les poches de Zakir.

— C'est bien ce que je pensais, cet espèce de rat d'égout qui était ici avec lui a piqué sa bourse. Par tous les dieux, cet aurochs n'est pas né sous une bonne étoile. A sa place, je crois que je renoncerais à cette chienne de vie.

Le messager ne répondit pas. Il sentait bien que c'était exactement ce que faisait Zakir...

— Allons-y, reprit le cabaretier. Toi, tu prends les jambes !

Zakir émergea de sa stupeur au milieu de leurs efforts pour le faire descendre.

— Attendez, dit-il, je peux me tenir debout tout seul.

— Tu parles ! grommela le cabaretier qui, se tournant vers son aide, ajouta : Fais donc attention, tu l'as presque fait tomber. D'après ce que je sais le gaillard a encore un ou deux amis qui lui restent et peuvent nous faire des histoires. Bonté ! fais donc attention à ce que tu fais ! Tu m'entends ? C'est qu'on se retrouverait avec un procès sur les bras s'il était blessé dans notre établissement !

— Aidez-moi à me remettre sur mes jambes, c'est tout, grogna Zakir.

— Mon vieux, tu ne pourrais pas rentrer chez toi, même en rampant sur les mains et les genoux. Attends donc que tes idées s'éclaircissent.

— Sur les mains et les genoux, chantonna Zakir... Sur les mains et les genoux, sur la main et les genoux.

— Cinq doigts que j'ai ?... Combien ?... J'ai oublié. Y a de ça déjà un mois. Tiens bien l'ouvrage au-dessus du foyer, mon garçon, allons, vas-y, frappe-le, pas trop fort, oui, mets-y les deux mains !

Suant, jurant, les deux hommes avaient fini par faire descendre Zakir au rez-de-chaussée où ils essayèrent de le mettre debout, mais ses jambes flageolaient. Ils l'adossèrent contre un mur de l'autre côté de la rue. Zakir les regarda s'éloigner, l'œil hagard, puis sombra dans un sommeil agité.

Des chiens l'éveillèrent à l'aube, en reniflant ses loques crasseuses :

— Fichez-moi le camp ! leur cria-t-il en agitant les bras.

Son moignon se cogna contre l'un d'eux, ce qui le fit hurler de douleur. De son autre main, il saisit une pierre et la jeta sur les chiens, en atteignant un à l'oreille. Ils battirent en retraite. Il regarda autour de lui : « L'heure de se lever ! » pensa-t-il. Les gardes vont reprendre leur ronde d'ici peu et ils n'ont guère de pitié pour les vagabonds. Le roi venait d'ailleurs de publier un édit ordonnant que l'on chasse des rues mendiants et clochards. Et lui se retrouvait là, avec une main récemment amputée, signe le plus sûr qu'il était lui-même un criminel... Il fouilla dans ses poches... Évidemment cette vermine d'Irsisi lui avait piqué sa bourse.

Eh bien, se dit-il, il est grand temps de la renflouer. A la forge, il pourrait toujours vendre ses échantillons et ses outils. Cahin-caha, il se dirigea vers une fontaine publique et s'aspergea le visage d'eau froide, avant de se rendre au Bazar des Trois Palmiers.

Quelques instants plus tard, il se retrouvait face à ce qui restait de sa forge, ahuri des dégâts. Voleurs et vandales s'en étaient donné. Il n'en restait rien...

Et, cette fois, c'en était fini. Ses créditeurs ayant la mainmise sur sa maison, il ne pouvait pas la vendre. Restait son stand du marché, même s'il n'en tirait pas grand-chose. Seulement il fallait agir vite, car dans quelques heures ses créditeurs le feraient certainement saisir aussi par les autorités.

Il soupira. Les affaires paraissaient pourtant simples. S'il avait eu sa main, il aurait pu se débrouiller. Mais maintenant ? Comment pourrait-il jamais résoudre ses problèmes ? Alors, soudain, tout devint clair... Il s'éloigna du marché, en direction de la porte d'Ishtar. Il sortirait de la ville, marcherait une heure ou deux, ferait la paix avec les dieux et mettrait fin à tout cela, tout simplement.

Zakir avançait la tête haute, d'un pas assuré, le long des quais. Son visage était livide, sans expression, ses yeux sombres perdus dans le vague.

2

La péniche d'Iddina passa le long de la tour de guet et pénétra dans les murs de Babylone sous le nez des sentinelles. La rivière était encombrée de voiliers et de petits bateaux de pêche. Sa péniche était la seule à transporter des passagers, les autres servaient de cargos. Humerelli le prit par le bras au moment où ils arrivaient à l'embouchure du canal périphérique. Son beau visage était à moitié caché par le voile qu'elle portait en public.

— Iddina, dit-elle, n'est-ce pas Zakir qui marche là-bas, sur le quai ?

— Où ça ? reprit Iddina. Parbleu, si ce n'était ce moignon, je ne l'aurais jamais reconnu. Pauvre diable ! On dirait qu'il ne s'est pas changé depuis une semaine.

— Qu'il a dormi sur le pavé, tu veux dire ! Iddina, ne pourrions-nous pas... — je veux dire nous et nos amis du marché — faire quelque chose pour le pauvre homme, organiser une collecte, par exemple ?

Le ton était légèrement insistant. Elle avait de la sympathie pour Zakir qui avait toujours eu un mot ou un compliment pour elle quand il venait chez eux. Elle avait de son côté essayé de le marier avec l'une ou l'autre de ses parentes, mais en vain.

— Bien sûr, nous pourrions organiser une collecte pour lui, continua Iddina, l'ennui c'est que nous savons tous ce qu'il en ferait. Maintenant il ne pense plus qu'à aller au café. Non qu'il s'y plaise, mais il veut boire, pour oublier, c'est tout.

— C'est triste. Regarde-le. Je me demande où il va.

— Je parie qu'il cherche un coin où dormir. J'ai appris que les autorités ont mis les scellés sur sa maison. Tu sais, Humerelli, j'ai essayé plusieurs fois de lui parler. A chaque fois, il me montre son moignon et répète : « A quoi est bon un forgeron qui n'a qu'un bras ? Je préférerais qu'on fasse de moi un chapon. » Alors, il se met à rire, un rire jaune, et dit : « Eh ! de fait, n'est-ce pas ce qui m'est arrivé ? Ils auraient pu tout aussi bien couper... » Tu vois bien quoi...

Humerelli soupira et ajouta :

— Iddina, si seulement tu pouvais...

— Oui. Oui, je sais. Mais vois-tu le destin d'un homme change. Les dieux le boudent et...

Il accompagna ces mots d'un geste qui en disait long. Son regard était empreint d'une grande souffrance.

Iddina laissa à des serviteurs le soin de raccompagner Humerelli et les enfants chez eux. Il avait tellement de choses à dire aux marchands du bazar, ne serait-ce que leur donner des nouvelles de là-bas, nouvelles qui ne pouvaient attendre. Il se hâta à travers le dédale des rues du quartier d'Esagile, puis de la tour de Bel et du temple de Marduk. Pour éviter une carriole, il recula dans une allée. Il entendit qu'on l'appelait tout bas. Il se retourna et aperçut Ahuni, tapi derrière un pilier.

— Iddina, dit le jeune garçon, il faut que je vous parle. Ne me dénoncez pas aux gardes, je vous en supplie.

Iddina suivit le gamin dans une impasse obscure.

— Me voilà, dit-il. Que veux-tu ? Réalises-tu que je suis légalement tenu de dire que je t'ai vu ?

— Je sais. Mais donnez-moi une ou deux longueurs d'avance, et après dénoncez-moi si vous le voulez (le regard du garçon était net et courageux), mais il fallait que je vous demande quelque chose. Vous étiez l'ami de Zakir. Sans doute étiez-vous même son meilleur ami.

Iddina le regarda de la tête aux pieds. Il était sale, en haillons, mais avait encore grandi depuis la dernière fois qu'il l'avait vu.

— Écoute, je ne te dénoncerai pas, dit-il. Continue. Tu me parlais de Zakir.

— Oui, j'ai été à sa boutique hier soir. On a volé ses échantillons. Ils ont tout mis à sac. J'ai pu cacher ses outils. Je veux les lui faire parvenir. Où puis-je le retrouver ?

— Qu'est-ce que cela peut te faire ? dit Iddina, en regardant Ahuni droit dans les yeux. Écoute, laisse-le tranquille. Il en a déjà assez vu. S'il te trouve, il voudra t'aider, ce qui ne fera que le mettre dans une situation encore pire que la présente. Rappelle-toi que les gardes sont à tes trousses. Et gare à ceux qui se feront tes complices en les empêchant de t'attraper...

— Je sais, je sais. Mais, Iddina, Zakir a été si bon pour moi ! (Les yeux du gamin étaient pleins de larmes.) Iddina, je n'en peux plus. C'est à cause de moi que tout cela est arrivé. C'est de ma faute. Que puis-je faire ? Que puis-je... ?

Iddina réfléchit un instant et reprit tristement.

— Tu vois, mon garçon, je suis aussi démuni que toi. Oui, Zakir avait des amis... Seulement que peut-on faire pour un homme qui n'a plus le goût de vivre ? Je voudrais que tu le voies maintenant. Nous l'avons aperçu tout à l'heure, il marchait au bord de l'eau, crasseux, le regard hagard. Il titubait.

— Vous l'avez donc vu ?, reprit vivement le gamin. Dites-moi où ? Près de la rivière ? Sur le quai ? Oh ! vite, je vous en supplie ! Il faut que je le sache !

— Sur le quai, en amont de la porte d'Ishtar. A l'endroit où le pont traverse le canal périphérique.

— Peut-être arriverai-je à le rattraper ! Mais... Où allait-il ? Que pouvait-il faire par là-bas, si loin de la ville ?

Iddina retourna la question dans son esprit. Non, décidément, il n'aimait pas ce qui lui était venu à l'esprit en y repensant.

— Maintenant que j'y pense, mon garçon...

— Vite ! dites-moi...

— Il avait la tête haute et marchait d'un pas rapide, comme s'il se rendait à un rendez-vous.

— A un rendez-vous ? Je me demande bien avec qui ! Je n'y comprends rien.

Il regarda soudain Iddina et s'écria :

— Oh ! non. Vous ne voulez pas dire que... Non, c'est impossible, ce n'est pas ça ! Ce serait donc ça. Dieux du ciel ! Merci, Iddina !

Il fit demi-tour et se dirigea vers le boulevard. Arrivé au coin, il se retourna, fit un signe d'adieu à Iddina, puis se mit à courir à toute vitesse.

Il passa le long du temple et de la tour, évitant de justesse une patrouille de gardes. Sur le grand quai de l'Euphrate, il s'arrêta pour demander à plusieurs bateliers s'ils avaient vu un manchot. C'en était assez pour qu'ils se détournent de vous. Personne ne voulait avoir affaire avec un homme portant la marque même du déshonneur. Jurant contre eux, il reprit sa course éperdue.

Il s'arrêta une seconde à la porte d'Ishtar pour reprendre sa respiration. S'il essayait de franchir la porte en étant seul, il avait toutes les chances d'être arrêté. Mieux valait se glisser subrepticement au milieu d'un groupe de personnes... Il respira donc profondément, se mêla à un cortège de servants qui accompagnaient un groupe d'hommes fort bien vêtus et franchit ainsi la première des portes.

Ils passèrent sous un tunnel. Ahuni sentit une main lui tâter la cuisse. Il sursauta, recula instinctivement. Dans la pénombre il regarda l'homme à sa droite, le seul qui ait pu le toucher. Son visage était gras, mou. Un visage de pédéraste. Son sourire était farouchement suggestif.

— Oh! ne prends pas ces airs-là, mon chéri, lui dit l'homme. Si tu t'énerves, les sentinelles pourraient te remarquer et je ne crois pas que tu apprécierais ça.

Il y avait de la méchanceté dans ses yeux verts, une teinte de malice dans sa voix.

— Dieux! pensa Ahuni. Me voilà avec des tapettes en promenade. Il grinça des dents et essaya de lui retourner son sourire.

Tandis que le cortège émergeait du tunnel, dans un soleil de fin de matinée, l'homme se coula auprès d'Ahuni et lui dit, en prenant sa main dans sa patte velue :

— Que je suis heureux que tu aies eu la bonne idée de te joindre à nous!

Après avoir pris soin de regarder s'il y avait des sentinelles, Ahuni dégagea vivement sa main, attirant ainsi l'attention du reste du groupe. Il s'éloigna d'eux avec précaution mais se heurta à l'un des esclaves.

— Bahé! hurla une voix de fausset, arrête-le! C'est lui..., là, celui qui a la marque de naissance rouge, tu t'en souviens? Soulai! Soulai! regarde ce que nous avons trouvé!

Ahuni se débattait, essayant de se dégager de la poigne de l'esclave.

— Laisse-moi! hurlait-il.

Le groupe s'écarta pour faire place au chef. Le visage de Soulai personnifiait le malin plaisir.

— Ah! gloussa-t-il. Tiens-le bien, Bahé! La garde royale le recherche pour offense criminelle.

Il se retourna, haussa les épaules, leva les yeux au ciel, puis reprit sur un ton de fausse compassion :

— Et, bien sûr, nous serons heureux d'accomplir notre devoir civique et de le remettre aux mains des autorités, n'est-ce pas? Évidemment, pas avant que nous ayons fini de jouer avec lui.

L'assistance se mit à ricaner en guise d'approbation. Ahuni tenta de s'échapper, mais la poigne de l'esclave était trop forte. Zakir! pensait-il, il faut que je me libère et que je te trouve avant que..., avant que... Non, décidément, l'esclave le serrait trop fort.

— Attends, patience!... dit Soulai, nous avons l'intention de profiter de toi un moment, mon cher. Savoir si tu en jouiras ou non dépend uniquement de toi. Nous avions prévu une petite sortie champêtre, tu seras donc notre invité. Et, dit-il, en roulant ses yeux à l'intention de ses amis, nous n'accepterons pas de réponse négative de ta part.

Ahuni respira profondément.

— Écoutez, votre type m'a fait peur et il me fait mal au bras. Je ne sais pas ce que je dois en penser. Si vous me promettez que personne ne me fera mal, nous verrons... Je vous en prie... J'ai le bras endolori.

— Ah! dit Soulai en se rapprochant de lui avec un sourire doucereux. Non, non, nous ne voulons rien de la sorte, n'est-ce pas? Bahé, lâche-le, mon ami!

Et il tendit la main pour caresser la joue d'Ahuni.

Soudain Ahuni se baissa, se pelotonna, puis tout à coup il se détendit, comme un ressort, enfonçant de toutes ses forces son poing dans l'aine du jeune hobereau. Soulai tomba sur les genoux, plié en deux, gémissant de douleur.

Ahuni en profita pour détaler.

— Gardes, arrêtez-le! Arrêtez ce gamin! hurlait-on derrière lui.

Il courut aussi vite qu'il le pouvait. Il aperçut deux hommes armés en uniforme. Après avoir dégainé une épée menaçante, l'un d'eux se mit à le poursuivre au pas de course. Dieux du ciel, priait Ahuni, faites que j'atteigne le coin avant eux.

Le second les suivit. Ahuni évalua la distance qui le séparait du quai, redoublant de vitesse.

— Arrête! hurlait le premier garde, arrête-toi! Au nom du roi!

Ahuni atteignit le coin du mur, là où l'on rejoignait le quai. Il voulut changer de direction mais glissa sur les pierres recouvertes de mousse. Les gardes l'avaient presque rattrapé lorsqu'il se releva. Il jeta un coup d'œil sur les hommes qui le poursuivaient, là, au bas de la muraille. « Zakir », sanglotait-il désespérément. Il bondit alors sur le quai et vit le fleuve bien au-dessous de lui. Il se balança sur le bord, puis, ne faisant ni une ni deux, s'élança et plongea en gesticulant maladroitement jusqu'à ce que son corps vienne frapper les eaux brunes de l'Euphrate dans un fracas d'éclaboussures.

3

Il remonta à la surface en suffoquant. Il avait les poumons pleins de cette eau polluée, vaseuse de l'Euphrate. Mais il parvint enfin à se retourner et se concentra, décidé à reprendre son souffle. Il pouvait maintenant les entendre hurler au-dessus du mur.

— Hé! toi, le gars du bateau, regarde, il y a un homme à la mer. Là, à droite!

Il leva la tête et aperçut les hommes et les sentinelles qui, du haut du mur, le montraient du doigt. Il regarda autour de lui et aperçut un bateau de pêche dont on baissait la voile. Le batelier était debout, le corps noir de soleil, ses dents blanches étincelaient.

— Tiens, mon ami, attrape ça, lui dit une grosse voix avec un fort accent.

Ahuni s'agrippa à la gaffe et atteignit la coque du bateau. A ce moment, une main calleuse le saisit sous le bras et le tira.

— Tout doux, attention, nous y voilà... Ça va..., ça va...

Ahuni se retrouva assis, dégoulinant, crachant de l'eau. Au-dessus les voix reprirent de plus belle.

— Hé! toi, sur le bateau, ramène ce gamin au débarcadère! Au nom de...

Le batelier sourit jusqu'aux oreilles.

— Tu les entends, ces salauds, dit-il, comme si un homme de la rivière allait renoncer à ses droits de sauvetage! (Il fit la nique aux gardes.) Oui, oui, gloussait-il, pestez autant que vous voudrez, je retourne chez moi et je me fiche pas mal de vous.

Il se tourna vers Ahuni.

— Dis-moi, fiston, tu les connais?

— Moi? répondit Ahuni. Oh! non. C'est un groupe de pédés. Ils m'ont attrapé quand j'ai franchi la porte d'Ishtar et voulaient... Alors je me suis sauvé, j'ai couru, et les sentinelles...

— Oui, je comprends. Y en a beaucoup par ici. Les plus riches d'entre eux descendent au port pour y faire des avances aux matelots. En général, ils ont la bonne idée d'emmener avec eux des gardes du corps, sinon ils pourraient se retrouver dans une allée, avec un joli petit sourire bien découpé, deux doigts au-dessous de l'autre.

Il fit un signe de tête approbateur rien qu'en y pensant, comme si trancher la gorge d'un homme était besogne quotidienne.

— Et maintenant, reprit-il, toi, mon petit poisson, maintenant que je t'ai attrapé, que vais-je faire de toi? Je ne peux pas te manger. Vais-je donc te mettre au saloir et te suspendre pour te faire sécher? (Il se mit à rire, sans la moindre malice.) Ou... (il vit alors la marque qui indiquait sa condition d'esclave) ton maître est-il après toi, avec une bonne récompense?

— La seule récompense que vous en retireriez, répondit Ahuni en essorant son vêtement avant de le mettre à sécher, est celle des sentinelles qui vous regardent là-haut, sur le mur, et vous la connaissez.

— Oh! oui, répondit l'homme à la peau basanée. Ça, oui! Et on aurait mieux fait de te ramener plus vite au rivage!

Il s'assit et reprit la barre.

— Donc, si je comprends bien, tu es en train de te sauver. (Les mots vinrent tout naturellement.) Attention! Baisse la tête! s'écria-t-il en désenverguant.

Ahuni obéit.

— Vous voyez, dit-il en secouant sa chevelure mouillée, je préparais une histoire, mais vous m'avez sauvé la vie. Pourquoi, après tout?

— Parbleu! je fais ce que je veux. J' suis pas le copain des gardes du roi, si c'est ça que tu veux dire. Et quand je vois un gamin comme toi poursuivi par ces grands saligauds armés jusqu'aux dents... (Il sourit.) Écoute, ne t'inquiète pas, tu n'es pas forcé de me dire quoi que ce soit. Je suis en train de rentrer chez moi avec une bourse bien pleine. La pêche a été bonne! J'avais un compagnon de bord, mais il m'a plaqué en ville. Je pourrais fort bien te demander un coup de main si tu fais ce que je te dis de faire.

— Parfait, répondit Ahuni. Je crois que je serai plus en sécurité sur le fleuve qu'à terre, pour le moment. Mais...

Il hésita, puis ému par l'amitié qu'il y avait dans ces yeux bruns, il déversa tout ce qu'il avait sur le cœur: Zakir, les accusations injustes, la mutilation et sa chute. Les craintes d'Iddina que Zakir veuille mettre fin à ses jours.

— Je veux le retrouver, disait-il. Je sens que c'est de ma faute et...

Il ne put achever sa phrase.

L'homme paraissait songeur. Son sourire réapparut, mais ce n'était plus un sourire moqueur.

— Et toi, tu es prêt à risquer ta vie pour ce manchot de forgeron? Ah! dit-il en secouant la tête, je parie que tu n'es pas d'ici, mais du nord, pas vrai?

— Je n'en sais rien, tout ce que je me rappelle c'est la ville. Je ne sais même pas si je suis né libre ou non.

L'homme soupira:

— Écoute, mon garçon, si tu veux, nous resterons sur la rive en amont. D'accord ? Et si tu vois ton ami sur le rivage...

— Oh ! merci, répondit Ahuni. Je voulais vous appeler par votre nom, mais je me suis souvenu que je ne le connaissais pas. Moi, je m'appelle Ahuni.

— Et moi, Binshoumedir. Sois le bienvenu à bord ! répondit l'homme.

Ils avaient dépassé les murailles extérieures et voguaient maintenant à travers la pleine campagne entre des rangées de palmiers. Au loin, derrière une ligne d'arbres, s'étendaient des champs et pâturages sillonnés de temps à autre par des sentiers qui menaient au bord de l'eau où des femmes lavaient ou emplissaient leurs cruches pour rapporter de l'eau à la ferme. Binshoumedir leur souriait et agitait amicalement le bras en passant. Il y avait à cette hauteur une variété considérable d'embarcations. Ils dépassèrent des hommes sur des périssoires, halés par d'autres depuis le rivage. Une galère glissa à vive allure à côté d'eux. Ses puissants avirons frappaient l'eau au rythme d'un tambour placé au milieu du bateau. Le soleil était haut, les vents favorables, ils avançaient à bonne allure.

Ahuni voulut remettre son vêtement une fois qu'il fut sec, mais Binshoumedir lui conseilla de ne pas le faire.

— Tu risques d'attirer l'attention. Vois-tu, nous autres pêcheurs, notre peau est notre vêtement de travail. Rien à laver, rien à faire sécher. Mets cette guenille et tu es sûr d'être repéré comme étranger. Profite du beau temps, mon garçon. C'est l'été. Les dieux protègent les pêcheurs !

Au moment des crues de printemps, le fleuve avait affouillé une bonne partie de la rive, laissant une plate-forme que retenaient les racines des palmiers. Zakir, perdu dans ses pensées, était assis au bord de la rive, les pieds pendant dans le vide. Ici, les choses paraissaient plus paisibles qu'en ville. Le fleuve, d'un brun verdâtre, coulait paresseusement. Des oiseaux blancs planaient et piquaient sur l'eau. Les voiles triangulaires se gonflaient et se rabattaient. Zakir sourit avec amertume. « Te voilà, se dit-il, toi qui cherchais le bon moment, le bon endroit... » Autour de lui, tout était paisible. On n'aurait pu choisir un moment ou un endroit plus propice... Chose étrange, il s'aperçut qu'il abandonnait l'idée de prière aux dieux, de purification. Les dieux lui semblaient aussi loin maintenant que les problèmes pour lesquels on les invoquait quand on se trouvait en ville. La vraie paix, pensa-t-il.

Sur l'autre rive il aperçut une jeune femme qui s'approchait de l'eau. Elle posa sa cruche et, après avoir jeté un coup d'œil autour d'elle, enleva ses vêtements et se tint nue au bord du fleuve. Son corps était jeune, élancé. Elle s'avança dans le fleuve jusqu'à la hauteur des chevilles et s'aspergea d'eau. Elle avait une grâce naturelle. Zakir rit presque de plaisir à son petit frisson lorsqu'elle sentit l'eau froide sur son corps. Mais le plaisir eut tôt fait de disparaître : fini le temps des femmes... En perdant sa main, il était devenu impotent. Il ne pouvait regarder son corps mutilé sans un mouvement de répulsion. Alors comment pouvait-il s'attendre à ce qu'une femme le regardât différemment ? De plus, une femme voulait un homme ayant de l'argent, des biens, une profession.

Il soupira. Il se sentait seul, désemparé. Il se demanda ce que devenaient ses anciens amis : Iddina, les aubergistes, les souteneurs, les filles. Il y avait un grand vide dans son cœur. Un vide que rien ne pouvait combler.

Et Ahuni ? Zakir, fronça les sourcils. Puis il chassa le garçon de ses pensées. Il s'était enfui, et heureusement !... S'il était resté dans les parages, les gardes l'auraient attrapé. Aujourd'hui, il lui souhaitait bonne chance et un meilleur maître que le dernier. Après tout à quoi bon un maître qui ne pouvait plus ni vous loger ni vous nourrir ?

Le ciel était bleu, le soleil chaud. Au loin, des nuages blancs s'accrochaient aux montagnes. Zakir se releva, se sentant plus pauvre que jamais, et remonta lentement le chemin de halage. Il songea à retirer son vêtement crasseux, mais quelle différence cela pouvait-il faire maintenant ? Peu lui importait que l'eau fût froide, il s'avança jusqu'à ce qu'elle lui arrivât jusqu'à la poitrine. Alors il se mit à nager, lentement, résolument vers le centre du fleuve.

Dès qu'ils l'aperçurent, ils virèrent de bord pour aller à sa rencontre.

— Zakir! criait le jeune garçon, qui se tenait à tribord. Zakir! Par ici! Je t'en supplie... plus vite, plus vite...

Zakir leva la tête, mais son esprit ne pensait plus qu'à une chose : la mort. Il se sentit entraîné par le courant et cessa simplement de remuer les bras, puis il se retourna et se laissa couler.

Le voyant s'enfoncer, Ahuni se jeta à l'eau, malgré la force du courant. Ne trouvant rien, il remonta à la surface. Binshoumedir donna du mou à la voile et le rejoignit dans l'eau. A deux ils finirent par se saisir du corps de Zakir qu'ils ramenèrent à grand-peine à la surface.

Lorsqu'ils lui eurent fait recracher toute l'eau qu'il avait avalée, Binshoumedir leva l'ancre et remit son bateau dans la direction du vent. Assis à la barre, il regardait en souriant le jeune garçon accroupi aux côtés de l'homme.

— Ça va maintenant, mon garçon. Il s'en tirera.

Zakir remua. Il souleva la tête et murmura :

— Ahuni, je sais que tu voulais bien faire, mais... tu aurais dû me laisser mourir.

Le garçon éclata en sanglots :

— Zakir, dit-il en le serrant contre lui, il fallait que je te retrouve.

Le forgeron soupira et se mit lui aussi à pleurer.

— A quoi te suis-je bon, mon fils ? J'ai tout perdu...

Binshoumedir vit son regard ; l'expression de son visage anguleux s'adoucit.

— Allons, espèce d'idiot, tu n'as rien perdu, s'exclama-t-il, au contraire, tu as trouvé quelque chose de plus précieux que tout ce que tu as jamais perdu.

Il secoua la tête et, en se retournant, cracha dans l'écume derrière eux.

— Que les dieux te donnent le bon sens de garder ce que tu as trouvé. Ce que vous avez trouvé : vous deux!

Et puis ce fut de nouveau le silence, interrompu par les petits cris perçants des mouettes qui volaient au-dessus d'eux.

CHAPITRE V

1

La caravane avançait à travers le désert, vers l'est, vers le soleil levant. Il y avait maintenant moins de distance entre les puits et on apercevait des taches vertes sur les flancs des collines. Un soir les chasseurs d'Abram, qui devançaient la caravane, rapportèrent trois gazelles tandis qu'un autre racontait qu'il avait vu un lion mais qu'il en était trop loin pour l'atteindre de ses flèches.

Le lendemain, des éclaireurs d'un bataillon de Cananéens les arrêtèrent au moment où ils atteignaient un défilé montagneux. Abram leur fit dire que la caravane ne faisait que passer et après s'être consultés les gardes les laissèrent traverser. Désormais le désert faisait place à de petites chaînes de montagnes. Agar sentit que les forces lui revenaient. Comme le lui avait dit le commandant Shairetana, ses pieds s'étaient endurcis. Elle grimpait déjà aussi bien qu'un homme. Son corps s'était affermi. Le rude exercice l'avait rajeunie et elle était plus jolie que jamais. Sarai, qui n'avait pas été la dernière à le remarquer, ne ratait pas l'occasion de lui rappeler qui était la maîtresse et qui était l'esclave. Tandis qu'Agar vaquait à ses besognes quotidiennes, drapée dans son pagne d'esclave, les hommes de la caravane ne la quittaient pas du regard, ne faisant ainsi que redoubler les plaintes et les sarcasmes de Sarai. Seul Abram était entièrement absorbé par les problèmes de la marche et ne lui prêtait aucune attention.

Ce maître restait pour Agar une énigme. Elle se demandait pourquoi il passait tant de temps à s'occuper de certains membres de la caravane qui semblaient lui faire perdre son temps, comme Eliézer de Damas, responsable de l'avant-garde, qui serait, disait-on, le successeur d'Abram, si Sarai restait stérile. Chez les gens de la tribu, les liens du sang comptaient beaucoup. C'était d'ailleurs la seule façon d'expliquer aussi la tolérance d'Abram vis-à-vis de Lot, le fils de son frère. Lot, qui feignait de boiter, était le seul homme à traverser le désert à dos d'âne. Et, à son égard, Abram se montrait pourtant patient, voire courtois, ce qui émerveillait Agar.

Leur première rencontre avec les gardes marqua leur véritable entrée en terre de Canaan. Abram doubla le nombre de ses éclaireurs et de sentinelles, tant à l'avant que sur les côtés de la caravane. Ordre leur fut donné de rendre compte de toute rencontre avec des Cananéens qu'ils fussent ou non bien disposés à leur égard. Comme tout bon commandant, Abram savait déléguer son autorité, mais il avait la sagesse de se tenir au courant de ce qui se passait autour de lui.

Deux nuits plus tard, Agar fut réveillée par une sorte de grognement provenant de la tente d'Abram. Elle s'y précipita et demanda par la fente :

— Maîtresse, y a-t-il quelque chose qui ne va pas ?

— Non, non, répondit Saraï d'un ton irrité. Va te recoucher. Notre maître Abram est simplement en transe... Ce sont une fois encore ses... visions, dit-elle avec une lourde ironie.

Agar rentra dans sa tente, mais les grognements continuèrent et elle ne put guère dormir cette nuit-là. Le matin, des éclats de voix entre Abram et Saraï la tinrent en alerte. Elle les laissa seuls, mais des bribes de la conversation lui parvinrent : « ... tu vas donc avoir un enfant... ? De qui ?... Pas de moi, pour sûr. — Qu'est-ce qui te permet de penser que... — Mon rêve..., répondit calmement Abram. La voix m'a dit que mes héritiers habiteraient les terres qui sont au nord d'ici, et les gouverneraient. C'est d'eux que doit descendre un grand peuple, une nation de rois. — Ridicule ! criait Saraï. Va raconter ton boniment à une diseuse de bonne aventure avec moi, ça ne prend pas ! Je refuse d'écouter ! Tu continues à croire à ces balivernes comme un fieffé idiot. Pas étonnant que... Si tu voulais... — Saraï ! » reprenait Abram sans hausser le ton, mais avec dans la voix un je ne sais quoi que l'on n'aurait sûrement pas envie de réentendre avant longtemps.

Agar, elle, savait que sa maîtresse réaborderait le sujet dès qu'Abram serait de meilleure humeur. En allant remplir sa cruche au puits, elle y rencontra Shepset. Elles tombèrent dans les bras l'une de l'autre.

— Shepset ! lui dit affectueusement Agar, je ne t'ai pas vue ces jours-ci. Dis-moi, tout va bien ?

Voyant que la jeune fille fuyait son regard, elle posa les mains sur ses épaules nues et reprit :

— Shepset, regarde-moi dans les yeux et réponds-moi. Quelque chose ne va pas ? Je veux le savoir. Lot te traite-t-il bien ?

— Oui, oui ! Il n'y a pas que ça... Oh ! Agar, je ne sais pas que te dire. Si je comprenais moi-même ce que je dois faire.

— S'agit-il d'un homme ?

A peine eut-elle prononcé ces mots qu'elle réalisa qu'elle avait touché le point sensible. Elle continua :

— Est-ce Ah-Mose ? A-t-il... ?

— Non, non, répondit Shepset. Ah-Mose m'a montré tant d'intérêt que notre maître Eliézer s'en est rendu compte et l'a envoyé à l'autre bout de la caravane. Du coup, je ne le vois plus jamais.

— Eliézer ? reprit Agar, avec étonnement, mais que peut-il avoir à faire avec...

Les yeux de la jeune fille se baissèrent de nouveau, et elle la secoua par ses épaules maigrichonnes.

— Shepset, regarde-moi, le seigneur Eliézer t'a-t-il... ?

— Mais non, Agar ! Seulement il me cherche tous les soirs et je n'arrive pas à lui échapper. Il s'approche de moi et me dit que si je suis « gentille » avec lui, il...

— Shepset, garde bien tes distances, je t'en prie. C'est un homme cruel et vain, un horrible menteur. Par pitié, écoute-moi !

— Je t'écoute, dit Shepset avec tristesse, mais que veux-tu que je fasse ? C'est l'héritier du seigneur Abram. Comment veux-tu que j'ose lui dire non ? Il s'acharne... Si je pouvais seulement savoir comment me débarrasser de lui !...

— Je t'en supplie, va trouver notre maître Abram. Plutôt non, je vais essayer d'y aller moi-même. Pendant ce temps, arrange-toi pour ne pas te retrouver seule avec lui. Rappelle-toi que, tu as beau être esclave, tu n'es pas son esclave !

Une pensée atroce lui traversa l'esprit ; elle demanda précipitamment :

— Il ne t'a jamais demandée au seigneur Abram, au moins ?

— Non, mais l'ennui c'est qu'il en a l'intention et, dans le fond, je me demande si ce ne serait pas une bonne idée. Les choses pourraient être pires encore, et il m'a dit qu'il veillerait lui-même à ce que cela n'arrive pas.

— Les choses pourraient être pires encore ?... Que veux-tu dire ?

Elle réalisa alors qu'elle savait exactement ce que sous-entendait la jeune fille.

— Non ! Tu n'y penses pas !

— Lot a l'intention de me demander à son oncle dès que nous arriverons à Canaan et... je n'aimerais vraiment pas ça. Tu comprends, les esclaves de Lot... On raconte que... A la fois les hommes et les femmes... Et sa femme serait comme ça aussi... Si le seigneur Abram savait...

— Oh! non, Shepset, non !

— Tu comprends que si Eliézer peut me tirer d'affaire...

— Shepset, ma chérie.

Les deux femmes s'embrassèrent. En son cœur Agar souffrait.

Le paysage devenait de plus en plus verdoyant. Les coteaux étaient parsemés de buissons, d'acacias. Les arbres bourgeonnaient et seraient en fleurs d'ici peu. « Après tout, songeait Agar, qui suivait sans peine la caravane, Canaan n'était peut-être pas un coin si désagréable. »

Le messager d'Abram apparut vers midi.

— Maître, dit-il, le seigneur Eliézer vous fait dire qu'il a atteint les mines égyptiennes dont on nous avait parlé. Il trouve que cela ferait un lieu de campement idéal pour ce soir, l'eau y est bonne et il y a du fourrage pour nos bêtes.

— Parfait, dit Abram, on m'a également conseillé d'aller trouver le superviseur de la mine au cas où j'aurais besoin d'aide pour armer mes hommes contre des attaques ultérieures. Dis à Eliézer que nous camperons là-bas ce soir, et remercie-le de ma part.

Dans la soirée, après le dîner, Shepset, préoccupée, alla se promener au bord de l'eau. Elle jeta dans la mare un petit caillou et le regarda faire des cercles sous le clair de lune. Elle allongea le pied et, de son orteil, remua l'eau fraîche.

— Shepset, dit une voix derrière elle.

Elle fit demi-tour et aperçut Eliézer.

Il était là, debout dans des vêtements propres, les bras croisés sur sa jeune et robuste poitrine.

— J'espérais te trouver ici, dit-il, j'en suis heureux.

Il tendit les bras vers elle. L'ombre l'empêchait de voir son visage. Shepset recula, apeurée.

— Excusez-moi, dit-elle, mais il faut que je m'en retourne.

— Non, répondit-il, je suis passé voir Lot et lui ai dit que j'avais besoin de toi. Il se passera de tes services, car il a acheté une outre de vin à un Madianite qui passait près du camp.

— Je vous en supplie !

Ses mains touchaient ses bras. Il l'attira à lui.

— Allons, n'aie pas peur, dit-il, je ne te ferai pas mal. Ah ! ça, c'est gentil ! Quelle merveille que de t'avoir dans mes bras ! Douce comme le miel !

Elle tournait la tête dans tous les sens pour éviter que ses lèvres ne rencontrent les siennes.

— Allons, allons, dit-il, ne joue pas les timides. Tu ne vas pas me dire que c'est la première fois.

Elle retourna vers le feu de camp. Elle marchait, l'air abattu, la tête baissée, incapable de regarder ses amies dans les yeux. Elle savait que désormais il ne la demanderait plus à Abram. Elle était souillée, perdue. Il ne ferait plus attention à elle. Qui plus est, il le dirait à Lot. Elle en était sûre. Elle les avait entendus se raconter des histoires grivoises. Peu leur importait les sentiments d'une esclave...

Quelqu'un passa près d'elle et s'en fut. Elle chercha le regard d'Ah-Mose, elle se sentait brisée par le mépris qu'elle croyait y lire à la lueur du feu. Mais en dépit de son désespoir, elle n'avait aucune rancune contre lui.

2

Un beau matin, Snéféru alla rendre visite au forgeron. Il le trouva le visage décomposé, mais l'œil vif, accroupi devant la forge, en train d'allumer un feu.

— Tiens, lui dit Snéféru, tu es déjà de retour à la forge ?

— Snéféru, mon ami, répondit le forgeron, ne t'ai-je pas déjà dit que ce truc-là avait jadis failli me tuer ? Eh bien, c'est toujours la même chose. Je suis plus robuste que tu ne le crois ! Donne-moi un jour ou deux et tu verras. Tiens, viens, prends ça, souffle sur les flammes, mais rappelle-toi que tu ne dois pas inspirer.

Son visage était hâve, mais souriant.

— Tu vois, la meilleure façon de faire taire un homme qui vous fait la leçon, c'est de le mettre à souffler au-dessus du feu. Oui, c'est ça. La chaleur doit être élevée et uniforme.

Il cligna de l'œil en direction de Snéféru et attrapa son marteau. Tout en parlant, il avait placé la lame de l'épée sur l'enclume et s'était mis à la battre, lentement, méticuleusement, jusqu'à ce qu'elle prît la forme voulue.

— Tu as dormi si tard ce matin, mon ami, que tu as raté la nouvelle : une grande caravane a planté ses tentes dans la vallée ! A ce que j'ai cru comprendre, c'est un de mes compatriotes qui la mène. Peut-être aurait-il besoin d'un ou deux gars, comme toi et moi.

Snéféru baissa son chalumeau.

— Un de tes compatriotes ? Tu veux dire qu'il est de Babylone ?

— Arrête de parler et souffle ! Tu as vu le mal que je

me suis donné pour faire prendre le feu... Maintenant regarde ce que tu m'as fait ! Non, non, pas de Babylone ! Aux dires des sentinelles de Ka-Nakht, c'est un vieil homme qui se souvient d'Our avant sa chute. Aujourd'hui, il vient d'Égypte où il s'est enrichi je ne sais trop comment, et il est en route pour Canaan où il veut s'installer.

Snéféru baissa encore une fois son chalumeau.

— C'est rudement ambitieux pour un vieil homme ! Il aura un boulot à sa mesure. Mais quand est-il arrivé ? Hier, quand j'étais parti ?

— Oui. J'ai bavardé avec la sentinelle qui l'a arrêté après dîner, hier soir. Sapristi ! continue à souffler ! Oui, c'est vrai qu'il est ambitieux, mais c'est comme ça que sont les gens de la vallée des Deux-Rivières. A l'heure qu'il est, il a assez d'hommes pour s'attaquer à Canaan, mais le problème est que la plupart d'entre eux ne savent pas se servir des armes. Et il lui en faudra... !

Belsunu regardait l'Égyptien écarquiller les yeux.

— Je vois que tu finis par piger, reprit-il. Continue à souffler... De plus, il a les moyens de se payer tout ce qu'il veut.

Dans l'après-midi, Snéféru s'en alla avec Ka-Nakht et une escorte pour trouver le Bédouin et l'inviter à une petite fête donnée en son honneur. Ils projetaient de lui faire rencontrer Belsunu qui, malgré ce qu'il racontait, n'était pas assez en forme pour voyager. Snéféru était sûr que le Bédouin l'embaucherait, mais son désir était qu'il embauche également le forgeron, car il se sentait lié à lui et restait persuadé que ses armes étaient de loin les meilleures qu'il ait jamais vues en vingt-cinq ans de carrière. Ainsi, en se rendant là-bas, il se surprit à dégainer plusieurs fois son épée et à la faire virevolter. Ka-Nakht s'en aperçut et sourit.

— Je suis surpris dans mon jeu, dit Snéféru, rougissant, sans vouloir rentrer son arme pour autant. Dieu, qu'elle est belle !

— Pas besoin de me le dire, répondit Ka-Nakht, tu devrais voir celle qu'il m'a faite pour le jour où je serai à la retraite. Je ne la prends pas souvent. Je la garde pour la revue d'armes qui en marquera l'occasion. Mais je suis sûr qu'elle fera des jaloux à la cour ! Quel dommage que je ne puisse y emmener Belsunu avec moi pour qu'il leur montre ses talents d'armurier. Il a de quoi en être fier.

— Je vois que tu ne te laisses pas leurrer par son rétablissement soudain.

— Pas le moins du monde. Pauvre type. Enfin, tu en tireras peut-être quelques semaines de travail. A condition que tu puisses convaincre le gaillard que Belsunu est en assez bonne forme pour être embauché.

« Le seigneur Abram », puisque c'est ainsi que le présenta son second, leur parut, malgré son âge, grand et fort comme un Turc. Il vous regardait droit dans les yeux. Sa voix était puissante et profonde, il s'exprimait en bon égyptien, avec un accent. Tous trois se présentèrent, puis, sans façon, Abram se tourna vers Snéféru :

— On m'a vanté vos qualités de soldat. Vous êtes un meneur d'hommes chevronné et, d'après ce que j'ai compris, vous êtes libre en ce moment. Pouvez-vous m'aider à former mes hommes ?

Snéféru sourit et répondit :

— Combien de temps me donnez-vous ?

— Si cela ne tenait qu'à moi, j'aurais voulu, bien sûr, les avoir prêts dès maintenant.

— Je vois, mais je ne peux rien vous dire avant de les avoir vus. Si j'avais le choix, je dirais que deux mois...

— Je ne peux pas attendre deux mois.

— Tant pis. Je le regrette. Mais je ne pourrai pas vous aider car je n'ai nulle intention de préparer des gars à perdre une bataille.

— Est-ce si sérieux que ça ?

— Parbleu ! vos hommes ont-ils jamais eu à se battre vraiment ? Savent-ils ce que c'est que d'attaquer ?

— Non. Nous avons eu à faire face à quelques escarmouches avec des bandits lorsque nous nous rendions en Égypte, et nous avons perdu beaucoup d'hommes.

— Vous ne voulez donc pas recommencer et, pour ce faire, il faudra que vous me donniez le temps de leur apprendre à se battre. Un par un. Impossible de former des archers à la hâte. Avez-vous des chasseurs parmi vous ?

— Nous en avons et ils sont bons. Par contre, mes hommes ne savent pas se servir d'une épée et nous avons besoin d'armes.

— Parfait. Je sais à quoi m'en tenir.

Snéféru fit un clin d'œil à Ka-Nakht qui y répondit par un signe de tête. Continue, semblait-il lui dire, tu te débrouilles bien.

— Figurez-vous qu'il y a ici un excellent armurier, reprit Snéféru, un des meilleurs que vous puissiez rencontrer. Si vous le permettez, je vous conduirai à notre camp. Nous y avons préparé une petite fête en votre honneur. Vous l'y verrez. D'après ce qu'on m'a dit, c'est un de vos compatriotes. Il vient du pays des Deux-Rivières. Il a été souffrant mais se remet et, d'ici à quelques jours, il pourra vous fabriquer des armes.

Snéféru porta instinctivement la main à son épée. Son geste n'avait rien de particulièrement menaçant, pourtant plusieurs de ceux qui étaient avec Abram crurent bon de faire de même.

— Non, non, s'exclama Snéféru. Je ne vous veux aucun mal. Mais, Abram..., regardez ce travail, ajouta-t-il en tendant son épée au vieux chef.

Abram ne dit rien, il soupesa l'arme. Son sourire fut lent à venir, mais il traduisait son appréciation.

— Ah ! dit-il, en regardant Snéféru droit dans les yeux. Ça c'est quelque chose ! Je vois ce que tu veux dire. Des armes comme celle-ci valent la peine d'attendre, quitte à passer la saison à camper hors de Canaan !

Il lui rendit son épée.

— Et toi ? Es-tu aussi bon soldat qu'il est bon forgeron ?

Ka-Nakht allait répondre mais Snéféru, d'un geste, l'en empêcha.

— Messire, il ne se trouve peut-être personne qui puisse se dire aussi bon soldat que notre forgeron est bon armurier, mais soyez assuré que si vous me donnez autant de temps pour former vos hommes que vous lui en donnerez à lui pour les armer, en admettant que vous soyez prêt à respecter mes conditions, je leur ferai gagner n'importe quelle bataille.

— De quelles conditions s'agit-il ?

— Que je n'aurai à répondre qu'à vous seul des questions militaires. Je peux accomplir des prouesses avec un seul maître, je ne peux rien faire avec deux.

— C'est une condition raisonnable. Et je te l'accorde. Tu as ma parole. Je désir rencontrer ton forgeron. Eliézer, veille à ce que nos montures soient prêtes. Messieurs, mon camp est vôtre. Si vous voulez bien m'excuser, je serai de nouveau à vous dans un instant.

Snéféru, voyant que Ka-Nakht parlait avec l'aide de camp syrien d'Abram, s'éloigna et se dirigea vers l'oasis. La petite mare était entourée de dattiers. La brise faisait frissonner la surface de l'eau. Il se penchait pour y boire quand il aperçut le reflet d'une silhouette de femme. Il leva la tête et se redressa. Elle le dévisagea de ses yeux noirs et limpides, puis se remit à remplir sa cruche.

Elle était là, majestueuse. Sa cruche entre les mains, elle le regardait. Elle se tenait droite et fière. Son cou était mince, elle avait un beau port de tête. Ses seins nus étaient ronds et fermes. Son regard le fascina. Un regard qui vous allait droit au cœur. Un regard qui semblait déjà le connaître. Un regard empreint d'une grande tristesse que le timide sourire qui jouait sur ses lèvres bien pleines ne faisait qu'intensifier.

— Je... je suis Snéféru, de Louqsor, dit-il. Tu es Égyptienne, je suppose ?

— Oui, maître, dit-elle. Je suis Agar, esclave du seigneur Abram, auparavant esclave du seigneur Psarou, de Silé. Puis-je faire quelque chose pour vous, maître ?

— Je ne suis le maître de personne, dit-il, je suis soldat. Abram vient de m'embaucher afin de l'aider à armer et à former ses hommes pour la guerre. Nous nous reverrons, je pense.

— Si vous le voulez, maître, répondit-elle. Car, pour l'heure, ma maîtresse Sarai m'appelle. Ayez la bonté de m'excuser.

Elle fit demi-tour et s'en alla, la cruche posée sur son épaule nue et bien faite. Elle était aussi belle de dos que de face. Il la suivit des yeux jusqu'à ce qu'elle disparût derrière une tente.

Tout ce qu'il se rappelait c'était le message de son regard. Comment la vie avait-elle pu être si dure pour elle ? Y avait-il quelque chose qu'il pût faire pour elle ? Snéféru frissonna. Ses pensées étaient désespérément embrouillées.

3

Snéféru présenta le forgeron à son nouvel employeur. Tous deux se mirent immédiatement à converser dans une langue qu'il ne connaissait pas. L'entrevue se passa bien et le visage du forgeron s'illumina lorsqu'il montra à son visiteur sa forge et les différents projets auxquels il travaillait. Abram parut fort intéressé.

Un peu plus tard, Belsunu se tourna vers Snéféru et Ka-Nakht et expliqua :

— Pardonnez-moi, mais cela fait si longtemps que je n'ai pas entendu parler la langue de mon pays... Je n'ai pu y résister. Voyez-vous, le seigneur Abram est le fils d'un homme célèbre chez nous, un chef du nom de Térah.

» Térah, reprit Belsunu, avait prédit la chute d'Our, mais personne ne voulut l'écouter. Voilà pourquoi il prit les siens, ses biens et s'en alla du côté de Harân, alors que régnait encore la paix entre ce peuple et les Hittites.

— Mon père eut une vision, poursuivit Abram, avant de mourir il m'en fit part. Je crois que Dieu lui parla, comme Il m'a parlé plusieurs fois. Il vit Our ravagée par les flammes, l'ennemi dans les rues, en train de la mettre à sac et d'en massacrer les habitants.

— Ce fut tragique, reprit Belsunu. Abram avait des parents qui refusèrent d'écouter Térah. On apprit plus tard qu'ils avaient tout perdu. Pour ma part, j'étais en apprentissage et je faisais une tournée avec mon maître. Quand nous avons su ce qu'il était advenu de la ville, nous n'y sommes jamais retournés.

Il regarda Abram en souriant.

— Je crois que depuis lors nous avons tous deux beaucoup roulé notre bosse, n'est-ce pas ?

— Oui, nous avons passé quelques années à Harân, reprit le vieil homme, mais après la mort de mon père, j'ai commencé à avoir moi aussi des visions. Les miennes m'ont montré la destinée qui attend ma tribu là-bas, à Canaan. Après bien des détours et, qui plus est, après avoir vu les armes de notre ami, je finis par croire que cette terre qui nous revient sera bientôt nôtre et que nous la garderons.

» Somme toute, continua Abram, je crois que nous avons fait un marché, mes amis. Plusieurs même, car je me suis également entendu avec notre ami le superviseur du roi pour la question du minerai. Il accepte de nous fournir tout ce dont notre forgeron aura besoin. J'ai aussi embauché un armurier et un officier et je veux célébrer tout cela. L'intendant du roi vient de me faire savoir que ses gens ont préparé une petite fête pour marquer l'occasion.

— Bien modeste..., ajouta Ka-Nakht.

— Qu'importe ! Ce qui compte c'est la qualité des éléments du marché. Bien que nous n'ayons pas parlé salaire, je considère que je fais une bonne affaire.

— Payez-moi comme vous l'entendrez, dit le forgeron. Je sais que le fils de Térah ne me lèsera pas si mes services lui sont de quelque valeur.

— C'est bien, dit Abram, avec une pointe d'émotion dans sa grosse voix, nous en reparlerons. Et toi, commandant, qu'attends-tu de moi ?

— Rien d'autre que ma nourriture, jusqu'à ce que nous ayons fini de nous battre pour vous. Ensuite, rien si nous perdons, et si nous gagnons...

Il fit un geste de la main, la paume tournée vers le ciel.

— C'est bien. Soyez sûrs que si nous sommes victorieux vous n'aurez qu'à demander ce que vous voudrez. Troupeaux, esclaves... Peut-être trouverez-vous même une épouse parmi nos femmes. Je veillerai à ce qu'elle soit bien dotée.

Snéféru revit en pensée le camp d'Abram, l'oasis, la jeune femme qui se tenait au bord de la mare. Une femme, des enfants, des biens à lui... Il n'avait songé à cela qu'une ou deux fois depuis sa jeunesse.

A la nuit tombante, un autre contingent de ceux qui étaient avec Abram vint se joindre à eux pour les festivités. Il y avait quelques femmes, dont Saraï. Snéféru chercha Agar mais en vain.

Ils dansèrent autour du feu de camp. Leurs danses étaient plus lentes, plus cérémonieuses que celles des Madianites, au point que le forgeron lui-même, si faible qu'il fût, se laissa entraîner. Puis il s'arrêta, saisi d'une quinte de toux et alla rejoindre Abram et Snéféru assis aux places d'honneur, près du feu.

— J'ai remarqué, dit Abram, que vous avez une marque sur votre corps.

Le forgeron sursauta :

— Oui, dit-il, une marque de naissance... On la retrouve chez tous les mâles de ma famille. Pourquoi me posez-vous cette question ? Auriez-vous rencontré quelqu'un d'autre portant la même empreinte ?... Un jeune garçon..., un adolescent maintenant ?

Il parlait rapidement, bien qu'il fût à bout de souffle, tant il était désireux d'en savoir davantage.

— Non, non... Je crains de ne pouvoir vous aider à ce sujet. Mais... cette marque, on dirait l'empreinte d'une patte de lion, n'est-ce pas ?

— Oui, regardez.

— Lot ? Eliézer ? Avez-vous vu cela ? Voilà quelque chose que vous pourrez raconter à vos petits-enfants, vous pourrez leur dire que vous avez vu de vos propres yeux la marque de Caïn.

— La marque de Caïn ? reprit Belsunu. Je ne comprends pas ce que vous voulez dire. Ce n'est jamais qu'une marque que l'on retrouve dans ma famille.

— Votre père était-il forgeron ? continua Abram, fasciné.

— Non... ou plutôt si... Mon père était armurier à Our. Quand il mourut, ma mère se remaria. Mon beau-père était drapier. Pour faire plaisir à ma mère, je fus placé comme apprenti forgeron alors que j'étais encore enfant.

— Votre père portait-il cette marque ?

— Oui, d'après ce que m'a dit ma mère. Pourquoi ?

— Voyez-vous, il y a une vieille légende qui entoure la création du monde, du premier homme et de la première femme, ces premiers parents dont nous descendons tous. Ils avaient deux fils. L'aîné travaillait aux champs, mais à ses moments de loisir il exerçait ses talents de forgeron. Le plus jeune gardait les troupeaux.

Snéféru écoutait avec intérêt, observant le visage d'Abram et de Belsunu au fur et à mesure que le récit progressait. C'était, pensait-il, le genre d'histoire que l'on aimait entendre près d'un feu de camp, avec sa juste mesure de jalousie, d'iniquité et de meurtre. Le Dieu, comme l'appelait Abram, avait refusé le sacrifice de l'aîné, Caïn (dont le nom signifie forgeron dans le dialecte de la vallée du Tigre et de l'Euphrate). Par contre, il avait accepté celui du plus jeune, Abel. Furieux, Caïn avait tué son frère. Alors le Dieu l'avait banni des terres fertiles, le marquant d'un signe, afin que nul ne le frappât. Ce signe lui permettrait de franchir les frontières, mais inciterait les tribus qu'il visiterait à ne pas le garder trop longtemps. C'est ainsi que Caïn était devenu un éternel vagabond, mais aussi que les hommes avaient appris du premier meurtrier de l'histoire du monde les secrets de la fabrication des armes.

— Évidemment, poursuivit Abram, ce n'est qu'une légende, du genre de celles que les mères racontent à leurs enfants pour les endormir. Mais... voilà, il doit y avoir quand même un peu de vrai là-dedans. Le métier de forgeron vous laisse assez seul. Vous êtes seul à traverser les frontières en temps de guerre, car on a toujours besoin de vos services.

— Eh oui..., opina Belsunu. Une fois la guerre finie, le forgeron doit plier bagage assez rapidement.

— C'est exact, répondit Abram avec bonté. Voilà pourquoi je vous réitère ma proposition de tout à l'heure. Vous ne rajeunissez pas, et je ne crois pas me tromper en ajoutant que vous n'êtes pas en parfaite forme en ce moment. Vous ne pouvez continuer à errer toute votre vie. Je maintiens donc mon offre ; trouvez-vous une femme parmi les nôtres, venez vivre avec nous et vous vieillirez entouré du respect qui vous est dû.

Abram regarda le visage émacié du forgeron dont les yeux étaient embués par l'émotion.

— Maître..., dit-il.

Il s'arrêta, refoula ses larmes, balbutia des excuses mais c'en était trop. Il n'en pouvait plus, tout déferla : sa famille perdue à jamais, le meurtre de sa femme, de sa fille, le petit garçon disparu...

— Vous voyez, continua-t-il, quand je voyage, tout m'est prétexte à chercher mon fils parmi les jeunes esclaves que je rencontre. Et dès que je pense à une femme, à une famille...

— Dites-moi, reprit Abram, cette marque de Caïn, votre fils, à supposer qu'il soit vivant, la porte-t-il ?

— Oui, dans le dos, comme moi. Il est en effet plus que probable qu'il soit mort, mais je refuse d'abandonner tout espoir de mon vivant.

— Je comprends. Écoutez, mon ami. Dès que nous serons installés à Canaan, j'enverrai quelqu'un dans notre pays natal pour qu'il se renseigne. Je me rends bien compte que les chances de le retrouver sont restreintes..., mais il n'est pas question que vous puissiez y aller dans votre état actuel.

— J'avais pensé m'y rendre, répliqua Belsunu, mais, comme vous le dites, je n'en ai pas la force pour l'instant. Merci..., maître, merci !

Il ne put continuer, secoué par une quinte de toux. Il se leva, s'excusa et s'éloigna du feu de camp.

Abram se tourna alors vers Snéféru :

— Tragique, cette histoire, dit-il. Depuis combien de temps le connaissez-vous ?

— Environ un mois. J'ai eu de la sympathie pour lui dès que je l'ai rencontré. Ce qu'il y a de curieux c'est qu'en général je ne me lie pas facilement d'amitié. Mais Belsunu, notre forgeron, est différent des autres !

— Tu l'as dit ! reprit Abram. J'éprouve de la sympathie pour vous deux. Je deviens vieux, vous savez. Je n'ai pas de fils... bien qu'El Shaddai, le Dieu qui me parle, m'ait promis un fils dans mes vieux jours, un fils par qui ma race se perpétuera à Canaan et qui sera à l'origine d'un grand peuple. Il m'arrive de ne pouvoir y croire, mais je continue à avoir ces visions. Mon Dieu continue à me parler. Je sais qu'un jour tout cela se réalisera mais je ne sais pas comment.

Il regarda autour de lui. Lot et Eliézer étaient venus se joindre aux danseurs.

— Pour l'instant, je ne puis prétendre à aucun véritable héritier. Il n'y a personne parmi mes proches en qui j'ai pleine confiance. Eliézer m'a déçu. Il est superficiel, on ne peut pas compter sur lui. Quant à Lot, le fils de mon frère, il n'y a guère qu'à le regarder pour comprendre... (Il fit un geste de la main.) Mon fils... Mon héritier... Je sais ce que je veux qu'il soit : un homme respecté parmi ses pairs, doté de discernement et solide. Un homme de la trempe du forgeron... ou de la tienne, mon ami.

— Maître, dit Snéféru en baissant la tête, je ne suis que...

— Tu es un soldat et un homme de valeur. Ka-Nakht m'a beaucoup parlé de toi. Je n'oublie pas que tu as refusé un emploi fort bien rémunéré pour ne pas laisser mourir un ami. Je réalise que les jours de Belsunu sont comptés, mais, comme tu le disais, c'est un homme auquel on s'attache. On ne peut le laisser mourir seul, au milieu d'étrangers. En outre, et même s'il est condamné, le mieux pour lui est de rester utile jusqu'au bout, surtout s'il peut exercer un métier qu'il aime et dans lequel il est plus que compétent. (Abram eut un léger sourire.) Ne voyons-nous pas les choses de la même façon, mon ami ?

— Oui, répondit Snéféru. J'ai une grosse dette envers vous, maître.

— Écoute, reprit Abram avec un large sourire. Tu t'acquitteras de cette dette en faisant ton métier, en me rendant puissant. Désormais, sois mon bras droit. Le bras qui doit tailler une place à nos mesures à Canaan. Quant à cet enfant, ce fils qui n'est pas encore conçu, crois en lui, pense à lui quand tu formeras mes hommes : en les rendant forts, tu le rendras fort. Tu feras de lui un roi.

4

Une énorme lune brillait dans le ciel du désert, parsemé de milliers d'étoiles. L'air était délicieusement frais. Les ânes, aux pieds aussi sûrs que des chèvres, se frayaient un chemin à travers les rocailles pour retourner au camp d'Abram.

Snéféru, à la tête de la garde que Ka-Nakht avait octroyée à Abram en geste d'hommage, cheminait silencieusement sur sa monture. Il revoyait les événements de la veille et de la nuit précédente. Dieux du ciel ! Il n'avait pas connu enthousiasme pareil depuis des années. De fait, il avait cru qu'il en avait passé l'âge... Et surtout il n'arrivait pas à comprendre comment Abram avait pu lui parler de la sorte, comment il réussissait, à son âge, à s'adresser encore au cœur de ceux qui l'écoutaient. C'était un trait de caractère que Snéféru avait rarement rencontré dans sa carrière de mercenaire. La plupart du temps, c'était lui, Snéféru, qui montrait aux autres ce qu'était un chef. Mais, en tant que mercenaire, sitôt la victoire remportée, ou le trône raffermi, il avait toujours été plus qu'heureux de s'en aller, sachant qu'une aussi forte personnalité que la sienne ne pouvait que susciter la jalousie d'un roi plus faible. Ce ne serait pas le cas avec Abram — il avait fait ses preuves. Sa force et son autorité étaient évidentes.

Le vieil homme était assis, droit, la tête haute. Il paraissait serein, confiant.

Une silhouette se découpa dans le clair de lune argenté.

— Agar, souffla Snéféru sans même regarder.

— Oui, maître, reprit la voix douce et pénétrante. J'ai appris que vous étiez par ici. Les Égyptiens sont à l'autre bout de la caravane et je n'entends plus parler notre langue.

— Tu as le mal du pays ?

Il avait presque peur de s'approcher d'elle, craignant qu'elle se sauvât comme un animal traqué.

— Oui, murmura-t-elle.

Elle devina ses pensées et, tenant à la main son pichet vide, elle se tourna vers lui :

— C'est que je n'avais jamais quitté mon pays. Ici, je me trouve au milieu d'étrangers.

— Oh ! continua-t-il avec douceur, je me rappelle la première fois que cela m'est arrivé. Je me le rappelle comme si c'était hier. Moi qui étais alors plus petit que ma lance, je tâchais durant la marche de paraître fort, impassible, comme un adulte. Mais, le soir venu, je m'échappais en rampant dans le désert pour y pleurer toutes les larmes de mon corps.

— Oh ! s'exclama-t-elle, les soldats pleurent aussi ?

— Les femmes ne pleurent-elles pas ? Un soldat est avant tout un homme. Vois-tu, j'ai été longtemps esclave, et je n'ai gagné ma liberté qu'en me distinguant dans un raid.

— Je...

Elle ne put continuer. Snéféru lui avait mis doucement la main sous le menton pour lui faire relever la tête. Des larmes ruisselaient sur ses joues.

— Je suis désolée, dit-elle, pardonnez-moi.

Tout à coup quelque chose se passa en lui. La porte de son cœur s'ouvrit, et il se retrouva serrant le corps ferme et délicat de la jeune femme contre le sien. Il fut saisi d'une sorte de frisson.

— Agar, reprit-il d'une voix altérée par l'émotion, je suis revenu ici pour te voir. Il le fallait, ne serait-ce que pour savoir à quoi tu ressemblais, car je ne pouvais me rappeler que tes yeux, rien d'autre.

— S'il vous plaît, dit-elle en essayant de se dégager.

Puis elle se mit à sangloter et s'accrocha à lui avec désespoir.

— J'appartiens au seigneur Abram, je suis son esclave.

— Je le sais, acheva Snéféru, et moi je suis maintenant son aide de camp. Belsunu, le forgeron, et moi nous faisons désormais partie de la caravane. Je dois préparer les hommes d'Abram au combat, le forgeron les armera. Une fois que nous aurons gagné la guerre qui nous attend à notre arrivée en terre de Canaan, Abram m'a promis de me laisser choisir ce que je voudrais parmi tous ses biens.

— ...

— Écoute, je t'en supplie. Il y a en toi quelque chose...
Je n'ai jamais ressenti pareil sentiment. Agar, écoute-moi,
le seigneur Abram ne me doit rien pour l'instant. J'ai une
belle carrière derrière moi. Crois-moi, même si je suis bien
maladroit pour te l'exprimer : d'ici quelque temps, le seigneur Abram sera en dette à mon égard. Je voudrais lui
demander ta main.

Son regard chercha le sien. Son visage reflétait la douleur plutôt que la joie. Elle reprit d'une voix brisée :

— Vous voyez, maître, je m'étais promis de ne jamais
plus espérer. L'espoir peut vous faire trop mal.

— Je ne suis pas ton maître, continua-t-il, en la serrant
dans ses bras, pas dans ce sens du moins. Je ne suis que
Snéféru, de Louqsor, un homme qui n'a ni terres, ni bétail,
ni biens. Je deviens vieux. Il arrive un moment où il est bon
de s'arrêter, de se fixer, d'avoir des enfants et un toit. Mon
bras est encore dextre à manier l'épée, mais plus pour longtemps. J'ai la chance de voir ainsi mes vieux jours assurés,
Abram est un homme d'honneur et non un de ces lâches qui
me fera assassiner une fois la victoire remportée. J'entre-
vois un futur et je réalise soudain que je voudrais que tu le
partages avec moi.

Elle se pressa tout contre lui. Il pouvait sentir son
cœur battre derrière sa poitrine tiède et nue. Elle soupira et
murmura avec un sanglot dans la voix.

— Je vous en supplie, ne me dites pas des choses que
vous risqueriez d'oublier ou que vous ne penseriez pas vraiment. Je suis si fragile que vous me briseriez.

Il prit le visage de la jeune femme entre ses deux
grosses mains et ajouta en la regardant droit dans les yeux :

— Si je te suis infidèle, puissé-je mourir au moment où
je m'y attendrai le moins, alors que mon cœur sera illuminé
d'espoir, que je meure au seuil du bonheur avec l'objet de
mes vœux devant moi.

— Je vous en prie, dit-elle, ne dites pas cela.

Il sentit alors ses pieds nus au-dessus des siens. Elle le
scrutait du regard. Ses lèvres cherchaient les siennes.

CHAPITRE VI

1

Entre deux expéditions, le travail des pêcheurs consistait surtout à remettre leur bateau en état. Il fallait en étouper le fond, recoudre les voiles, réparer les filets ou tresser des cordages. On ne pouvait guère rester oisif et un fainéant aurait vite crevé de faim.

Dans le campement de pêcheurs où logeait Binshoumedir, on ne faisait aucune exception. Deux jours après avoir débarqué, Ahuni mettant à profit quelque peu maladroitement ce qu'il avait appris à la forge de Zakir, façonna un crochet en métal. Binshoumedir le fixa à un support en bois et le sangla au bras droit du forgeron. Il n'y avait peut-être pas grand-chose qu'un homme eût pu faire à bord d'un bateau de pêche en pleine saison, avec un seul bras et un crochet, mais, entre les expéditions, il y avait bien des façons dont Zakir pouvait se rendre utile.

Une quinzaine de jours plus tard, Binshoumedir vint tirer Zakir de son sommeil à une heure fort matinale. Celui-ci se réveilla en sursaut.

— Allons, lève-toi et au travail, lui dit-il, nous avons des cordes à tresser aujourd'hui. Dépêche-toi! Les femmes y sont déjà.

— Alors pourquoi diantre as-tu besoin de moi? dit Zakir en secouant sa tignasse ébouriffée.

— Le but principal de la corderie c'est de faire travailler ceux qui sont non productifs.

Il fronça les sourcils et s'arrêta net.

— Oui, bien sûr, j'en fais partie. Tu as raison, je ferais bien de me mettre au boulot. Pas vrai?

Il continua avec fiel :

— C'est à peu près tout ce à quoi je suis bon, n'est-ce pas? A préparer le travail des femmes!

— Par tous les dieux, imbécile, lève-toi et cesse de t'apitoyer sur ton sort! Tu as eu tout le temps de le faire hier soir avant de t'endormir. Tu as la tête sur les épaules. Voilà des années que nous tressions des cordes durant la morte saison, pour n'en plus avoir au milieu de la pleine saison de pêche, et toi, en quelques jours, tu as tout révolutionné avec ton idée de mettre les femmes et les vieillards au travail.

— Oui, reprit amèrement Zakir, les femmes et les vieillards, les infirmes et les manchots indigents, et tous les gens qui ne sont pas fichus de faire un travail d'homme.

— Oh! ça suffit, dit Binshoumedir, qui commençait à perdre patience. Franchement j'en ai marre de t'entendre te plaindre. Cesse de geindre comme un eunuque, apprends à réagir en homme. Allons, lève-toi. Y a du pain sur la planche.

Après avoir traversé le marché et la petite place que les villageois commençaient à appeler la Corderie, ils se dirigèrent vers le fleuve. Tout à coup, le vieux pêcheur prit le bras de Zakir et lui montra du doigt quelque chose.

— Regarde là-bas, dit Binshoumedir, Mousidnou se serait-il offert un nouvel apprenti? Sûr qu'il sera rentré de Babylone la bourse pleine! Ou bien... Tiens il nous fait signe de la main. Regarde, c'est incroyable!

Zakir vit le petit bateau qui louvoyait vers eux. Pour la première fois depuis longtemps son visage s'illumina. Il leva son bras gauche et fit des signes au garçon qui était à l'avant de l'embarcation.

— Ahuni, hurla-t-il d'une voix puissante.

Ahuni sauta à terre. Il amarra le bateau comme quelqu'un qui connaît son affaire, tandis que Mousidnou jetait l'ancre.

Binshoumedir paraissait satisfait de voir le jeune garçon. Il était basané comme un vrai batelier et commençait à se muscler. Ahuni rentrait de Babylone où il avait rencontré Mousidnou, pour lequel il avait travaillé comme équipier afin de payer son passage. Zakir se précipita sur le quai pour le serrer dans ses bras.

— Binshoumedir! s'écria le jeune garçon par-dessus l'épaule de Zakir.

Le pêcheur lui répondit par un sourire.

— Où étais-tu donc ? lui dit Zakir. Oh ! je sais, à Babylone, bien sûr. Mais pourquoi es-tu parti ainsi sans me le dire ?

— Je devais aller y chercher quelque chose. Quelque chose que j'avais enfoui sous terre avant d'en partir. Binshoumedir, veux-tu me donner un coup de main. C'est trop lourd pour moi, peut-être est-ce même trop lourd pour nous deux.

Mousidnou renchérit :

— Oui, monte à bord. Viens nous aider, Binshoumedir. J'ai failli me déplacer une vertèbre à hisser ce fichu machin à bord. A nous trois nous devrions pouvoir le descendre à terre sans trop de casse.

Zakir était planté là, ahuri. Il les regardait pester, jurer, devant une espèce de cercueil mis sous la bâche. En voulant les aider, le crochet de Zakir arracha celle-ci, laissant apercevoir un coffre de bois. Non, Zakir ne pouvait y croire...

— Parmi toutes les choses..., commença-t-il, abasourdi, ne sachant trop que penser.

Mais sa vieille pétulance eut tôt fait de reprendre le dessus.

— Oui, je suppose, tu as cru bien faire, mais tu aurais pu vendre ces trucs-là à Babylone et en tirer plus d'argent qu'ici. Enfin, je comprends bien, mais...

— Et, moi, je n'y comprends rien, déclara Binshoumedir devant le coffre de bois qui était fermé. Qu'est-ce que c'est que ça ? Ça pèse aussi lourd qu'un bœuf.

— Ce sont les outils de Zakir, répondit fièrement le jeune garçon. Je les avais enlevés de la boutique de peur qu'on les lui vole, sachant qu'un jour il en aurait besoin. Pas question de les vendre, nous allons les garder.

— Les garder ? reprit amèrement Zakir. A quoi bon, je ne peux pas m'en servir !

Il brandit son crochet et ajouta :

— Comment veux-tu que je tienne un marteau avec ce truc là ?

— Je sais bien, répliqua le garçon, mais, moi, je le

129

peux et, toi, tu vas m'apprendre le métier de forgeron avec tous ses secrets.

Il se tourna vers Binshoumedir, avec un sourire triomphant :

— Zakir était le meilleur forgeron de Babylone. Tout le monde le disait. Son travail était exposé dans les temples et même au palais. Il peut redevenir le célèbre forgeron qu'il était, dit-il les yeux brillants d'enthousiasme. Seulement, cette fois, il se servira d'une autre paire de mains : les miennes !

Binshoumedir scruta le visage bouffi de l'ancien forgeron, Zakir paraissait songeur, peut-être était-il méfiant ; peut-être avait-il simplement peur d'oser espérer ?

2

Le bateau de Binshoumedir avait été caréné, gratté, remis à neuf. Dès qu'il fut prêt à reprendre l'eau, Binshoumedir lui fit descendre la rivière jusqu'aux environs de Nippur. A Babylone, où il entra pour vendre le fruit de sa pêche, il gagna plus qu'il n'avait jamais gagné en une seule expédition. Il en remercia les dieux, par simple précaution, faisant même une petite offrande à l'un des temples. Après avoir confié son magot à un ami de son village, il s'en fut faire la bringue.

Trois jours de débauche le laissèrent épuisé, mal en point, mais quand il repartit de la ville, il était muni de nouveaux renseignements glanés avec peine dans les bordels. A peine débarqué, il chercha Ahuni et Zakir, qu'il trouva fort occupés à une petite forge qu'ils avaient construite eux-mêmes. Le maître et l'élève avaient changé de rôle. Zakir tenait les soufflets et Ahuni, le regard brillant d'enthousiasme, faisait prendre forme au cuivre.

— Tiens, dit Binshoumedir, qu'est-ce que c'est que ça ?

— Attends une minute, je ne puis m'arrêter de souffler,

dit Zakir. Regarde donc par ici cette pièce de métal en train de refroidir.

Binshoumedir aperçut plusieurs outils polis, miroitant à la lumière du soleil.

— Ça alors! s'exclama-t-il, j'ai beau m'y connaître, j'aurais juré que c'était un nouveau modèle de gaffe. Ingénieux, enfin, si tu trouves un pêcheur qui...

— L'odeur nauséabonde de ton bateau me monte au ciboulot, boucher de poissons! Allons, regarde de plus près! grommela Zakir. Avoue, quel a été le plus gros problème avec les gaffes dont vous vous servez depuis que le monde est monde? N'est-ce pas le fait que, s'il est facile d'attraper ce fichu poisson, il est impossible de le tirer? Maintenant, essaie ce truc-là, veux-tu?

— Ouais, dit Binshoumedir qui tournait et retournait l'objet, peut-être que cela marchera un peu mieux, mais...

— On ne pourrait te faire démordre de tes habitudes, serait-ce pour essayer un nouveau filet dans lequel le poisson serait sûr d'être pris.

Zakir eut un mouvement d'impatience.

— Attention, Ahuni, passe à l'autre pointe. Approche-la du feu maintenant qu'il est chaud. C'est bon, parfait!

Il se retourna vers le pêcheur.

— Regarde, triple idiot! On t'a sans doute épargné la partie la plus assommante du boulot. Si ce truc-là fonctionne, nous aurons un nouvel outil à exporter à Babylone et ce village deviendra peut-être un nouvel Uruk ou Nippur.

— Ouais, renchérit Binshoumedir qui toujours tournait et retournait la pointe. Oh! pendant que j'y pense, j'en ai profité pour flâner dans votre ancien quartier et vous ne pouvez ni l'un ni l'autre retourner à Babylone. Vous vous rappelez, ce gars que vous avez soi-disant insulté? Son père assure qu'il vous pendra s'il met la main sur vous, sitôt que vous franchirez les portes de la ville.

Il sourit en s'adressant au jeune garçon qui travaillait dur à la forge.

— Ahuni, tu seras sans doute heureux de savoir que Soulai marche avec une canne! Je crois que tu l'as mis hors d'état de nuire pour un moment.

— Si seulement je l'avais tué, grogna Ahuni.

— Heureusement que non, répliqua Zakir, tuer un homme n'a jamais rien arrangé. Écoute, dit-il, reposons-nous. Va donc chez Noubta chercher deux pains et nous déjeunerons près des docks. Dis-lui que nous réparerons sa marmite demain. Non, non, prends ton temps. Mets ton travail au soleil, arrange-le bien. Un bon forgeron veille toujours à ce que sa forge soit propre et en ordre. C'est la meilleure façon de retrouver tes affaires au moment où tu en as besoin.

Binshoumedir regarda le garçon s'éloigner. Il marchait la tête haute dans sa tunique grossière de forgeron.

— Je trouve qu'il se débrouille bien, dit-il.

— Très bien. Il fait des progrès rapides. Si bien souvent l'apprentissage traîne tant et plus, c'est pour profiter du jeune apprenti en lui réservant les tâches les plus dures. Et c'est ainsi qu'il finit son contrat d'apprentissage sans rien avoir appris. Il n'en sait donc jamais assez pour se permettre de vous quitter, jusqu'à ce que, bien sûr, vous soyez tenu de le laisser partir.

— Je voulais te rapporter ce que j'avais appris à Babylone. Impossible que tu envisages d'y retourner. On a porté contre toi de fausses accusations. Je ne pense même pas que tu puisses y envoyer les meilleurs échantillons d'Ahuni pour les vendre. Du moins, si l'on risque d'y reconnaître tes modèles.

— Ce n'est pas un problème, on peut toujours en créer de nouveaux. Par contre, le problème c'est de trouver du métal. Contre quoi le troquer ? Il vaut mieux que je me trouve un nouveau marché, sans doute en amont du fleuve.

— C'est vrai que tu ne peux pas t'installer ici pour toujours. Il n'y a pas assez de débouchés, seuls des pêcheurs passent par ici.

— Le choix se limiterait donc à Mari, même si la ville est à quelques jours de bateau d'ici. Un forgeron a besoin d'être près d'un carrefour commerçant, d'un lieu de passage, d'une ville, d'un port de mer ou autre. En outre, j'ai à m'occuper de certaines affaires qui réclament que je sois près d'un tribunal.

— Un tribunal ? J'aurais cru que tu en avais soupé pour le restant de tes jours !

— Dans un sens, c'est vrai, mais je voudrais affranchir Ahuni, l'adopter, faire de lui mon fils, mon héritier.

— Quelle bonne nouvelle! J'en ai d'autant plus d'estime pour toi. Est-il au courant?

— Je ne lui en ai jamais parlé, si c'est ce que tu veux dire. Le pauvre il n'a jamais connu aucune chose que l'esclavage et maintenant, pire encore, il est félon. Si jamais on l'attrapait, on ne serait pas tendre avec lui.

— C'est vrai.

— Brave gosse! Quand je pense au risque qu'il a encouru en retournant à Babylone pour y chercher mes outils!

— Oui, dit Binshoumedir en souriant. Tu sais, il va nous manquer, il s'est fait des amis avec chacun de nous, hommes, femmes, enfants, avec les chiens aussi! Même les habitants des autres villages ou ceux qui sont de passage ici nous demandent chaque fois de ses nouvelles.

Le pêcheur fronça les sourcils et se gratta la tignasse.

— Je sais que tu nous manqueras aussi, forgeron.

— Je me suis senti heureux parmi vous, répondit Zakir. Je te dois beaucoup. Tu vois cette gaffe, je l'ai inventée en pensant à vous tous et à ma dette envers vous.

— Qui parle de dette? Tu nous rendras peut-être riches en nous permettant de vendre nos cordages. Mais je comprends ce à quoi tu fais allusion. J'ai bien cru, quand Ahuni et moi t'avons repêché, que...

— Oui, que c'en était fini pour moi. Je vous dois à tous deux la vie. On se sent bien pauvre de ne pas pouvoir rendre aux autres le bien qu'ils vous ont fait.

— C'est exact, ceux auxquels je dois le plus sont morts ou sont partis. Tout ce que tu peux faire, c'est à ton tour venir en aide à ceux qui sont dans le besoin.

— Sûrement, répondit Zakir qui continua, en brandissant son bras mutilé. Écoute, j'ai cru que jamais je ne pourrais oublier ma honte, mais maintenant j'ai l'intention de montrer à Ahuni comment façonner un crochet, disons plus élégant. Quelque chose qui paraisse moins...

— Écoute, forgeron, tu connais ma règle : Ne jamais boire quand on est au camp. Ce soir, je crois que j'ai envie de l'enfreindre! Dis au garçon de se coucher de bonne heure et nous irons sur le quai liquider un ou deux pichets de vin.

— Merci, ami, dit Zakir. Il y a un mois ç'aurait été de bon cœur. De fait, je n'aurais même pas attendu ton invitation, je te l'aurais arrachée. Maintenant, serais-tu offensé si je refusais ? Vois-tu je crois que j'ai bu assez de vin de palme pour toute l'année et sans doute aussi pour l'année suivante...

Il posa sa grosse main sur l'épaule basanée du pêcheur et continua :

— Je suis néanmoins touché, cela vient d'un bon sentiment.

— D'un bon sentiment, mon œil ! risposta le pêcheur, je voulais t'éprouver et tu t'en es tiré avec élégance, je m'en réjouis pour toi.

Il eut son sourire ironique qui ressemblait plutôt à une grimace.

— Parbleu ! Et tu croyais que j'étais sérieux ? Partager le meilleur vin de palme que puisse offrir Babylone avec une espèce de sac-à-vin...

— Je comprends sans doute mieux que tu ne le crois.

— Quand penses-tu partir ?

— Oh ! si j'étais à Babylone, j'irais probablement trouver un astrologue pour qu'il m'indique la date la plus favorable. Ici, je ramasserai simplement mon baluchon et je partirai. Le sentier longe le fleuve, n'est-ce pas ?

— Jusqu'au bout. Mais pourquoi n'attendrais-tu pas une semaine ? Je crois que je pourrais m'arranger pour te faire prendre sur un bateau, cela t'éviterait une bonne partie de la route.

— Cela m'aiderait bien. Et..., Binshoumedir ?

— Oui ? Oh ! non, tu ne vas pas commencer à jouer les sentimentaux maintenant !

— Je ne l'oublierai jamais.

Binshoumedir le regarda droit dans les yeux et reprit sur un ton sérieux :

— Veille à ne rien oublier. C'est à toi de choisir si tu préfères croupir dans ton désespoir ou réagir et redevenir quelqu'un. A toi de choisir entre le désespoir et l'espoir. Si tu préfères souffrir, tu peux aller creuser ta tombe. Si tu préfères autre chose, tu sais ce qu'il te reste à faire. Enfin je ne vais pas te rappeler encore une fois que tu as désormais à vivre pour un autre que toi.

— Tes paroles me font l'effet d'une douche glaciale, mais tu as raison. Sois sûr que je ne suis pas près d'oublier.

Mari était à plusieurs jours de bateau. C'était un royaume indépendant, ayant réussi à échapper aux révolutions et aux guerres qui avaient secoué les États-Cités du Sud depuis des générations. La ville était située sur une importante route commerciale reliant la vallée des Deux-Rivières aux cités hittites et amorites ainsi qu'à Damas, à l'Égypte et à la Méditerranée. C'était au dire de tous l'endroit idéal pour un forgeron désireux de se fixer quelque part. Dans une cité qui servait de carrefour à de nombreuses caravanes, il y aurait sûrement du travail pour un forgeron, qu'il s'agisse de fabriquer des ornements de métal doré moulés à cire perdue ou simplement de redresser une épée ayant subi quelques escarmouches à la frontière. Zakir expliqua tout cela à Ahuni, mais il fut heureux et surpris de voir que le jeune garçon avait déjà pleinement réalisé la situation.

— Oui, répondit-il, c'est ce que j'espérais que tu dirais. Je sens que nous avons une chance inespérée de redémarrer. T'ai-je raconté que j'ai vu Iddina en allant rechercher tes outils à Babylone ? Il m'a aidé et m'a même prêté des bêtes pour descendre le coffre jusqu'au port. Il a ajouté que, si nous retournions à Babylone, tu serais toujours hanté par le passé, par ce que tu serais devenu à l'heure actuelle si les choses avaient été différentes, et que ce que tu avais de mieux à faire c'était de recommencer à zéro.

— Mon ami Iddina est un homme avisé, répliqua Zakir.

En attendant le bateau de Kiddinou qui devait leur faire remonter le fleuve, il se remit néanmoins à penser à Iddina, à ses anciens voisins et amis du Bazar des Trois Palmiers et à la vie qu'il menait là-bas, une vie sans but, où il avait gagné beaucoup d'argent pour se retrouver en fin de compte sans rien.

— Iddina avait raison, dit-il tout haut.

— Tu disais ?

— Iddina a dit que ça ne sert à rien de rester à se mor-
fondre, mais qu'il faut avancer coûte que coûte, tu te le rappelles ? D'ailleurs c'est toi qui me l'as rappelé.

— Oui, dit Ahuni en souriant, c'est vrai, n'est-ce pas ?

Zakir mit le bras sur l'épaule du jeune garçon et le
serra contre lui, Kiddinou venait de finir de charger le
bateau et se préparait à lever l'ancre. Le moment du départ
approchait. Binshoumedir apparut sur le quai et ne put
s'empêcher de sauter à bord. Il embrassa Ahuni avec affection et donna à Zakir une tape amicale sur son biceps.

— Ah ! dit-il, je me rappelle le jour où j'ai quitté mon
village pour faire mon apprentissage auprès d'un pêcheur.
Ma mère pleurait tout ce qu'elle savait. Pour ma part, je ne
pensais qu'à une chose, le futur merveilleux qui s'ouvrait à
moi. N'est-ce pas un peu ce qui t'arrive, mon garçon ?

— Oui, répondit doucement Ahuni, mais le village,
Noubta et mes amis me manqueront.

— Et moi, continua Binshoumedir ?

— Ça, je peux te dire que toi aussi tu me manqueras !

— Binshoumedir, dit Zakir, c'est dur de te dire au
revoir.

— Pour moi aussi... Mais prenez bien soin l'un de
l'autre. Puissiez-vous connaître la prospérité ! Que votre vie
soit longue et heureuse ! Adieu !

Kiddinou leva l'ancre. La voile commença à se gonfler...

Soudain Ahuni sentit des larmes lui rouler sur les
joues. Zakir, les yeux humides, serrait le garçon contre lui.

CHAPITRE VII

1

La voix d'Abram réveilla Snéféru à l'aube. L'Égyptien, ahuri par le branle-bas, se leva brusquement, l'épée à la main. Il essaya, dans la pénombre, de voir ce qui se passait autour de lui. Il crut d'abord à une attaque de l'ennemi, mais il s'aperçut que c'était seulement Abram qui, agenouillé, était en train de prier, tourné vers l'est. Les lèvres du vieillard remuaient et il s'exprimait dans la langue dont il s'était servi plus tôt avec Belsunu. Snéféru secoua la tête, remit son épée dans son fourreau. Soudain Abram s'était tu et avait baissé la tête en signe de respect.

Snéféru alla s'asseoir sur un rocher pour contempler le jour qui pointait derrière les collines qui dominent la mer Salée. Abram, pensait-il, était un homme que l'on pouvait aisément admirer. C'était un administrateur honnête et juste, un grand seigneur doté d'une force intérieure inébranlable, sur laquelle compter dans l'adversité. Somme toute, il était l'employeur idéal. Pourtant, dans des moments comme celui-là, l'admiration de Snéféru pour le vieil homme faiblissait. Lui, Snéféru, qui après tant d'années de service, après tant de guerres, avait progressivement acquis cette hostilité quasi implacable des vieux soldats à l'égard de toute religion, trouvait curieux que les seuls militaires qu'il ait jamais rencontrés, croyant aux dieux, étaient ceux qui avaient connu la peur. Il semblait en effet que cela provenait toujours d'un revirement, d'un besoin qui survenait chez les hommes seulement après qu'ils aient été mutilés ou amputés. Il fallait en général avoir perdu confiance dans la force de son bras pour se mettre en quête d'un dieu sur qui s'appuyer. Comment, dans ces conditions, réussir à défendre Abram à ses propres yeux. Malgré son âge, malgré le fait que sa femme, beaucoup plus jeune que lui, le traitât cavalièrement, ce qu'il tolérait et ce qui l'amusait même, il était loin d'être un faible. Et cependant il était là, totalement soumis à ce dieu encore sans nom, priant sur ses genoux usés, avec autant de dévotion qu'un de ces poltrons.

Un jour, Abram s'était enquis des sentiments religieux de Snéféru, qui lui avait répondu franchement, et Abram, contrairement aux bigots ou aux fanatiques, avait montré par un signe de tête qu'il comprenait. Il lui avait même souri sans la moindre trace de ce dédain que l'on trouve souvent chez le croyant moyen. Depuis, il n'avait jamais réabordé le sujet. Snéféru oserait-il à l'occasion demander au vieil homme le pourquoi de cette relation entre son Dieu et lui ? Et pourquoi, après tout, pensa-t-il en bâillant et en s'étirant, le jour d'aujourd'hui ne serait pas aussi propice qu'un autre ? La veille, Abram lui avait demandé de préparer des montures pour qu'ils puissent tous deux se rendre vers le nord. « De quel côté ? avait demandé Snéféru. — Vers le nord... Béthel... Aï... par là-bas. — Plus haut que Jérusalem ? Ne serait-il pas prudent d'emmener quelques hommes armés avec nous ? — Non, non, avait répondu Abram, la main du Seigneur nous protège, nous ne rencontrerons aucun ennemi. — Et à Jérusalem ? — A Jérusalem encore moins qu'ailleurs. Le roi de cette cité est prêtre du Seul et Vrai Dieu. » Le ton d'Abram avait été confiant et rassurant.

Jérusalem était solidement bâtie entre Timna et Béthel et tous connaissaient la réputation du puissant Melchisédech. Comment Abram, qui disait n'avoir jamais rencontré le grand roi de Jérusalem, était-il donc si sûr de l'accueil qui l'attendait là-bas ? Étrange, se disait Snéféru, que Melchisédech fût prêtre-roi de ce Dieu qu'Abram invoquait sans cesse... Pour la première fois, il réalisait néanmoins que ce Dieu avait au monde un autre adorateur qu'Abram, car dans son entourage — si surprenant que cela pût paraître — personne ou à peu près personne ne semblait partager sa foi ni sa piété, ses proches encore moins que les autres.

— Bonjour.

Abram, ayant fini sa prière du matin, se tenait devant lui, le visage souriant.

— Y a-t-il longtemps que vous êtes debout ?

— Non pas très, maître. Avez-vous bien dormi ?

— Dormi, dites-vous ? Je ne sais pas. J'ai eu de nouveau une vision cette nuit. Je serais incapable de vous dire si j'étais ou non dans le sommeil à ce moment-là. Pourtant j'ai l'impression d'avoir dormi et de m'être reposé des jours entiers. Je me sens rajeuni de vingt ans.

— Vous parliez d'une vision, maître ? reprit Snéféru, qui redoutait un peu la réponse à sa question.

— Oui, le Dieu m'a parlé. Il m'a dit de me rendre dans les collines, de monter à ce petit temple que j'ai construit lors de notre dernier passage, entre Aï et Béthel. Car là, m'a-t-il dit, j'entreverrai la terre qu'il m'a promise, à moi et à ma descendance.

L'œil vif du vieillard ne manqua pas de remarquer le léger froncement de sourcil de Snéféru.

— Ah ! reprit-il, tu es comme les autres. Toi aussi tu mets en doute ma descendance, ma femme ne me croit pas non plus, j'ajouterai qu'elle se demande si je perds la tête et, pour me ramener à la réalité, parle de me donner une concubine.

— Une concubine ?

— Sarai pense qu'elle est stérile. Elle ne le dit pas, mais le pense. C'est pour elle un point extrêmement sensible. Elle en a honte et dit que c'est ma faute, qu'à mon âge il m'est tout bonnement impossible d'engendrer un enfant.

— Qu'en pensez-vous, maître ?

— Je crois que le jour où Dieu voudra que nous en ayons un nous l'aurons. Je crois que Dieu veut d'abord que nous nous installions sur cette terre qui sera nôtre pour que nos enfants y naissent en toute sécurité. Alors et seulement il me permettra d'engendrer un enfant dans le ventre de Sarai. Mais il y a autre chose. La nuit dernière, quand il m'a parlé, dans mon rêve, il a mentionné une alliance, une alliance entre lui, les miens et moi pour l'éternité.

— De quel genre d'alliance s'agit-il ?

— Je n'en sais rien. Il nous le révélera en temps voulu, j'en suis sûr. Pour en revenir à votre question, reprit-il, Sarai estime que si elle trouve une concubine pour coucher avec un vieillard tel que moi, il y a quelques chances pour que je reconnaisse que je suis épuisé et que par conséquent je m'arrêterai de radoter..., à moins que la concubine ne conçoive, j'aurai alors un héritier que Sarai élèvera comme le sien. J'en serai moi-même fort content et cesserai de l'importuner, dit-elle.

— Voilà bien les femmes, s'exclama Snéféru qui se reprit immédiatement. Pardonnez-moi, maître, ce n'est pas ce que je voulais dire. Je ne voulais pas manquer d'égard envers Sarai, ma maîtresse.

— Ne t'inquiète pas, je ne l'ai pas pris comme tel. Mais dis-moi, dit-il, en changeant de sujet, es-tu au courant de ces querelles entre mon neveu Lot et mes bergers ?

— Oui, nous avons eu maille à partir. J'ai dû prendre des mesures des deux côtés pour éviter que les choses ne s'enveniment.

— J'imagine que le sujet du conflit a trait aux droits de pâturage.

— Oui, maître, il y a fort peu de pâtures par ici et il serait bon que Lot emmène ses troupeaux ailleurs cet hiver.

— Il m'a importuné plusieurs fois avec cette question. Il souhaite, dit-il, passer l'hiver dans la vallée de la mer Salée.

— Puis-je vous suggérer quelque chose ?

— Bien sûr, mais je devine que tu vas me conseiller de le laisser partir.

— Vous avez lu mes pensées, maître.

— Pas du tout, je pense comme toi. Lot et ses hommes ne sont pas faits pour le combat. Ils sont mous et faibles. Verrais-tu Lot dans une bataille ?

— Il nous importunerait constamment. Pour ma part, j'estime que sa présence ralentit notre préparation au combat.

— Je le laisserai donc faire ce qu'il veut, tout en le surveillant du coin de l'œil.

— Plutôt de vos deux bons yeux que du coin de l'œil, surtout s'il va s'établir dans la vallée de Siddim, renchérit Snéféru.

— Lot a tâté le terrain et a reçu de Béra, le roi de Sodome, la permission de s'y installer. Il y trouvera de quoi faire paître ses troupeaux et, moi, je ne l'aurai plus sur le dos.

— Je vois, maître. Et maintenant, où allons-nous aujourd'hui ?

— Je voudrais retrouver l'autel que j'ai construit pour y offrir un sacrifice au Dieu. Ensuite, j'aimerais te montrer quelque chose.

Vers la fin de l'après-midi, ils atteignirent l'autel qu'Abram avait élevé, Snéféru regarda respectueusement le vieillard prier et s'entretenir avec la présence invisible. Puis, au crépuscule, ils montèrent au-dessus d'un col qui surplombait la vallée du Jourdain. Devant eux s'étendait une terre féconde et cultivée, à la végétation luxuriante : forêts, oliveraies, vergers. Les ombres s'étiraient sur la terre, capitonnée par la brume du soir.

Snéféru en resta le souffle coupé, émerveillé. Après un moment, Abram reprit :

Le Dieu m'a parlé cette nuit et m'a demandé de me rendre ici. « Tu lèveras les yeux au ciel, m'a-t-il dit, et tu compteras les étoiles si tu peux les compter. Telle sera ta postérité. » Il avait un sourire triomphant. Sa voix se fit plus forte : « Lève les yeux et regarde de l'endroit où tu es. Lève les yeux vers le nord et le midi, vers l'orient et l'occident. Tout le pays que tu vois, je te le donnerai, à toi et à ta postérité, pour toujours. Je rendrai ta postérité comme la poussière de la terre. Quand on pourra compter les grains de poussière de la terre, alors on pourra compter tes descendants ! Debout ! Parcours le pays en long et en large, car je te le donnerai. »

Snéféru se sentit bouleversé par le vieil homme. « Oui, se disait-il, je ferai de son fils un roi. Oui..., je m'installerai ici avec Agar et je vieillirai en paix... »

Plus tard, alors qu'il plantait leur tente et regardait Abram allumer le feu pour le dîner, il se mit à songer à la journée : « Quel homme étonnant ! Il m'a fait partager un coin de son rêve... »

2

Aux premières lueurs roses de l'aurore, Shepset se leva et se dépêcha de préparer le feu pour faire cuire le pain des Égyptiens de l'entourage de Lot. Elle éparpilla plusieurs poignées de grain sur une pierre oblongue et les écrasa à l'aide d'une pierre plus rugueuse. Elle mouillait de temps en temps la farine avec de l'eau qu'elle était allée chercher à la mare la veille au soir. Ensuite, après avoir travaillé la pâte dans le mortier et y avoir ajouté du levain de la veille, elle la pétrit et en forma des petits pains gros comme son pouce, qu'elle recouvrit de cendre chaude après les avoir soigneusement alignés sur une pierre plate. Puis elle les mit à cuire et, après s'être lavé les mains, alla réveiller Rekhmira.

L'ancien intendant de Psarou se retrouvait simple berger au service de Lot. Celui-ci, contrairement à son oncle, ne faisait guère attention à ses troupeaux ou à leurs bergers, sauf si quelque chose n'allait pas. Voilà pourquoi Rekhmira, qui avait réussi à faire traverser le désert aux troupeaux avec des pertes minimales, restait dans une position de responsabilité également minimale. Esclave depuis toujours, il prenait cela avec philosophie. Et d'ailleurs comment faire autrement ? Dans les années à venir, Lot ne s'améliorerait sûrement pas, loin de là...

Shepset l'effleura à peine, Rekhmira s'éveilla aussitôt.

— Ah ! dit-il, il est bien tôt ! Y a-t-il à ceci une raison particulière ?

— Non, non, murmura la jeune fille. Je voulais aller trouver Agar et pour cela je dois me lever très tôt.

— Je vois, ça sent le pain qui cuit. On dirait même du pain égyptien, dit-il avec un large sourire.

— Oui, je l'ai préparé pour vous et les autres Égyptiens afin de vous redonner du cœur à l'ouvrage. Si le seigneur

Lot ou sa femme m'envoient chercher, trouvez quelque excuse à mon absence, je vous en prie... Dites-leur, par exemple, que je suis en train de préparer le petit déjeuner...

— Sans problème. Et merci pour le pain.

Il ajouta :

— Shepset, je sens qu'il y a quelque chose de changé en toi. Qu'est-ce qui se passe ? Le seigneur Éliézer t'aurait-il ?...

Mais elle détourna son visage.

Rekhmira mit sa main sur l'épaule de la jeune fille et la força à le regarder :

— Shepset, mon enfant, dis-moi... Je t'en prie.

— Je vous en supplie, n'insistez pas, je ne puis vous le dire.

— Je ne te lâcherai pas avant que tu ne me l'aies dit. Est-ce un des bergers ? Un des gardes ?

— Non, non, sanglota-t-elle, c'est pire que cela, pire, le seigneur Lot m'a appelée dans sa tente la nuit dernière.

— Lot ? (Son visage changea.) Non, Shepset, dis-moi, il ne t'a pas touchée ?

— Je ne peux pas..., dit-elle en balbutiant. Lui et sa gouine de femme... et s'il y avait eu quelqu'un d'autre à qui il aurait pu me donner...

— Sa femme aussi ? Sa femme ! Mais pourtant tu appartiens au seigneur Abram...

— Oui, dit-elle d'une voix étouffée. C'est pourquoi il faut que je parle à Agar. Elle saura ce qu'il faut faire. Elle pourra intercéder en ma faveur.

— Je ne sais pas, dit Rekhmira.

— Je sais qu'elle fera quelque chose.

— Vois-tu, mon enfant, je ne sais pas trop ce qu'Agar peut faire, ni ce qu'aucun de nous peut faire. Néanmoins, file la trouver et dépêche-toi de revenir.

Agar écouta Shepset, ses grands yeux remplis d'horreur.

— Oh ! ma chérie, s'écria-t-elle en tendant les bras vers la jeune fille.

Shepset vint s'y réfugier et se mit à pleurer.

— Écoute, ce qui est fait est fait. Mais je vais tout essayer pour que ce genre d'affaire ne se reproduise pas. Je suis sûre que le seigneur Abram ne saurait autoriser cette sorte de conduite s'il était au courant. Il ne peut l'admettre. C'est un homme intègre.

— Mais Lot quitte le camp. Et il est persuadé que je le suivrai.

— Il part ? Je ne comprends pas.

— Son projet est d'en demander l'autorisation à Abram dès qu'il sera de retour.

— Je n'en savais rien, mais, écoute, retourne vite au camp avant qu'on ne s'aperçoive que tu t'es absentée et essaie de te tenir à l'écart.

— C'est impossible, pas après le dîner. J'ai essayé, crois-moi, Agar, cela fait des jours que j'essaie !

Agar recula et regarda la jeune fille :

— J'oublie, reprit-elle, que je n'ai pas plus d'expérience que toi. Tu as même déjà connu des expériences douloureuses qui m'ont été épargnées. Tout ce que je peux faire, c'est tâcher de t'aider.

Les deux femmes s'embrassèrent encore une fois. Au moment de partir, Shepset se retourna vers son amie et lui dit :

— Agar, que je suis sotte et égoïste ! Où en es-tu ? J'ai oublié de te le demander.

— Snéféru veut me demander à Abram. J'ose à peine y croire ; j'ai si peur de tout voir s'effondrer. J'éprouve pour lui un sentiment tout neuf que je voudrais tant partager avec toi.

— Agar, a-t-il ?...

Agar rougit.

— Non, dit-elle embarrassée. Mais il reviendra du nord, ce soir ou demain... Je me sens comme une enfant. Je ne sais que faire.

— Bonne chance, dit Shepset la gorge serrée, décidée à s'enfuir avant de s'effondrer complètement.

Enosh, campé sur l'une des meilleures montures d'Abram, atteignit le sommet de la colline et attendit que Belsunu le rattrapât. Il lui montra l'ouest, qui s'étendait devant eux.

144

— Voilà Ashkelôn et là-bas la Méditerranée. Cela valait la balade, n'est-ce pas ?

Le visage cadavérique de Belsunu s'éclaira :

— Splendide ! s'exclama-t-il. Quand j'étais jeune et romantique j'aurais composé un poème ou un air de luth, mais maintenant, mon ami, je suis épuisé. La seule chose dont j'ai envie, c'est de descendre de ma monture et de m'étirer.

— Peut-être voudriez-vous prendre quelque chose pour calmer la douleur ? Boire quelque chose ? répliqua Enosh.

— Calmer la douleur n'est pas le problème. Le problème, c'est d'avoir la force de vibrer aux choses de la vie.

Il eut une quinte de toux.

— Pardonne-moi, je ne voulais pas t'importuner avec mes histoires. C'est trop facile de transformer cette sacrée maladie en un oiseau funeste.

Arrivés au marché, ils visitèrent deux forges. A la seconde, Belsunu s'arrêta et brandit une hache encore inachevée.

— Oh ! dit-il en ne cachant pas son admiration, je suis prêt à parier une année de mes revenus que ce n'est pas votre œuvre, mon ami.

Il l'examina à la lumière notant le reflet gris et mat du métal.

— Non, c'est exact, je ne l'ai pas faite, répondit le forgeron, je l'ai obtenue d'un Hittite, en échange d'une très belle épée de bronze. Je reconnais que j'ai gagné au marché.

Belsunu la tendit à Enosh.

— Soupèse-moi ça, dit-il, sûr qu'elle a dû en trancher des têtes ! Je n'ai rien de comparable.

— Ni vous non plus, dit-il en se tournant vers le forgeron. Non que je ne reconnaisse pas vos talents, mais le secret est dans le minerai. Ah ! si vous aviez des réserves de ce minerai-là ! Hélas ! mon expérience me dit qu'on ne le trouve pas à tous les coins de rue.

— On raconte qu'il tombe du ciel aussi chaud que s'il sortait d'une fournaise, expliqua le forgeron. Vous avez parfaitement raison, le bronze fait pâle figure à côté. Mais ce minerai est si rare que, si quelqu'un en trouvait quelque part sur terre, il ferait fortune... Mais je me remets à rêver.

Mon ami, vous n'êtes pas marchand, vous êtes forgeron comme moi, enchanté de vous rencontrer.

Belsunu serra la main de l'artisan.

— Ça se sent à nos mains calleuses et à nos brûlures, pas vrai ? Je suis Belsunu, jadis de Babylone. J'ai fait mon apprentissage à Our, ce qui risque de devenir un jour cause de fierté, si je vis assez longtemps pour le voir. Les forgerons qui ont fait leur apprentissage à Our se font de plus en plus rares.

— De fait, vous êtes le premier que je rencontre, dit le forgeron. Que fabriquent-ils là-bas ?

Belsunu lui tendit son épée. Le forgeron resta silencieux quelques instants.

— Dieux du Ciel, s'exclama-t-il, j'ai devant moi un maître de l'art ! Mon ami, vous êtes hors concours. Voilà de quoi célébrer. Allons, fermons la boutique et buvons un coup !

— Non, répondit Belsunu, je suis ici pour voir des esclaves. On m'a dit qu'il y avait une vente aux enchères dans les environs.

— Oui, dans la rue voisine. Va trouver Simri de ma part. Mais, écoute, c'est un événement d'avoir quelqu'un comme toi dans une petite ville comme la nôtre. Où travailles-tu maintenant ? J'espère que tu ne vas pas t'installer à Ashkelôn ? Tu me mènerais à la faillite.

— Ne t'inquiète pas. Je travaille pour un de mes compatriotes, un dénommé Abram, dans les environs de Timna. Nous devrions nous rendre dans la région de Jérusalem d'ici peu.

— Je suis content que vous ne vous installiez pas du côté de la vallée de la mer Salée. On ne sait trop ce qui couve par là-bas en ce moment, dit le forgeron d'un ton confidentiel. Une révolte se prépare. Kerdor Laomer, roi d'Élam, a décidé de se faire verser ses droits de propriétaire *in absentia* par toutes les cités de Siddim. Plusieurs des rois de la vallée se sont insurgés contre lui. Ils ne se rendent pas compte de ce qui les attend.

— Que voulez-vous dire ? répliqua Belsunu en essayant de réprimer une quinte de toux.

— Ils n'avaient pas prévu l'expédition punitive que

Kerdor Laomer a préparée sur Canaan et ce ralliement autour de lui de formidables alliés tel qu'Aryok, d'Ellasar.

— Dire que je l'ai rencontré et que j'ai même failli aller travailler pour lui.

— Tu me comprendras donc mieux quand je te dirai que c'est un de mes amis qui a accepté le travail que tu as apparemment refusé. Il prétend que les troupes de Kerdor Laomer ont l'intention d'anéantir toute révolte naissante. Mon ami assure que, s'il y arrive, le contrôle de la région par les Élamites sera plus étroit que jamais. Je crains qu'ils ne laissent derrière eux, dans le royaume de Siddim, des cités en flammes et des veuves éplorées.

— Fort intéressant, déclara Belsunu qui se dépêcha de prendre congé du forgeron, pour, dès qu'il se retrouva seul avec Énosh, lui dire tout bas :

— Écoute, c'est très important. Je te demande de retourner auprès d'Abram et de lui répéter fidèlement ce que tu as entendu. Il faudra que tu y ailles seul, car je n'en ai pas la force en ce moment. Ne t'inquiète pas pour moi, tout ira bien. Je désire assister à la vente aux enchères. Mais Abram doit être mis au courant. Et vite ! Tu comprends ?

— Mais, maître...

— Ne cherche pas d'excuses, allez, dépêche-toi, file !

Belsunu resta le lendemain. Il fit le tour des marchés d'esclaves du port. Hélas ! aucun des jeunes garçons qui s'y trouvaient ne portait la marque de naissance rouge. « Je suis idiot de perdre encore mon temps à cela, se disait-il. Il est grand temps d'y renoncer. Le garçon doit être mort maintenant. » Il ne pouvait cependant s'empêcher de poursuivre sa quête. C'était devenu pour lui une habitude, un réflexe aussi naturel que de respirer.

3

Du haut de la colline, Abram et Snéféru regardaient le camp qui s'étendait à leurs pieds. Snéféru eut tôt fait de remarquer qu'il y avait quelque chose de différent dans la disposition des tentes et des enclos réservés aux animaux. Les palissades avaient été déplacées. Il fronça les sourcils.

— Je ferais bien de descendre rapidement voir ce qui se passe, dit-il.

— Attends une minute ! dit Abram, je crois que je sais. Lot est parti et a emmené ses troupeaux. Regarde !

Il montra du doigt un défilé non gardé, de l'autre côté du camp.

— Rekhmira, le berger de Lot, a fait passer le gros de son troupeau par là. Ils y auront du pâturage pour au moins un mois.

— Rekhmira est un homme capable, il n'aurait pas emmené les animaux s'il... si on ne le lui avait pas demandé : quel crétin ce Lot ! On n'a pas idée de les faire transhumer à pareille époque !

— Il n'aura pas osé se présenter devant moi, reprit Abram. Je savais qu'il voulait partir le plus tôt possible et aller à Sodome. C'est un faible et il n'a pas eu le courage de me le demander d'homme à homme. Cela ne sert donc à rien d'y aller. Je sais d'avance ce que tu y trouveras.

— Néanmoins, maître, répondit Snéféru, et avec votre permission, je descendrai voir comment sont disposés nos troupeaux ; je souhaiterais faire passer quelques animaux de l'aile gauche vers le défilé. Tiens, j'aperçois un messager qui remonte du camp en courant.

Ils regardèrent l'homme gravir la colline.

— Maître, dit ce dernier en saluant respectueusement Abram, avant de se tourner vers Snéféru. Capitaine, on m'a demandé d'aller vous chercher. Énosh est rentré d'Ashkelôn avec un message de Belsunu.

— Un message ? De quoi s'agit-il ?

Et aussitôt le messager leur fit part des craintes de Belsunu fondées sur la rumeur publique, selon laquelle Kerdor Laomer, roi d'Elam, et ses alliés : Amraphel, de Shinar, et Aryok, d'Ellasar, ainsi qu'un troisième dont il n'avait pas compris le nom se préparaient à attaquer les cités rebelles du royaume de Siddim. Cinq petits États-Cités devaient y passer : Béla, Zeboiim, Gomorrhe, Admah et Sodome. En entendant ce dernier nom, Snéféru jeta un coup d'œil en direction d'Abram.

— Lot a effectivement aussi mal choisi son moment que possible, dit Abram, il ne nous reste qu'à espérer que ces cités de Siddim sont bien défendues.

Snéféru se tourna vers le messager.

— Tu disais qu'il y avait un message de Belsunu. N'est-il donc pas rentré en même temps qu'Énosh ?

— Non, maître, il arrivera avec un jour de retard.

— Hum ! et son travail à la forge ?

— Il a une douzaine d'apprentis et une méthode de travail bien à lui. Les apprentis ne fabriquent rien d'autre que des lames non dégrossies.

Snéféru parut songeur.

— Personnellement, expliqua Abram, je vois l'avantage qu'il y a à travailler de la sorte. Belsunu sait combien nous sommes pressés d'armer nos hommes.

— Maintenant plus que jamais, continua Snéféru, cette révolte et ce qui s'ensuivra nous y forcent. Je ferais bien de me mettre à la tâche, et tant pis si nos hommes doivent commencer par s'entraîner avec des épées de bois.

— C'est une bonne idée. Vas-y, fais avancer les animaux vers le défilé. Tu as la responsabilité de préparer nos hommes au combat. (Il soupira, l'air résigné.) J'avais espéré que nous aurions plus de temps.

— Moi aussi, maître, mais nous essaierons de mettre pleinement à profit le peu de temps que nous avons. Par mesure de précaution, je vais doubler le nombre des sentinelles autour du camp.

— Que Dieu soit avec vous tous !

Agar rencontra Abram tandis que le vieil homme s'approchait des tentes.

— Seigneur..., commença-t-elle.

— Oui, répondit distraitement Abram.

Agar voulut parler, mais sa gorge était sèche. Elle ravala sa salive :

— Seigneur, Lot a quitté le camp et il a...

— Oui, dit Abram, je sais, après tout c'est son affaire, il peut faire ce qu'il veut. Ce n'est pas moi qui l'en empêcherai. Merci de me l'avoir dit.

Il fit demi-tour désireux de s'en aller.

— Maître, voyez-vous, il a même emmené certains de vos esclaves avec lui, mon amie Shep...

— Je t'en supplie, dit Abram dont l'esprit était ailleurs, j'ai chaud, je suis à bout, ma chère enfant, je suis en route depuis ce matin. Pourrais-tu avoir la bonté de m'apporter une cruche d'eau fraîche ?

Agar, bouleversée, le regarda s'éloigner vers sa tente d'où elle aperçut Sarai qui émergeait de ses quartiers.

Bien qu'épuisé, Énosh se hâta d'aller trouver Snéféru. Ce dernier était en train de passer en revue les hommes de l'aile gauche, hurlant toute une série d'ordres, rapidement et avec précision. Il s'approcha et demanda :

— Vous m'avez appelé, maître ?

— Oui, tu dois être Énosh, n'est-ce pas ?

Snéféru s'arrêta un instant. Cet esclave paraissait jeune et solide.

— Tu as fait du bon travail, tu as eu raison de devancer Belsunu. Les renseignements que tu nous a fournis nous ont été fort précieux. Mais, dis-moi, qu'en est-il advenu de notre forgeron ? Dans quel état l'as-tu laissé ? Crois-tu qu'il puisse traverser le désert seul ? Ou serait-il préférable que j'envoie quelqu'un à sa rencontre ?

— Ce ne serait pas une mauvaise idée, maître. Il est faible. Son courage l'empêchera d'avouer que le voyage le fatigue, mais mon avis est qu'il a déjà eu son compte. Oui, je vous conseille d'envoyer quelqu'un à sa rencontre.

— Dans ce cas, veille à ce que quelqu'un parte le rejoindre.

— Maître, puis-je me porter volontaire ?

— Toi ? Mais tu es exténué de fatigue !

— Maître, le forgeron est un homme que je respecte et je considérerais cela comme un honneur.

Snéféru lui répondit en souriant :

— D'accord, tu peux y aller. J'aime ta façon de voir les choses. Emmène deux hommes avec toi et ramène-nous notre ami le forgeron. Mais, surtout, prends bien soin de lui. Je dois t'avouer que, moi aussi, j'ai de l'affection pour lui et je suis heureux de penser qu'il sera entre d'aussi bonnes mains que les tiennes. Viens me trouver dès que tu seras de retour. J'ai besoin d'un bras droit.

De ses mains vigoureuses, Sarai massait la nuque raide et douloureuse d'Abram. Ses yeux parcouraient la tente, ne s'arrêtant sur rien.

— Te sens-tu mieux ? dit-elle d'une voix plus douce que d'habitude.

— Oui, oui, répondit Abram la voix lasse. Merci... Un peu plus bas si tu veux. Là, sur l'omoplate, ça me fait du bien.

— Le bruit court que nous allons sans doute quitter Timna ?

— J'envisage cette possibilité, mais pour l'instant une chose m'ennuie, mon neveu est parti, précipitamment comme toujours, et il risque de se trouver dans une situation peu enviable. Il fait route vers Sodome où l'on m'a appris qu'une guerre couvait. Nous aurons sans doute à le surveiller de loin...

Sarai fit mine de protester.

— Ne va pas me faire encore des reproches là-dessus. Les liens du sang sont les liens du sang... Comme tu le sais, j'ai fait une promesse à son père, mon frère.

— On ne peut jamais rien dire avec toi. Raconte-moi au moins où nous allons.

— Snéféru étudie la région. Il semble que le meilleur endroit pour passer l'hiver serait vers le nord-ouest, du côté d'Hébron. Je pense que tu préféreras cette région à celle de Timna. Le climat y est plus tempéré, la terre bien irriguée et le camp sera entouré d'arbres.

Les mains de Sarai se firent douces, apaisantes.

— C'est un progrès ! Mais y resterons-nous ? Ou devrons-nous continuer à changer continuellement d'endroit ?

— En principe nous sommes ici pour nous installer de façon permanente, pour la première fois depuis notre long séjour à Harân. Le Dieu ne m'a pas encore dit précisément où, mais, ne crains rien, je le saurai en temps voulu. Je ne suis pas venu aussi loin pour élever mon fils comme un chef nomade ou un berger bédouin.

— Ton fils ? reprit Saraï avec un sourire forcé. Abram, quand accepteras-tu de faire face à la réalité ?

— Patience, ma chérie, il y a temps pour tout. Tout est entre les mains de Dieu.

— Je sais, je sais, acheva-t-elle, exaspérée. Ne me le répète plus. Tu m'en as déjà ressassé les oreilles un millier de fois !

Ses mains continuaient à masser le dos vigoureux, essayant de détendre les muscles raidis. Elles se firent moins douces, ce qui était une manière d'exprimer la soudaine amertume qu'elle ressentait dans son cœur. « Impossible de discuter avec cet homme-là, se disait-elle, mais tu sais ce que tu as à faire, n'hésite pas, fais-le... »

Énosh et ses hommes retrouvèrent Belsunu juste avant qu'il ne fît nuit. Il était tombé de sa monture et la bête, effrayée, s'était sauvée. Le forgeron pouvait encore l'apercevoir en train de paître sur l'herbe sèche qui poussait au bord d'un oued, il avait tenté de la rattraper, mais ses efforts avaient été vains. Il était faible, déshydraté. Il fixait intensément Énosh de ses yeux sombres, enfoncés profondément dans leurs orbites. Il avait un pauvre sourire aux lèvres qui exprimait bien toute sa gratitude.

— Énosh, dit-il, je savais bien que tu viendrais me rechercher.

— Bien sûr, maître. Mes hommes vont vous fabriquer un brancard. Vous n'êtes pas assez en forme pour monter à cheval, vous avez besoin de repos. Nous mettrons à votre service les plus jolies femmes que nous ayons. Comme l'a dit le seigneur Snéféru : « Ayez soin de donner ce qu'il y a de mieux à notre ami le forgeron. » Allez, reposez-vous, maître.

Snéféru alla à leur rencontre et accompagna le brancard improvisé sur lequel ils avaient mis Belsunu. Il marchait à côté d'eux, tenant la main du forgeron, plaisantant gentiment avec lui. Arrivé à l'entrée du camp, Snéféru envoya un messager avec mission de ramener Agar.

— Dis-lui, ajouta-t-il, que j'ai besoin d'une personne de confiance pour s'occuper de notre ami. Ensuite vous irez prévenir le seigneur Abram qu'elle est ici, car je ne veux pas lui attirer d'ennuis. Énosh! appela Snéféru, écoute, plus j'y pense, plus je suis persuadé que nous ferions bien de démonter le camp et d'en partir. Si l'on parle déjà à Ashkelôn de rébellion...

— C'est exactement ma pensée, renchérit Belsunu, nous sommes toujours les derniers à savoir ce qui se passe. Mieux vaut éviter le combat jusqu'à ce que nous soyons prêts. Et, selon Énosh, nous trouverons des alliés : un des gars à qui appartient la chênaie en serait un. A ce qu'on m'a dit, il est loin d'être l'ami de Kerdor Laomer. Il s'appelle Eskol. Je crois que vous le trouverez sympathique, maître.

Agar arriva à la tente du forgeron peu après la tombée de la nuit, Snéféru en sortit. Il l'embrassa.

— Merci, lui dit-il, merci d'être venue. J'ai envoyé un homme dire à Abram que j'avais besoin de toi, pour que tu t'occupes du forgeron. C'est vrai que j'ai besoin de toi pour ça, même si...

Il ne put achever sa phrase.

— C'est votre ami, reprit-elle d'une voix calme. Je m'en occuperai comme s'il était de votre famille.

Elle avait pris les mains de Snéféru dans les siennes.

— Snéféru, dit-elle, j'ai eu peur de vous. J'avais peur de vous donner mon cœur. Je ne suis qu'une esclave, je n'ai aucun droit d'aimer. Pourtant... je vous aime.

4

Snéféru et Agar se virent fort peu au cours des jours suivants. Ils étaient occupés l'un et l'autre par le changement du campement et l'installation sur les terres de Mamré, au nord de la route commerçante qui reliait Hébron à Ashdod et à la voie de terre menant à Haçaçon-Tamar au bord de la mer Salée. La tâche d'Agar consistait principalement à s'occuper de Belsunu. Elle avait pris très au sérieux ce que Snéféru lui avait dit : « Cet homme est plus que mon ami. Grâce à lui, nous vivrons en paix à Canaan et nul ne pourra nous en faire sortir par l'épée. Rappelle-toi bien cela, chère Agar. Car pour ce qui va de notre sécurité future, il est plus important que moi. Veille sur lui comme tu veillerais sur moi ou sur le seigneur Abram. »

S'occuper de Belsunu n'avait rien de désagréable. D'abord parce que le forgeron possédait un charme naturel, ensuite parce que, s'étant vite rendu compte du lien qui existait entre son ami et la belle esclave égyptienne, il la traitait avec respect et gentillesse. Malade comme il l'était, il gardait le sens de la repartie et une continuelle bonne humeur. On lui avait arrangé un hamac entre deux ânes et, durant la marche, Agar avait pour mission de rester à leurs côtés afin de maintenir une certaine distance entre eux. Elle était ainsi assez proche de Belsunu pour bavarder avec lui et lui rendre moins longue et pénible la marche vers les terres de Mamré.

A la fin de la première journée, et avant d'aller vérifier la position des sentinelles autour du camp, Snéféru s'arrangea pour s'arrêter à leur tente. Il salua chaleureusement Belsunu et prit Agar dans ses bras. N'était-ce pas le signe le plus rassurant qu'elle ait jamais reçu de la vie ?

— Écoutez, dit-il en s'accroupissant auprès du lit du malade, je ne passe qu'en courant, mais je voulais vous raconter à tous deux ce qui s'est passé : Belsunu, tu te rappelles cette guerre dont tu nous avais dit de nous méfier ?

— Je suppose qu'elle a commencé.

— Oui, figure-toi que les quatre rois, Kerdor Laomer, Tidéal, Amraphel et Aryok ont décidé de se venger des cités qui avaient refusé de payer leurs impôts l'an passé. Au lieu d'essayer de négocier avec elles, ils les ont incendiées. Le massacre a été atroce.

— De quelles villes, s'agit-il ?

— Ashtaroth-Karnaim, Ham, Émim. Ils y ont exterminé hommes, femmes et enfants. Notre éclaireur, arrivé sur les lieux le lendemain du drame, nous a dit que c'était le carnage le plus abominable qu'il ait jamais vu.

Il se retourna vers Agar :

— Pardonne-moi de t'ennuyer avec ça, mais, vois-tu, cela fait partie des affaires que nous traitons, Belsunu et moi. C'est notre manière à nous de gagner notre vie. En outre, cela pourrait tout aussi bien arriver au camp du seigneur Abram si nous relâchions un tant soit peu la surveillance.

— Je ne comprends pas, dit Agar, je croyais qu'il s'agissait de punir des tribus qui avaient refusé de payer leurs impôts.

— Oui, répondit Belsunu, à l'origine, du moins. Mais lorsqu'une armée commence à massacrer, il est difficile de l'arrêter.

Il se tourna vers Snéféru :

— Où se dirigent-ils maintenant ?

— On a parlé d'une échauffourée du côté du mont Seir. Les Hurrites ont été repoussés jusqu'à El Parân, au bord du désert. Ils sont en minorité par rapport aux autres. Quant au reste, tout ce que je peux dire c'est que si j'étais leur chef et qu'Enmishpat était en travers de mon chemin, comme c'en est le cas pour eux, je l'attaquerais des deux côtés et l'écraserais. Non seulement Enmishpat est impossible à défendre mais elle est du nombre de ces cités qui ont refusé de payer le tribut.

— C'est exact, mais, si je commandais l'armée qui arrive d'Enmishpat, je traverserais les montagnes et m'emparerais de Haçaçon-Tamar par surprise. Dans une semaine, ce sera la pleine lune. A leur place, j'en profiterais pour faire descendre l'armée le long de la rive ouest de la mer Salée et j'attaquerais Sodome à l'aube.

— Mais c'est là que Lot et les siens sont partis s'installer, dit Agar. Lot !... Shepset !...

— C'est vrai, ma chérie.

Snéféru lui prit la main.

— Il y a plus que cela. La route qui mène à Haçaçon-Tamar passe juste au sud d'ici, cela nous permettra de les observer et d'évaluer leur nombre.

Il paraissait inquiet. Il se tut un moment.

— Je ne comprends pas, répéta Agar. Qu'est-ce qui se passe ?

— Ce qui se passe? reprit Belsunu. Rien! Mais nous sommes sur leur route, comme Enmishpat est sur la leur. Seulement moins bien armés, en partie à cause de ma fichue maladie, et moins préparés à nous battre. N'en blâmons pas Snéféru. Il a fait tout ce qu'il pouvait, mais le temps lui a manqué.

— Leurs effectifs sont le triple ou le quadruple des nôtres, reprit Snéféru. Mon seul espoir est de trouver des alliés à Mamré ou à Hébron. Sinon...

— Sinon, quoi? s'exclama Agar, prenant la main de Snéféru dans les siennes.

— Sinon, il va falloir que je m'y mette sérieusement si je veux mériter la réputation surfaite que l'on m'accorde.

Agar se tourna vers Belsunu. Il semblait sérieux, presque solennel.

5

La caravane fit halte à quelque distance du territoire de Mamré. Abram s'entretint brièvement avec Snéféru, puis ils décidèrent d'entrer dans la chênaie pour y rencontrer Mamré et ses frères. Tandis que les sabots des ânes cliquetaient sur les pierres, assis dans un chariot, Snéféru prenait bonne note des sentinelles placées en faction sur les hauteurs.

— Vous voyez, dit-il, notre arrivée ne leur aura pas échappé.

— Tant mieux, répliqua Abram, s'ils se montrent ouverts à notre idée de nous installer ici quelque temps, nous pourrons mettre à bon usage leurs yeux d'aigle. Leur vigilance me les rend plus estimables encore. Tenez, je crois que Mamré et ses frères viennent au-devant de nous.

— On le dirait, dit Snéféru, tout en portant instinctivement la main à son fourreau. Des chevaux? Ne m'aviez-vous pas dit que nous avions affaire à des Bédouins?

— Quand j'ai mené mon enquête, on m'a appris que les gens de Mamré avaient été jadis une peuplade du désert de la région d'El Parân. Mais un de leurs ancêtres, exilé pour une affaire d'honneur, est venu s'installer ici.

— Leurs bêtes sont splendides et ils les montent comme des Égyptiens.

— Je leur ferai part du compliment, dit Abram. Je ne sais pas s'ils l'apprécieront ou non : les Bédouins du Sinaï n'aiment pas spécialement les Égyptiens.

— J'en sais quelque chose, dit Snéféru sur un ton lugubre. Je porte une douzaine de cicatrices, grandes et petites, que m'ont values mes combats avec eux. Ce sont des durs ! Regardez seulement la façon dont celui du milieu monte son cheval. Il a l'air d'un sacré combattant !

Abram leva la main en signe de salutation. Les trois hommes s'arrêtèrent.

— Salut, dit-il, je suis Abram, originaire d'Our. Je cherche un endroit où faire paître mes bêtes.

— Je suis Mamré, répondit l'homme trapu qui était au centre, et voici mes frères, Eshkol et Aner. Mon frère Eshkol a rencontré l'un de vos hommes qui lui a parlé.

— Un dénommé Enosh, un esclave, de toute confiance.

— C'est exact, reprit Abram, il devait vous dire que nous venions en signe de paix.

— Hum, Hum ! répliqua Mamré en fronçant ses gros sourcils noirs, et avec un Égyptien à vos côtés ! (Le ton était rude, sarcastique.) Qu'importe ! nous pouvons nous entendre avec lui, du moment qu'il ne vient pas avec l'idée de percevoir des tributs.

— Qui ça, moi ? Mais je ne suis pas percepteur ! Je suis mercenaire à la solde de mon ami Abram. Voici dix ans que je n'ai pas travaillé pour le seigneur des Deux-Pays. Si ce sont des percepteurs que vous cherchez, je vous signale que les armées des quatre rois se dirigent par ici.

— Mes éclaireurs m'en ont déjà fait part, continua Mamré. Votre Énosh nous a raconté que vos gens ne portent d'ailleurs pas Kerdor Laomer dans leur cœur.

Abram commençait à parler quand Snéféru l'interrompit :

— Nous n'aimons pas plus que vous ceux qui perçoivent des impôts sur des terres qu'ils ne possèdent pas et qu'ils ne cultivent pas, dit-il. Et nous préférerions ne pas avoir à nous battre pour le moment. Nos hommes sont avant tout des bergers et ils commencent tout juste à apprendre l'art de la guerre. Par contre, si les quatre rois décidaient d'avoir un dixième de nos moutons et de nos esclaves, ils sauraient ce qu'il leur en coûterait.

Un sourire malicieux passa sur ses lèvres.

— Et vous autres ? Que ferez-vous s'ils envoient sur vos terres un percepteur, mon ami ? Céderez-vous ?

— Ils n'en récolteraient que des mottes de terre, dit Eshkol.

— Nous avons évité, reprit Mamré, de nous mêler à la révolte qui s'était dressée contre les prétentions des Élamites l'an dernier. Mais nous avons renvoyé leur collecteur les mains vides et Kerdor Laomer a sans doute l'intention de marquer le coup cette fois-ci. Mais s'il s'aperçoit que notre nombre a augmenté...

Il se tut un instant puis s'adressa à Snéféru :

— Combien avez-vous d'hommes capables de se battre ?

— A vrai dire, je n'ai qu'un chiffre approximatif à vous donner. Récemment notre caravane s'est scindée en deux. Une partie s'en est allée ailleurs. Toutefois, je suppose que nous pourrions en rassembler trois cent vingt environ.

— Trois cent dix-huit, corrigea Abram.

— Merci, maître. De toute façon, si ce que l'on m'a dit est juste, les quatre rois visent Siddim. De nombreuses petites bourgades ont déjà été ravagées et massacrées. Ils s'y sont attaqués car elles étaient faciles à prendre, mais ils ne se sont pas risqués à prendre Beersheba, et je serais fort surpris qu'ils marchent sur Hébron.

— Ils n'oseraient pas, continua Mamré. Ils veulent garder leur armée intacte avant de s'engager dans la vallée et ils perdraient le tiers de leurs hommes en s'attaquant à Hébron !

— C'est précisément ce que je voulais mettre en évidence, s'exclama Snéféru. Si nous réunissons nos forces, ils préféreront nous laisser tranquilles. Ont-ils attaqué Emnishpat ?

— Ils l'ont incendiée, rasée et il n'en reste plus rien, répliqua Aner, le plus silencieux des trois frères. Ils en ont tué tous les habitants ! J'avais des amis là-bas...

— Je m'y attendais. Alors, Mamré, sommes-nous alliés, oui ou non ? Avouez que trois cents hommes, cela pourrait être bien utile !

Mamré se tourna vers Abram.

— D'accord, établissez votre camp juste au-delà de la chênaie. Faites paître vos bêtes dans la vallée et renflouez le nombre de mes sentinelles avec les vôtres. Nous travaillerons ensemble jusqu'à ce que l'ennemi soit passé. Énosh m'a dit que vous vous déplaciez avec votre armurier. Est-ce exact ?

— C'est exact, et je puis dire que nous avons le meilleur qui soit, répliqua Snéféru. Il a été souffrant, mais il continue à superviser l'armement de notre camp, et avec ses lames vous pouvez aussi bien décapiter un bœuf que vous raser.

Il dégaina son épée avec un large sourire et la tendit à Mamré qui la soupesa avec admiration, la fit virevolter et déclara :

— Ça, tu peux dire que c'est quelque chose ! de quoi te faire pardonner ton sang égyptien. Il m'en faut une coûte que coûte !

Deux jours après que Lot et ses gens se furent installés dans la plaine de Siddim, entre Sodome et Gomorrhe, des messagers de Béra, le roi de Sodome, vinrent trouver Lot, lui ordonnant de se rendre à la cité avec sa femme Zillah et leurs proches serviteurs. Lot, en tant que riche étranger récemment arrivé dans la région, intriguait les rois de la vallée. Le messager de Béra, plein de déférence, délivra l'invitation en un style fleuri.

Pour y répondre, Lot et Zillah se parèrent de bijoux confisqués à Psarou, revêtirent des robes somptueuses de style égyptien héritées du scribe et, voulant ajouter une touche exotique à leur escorte, emmenèrent Shepset vêtue comme une esclave égyptienne, c'est-à-dire nue. Lorsque la jeune fille, gênée, apprit ce qu'on attendait d'elle, elle alla trouver Zillah.

— Maîtresse, dit-elle, on m'a dit que vous désiriez que je vous accompagne et que vous vouliez que...

Elle se mordit les lèvres, embarrassée.

Le visage anguleux de Zillah se tordit en un sourire lascif :

— Mais, mon enfant, je croyais que pour une Égyptienne, la nudité était la chose la plus naturelle du monde. Ce sera drôle, ne me dis pas le contraire. Je t'assure que si je pouvais encore me promener ainsi..., si j'étais aussi jeune que toi...

Elle tira la jeune fille vers elle.

— De toute façon, il est hors de question pour moi d'accepter une réponse négative de ta part. Je vais te coiffer moi-même. Tiens, voilà même un bracelet pour ton bras ! Tu es ravissante !

Shepset sentit au ton de sa voix que toute discussion était peine perdue.

C'est ainsi donc que Lot et sa suite franchirent les portes de la cité, Shepset fermant la marche, l'air misérable, nue comme un ver. Et désormais elle ne pouvait plus prétendre à l'innocence de jadis. Les coutumes de Canaan n'étaient pas celles d'Égypte. La nudité des jeunes esclaves et des enfants, chose coutumière au pays du delta, était ici bien calculée : une manière d'accrocher, de provoquer. Elle supporta sans mot dire les remarques des gardes et nota que la plupart des hommes qui se rendaient chez Béra ne semblaient guère prêter attention à sa nudité. Ils étaient davantage intéressés les uns par les autres. Et elle, elle qui se retrouvait honteusement nue devant eux, se jugeait plus bas qu'une esclave : un chien qui aurait suivi ses maîtres dans leur promenade en ville. Son visage était rouge de honte. Elle se forçait pourtant de marcher la tête haute, de regarder droit devant elle pour éviter les yeux des badauds, jouant jusqu'au bout, tandis qu'elle déambulait dans les rues derrière Lot et Zillah, le rôle d'un animal insensible. Pas le moindre pli de sa peau bronzée n'échappait aux regards indiscrets des marchands, des ménagères, des mendiants ou des autres esclaves. Protégés et drapés dans leurs vêtements, ils pouvaient lui jeter des regards méprisants : elle était la dernière des esclaves ! L'esclave à laquelle on avait refusé de pauvres haillons.

Elle resta encore derrière Zillah au cours du banquet, portant dans ses mains la coupe de ses maîtres. Le vin coulait. Des visages hagards aux lèvres pendantes l'examinaient des pieds à la tête. Elle essayait de ne pas y faire attention et de faire face, avec ce qui lui restait de dignité personnelle, à la manière honteuse dont elle était traitée.

Longtemps, personne ne lui parla. D'éméchés, les convives étaient devenus saouls comme des bourriques. Sur elle, il n'y avait plus que mains grossières d'hommes et de femmes qui la touchaient, que caresses déplacées, obscènes.

Et la soirée continua...

Plus tard, les invités insistèrent pour que la jolie servante partageât leurs libations. La tête lui tournait. Elle sentait son corps meurtri à force d'avoir été tripoté, pincé. Le regard trouble, elle aperçut un couple en train de faire l'amour sur un tas de coussins. On lui avait collé un verre dans la main. Elle prit la coupe, se dirigea vers l'alcôve où étaient les autres, mais une main saisit sa cheville. Elle trébucha et tomba. La main eut tôt fait de se poser sur sa cuisse.

— Je vous en supplie... Je vous en supplie..., dit-elle !

On la jetait sur le dos. Un homme de forte carrure dont la robe était remontée jusqu'à la taille se ruait sur elle et la serrait contre lui, la faisant hurler de douleur.

— Non..., non..., s'il vous plaît !...

Elle tourna la tête d'un côté, puis de l'autre, cherchant de l'aide, mais une grosse patte s'abattit sur chacune de ses joues. La dernière chose qu'elle put se rappeler avant de s'évanouir était le visage rouge, convulsé et ivre de Lot qui s'était tourné vers elle pour ricaner de façon hystérique de la situation dans laquelle elle se trouvait.

CHAPITRE VIII

1

— Voilà pour vous, maître, elle est comme neuve! dit Ahuni.

Les mains et la figure noircies par la forge, Ahuni faisait miroiter à la lumière de la flamme la lame qu'il venait de remettre à neuf.

Il était midi. Derrière la petite forge du jeune garçon se dessinaient les murailles et la porte d'entrée de la cité de Mari, énorme, rébarbative. Le client était un riche marchand des environs dont la lame de l'épée s'était détachée de sa poignée. Il la prit et l'examina de près.

— Pas mal du tout, dit-il. J'en suis surpris. Honnêtement, en voyant cette forge, je n'aurais jamais pensé que...

Il n'acheva pas sa phrase, il regarda Ahuni avec amitié.

— La vie est pleine de surprises, maître, dit le garçon en souriant. J'ai mis une tige de métal à l'intérieur de la poignée pour que vous ne recommenciez pas à avoir le même ennui.

— C'est drôle, j'ai vu faire cela ailleurs, mais c'était loin, dans une ville qui n'existe plus. Je me demande où tu as appris cela.

— Mon maître fut jadis maître armurier. Il fit son apprentissage à Our.

— Our! que de souvenirs ce nom évoque!

Le marchand eut un sourire jusqu'aux oreilles.

— J'étais à peine plus âgé que toi la dernière fois que j'y suis allé. Quelle tragédie! la reine des villes du vieil empire! Mon père possédait une boutique près du port, juste au sud de Temenos. C'était une cité d'artistes et d'artisans. Imagine-toi une cité gouvernée par un musicien! Mon père me racontait que Shulgi, qui en était gouverneur,

162

jouait, étant enfant, de huit instruments différents et se montrait extraordinairement doué pour la lyre à trente cordes.

Il soupira :

— Peut-être eût-il mieux valu qu'un militaire gouverne... Enfin !

— Que j'aurais aimé connaître Our ! s'écria le jeune garçon.

— C'était une belle ville, une ville merveilleuse...

Le marchand secoua la tête comme pour exorciser les vieux souvenirs.

— C'est du passé... Écoute, j'apprécie ton travail. Je compte rester ici encore un jour ou deux. Peut-être aurai-je du travail pour vous. Où est ton maître ?

— Il s'est rendu en ville, pour affaires. Si vous pouviez... Tenez ! le voilà qui revient ! Zakir ! Zakir !

Ahuni était radieux, débordant d'enthousiasme.

— Zakir ? reprit le vieil homme. Attends ! Où diable ai-je entendu ce nom ?

A travers la foule, une large silhouette se dirigeait vers eux, Zakir portait dans sa main gauche une bourse de cuir, quant à sa main droite... Le vieil homme eut tôt fait de remarquer qu'elle manquait... Son visage se durcit légèrement. Serait-ce un voleur ?

— Zakir, dit le jeune garçon, viens, quelqu'un voudrait te voir. Ce respectable marchand vient de...

Le visage barbu de l'homme s'illumina bien qu'on sentit dans sa façon de s'exprimer qu'il restait quelque peu sur la réserve.

— Nous nous connaissons, Ahuni, dit Zakir. Nous nous sommes déjà rencontrés. Je te présente l'honorable Nabousakin, l'un des marchands les plus respectés de la vallée de l'Euphrate.

Il salua le vieil homme en baissant légèrement la tête.

— A votre service, maître, je suis Zakir, jadis armurier et joaillier auprès du roi de Babylone et du temple de Bel. En des temps plus favorables, j'ai apprécié votre patronage au Bazar des Trois Palmiers.

— Ah ! ce Zakir, reprit le vieil homme d'une voix traînante, éraillée, que faites-vous donc ici ? Vous, le meilleur forgeron de Babylone. Vous n'auriez pu croire à quel prix je revendais votre travail à Eresh et à Nippur.

Il jeta un regard sur le marché sale, populeux, à l'extérieur de l'enceinte de la ville.

— Non, ce n'est pas un endroit digne de vos talents, ajouta-t-il.

— Cela nous convient parfaitement pour l'instant, dit Zakir, et peut-être que d'ici un ou deux mois la situation sera différente. Nous vivons chichement, mais nous économisons pour acheter un stand dans un des marchés de la ville.

Il sourit tristement :

— Les dieux nous font et nous défont. Les dieux qui m'ont boudé vont sans doute m'accorder leurs faveurs, sinon sur moi, du moins sur mon fils.

— Moi, votre fils ? reprit Ahuni, abasourdi.

— Ne fais pas tomber cet étui, dit-il, il contient les tablettes qui t'affranchiront officiellement et feront de toi le fils de Zakir, le forgeron ambulant.

Le garçon avait la gorge serrée, les yeux embués.

— Zakir...

Mais il ne put trouver les mots.

— Eh bien, c'est l'occasion de célébrer ! Ce n'est pas tous les jours qu'un jeune homme reçoit sa liberté... ou trouve un père. Je vous félicite tous deux : Zakir, vous avez un fils dont vous pouvez être fier. Et toi, mon garçon, tu ne saurais avoir un meilleur maître pour ton apprentissage. Dans toute la région d'Our, je n'ai jamais rien vu de comparable au travail de cet homme.

Il soupira :

— Quel gâchis ! Vous êtes comme oiseaux sur la branche ! Écoutez, vous deux. Je voudrais fêter l'occasion avec vous. Malheureusement, j'ai des affaires à traiter en ville et je risque d'être retenu jusqu'à demain. Par contre, une caravane est installée au bord du fleuve. Si vous voulez me retrouver à ma tente après-demain, vous serez largement rétribués pour votre travail, et peut-être serai-je alors en mesure de faire quelque chose pour vous. Vous pourrez me raconter, si vous le désirez, ce qui s'est passé et comment vous vous êtes retrouvés ici.

164

Il tendit à Zakir un petit disque de terre cuite et ajouta :

— Tenez, vous le donnerez à mon garde du corps, il porte mon sceau, cela vous servira de laissez-passer.

— Merci, maître, dit Zakir en baissant respectueusement la tête. Nous avons été heureux de vous servir.

— Merci, maître, renchérit Ahuni. Bonne chance !

Ahuni, rayonnant, revint du canal où il était allé se laver.

— Zakir, dit-il, que je suis heureux ! Je ne me rappelle pas avoir été aussi heureux de ma vie !

L'ancien forgeron lui sourit. Ahuni se précipita dans ses bras.

— Il y avait longtemps que je voulais le faire, Ahuni. Mais il m'a fallu soudoyer le scribe pour qu'il me fasse passer avant deux autres personnes. Allons, fermons la forge et allons célébrer en ville. Nous trouverons bien un ou deux gardes libres de faction ce soir pour surveiller nos outils. En échange, nous leur promettrons de leur faire une cuirasse à bon prix. D'ailleurs, il est grand temps que tu apprennes à en faire une.

Ahuni recula.

— Zakir, dit-il, es-tu sûr que d'aller au café soit une si bonne idée ?

— Je comprends ce que tu veux dire... Mais je ne prendrai que quelques verres et toi aussi. Imagine ! Ton premier verre en tant qu'homme libre ! D'ailleurs ne crains rien. Tu sais, le temps est maintenant révolu où... Avant je buvais pour oublier, maintenant je n'ai plus besoin d'oublier, je sais parfaitement me contrôler.

— Zakir...

— Ahuni, corrigea l'ancien forgeron, quand vas-tu donc commencer à m'appeler « père » ?

Ils mangèrent à un stand à l'entrée du marché. La nuit tombait. On faisait rôtir un bœuf. L'odeur en était merveilleuse, le goût de la viande fraîchement rôtie encore meilleur. Zakir avait l'estomac dans les talons après toutes ces heures passées à attendre le bon plaisir des scribes. Il vint se resservir. Ahuni, qui avait perdu l'habitude de le voir manger de si bon cœur, le regardait avec joie ronger son os. Il était heureux et son cœur débordait d'affection.

— Père, lui dit-il, j'ai l'impression que tu es de nouveau toi-même, je te retrouve comme avant.

Zakir s'arrêta, songeur.

— Je ne sais pas, mon fils, je me sens mûri, plus vieux et plus sage. Depuis notre arrivée à Mari, je souhaitais te donner ces tablettes. Tu les as toujours, n'est-ce pas ? Je me sens redevenu un homme.

Il s'arrêta un moment, puis reprit :

— Écoute, Ahuni, tu sais ce que je voudrais vraiment faire ? La tournée des bars pour m'y trouver une femme, une femme à peu près de mon âge..., une femme pas trop difficile, qui ne se moquerait pas de ma main. Je n'ai pas encore osé en regarder une depuis...

Il présenta sa coupe au marchand de vin, qui fit signe à son esclave de la remplir.

— Bien sûr, père, si c'est ce que tu désires. Je m'occuperai de la forge, des outils et quand tu reviendras...

— Ahuni, interrompit Zakir, peut-être est-il temps que tu viennes avec moi. Dieux que les femmes seront folles de toi !

— Père, ne crois-tu pas que tu en profiterais mieux sans moi, ajouta-t-il timidement.

— Ahuni, c'est ta première journée d'homme libre et tu es un homme maintenant. Il est temps que tu découvres les joies d'adulte. L'amour entre un homme et une femme est la chose la plus douce qui soit, mon fils. Allons, viens avec moi. Privé d'amour pendant ces longs mois d'été, je sens que j'ai beaucoup à réapprendre. Nous apprendrons ensemble.

2

— Quel genre de fille est cette Etillitou ? demanda Zakir.

Calé contre les coussins, il était l'image même du

contentement et observait Tavas-Hasina qui traversait la pièce en dandinant sa croupe généreuse et basanée pour lui verser du vin dans un gobelet de cuivre.

— T'inquiète pas, dit-elle, tout ira pour le mieux. Etillitou est parfaite pour lui. Elle lui fera croire qu'il est sans pareil pour faire l'amour !

Elle revint vers lui. Son corps brillait à la lueur de la lampe.

— Il faut maintenant te rhabiller. Je dois redescendre car les danseurs vont bientôt arriver.

Un sourire amusé se dessina sur ses lèvres charnues :

— A moins que tu aies d'autres idées. Que non, regarde-toi ! Il te faudra bien une heure pour t'en remettre, mon gaillard ! Et d'ici là tu seras en train de roupiller dans un coin.

Redescendu au bar, Zakir commanda de nouveau du vin et s'assit pour attendre Ahuni. Au moment où il prenait place à la table d'hôte, son voisin se décala immédiatement de deux sièges.

S'il s'en était tenu là, Zakir ne lui aurait pas prêté attention, mais il se retourna et cracha par terre, juste aux pieds de Zakir.

— Au nom de tous les dieux, beugla-t-il, qu'ai-je donc fait au propriétaire de cet endroit pour qu'après l'avoir honoré de ma clientèle toutes ces années je doive partager une table avec des voleurs, des repris de justice, le rebut de la société !

Sur ces entrefaites, le propriétaire arriva.

— Allons, dit-il, pas d'histoires. Cet homme a payé d'avance ce qui est plus que...

— Tu dis qu'il a payé ? s'exclama l'autre homme en se levant. Mais avec quoi ? des pièces volées ? le prix du sang ? de la fausse monnaie ? Écoute, l'ami, j'avais prévu d'aller là-haut trouver les femmes, mais rien qu'à me coucher dans le lit d'une putain chauffé par un manchot repris de justice ou par l'ancien esclave scrofuleux qu'il traîne derrière lui...

L'homme cracha de nouveau. Zakir le regardait. La colère le gagnait. Soudain, il se leva :

— J'ai payé ce que je vous devais, dit-il tranquillement

au propriétaire. Je préfère aller attendre à l'extérieur, si cela vous est égal. Quand le jeune garçon sortira, voulez-vous lui dire où je suis, s'il vous plaît?

— Allons donc, vous n'allez pas partir, lui dit le patron. Quant à vous, ajouta-t-il avec un geste menaçant en direction du client mécontent, faites gaffe. Si vous ne savez pas vous conduire de façon civile, je me verrai contraint de vous demander de quitter les lieux.

— Laissez tomber, reprit Zakir, vous n'y êtes pour rien, je suis sûr qu'il vaut mieux que je parte.

Il sourit et sortit.

Tout à coup, une masse énorme s'abattit sur lui avec une force fantastique, à croire qu'un buffle lui était rentré dedans. Il en eut le souffle coupé et déboula dans la ruelle. Son moignon, encore sensible, frappa le sol. Il hurla de douleur.

— Allez, pleurniche tant que tu voudras, salaud de voleur! dit une voix grasseyante.

Zakir essaya de se relever mais le mastodonte le flanqua une autre fois par terre en l'abreuvant d'injures incohérentes. D'un coup de poing dans la tempe, il l'aplatit sur le sol. Puis, avec la semelle de ses sandales, il se mit à piétiner le moignon, avant de l'envoyer d'un autre coup de pied contre un mur de briques. Le visage de Zakir ruisselait de sang. Ah! si seulement il avait pu mettre ses mains autour de la gorge de l'homme..., ses mains, ses mains jadis si fortes..., ses mains de forgeron...

Dans la rue faiblement éclairée, des badauds regardaient la scène. La tête lui tournait, il voyait trente-six chandelles. Il tenta une dernière fois de se relever, attendant le coup de grâce, mais le coup de grâce ne vint pas... Dans l'ombre, il crut deviner une silhouette qui sautait sur le colosse et le faisait tomber sur les genoux. Au milieu de la rue la silhouette se mit à danser, aussi évanescente qu'un rayon de lune, c'était celle d'un homme aux mouvements rapides, précis, imprévisibles, comme les flammes qui folâtrent dans la cheminée. Il tenait à la main un bâton dont il frappait, piquait, se protégeait. Il finit par en férir des coups meurtriers. L'homme pourtant d'un gabarit double du sien s'écroula.

Zakir les suivait en trébuchant, la tête lourde, les yeux injectés de sang.

— Ahuni, balbutiait-il, fais attention ! J'arrive !

Le géant poussa alors un beuglement de rage et contre-attaqua. Sa grosse patte avait saisi le bâton que, d'un coup de genou, il cassa en deux. Puis il décocha un énorme coup au jeune garçon et le fit tomber sur le dos. Il se baissait pour l'étrangler quand Zakir chargea, donna un vigoureux coup de pied dans le crâne du géant. Attrapant son ennemi inconscient par les cheveux, il dégagea le garçon.

— Ahuni, dit-il, es-tu blessé, mon fils ? Tu sais si ce salaud t'a fait quelque chose, il...

— Ne t'inquiète pas, je n'ai rien. Je suis juste un petit peu essoufflé.

Le père et le fils s'étreignirent.

— Voilà, c'est fini. Contents du spectacle ? dit Zakir en s'adressant aux badauds. Il est temps de rentrer.

Il regarda le géant qui gisait à ses pieds.

— Évidemment si l'envie lui prend de se relever... Mes amis, vous feriez mieux de rentrer chez vous ! A moins que l'un de vous n'ait envie de se mesurer à nous deux.

Ahuni lui sourit.

— A nous deux, murmura-t-il.

3

Le garde du corps était un véritable molosse au visage hâlé. Impossible de lui donner d'âge. Zakir fit tourner entre ses doigts le disque d'argile avant de le lui remettre.

— Tenez, lui dit-il. Je m'appelle Zakir et l'honorable Nabousakin, votre maître, m'a prié de venir le voir.

Le monstre fronça les sourcils en voyant leurs haillons, qui pour être immaculés n'en étaient pas moins des haillons. La marque d'esclave sur le bras d'Ahuni et la main mutilée de Zakir, ces meurtrissures sur leurs visages, leurs corps, leurs bras, que le soleil de midi faisait remarquer sans merci, ne disaient rien qui vaille.

— Attendez ici, dit le colosse d'une voix caverneuse, terrifiante, avant de tourner les talons pour se diriger vers les tentes à l'intérieur du campement.

Zakir regarda Ahuni, haussant les épaules.

— Après tout, nous ne ressemblons pas à la sorte de visiteurs à laquelle ils sont habitués. Il va falloir bien des jours avant que ton œil désenfle !

— Qu'importe, répondit Ahuni, tu parais encore plus amoché que moi.

— Je parierais que je me sens aussi mal en point, dit Zakir sur un ton lugubre. Parbleu, je ne peux pas arriver à comprendre comment tu as réussi à terrasser ce monstre. Où diable as-tu appris à te battre comme ça ?

— Dans les quartiers d'esclaves... Tu oublies que j'ai eu trois maîtres avant de te connaître ! J'étais petit, maigrichon, le plus chétif des gosses. Tout le monde s'amusait à s'en prendre à moi. Un des bouviers de mon maître qui s'en était rendu compte m'a pris à l'écart et m'a enseigné quelques tours pour me défendre.

— En tout cas, il s'y connaissait ! Pour ma part je n'ai jamais eu à me battre lorsque j'habitais Babylone. J'étais fort et les gens y regardaient à deux fois avant de s'en prendre à moi. Ils savaient que si je leur mettais les mains autour du cou...

Il soupira et ajouta :

— Maintenant je peux faire l'amour mais je ne me bats plus.

Il jeta un clin d'œil à Ahuni.

— Tiens j'ai rencontré Etillitou dans la rue. Elle m'a demandé de tes nouvelles. Elle veut savoir quand tu reviendras la voir. Je crois qu'elle te considère comme sortant de l'ordinaire.

— J'ai été un peu déçu. Disons que j'ai éprouvé un certain plaisir, mais...

— Eh bien, mon fils, sache que cela viendra en son temps. En attendant, rends grâce à la compagnie des femmes. Rappelle-toi qu'elles apprécient toujours celui qui en veut davantage. Si elles sentent que tu es de ceux-là, elles te le revaudront. Tu seras le bienvenu chez elles, elles repousseront les avances d'un autre pour t'accueillir.

— Regarde, le voilà qui revient, dit Ahuni.

Le garde du corps se dirigeait vers eux suivi de Nabousakin. Zakir s'inclina, Ahuni en fit de même.

— Entrez, dit Nabousakin, je vous attendais.

Il leur sourit avec bonté et fit signe à son garde du corps qu'il pouvait s'éloigner. Tous trois pénétrèrent dans la grande tente où ils s'assirent en tailleur sur des coussins. Leur hôte leur fit servir du vin et, dès que le serviteur fut parti, Nabousakin se mit à parler affaires.

— Il est donc votre garçon ? Mais s'y connaît-il dans la fabrication des armes ?

— Il en connaît tous les secrets. C'est seulement une question d'expérience maintenant. Il est fait pour être armurier.

— J'en suis sûr. Figurez-vous que j'ai décidé de prendre vos affaires en main, si vous le permettez.

— Maître, nous en serions honorés.

— Alors, voilà. J'ai une dette envers vous. J'ai gagné beaucoup d'argent en vendant vos travaux de ferronnerie. J'en ai même vendu à Mari. (Il s'arrêta pour voir l'effet produit.) Bref, j'ai parlé de vous à plusieurs de mes amis qui sont tout à fait bien placés dans ce commerce. Leurs noms vous serviront de référence pour obtenir quelques contrats relatifs à la fabrication d'armes, de celles que l'on distribue aux gardes de la ville. Car leur nombre va augmenter. Certains raids qui ont eu lieu dans les faubourgs de la cité inquiètent les autorités.

— Maître, votre générosité me confond.

— Oublie ma générosité. Parmi les personnes auxquelles je vous recommanderai, plusieurs ont déjà des échantillons de votre travail. Le capitaine de la garde possède une épée de parade que vous lui avez faite et il a été consterné d'apprendre que vous aviez connu des temps moins heureux. Quant à votre main, j'en connais l'histoire. Un homme qui travaille pour moi dans le port de Babylone et se tient au courant de tous les cancans de la ville me l'a racontée. Disons qu'Habaslé et son pédéraste de fils sont un scandale pour la cité babylonienne. Je ne serais pas surpris outre mesure si, un de ces jours, la façon lamentable dont il gouverne la ville revenait aux oreilles du roi. Nous nous sommes réunis à plusieurs pour préparer un rapport sur ses activités. Il apprendra à ses dépens qu'on ne badine pas avec les agents financiers de la ville. Peu importe ! dites-vous, puisque vous savez que vous ne pourrez pas retourner à Babylone. Y retourner serait évidemment une folie ! Vous avez violé la loi et la loi sera toujours la loi, même quand Habaslé et son infect rejeton auront été mis à mort. Mais votre destinée est ailleurs. Peut-être en un endroit auquel vous n'auriez jamais pensé. Je vous l'ai dit, j'ai arrangé un contrat de travail pour vous ici. Mes associés seront heureux de vous avancer la somme nécessaire à l'achat du matériel dont vous aurez besoin. Ils vous trouveront même un espace gardé pour vous installer à l'intérieur de la ville. Ils ont déjà reçu des ordres à ce sujet.

— Nous avons une grosse dette envers vous, maître.

— Ne m'interrompez pas, Zakir. Les vieux aiment s'écouter parler ! L'homme avisé le sait et les flatte ainsi. Je reprends donc. Il y a en fait un prix pour ma soi-disant générosité et vous êtes entièrement libres de refuser.

— Nous nous en remettons à vous, maître.

— Merci, vous m'honorez. Je fais cela en partie pour des raisons personnelles, car je suis un homme d'affaires et je sais fort bien défendre mes intérêts. Je connais votre réputation et je sais que vous êtes un homme de confiance. Jusqu'à ce malencontreux incident avec Soulai, vous jouissiez d'une excellente notoriété autant au bazar que dans les sphères sociales plus élevées où l'on admirait vos travaux. Votre seul problème était de ne pas être marié, de ne pas être installé dans la vie, de ne pas avoir de responsabilités de cet ordre. Les hommes d'affaires aiment ceux qui ont charge d'enfants, de femme, de maison...

— Je vous avouerai, maître, que je suis maintenant un homme différent...

— Je le sais, vous avez un fils, et c'est en partie à cause de cela que j'ai décidé d'intervenir. C'est un garçon bien. Ahuni, que sais-tu sur toi ?

— Pourquoi, maître ? Je suis simplement un esclave affranchi, j'ai été adopté par...

172

— Non, ce n'est pas ce que je veux dire. Zakir m'a dit aussi que tu étais né esclave. Je suppose que c'est l'histoire qu'on t'a racontée. Mais j'ai toutes les raisons de croire qu'il n'en est rien, car je crois avoir connu ton père autrefois. Et je puis t'affirmer qu'il n'était pas esclave.

— Mon père? répéta Ahuni qui se penchait pour mieux saisir les paroles du vieil homme. Mais... qui?... comment?

— C'est cette marque de naissance que tu as. J'ai connu un homme qui avait la même. Zakir, as-tu jamais entendu parler d'un armurier du nom de Belsunu? Un homme qui avait fait son apprentissage à Our? Il était fort apprécié dans votre métier.

— Le nom ne me dit rien. Mais mon vieux maître Mousezebil était originaire d'Our. Peut-être avait-il connu ce Belsunu.

— Belsunu? répétait Ahùni.

— Le nom te reviendra sans doute mon garçon. Il était armurier. Un beau jour, il laissa sa femme et sa famille et vint à Mari pour y achever une commande. Je l'y ai rencontré par hasard. C'était en pleine période de guerre entre les tribus des Deux-Rivières et les habitants de Nuzi et Asshur.

— Vous parliez d'une famille, dit Ahuni. Il avait donc une famille?

— Oui, une femme, une fillette d'une douzaine d'années... et un jeune fils de trois ou quatre ans. Quand il rentra de Mari, son village était en flammes, sa femme et sa fille avaient été égorgées... Aucune trace de son jeune fils. Ce garçon devait avoir à peu près ton âge. Lui aussi portait la marque du lion, comme son père et ses ancêtres.

Nabousakin s'arrêta et regarda Zakir qui consolait Ahuni fort ému. Quand celui-ci se fut ressaisi, le marchand reprit :

— C'est à ce moment que Belsunu disparut. Certains disent qu'il partit à Media, d'autres à Elam.

Le marchand se dirigea alors vers un coffre qui était derrière lui, d'où il retira deux épées. Il les dégaina et les tendit à chacun d'eux.

— Ahuni, cette épée que tu tiens a été forgée par ton père, Belsunu.

— Mon père, souffla le garçon en admirant l'épée.

— Dieux du ciel, s'écria Zakir, quelle arme splendide ! Je n'ai jamais rien vu de pareil !

— Celle-ci vient de Damas et c'est un travail remarquable ; cependant comparez-la avec celle que tient Ahuni.

— Impossible de s'y méprendre, s'exclama Zakir, la même facture ! Ahuni ! Sais-tu que ton père est peut-être encore en vie ?

— Attention, reprit Nabousakin, ne nous emballons pas. Belsunu était malade quand il perdit sa famille. Peut-être son mal a-t-il empiré ? Il souffrait des poumons, c'était évident. Vous vous en rendiez compte rien qu'en lui parlant.

— Zakir, il y a tout de même une chance !

— Calme-toi, mon garçon, dit le vieil homme, les chances sont restreintes et tu sais le temps que prennent les nouvelles pour parvenir jusqu'ici. Donc si nous parlions de Padan-Arâm, maintenant ?

Il s'arrêta, les regarda tous deux et leur sourit :

— Padan-Arâm, maître ? Voulez-vous dire Harân là-bas dans les montagnes ?

— Oui, je cherche un représentant, car l'homme qui était chargé d'y défendre mes intérêts s'est montré malhonnête. Je pense qu'Ahuni, une fois son apprentissage terminé, pourra trouver à Harân le travail qu'il voudra. Il aura de quoi faire s'il doit armer les hommes de la cité contre les Hittites, et les Hurrites. Et, pendant ce temps, vous pourrez, vous Zakir, gagner honnêtement votre vie comme associé de mes entreprises. Un marchand n'a pas besoin de ses deux bras, vous le savez. Pour les comptes, il embauche un scribe.

— Parbleu, je ne sais vraiment que dire !

— Alors, c'est moi qui parlerai. Ahuni, mon fils, aimerais-tu essayer de retrouver la trace de ton père tout en gagnant ta vie ?

— Oh ! maître... Zakir, s'il te plaît !

— Vous voyez, Zakir, reprit Nabousakin, rayonnant de joie, vous devez vous rendre ! Vous êtes battu deux contre un. Je considère l'affaire comme close.

— Mais quand..., dit Zakir heureux de voir Ahuni.

— Vous passerez l'hiver ici. A quoi bon partir pour Harân pendant l'automne ? Vous gèleriez en traversant les montagnes. Le mieux serait de vous y rendre au printemps. D'ici là, Ahuni sera prêt à exécuter tout travail qui s'offrira à lui, forgeron, armurier. Mais un conseil : surtout faites-en un bon armurier. On en a toujours besoin. Les hommes n'ont cessé de se battre depuis le déluge. Quant à vous, Zakir, Harân vous offre un marché en pleine expansion. Un homme qui sait s'y prendre et qui travaille pour moi y sera prospère.

Il scruta le visage du père et du fils.

— Alors, reprit-il, ai-je votre accord, mes amis ?

— Sans hésitation, répondit Zakir avec enthousiasme.

CHAPITRE IX

1

En rentrant à Sodome, Rekhmira fut arrêté par de nouveaux plantons, mis en faction par les autorités qui gouvernaient la cité. Ils avaient une drôle d'allure et ne ressemblaient guère à ceux de la garnison de Silé, habitués à se battre. Ils étaient adipeux, mous. Des conscrits, pas un vrai soldat dans le lot! se dit-il...

Après quelques questions, ils le laissèrent passer. A leur place, Rekhmira aurait rendu pratiquement impossible à un étranger, et surtout à un esclave non identifié, de franchir la première ligne de défense de la cité.

Il fut surpris de constater à quel point ces peuplades des villes de la plaine se rendaient peu compte du danger qui les menaçait. Si lui, esclave, était au courant des progrès de l'ennemi, assurément les rois des cités des environs étaient avertis de la force et de la férocité des troupes qui allaient déferler sur eux. On disait que le massacre avait été atroce aux environs d'El Parân, que les soldats des quatre rois avaient fait fi de toute clémence, tuant hommes, femmes, enfants, vieillards. Un voyageur lui avait décrit avec précision le carnage de Ashtaroth-Karnaim : à vous en faire dresser les cheveux sur la tête! Le bruit courait qu'Enmishpat était tombée aux mains de l'ennemi, que les troupes de Kerdor Laomer et de leurs alliés se dirigeaient vers le nord.

En descendant de la colline où il avait rencontré les sentinelles, Rekhmira regarda du côté de la mer Salée. Au nord, un nuage brun encrassait le ciel. Chose étrange, il n'avait pas la forme d'un nuage d'orage. Rekhmira s'arrêta, repensa aux rumeurs qu'avaient répandues les caravanes concernant les mouvements des armées des quatre rois. Se dirigeaient-elles vraiment vers le nord? Pourquoi le nord?

Cela ne rimait à rien. Les cités de la plaine n'étaient pas situées au nord mais au nord-est d'Enmishpat. Un éclaireur du camp d'Abram, chez Mamré, prétendait même que les armées des quatre rois étaient au nord de Beersheba...
Au nord de Beersheba? Au nord? Rekhmira sursauta, songeant immédiatement à Abram dont le camp était situé sur le trajet des colonnes en marche. Mais il décida de ne pas s'inquiéter. Abram saurait se tirer d'affaire, grâce à son mercenaire égyptien, ce Snéféru qui menait les opérations. Pour l'instant, il avait lui-même à traiter un problème plus urgent que celui d'Abram.

2

Une colonne de fumée souillait le ciel à l'est de l'oued où Snéféru supervisait les exercices destinés à apprendre aux hommes d'Abram à manier l'épée. C'en était assez pour le rendre nerveux. La lenteur de ces hommes à saisir l'art de frapper d'estoc et de taille était désespérante !
Le grincement d'une roue attira son attention. Il se retourna. Mamré amenait une charrette vers l'oued et jurait contre les deux ânes courts sur pattes qui la tiraient. Snéféru se remit au travail.
— Mais non, parbleu ! Toi le gars aux cheveux longs, attention à ton dos ! Qu'est-ce tu crois que c'est ? Suis ton coup ! Suis-le, sapristi, allons ! Si tu le suis tu es sûr de porter un coup de pointe et tu te retrouveras en position de lui porter un coup de revers qui le décapitera. Allons, maintenant à vous tous ! Et ne me faites pas tournoyer vos épées de bois comme un peloton de bonnes femmes. Sinon, quelle touche vous aurez avec ces épées de métal que notre ami Mamré nous apporte !
Il adressa un sourire qui ressemblait plutôt à une grimace aux cinquante hommes qui formaient sa classe, pour leur pemettre de réaliser ce qu'il venait de leur annoncer.

Fous de joie à l'idée d'avoir enfin de vraies épées, les hommes commencèrent à courir dans tous les sens. Snéféru les rappela à l'ordre.

— Je n'ai pas dit que vous pouviez les avoir ! A vrai dire, je ne pense pas qu'aucun d'entre vous les mérite ! Là-bas, silence, je parle !

Il se tenait les jambes écartées, mains aux hanches, l'œil narquois.

— La menace de la guerre nous force à nous dépêcher. Retournez-vous et vous comprendrez ce dont je parle. Cette colonne de fumée est ce qui reste d'Aaçaçon-Tamar, les quatre rois l'ont brûlée à ras du sol, autant que je puisse en juger. Ils réservent le même sort aux cités du sud. Ensuite, ces vampires pourraient se souvenir de ces va-nu-pieds qu'ils ont laissé s'infiltrer, sous leur nez, dans les terres de Mamré. Hélas ! cette fois, nous ne serons pas en mesure de les avoir comme nous l'avons fait il y a deux jours.

L'air désabusé, il regardait leurs visages indignés.

— Reconnaissons que s'ils avaient décidé de se battre contre nous, ils nous auraient traînés à terre. Il est plus que probable que c'est ce qui se passera dans une semaine ou deux si vous continuez à manier vos épées comme des battoirs. Parbleu ! Je devrais m'en laver les mains ! Quand je pense que j'ai refusé d'être commandant à la solde d'Aryok, d'Ellasar ! Enfin, il faut bien que je vous arme, je n'ai pas le choix. Espérons que vous ne vous blesserez pas à la jambe en remettant vos épées au fourreau ! Sergent ! Dépêche-toi de faire passer ces épées !

Il fit volte-face et laissa son sous-officier prendre la relève.

— Mamré, dit-il suivant son habitude, comment allez-vous ?

— Si je n'avais pas aperçu ce lot d'armes que votre forgeron vient de nous fabriquer, je serais d'une humeur massacrante. J'avais des amis là-bas, dans cette ville, derrière les collines.

Il montra d'un signe de tête la colonne de fumée.

— Disons que quand nous nous affronterons finalement, je les aurai peut-être. Je grille d'envie de leur trancher quelques têtes à ces salauds.

Il dégaina l'épée que Belsunu lui avait faite.

— Ce n'est pas par l'épée seulement que nous gagnerons la bataille... Où en sont nos hommes ? Ces abrutis répondent-ils à la façon dont vous les traitez ?

— Disons que je n'irais pas faire de grandes campagnes avec eux, si c'est ce que vous voulez dire par là, mais dans un simple combat, je suppose qu'ils pourfendront quelques crânes. Bien sûr, avant la bataille, vous ne pouvez jamais deviner qui ira se cacher ou qui s'enfuira, mais j'ai découvert parmi eux des gars tout à fait valables, à qui personne ne la fera. L'un d'eux est ce grand échalas d'Eshkol, votre frère.

— Oui, c'est exact. Il est comme ça depuis son enfance. Il s'attaquait même à moi qui avait trois ans et une demi-tête de plus que lui. Il vous les rappellera à l'ordre, je puis vous l'assurer.

Le regard de Mamré se porta sur la colonne de fumée qui s'élevait encore. Il fronça les sourcils et parut inquiet.

3

Paghat, l'épouse du commandant de la garnison de Sodome revenait de faire ses courses quand elle s'arrêta dans la rue et dit à l'esclave qui la suivait :

— Écoute, rapporte ces paquets à la maison et dis à ton maître que je ne tarderai pas à rentrer.

— Maîtresse, répondit l'esclave, mon maître ne serait pas content de savoir que vous êtes allée seule au bazar.

— Je ne vais pas au bazar, bécasse, je vais au puits. Tu te rappelles la fille qui y était ? Une esclave, je pense. Je ne cesse de penser à elle... Je préfère y retourner.

— Maîtresse, pitié, mon maître risque de se mettre en colère contre moi en apprenant que je vous ai laissée seule.

— Non, tu n'as rien à craindre, je lui expliquerai que c'était mon idée. D'ailleurs, il ne sera pas encore de retour.

Je suis tombée sur une de mes amies au bazar, qui m'a annoncé que tous les officiers ont été rappelés sur les lignes de défense.

— Je vous en prie, maîtresse...

— Ne t'inquiète pas. Je suis parfaitement capable de me défendre. D'ailleurs qui oserait s'en prendre à l'épouse de Yassib ? Tout le monde sait ce qu'il pourrait lui en coûter. Qui ne connaît Yassib ? Allons, pas d'histoires, cours !

Le dernier mot prononcé, elle fit demi-tour et remonta la ruelle.

Arrivée à hauteur de la boutique du savetier, elle tourna à droite en direction du puits. La fille était toujours là, assise sur la margelle. Elle avait l'air abattu, était nue, couverte de poussière. Deux jeunes voyous se moquaient d'elle ; ils filèrent dès qu'ils aperçurent Paghat. Paghat avait la réputation de ne pas mâcher ses mots et, comme elle se plaisait à le répéter, son mari avait le bras long.

— Eh bien, ma fille, que se passe-t-il ? Je t'ai remarquée en passant tout à l'heure.

La jeune fille leva la tête. Son visage était sans expression, mais on sentait que, malgré tout, elle restait ouverte à d'autres questions.

— Vous êtes bonne de vous inquiéter de moi, maîtresse, dit-elle sur un ton morne.

Elle soupira tristement et reprit en se levant pour s'en aller :

— Mon maître doit me chercher, il faut que j'y aille. Merci, maîtresse.

— Dieux du ciel ! Regarde-toi ! Tu es couverte de meurtrissures, de morsures et je ne sais de quoi. Écoute, rassieds-toi et montre-moi ça. J'ai la réputation de fourrer mon nez partout. Mais, ciel ! ma fille. Dis-moi qui t'a fait ça ! Est-ce ton maître ? Est-ce un habitant de la cité ? Esclave ou pas, il y a des lois ! Je suis bien placée pour le savoir, puisque le rôle de mon mari est de veiller à ce qu'elles soient appliquées.

— Non, je vous en supplie.

La jeune fille essaya de s'éloigner, mais Paghat serrait son poignet avec une poigne de fer.

— Si mon maître l'apprenait, vous ne feriez qu'envenimer les choses.

— Qui est ton maître ? Est-ce donc lui qui a fait ça ? Ne va pas essayer de me dire le contraire. Mets-toi debout et laisse-moi regarder de plus près. Tiens, ça c'est un coup de poing, je parie. Je puis t'assurer que personne ne va s'en tirer avec ce genre de traitement par ici, esclave ou non ! En tout cas, pas de mon vivant ! Comment s'appelle ton maître, dis-tu ? Tu n'es pas cananéenne. Non, ta peau est trop foncée ! Ne te donnent-ils rien à te mettre sur le dos ? Sont-ils trop pauvres pour te donner quelques loques, ne serait-ce que pour couvrir le mal qu'ils t'ont fait ? Allons, réponds !

Shepset scruta le visage décidé de la vieille femme. Tremblante de honte, elle répondit en évitant de croiser son regard :

— Il s'appelle Lot. Il n'est pas d'ici. Sa femme et lui viennent d'arriver à Sodome.

— Lot ? Ne seraient-ce pas ses troupeaux qui paissent sur les flancs de ces collines ? A-t-il décidé de s'installer en ville ? Écoute, mon enfant, je vais te prendre chez moi. Tu vas m'attendre ici le temps que j'envoie un message à mon mari. Quand il apprendra...

Elle s'arrêta net, se redressa et prêta l'oreille.

— Tiens ? Qu'est-ce que c'est que ce vacarme ? Et ces voix... Et ces beuglements dans le lointain ? Hé ! toi, petit voyou ! cria-t-elle à un des gamins qui venaient de réapparaître. Essaie de savoir ce qui fait tout ce bruit. J'ai une pièce pour toi si tu y vas.

Le gosse fila, pieds nus, voir ce qui se passait.

— C'est curieux, continua-t-elle, on dirait une émeute. Au début, le bruit semblait provenir de la cité, mais maintenant...

Un homme et son jeune fils passèrent au pas de course. Le père paraissait effrayé.

— Hé ! vous ! leur dit-elle sur un ton impérieux. Qu'est-ce qui se passe ?

Mais ils ne s'arrêtèrent pas.

— Maîtresse, dit Shepset, vous feriez mieux de rentrer chez vous. Tout le monde semble affolé.

Elle fut presque renversée par un vieil homme à la robe bordée de rouge qui passait en courant. Paghat lui barra le chemin.

— Pabil, dit-elle. Vous savez qui je suis, Paghat, l'épouse de Yassib. Dites-moi ce qui se passe. Pourquoi courez-vous ainsi ?

— Excusez-moi, répondit le vieil homme. Je dois rentrer retrouver ma famille. Si les gardes ne peuvent plus retenir...

— Mais, par tous les dieux, de quoi s'agit-il ?

La femme, courroucée, l'attrapa par le bras et lui postillonna à la figure :

— Pabil ! Je vous ordonne de me dire ce qui se passe...

Le regard de l'homme se fixa sur elle.

— Comment, vous n'avez pas appris la nouvelle ? Mais j'étais persuadé que vous aviez été la première à la connaître : votre mari...

— Mon mari ? Que voulez-vous dire au sujet de mon mari ? J'étais dehors toute la matinée pour faire des courses. Allons, vite, dites-moi. Que lui est-il arrivé ?

Alors le vieil homme répondit d'une voix chevrotante :

— L'ennemi nous a attaqués par surprise. Du moins c'est ce que j'ai compris. Ils ont choisi le moment de la relève des gardes et ont anéanti toute la garnison du nord de la cité.

— Anéantie ? Que me racontez-vous ?

— Votre mari était en train de passer la garde en revue quand l'ennemi a attaqué. Il a été tué. Ils ont empalé sa tête, c'était atroce ! J'ai vu la scène depuis l'un des murs de la ville. Les quatre rois sont arrivés ! Ils sont à nos portes.

Paghat le laissa repartir. Elle fixa un instant le mur blanc qui était devant elle, puis recula pour laisser passer les gens affolés qui couraient dans tous les sens.

— Yassib, reprit-elle. Yassib ! Mort !...

Shepset avait décidé de s'en aller, mais en voyant le visage accablé de douleur de la vieille femme, elle s'avança et prit son bras drapé de blanc.

— Maîtresse, vous êtes en plein milieu de la rue. Ayez la bonté de vous pousser un peu sur le côté, pour qu'on ne vous renverse pas...

— Il m'a bien dit ça! Mais ce n'est pas possible! Mon mari serait mort? la tête tranchée et empalée? Alors que ce matin même...

— Maîtresse, venez avec moi, je vais vous mettre en lieu sûr.

Le vacarne augmentait. C'était désormais une véritable émeute. Shepset trébucha sur quelque chose de long et effilé; elle regarda, c'était une flèche, en provenance de l'extérieur des remparts. Un temps, les portes résistèrent, mais les assaillants firent alors pleuvoir des flèches sur les défenseurs perchés sur les murs et les attaquèrent au bélier. Elles cédèrent, applatissant contre le mur l'un des défenseurs, dont la cervelle alla gicler sur les briques de pisé. Deux par deux, les soldats se précipitèrent alors à travers la fente, leurs épées maculées de sang scintillant au soleil. Un jeune garde voulut leur tenir tête. Il en tua deux avant qu'une hache de métal ne s'abatte sur lui. Les ennemis le foulèrent aux pieds. Sentant la vie le quitter, il leva les yeux et vit un soldat qui brandissait une perche surmontée d'une espèce de boule rubiconde barbue, dont les yeux n'étaient plus que des taches rouges...

La cavalerie suivit l'infanterie. Rien ne semblait leur résister. Un cavalier, enivré par la simple vue du sang, venait de transpercer un enfant de sa lance. L'enfant mourut piétiné par les sabots du cheval.

— S'il vous plaît, maîtresse. Vous m'avez dit que vous habitiez par ici. Si nous parvenions à rentrer chez vous, je ne pense pas qu'ils nous rejoindraient.

— Toi, sauve-toi, reprit la vieille dame. Moi, ils me laisseront tranquille. Que veux-tu qu'ils fassent à une vieille femme? Ils incendieront ma maison, mais ils ne feront pas attention à moi. Alors que toi... Cours, mon enfant! Tu n'as aucune idée de ce qu'ils peuvent faire à une jeune fille qu'ils trouvent dans la rue, mais, moi, je le sais. Vois-tu, mon mari me l'a raconté.

Elle parut désemparée.

— Mon mari!...

Shepset sentit que la vieille dame perdait connaissance, elle la regarda tomber sur le sol, évanouie, à moins que... Un instant, elle hésita, elle jeta un coup d'œil rapide dans l'allée : des soldats arrivaient..., des hommes avec des épées ! Elle fit demi-tour et se mit à courir.

— Hé ! arrête-toi ! criaient-ils. Non ! mais vous l'avez vue celle-là ?

Nue, légère comme une plume, elle courait, rapide comme l'éclair, sans savoir où elle allait. N'importe où du moment qu'elle leur échappait. Mais elle entendit bientôt un bruit de sabots de chevaux derrière elle. Ils étaient toujours à ses trousses.

— Toi, la fille, arrête-toi !

Elle arriva à un coin de rue, aboutit dans une impasse, frappa à une porte, essaya de l'ouvrir. La porte était verrouillée de l'intérieur.

— Je vous en supplie, criait-elle, aidez-moi, ouvrez cette porte ! Laissez-moi entrer !

Le bruit des sabots se rapprochait. Le cavalier apparut à l'entrée du cul-de-sac. C'était un véritable mastodonte. Il grimaça, un vrai sourire de tête de mort, avec cet air féroce de victoire et d'exaltation.

— Je vous en supplie, hurlait Shepset. Au secours !

Elle regarda les fenêtres. On pouvait seulement entrevoir derrière les volets clos des visages apeurés. Évidemment, les habitants de la maison savaient que s'ils ouvraient la porte ce serait leur fin.

— Pitié ! Je vous en supplie, criait-elle désemparée.

Sa voix s'affaiblit. Tout espoir s'était évanoui. Elle se retourna, seule, nue, sans défense, pour faire face à l'homme qui descendait de sa monture. La toute petite impasse, dont le cheval sellé et maculé de sang barrait l'accès était devenue un îlot de calme atroce au milieu de tout ce vacarme qui accompagnait la mort violente de la cité.

Vers la fin de l'après-midi, Snéféru rentra de la chasse, crasseux, couvert du sang caillé d'animaux. Il renvoya ses hommes et se rendit à la forge sans prendre le temps de se nettoyer. Épuisé par la chaleur, il passa devant les petits ateliers que les employés du Mésopotamien avaient quittés à midi, au moment où Abram avait annoncé qu'une fête aurait lieu le soir. Sa démarche trahissait sa fatigue.

Il trouva le forgeron assis par terre, adossé à un rocher. Snéféru grommela de vagues salutations et s'approcha.

— Belsunu, te sens-tu en forme ? lui demanda-t-il.

Le forgeron remua un peu et Snéféru réalisa ce que ce simple effort lui coûtait.

— Oh ! dit-il, je me reposais et je me suis assoupi.

Il essaya alors de se relever, mais retomba.

— Tiens, dit-il d'une voix rauque, peut-être pourrais-tu me donner un coup de main ?

— Reste assis, ne bouge pas. Je vais envoyer chercher Agar. Tu ne sais pas où elle est, par hasard ?

— Je crois qu'elle est allée au puits et qu'ensuite elle a été appelée au camp d'Abram. Elle devait aussi rapporter de l'eau à la forge. J'ai envoyé un des apprentis avec elle, un robuste gaillard. Il lui portera les cruches.

Snéféru regarda son ami de la tête aux pieds.

— Je vais trouver quelqu'un d'autre, à moins que je n'aille moi-même la chercher au puits. Mais j'ai honte d'être dans cet état. Crois-le ou non, j'ai vu un lion là-haut. Il avait tué un mouton et l'emportait au moment où nous l'avons trouvé. Il a fallu gâcher deux sacoches de flèches sur lui, avant de l'achever à la lance.

Il essuya d'une main sale la sueur de son visage.

— Mon vieux, ça n'a pas l'air d'aller fort. As-tu eu une autre crise ?

Belsunu regarda son camarade dans les yeux :

— Écoute, Snéféru, dit-il d'une voix faible. Cette fois, je ne veux pas te raconter d'histoires. Je crois, ami, que mon temps est arrivé. J'ai fait exprès de renvoyer Agar qui devait attendre et ne se rendre que plus tard à la tente d'Abram, mais, vois-tu, je ne voulais pas qu'elle me voie rendre mes tripes à chaque quinte de toux.

Il prononça ces paroles sans émotion, comme s'il s'agissait de la mort imminente d'un étranger.

— Je ne te ferai pas l'insulte de ne pas être de ton avis, dit Snéféru. Tu sais certainement mieux que moi ce que tu ressens. Mais, tu connais notre amitié, tu es mon meilleur ami. Une des choses que j'ai le plus appréciée en toi est que nous pouvions nous parler en toute franchise.

— Toi, l'ami égyptien, tu connais l'affection que j'éprouve à ton égard. Mais je le sais, cela peut durer une heure, comme cela peut durer une journée. J'ai l'impression de ne plus avoir de forces. Quand cela arrivait, autrefois, mes forces revenaient toujours, maintenant je sens qu'elles vont me quitter. (Il ravala sa salive.) J'ai la gorge sèche. Aurais-tu de l'eau par hasard ?

— Tiens, dit Snéféru en lui tendant une outre à moitié pleine.

Quand le forgeron eut fini de boire, Snéféru essuya doucement les lèvres de son ami avec sa main.

— Tiens, dit-il, au cas où tu en revoudrais.

— Non, non.

Sa voix était celle d'un vieillard, à peine audible.

— Snéféru, reprit-il, chez mes compatriotes c'est le nouvel an. C'est l'époque où l'on se fait des faveurs les uns aux autres. Promets-moi de demander la fille à Abram. Ce soir même.

— Tu peux compter sur moi. Le moment est bien choisi.

— Oui, et je voudrais aussi te demander une faveur pour moi...

— Elle t'est accordée d'avance, tu n'as qu'à demander.

— S'il te plaît, si tu voulais bien...

— ... Oui, je ferai les offrandes en ton nom, dit Snéféru. Je demanderai à Abram quelles sont les coutumes de ton pays natal. Je t'enterrerai dans une grotte sur le mont Hébron.

— Non, tout cela m'est égal. Dans huit jours je ne serai plus que charogne... Alors, qu'importe ? Mais toi, mon ami, mon seul ami... si jamais tu retrouves la trace de mon fils...

Snéféru sentit ses yeux se remplir de larmes.

— Bien sûr, dit-il d'une voix rauque, je l'élèverai comme mon propre fils. Tu n'as pas à t'inquiéter. Et chaque fois que je le pourrai, je le chercherai, comme tu l'aurais fait. S'il est en vie, sa marque de naissance m'aidera à l'identifier. Rassure-toi, s'il y a une chance qu'il soit en vie, je le trouverai.

Les deux amis, le fort et le faible, s'étreignirent et ce fut le fort qui pleura sans se cacher, sans honte.

Des éclaireurs de Mamré aperçurent Rekhmira au bord d'une piste dans le désert de Ziph. Son âne était tombé et lui-même s'était cassé la jambe. Impossible de retrouver l'animal.

— Qui es-tu, mon ami ? lui demandèrent-ils avec gentillesse.

— Rekhmira, souffla-t-il, à travers ses lèvres desséchées. Esclave du seigneur Lot, neveu du seigneur Abram !

— Abram, as-tu dit ? Alors, nous sommes à toi.

— J'ai un message, dit l'esclave qui semblait beaucoup souffrir. Sodome et les cités de la plaine ont été détruites. Les armées des quatre rois ont frappé ce matin. Le seigneur Lot, sa femme Zillah et leurs troupeaux ont été emmenés.

Et d'un geste, il leur montra sous ses cheveux nattés une vilaine blessure qui commençait à peine à se refermer.

— J'ai été renversé par les cavaliers quand ils sont entrés... J'ai perdu connaissance et me suis réveillé au moment où s'achevait le massacre. J'ai trouvé cet âne qui errait sur les coteaux et...

L'un des éclaireurs l'interrompit :

— Toi, Aqhat, file au camp les prévenir. Nous y ramènerons notre ami. Mais avant de nous quitter, écoute-le nous dire dans quelle direction allaient les troupes ennemies la dernière fois qu'il les a vues.

— Ils ont fait marche arrière et auront attaqué Gomorrhe, Zoar ou Admah. Aucune de ces cités n'est capable de se défendre. J'ai essayé de les prévenir... J'ai vu la colonne de fumée qui montait d'Haçaçon-Tamar.

— Tu as fait pour le mieux. Tu nous as avertis. Nous prendrons soin de toi, ne t'inquiète pas. Aqhat ! mais qu'attends-tu ? dépêche-toi de filer !

4

Sur la montagne, il faisait nuit maintenant. Les dernières lueurs du soleil s'étaient évanouies. L'air s'était rafraîchi. Là-bas, dans la vallée, Abram et les siens festoyaient. Agar et Snéféru n'étaient pas de la fête. Ce soir-là, Snéféru avait pensé demander à Abram de lui accorder la main de son esclave, mais au moment où il se rendait vers la tente d'Abram, Agar l'arrêta, lui demandant de passer une nuit, cette nuit-là, seule avec lui. Seule avec lui sur la montagne. Comment pouvait-il le lui refuser ?

Snéféru avait allumé un feu. Les flammes dansaient joyeusement, les protégeant de la fraîcheur de l'air. Installé aux côtés d'Agar, il admirait ses cheveux noirs encadrant un visage aux yeux en amande, ses pommettes saillantes, ses lèvres bien dessinées. Il poussa un soupir de satisfaction.

— Tu es heureux, dit-elle. C'est la première fois que je te vois ainsi.

Elle plaça doucement la main sur sa large poitrine.

— Oh ! dit-elle, une autre cicatrice. Tu en as des blessures, mon chéri !

— Avec celle-là, je peux dire que j'ai failli passer l'arme à gauche. J'avais quatorze ans, mais je me le rappelle comme si c'était hier. Je patrouillais. Un énorme Nubien, caché derrière un rocher, m'a sauté dessus.

— Quatorze ans... Tu étais encore enfant... et déjà soldat ?

— J'ai commencé ma carrière militaire à l'âge de sept ans. Ça fait vingt-cinq ans au moins, plutôt vingt-neuf que vingt-cinq...

— Dis-moi, tu m'as parlé d'agitation dans le Siddim.

— Oui, et je ne pense pas me tromper en te disant qu'une guerre éclatera demain matin. Les messagers devraient arriver auprès d'Abram d'un moment à l'autre.

— Des messagers ? Je ne comprends pas.

— Cet après-midi, tandis que je chassais, les nuages de l'horizon se sont écartés, laissant entrevoir sur les collines de l'est une nouvelle colonne de fumée, comme celle de l'autre jour. L'ennemi a dû prendre Sodome et Gomorrhe.

— Sodome, répéta-t-elle doucement. Shepset...

— J'avais oublié que tu as des amies là-bas. Tu sais que nous ferons tout notre possible pour les sauver. J'espère qu'il n'est pas trop tard. Je parierais que le messager est déjà au camp d'Abram. Agar, dit-il, je ne veux pas te quitter, maintenant ou jamais.

— Je ne veux pas que tu me quittes, répondit-elle simplement. J'ai peur et, sans toi, je ne sais pas ce qu'il peut arriver.

Elle secoua la tête et se couvrit le visage de ses mains. Elle se ressaisit immédiatement.

— Non, dit-elle, je ne te ferai pas ça. Ne pense pas à moi demain, du moins pas avant la fin du jour, pas avant que tu ne sois victorieux. Je t'en supplie. Ne t'inquiète pas pour moi !

— Agar, reprit-il d'une voix grave et rassurante. Vois-tu, grâce à toi ma vie a changé. Je ne suis plus un soldat. Ne te fais pas de souci. Je peux faire mon travail. Et sacrément bien ! Personne ne va me tuer ou me blesser, et je te reviendrai sain et sauf. Mais ce qui était jadis un métier n'est plus maintenant pour moi qu'un simple travail. Un travail qui nous permettra de fonder un foyer, c'est tout.

De grosses larmes perlèrent dans ses yeux.

— Snéféru, dit-elle, avec un léger tremblement dans la voix. Prends-moi dans tes bras, serre-moi très fort. Oui, maintenant !

Quand elle s'éveilla à l'aube la place à côté d'elle était vide. Anxieuse, elle appela Snéféru. Non loin de l'endroit où elle était allongée, l'eau qui jaillissait de la colline formait une mare, et c'est là qu'elle le vit, basané, nu, s'aspergeant d'eau. Il leva la tête et lui sourit, avec affection, tendresse.

— Agar, dit-il, je n'ai pas eu le cœur de te réveiller. Bonjour ! Je t'aime !

Il se ceignit du pagne propre qu'il avait apporté la veille puis se baissa pour ramasser son ceinturon.

— Attends-moi, cria-t-elle, je descends.

Sans même s'habiller, elle dévala la pente et alla le retrouver. Elle voulait qu'il la vît nue encore une fois avant de partir, sentir son corps ferme contre le sien ; elle se jeta dans ses bras.

— Snéféru, dit-elle, faut-il vraiment que tu partes ?

— Je le crains. Il y a, paraît-il, grande agitation au camp. Un des éclaireurs est venu m'annoncer qu'un des survivants du massacre était arrivé porteur de nouvelles. Il faut que je redescende et que je reprenne les affaires en main le plus vite possible.

Il la serra tendrement contre lui.

— Agar, tu sais, c'est dur de te quitter. Mais je penserai à toi à chaque instant, jusqu'à mon retour. N'aie pas peur, je te reviendrai. J'emporte ton image dans mon cœur. Tu accompagneras chacun de mes pas, et cela suffit à me rendre fort.

— Je sais, répondit-elle.

— Je vais partir en avant avec un contingent d'hommes. Eshkol m'accompagnera. Il faut aller vers le sud pour les repousser dans la vallée. Abram, Mamré et Aner traverseront les collines qui surplombent Haçaçon-Tamar et les surprendront par le nord. Si nous pouvons arriver à les coincer dans ce goulot, nous les tenons.

Il lui sourit, d'un sourire de gamin.

— Ne t'inquiète surtout pas, je me sens en pleine forme. Plus heureux que jamais !

Elle chercha une dernière fois ses bras et la chaleur de son corps.

— Oh ! je t'en prie, dit-elle, reviens ! Pour moi.

Les troupes de Snéféru s'ébranlèrent au rythme des tambours et il n'y eut bientôt plus que les bruits ordinaires d'un camp qui s'éveille. Agar passa près de la sentinelle, qu'elle salua à peine, et se dirigea vers la forge de Belsunu.

Elle se sentait amorphe, vidée, profondément déprimée. Ce jour aurait dû être le jour le plus heureux de sa vie, comme il avait été le jour le plus heureux de la vie de Snéféru, et pourtant...

Dans le soleil du matin, au-dessous d'elle, les petits enfants de Mamré jouaient, faisant une ronde qu'ils scandaient de leurs petites voix perçantes. « Des enfants... », pensa-t-elle.

Car voilà que tout à coup, en une journée, sa destinée avait changé, et changé pour toujours, depuis qu'Abram l'avait fait venir : sa destinée à lui réclamait un enfant, avait-il dit. Or, sa femme étant stérile, il avait décidé de prendre une concubine, plus jeune, qui porterait son enfant et à qui il permettrait de l'élever comme son héritier. C'était elle, Agar, qui avait été choisie pour cet honneur, ce qui lui permettrait de rapprocher son statut social de celui d'une femme libre, et son enfant, si c'était un fils, occuperait une place d'honneur et hériterait des biens d'Abram et de la terre de Canaan, terre qui un jour serait le berceau d'un peuple de rois. Agar, mère d'une lignée de rois dont Abram serait le père.

5

La femme de Mamré vint trouver Belsunu vers midi. Elle lui apporta de la nourriture et un peu d'eau tiède. Il s'assit, prit quelques gorgées d'eau, mais ne toucha pas à la nourriture. Il avait décidé de ne plus s'alimenter jusqu'à ce que vienne la mort. Il buvait de l'eau, autant qu'on voulait lui en apporter, car il ne souhaitait pas connaître les souffrances et les crampes de la déshydratation. Mais le jeûne lui servait de léger narcotique, qui calmait aussi bien la douleur que n'importe lequel des champignons sacrés ou des produits qu'aurait pu lui fournir l'art du vigneron ou du brasseur. En s'affaiblissant il affaiblissait sa perception physique du plaisir comme de la douleur.

Qui aurait pu imaginer qu'il finirait ses jours ici, lui qui avait grandi sur les rives du grand fleuve... Mais telle était sa destinée. Il irait s'asseoir maintenant à l'ombre de ce pin et regarderait le jour s'évanouir, comme sa vie... Et lorsque viendrait la nuit... Il se laissa tomber doucement, le dos contre l'arbre. Les tentes de Mamré étaient plantées sur un monticule. D'où il était, il les apercevait là-bas, dans la petite vallée qui était juste au-dessous de lui. Ses yeux se fermèrent puis se rouvrirent...

... Et quand il s'éveilla de nouveau, Abram était assis par terre auprès de lui, jambes croisées.

— Abram, murmura-t-il, que vous êtes bon d'être venu.

Il éprouvait un grand réconfort à sentir le vieil homme à ses côtés. Il ébaucha un sourire auquel répondit son compatriote. Abram prit sa main dans ses paumes rugueuses.

— Belsunu, lui dit le vieillard. Mon cœur déborde d'allégresse. Le Dieu m'a visité la nuit dernière et m'a parlé dans mon rêve.

Belsunu remarqua qu'une fois de plus tous deux s'exprimaient dans leur langue maternelle.

— Il m'a promis un fils. Un fils à moi ! Si je... (Il s'arrêta net, son visage s'assombrit.) Pardonne-moi, dit-il, j'allais dire quelque chose de stupide, comme : « Sais-tu ce que l'on ressent quand on vous promet un fils après tant d'années ? » Mais, bien sûr, tu le sais. Mieux que moi, et je viens t'importuner.

— Tu te trompes, répondit Belsunu plein de compassion pour le vieillard, je te comprends parfaitement. J'ai perdu mon fils il y a longtemps... et je vois aujourd'hui que le retrouver n'était qu'un rêve. Je suppose que j'aurais dû prendre une autre femme, avoir d'autres enfants...

Il regarda Abram droit dans les yeux, réalisant les liens profonds qui les unissaient. Il faillit même intercéder en faveur d'Agar et de Snéféru, mais n'osa faire ou dire quoi que ce fût qui put troubler la joie simple et naïve du vieil homme. Abram parlait maintenant.

— Il y a toujours une chance que le garçon soit en vie. Tu peux être sûr que si jamais j'en rencontre un de cet âge qui porte cette marque de naissance, il aura une place privilégiée dans mon cœur et dans celui de mes héritiers. Nous prendrons la relève et nous ne l'oublierons pas.

— Que vous êtes bon ! dit Belsunu.

Il cligna des yeux. Son champ de vision semblait s'étendre, changer. Le noir devenait blanc. Le blanc devenait noir.

— Je pensais à ma famille tout à l'heure, Abram, moins à mon fils et à ma fille, car je ne me les rappelle guère, qu'à ma femme...

Il se tut, haletant. Abram serra sa main inerte entre les siennes, avec douceur.

— Parle-moi de ta femme, dit-il.

— Oh ! vous connaissez les femmes ! Il lui arrivait souvent de penser que j'étais fou. Elle ne se gênait pas pour me le dire. Elle m'appelait souvent... (Il s'arrêta et un sourire éclaira un bref instant son visage.) Qu'importe ! Ses mots les plus durs me sembleraient bien doux maintenant. Je me rappelle certains de ses gestes. Je la vois en train d'étendre le linge. Je revois sa croupe gracieuse, ses jambes courtes. Je ne les ai jamais souhaitées plus longues. Les femmes ne comprendront jamais que nous les aimons avec leurs défauts et non à cause de leur perfection. Elle avait le nez légèrement retroussé, ce qui lui donnait du type. Quelle joie de la voir donner le sein au bébé, en chantonnant, même si elle chantait faux ! Elle était si belle ! Mais je parle trop...

— Continue, continue, je te prie, dit Abram.

— Il n'y a plus grand-chose à dire.

Il toussa. Abram tressaillit devant la violence de la quinte qui secoua son corps brûlant de fièvre.

— Abram, reprit-il. Je pense aux dieux. Je n'ai jamais pu avaler ces balivernes dont on nous farcit la cervelle, ces contes de fées, du genre de ceux qu'on raconte aux gosses pour les faire obéir. Mais, dites-moi, votre Dieu...

— Me croirais-tu, mon ami, si je te disais que je ne le connais moi-même que fort peu ? Tout ce que je sais, c'est qu'Il m'a parlé et que j'ai alors remis toute ma vie en question. J'avais un choix à faire et à faire sur-le-champ, sans pouvoir revenir sur ma décision.

— Il y avait autrefois un conte qui parlait d'Adapa, le

fils d'Ea. Quand on lui apporta le pain de vie et l'eau de vie, il n'y toucha pas, laissant ainsi s'échapper la chance de la vie éternelle.

— Oui, ça s'est passé comme ça. J'ai décidé de suivre la parole de Dieu aveuglément et de m'en remettre à Lui complètement et j'en ai été récompensé. Il m'est pourtant déjà arrivé d'attendre longtemps..., ma foi vacillait... Il m'est alors apparu et m'a parlé. Il m'a redonné courage.

— Je vous envie. Personne ne vient quand tout est sombre autour de moi. Je gis éveillé, nuit après nuit, assailli de pensées qui me détruisent...

Abram le regarda.

— Si seulement je savais que te dire.

— Abram, dis-moi comment le perçois-tu, ton Dieu ?

— La plupart du temps, Il m'apparaît comme une lumière éblouissante. (Il soupira, puis sourit au forgeron.) Tout le monde me prend pour un fou, mais je n'y fais pas attention. Si je faillis, ne serait-ce qu'un moment, combien de générations me maudiront jusqu'à ce que le ciel soit devenu ténèbres et que les puits se soient asséchés. On m'a confié une responsabilité. Tant que je m'en acquitterai, je serai comblé.

Quand il se tourna vers le forgeron, il vit que la lueur dans l'œil de son ami avait encore faibli. Il serra sa main avec douceur.

— Belsunu, dit-il, je crois qu'il ne nous reste guère de temps. Tout ce que je puis dire c'est que j'offrirai les sacrifices en ton nom. Je les offrirai à El Shaddai. Nous avons appris à t'aimer. Je connais ta bonté et je sais combien tu as souffert. Tu vois, je Le prie nuit et jour et pourtant je ne comprends pas grand-chose. J'espère qu'un jour je finirai par comprendre davantage. Dès que je le pourrai j'irai trouver Melchisédech, de Salem. On m'a dit que c'était un prêtre d'El Shaddai. Peut-être pourra-t-il m'aider. En attendant, je tourne vers Lui mon visage lorsqu'Il m'apparaît et je fais ce qu'Il me demande de faire.

Belsunu le regarda encore une fois. Son regard survola les terres qui s'étendaient devant lui et les nuages de pluie à l'horizon. Un papillon aux couleurs vives effleura son visage, puis alla se poser sur la branche la plus basse du pin.

— Je n'ai pas peur..., dit-il.

Tout à coup le sol lui sembla s'effondrer. Il ferma les yeux. Il n'y avait plus que la lumière...

CHAPITRE X

1

Pour la dixième fois Zakir fouilla dans sa bourse pour en retirer la petite tablette d'argile qu'il avait reçue de Nabousakin ce matin-là. A demi aveuglé par la pénombre de la taverne, il la relut. Il la connaissait maintenant par cœur.

La porte s'ouvrit, laissant pénétrer le vacarme de la rue, assourdi par les murs épais, et Zakir aperçut dans l'embrasure de la porte un soldat de Mari, en tenue de combat, poings aux côtés, jambes écartées, qui manifestement cherchait quelqu'un. Il arborait une barbe qui lui donnait l'air féroce et avait le nez busqué d'un Hittite.

Zakir fit mine de se lever, un sourire aux lèvres.

— Aziras ! s'exclama-t-il, viens par ici !

Aziras, de Kanish, l'air dur et maussade, répondit par un signe à Zakir, mais il arrêta un serviteur qui se dirigeait vers une autre table, lui prit le plateau des mains, s'empara du pichet de vin et des deux bols, lui tendit une pièce de monnaie et rejoignit Zakir, tout en buvant à même le pichet. Avant de s'asseoir, il reposa celui-ci sur le plateau et s'essuya la bouche avec le revers de la main.

.— Salut, Zakir ! dit-il tout en se versant un bol de vin qu'il but d'un trait. Tiens, prends-en. Ne fais pas attention à moi. Je reviens tout droit du champ de bataille.

Zakir sourit, se versa du vin et le but à petites gorgées, sans perdre des yeux son ami hittite. Le mercenaire était couvert de poussière, trempé de sueur : la route avait été manifestement pénible. Il était entré à l'auberge avant même de se laver.

— Je parie que tu viens de renvoyer les troupes, dit Zakir.

— C'est exact. (Le Hittite se versa un autre bol de vin.)

Rappelle-toi ce que je t'ai dit, ne fais pas attention à moi. Je meurs de soif. Je vais donc boire un peu de ce bon vin, puis j'irai rejoindre mes troupes et nous nous saoulerons comme des bourriques. Là-bas, nous n'avons droit qu'à cet ignoble tord-boyaux que l'armée octroie aux sous-officiers et je ne peux pas les décevoir en ne buvant pas avec eux. Ils l'ont bien mérité.

— Je vois que l'opération s'est bien passée.

— Sacrément bien ! Mes gars se sont battus comme des lions. On n'aurait jamais pu croire qu'ils crevaient de peur. (Il secoua la tête d'un air songeur.) En tout cas, c'est fini. Si ce ne sont pas de vrais guerriers maintenant, ils ne le deviendront jamais. Imagine qu'on a même zigouillé des Assyriens ! Ça leur apprendra à ces salopards d'attaquer Mari ! Allons, bois un coup, j'offre la tournée.

— Dis-donc, reprit Zakir avec ironie, est-ce bien Aziras, de Kanish, qui est assis à ma table ! Avare, miséreux, peigne-cuteux...

— Ça va, ça va, coupa Aziras. Bois, sacrebleu ! tu as bien mérité tout ce que je peux t'offrir, vieux singe manchot. Toi et ton fils.

— Mon fils ? Je me demande ce qu'Ahuni vient faire ici ?

Zakir s'arrêta puis reprit :

— Oh ! les armes !...

— Oui, sapristi ! Il est drôlement doué le gamin ! Tu lui as bien appris le métier. D'ailleurs il y a plus que cela. J'ai du flair pour ce genre de choses. Tu n'étais pas armurier, n'est-ce pas ? Je me suis renseigné à ton sujet. On m'a dit que tu travaillais surtout l'or et les métaux précieux, que tu fabriquais des bijoux pour les riches.

Le sang de Zakir ne fit qu'un tour mais il répondit par un soupir à la franchise abrupte d'Aziras.

— Tu as raison, dit-il, je lui ai appris ce que je pouvais lui apprendre, mais il en sait plus que moi désormais. Il y a en lui quelque chose d'inné, de presque mystique, quelque chose que je ne pourrais pas lui transmettre.

— Écoute, reprit Aziras, en s'adossant au mur, vous ne vous ressemblez vraiment pas. Dis-moi, êtes-vous ?...

— Père et fils ? Non, je viens de l'adopter. Il ne sait pas

trop qui était son père. On pense qu'il s'agissait d'un dénommé Belsunu.

— Ah ! dit-il apparemment fort satisfait, Pushuke, mon sergent, avait donc raison ! Je lui ai montré l'épée qu'Ahuni m'avait faite et il m'a répondu qu'il en avait vu une semblable. Ce Belsunu était en effet un armurier célèbre et je croirais volontiers que le garçon est de sa race. (Il finit son bol et porta encore une fois la main à son épée.) Écoute, Zakir, me laisserais-tu emmener Ahuni pour que je puisse le présenter à mes hommes ? Ils seraient si heureux de faire sa connaissance après une journée comme celle-ci !

— Ahuni ? Tu ne veux tout de même pas qu'il se saoule ?

— Pas vraiment. A moins qu'il ne le décide de son propre chef. Mais je voudrais qu'il entende parler de son père. Les plus vieux se souviennent de Belsunu et tous en ont entendu parler. Ils seront enchantés d'apprendre que leurs armes sont l'œuvre de son fils.

— Ce sera également bon pour Ahuni de savoir d'où vient le sang qui court dans ses veines.

La voix de Zakir était un peu tremblante, une pointe de jalousie durcissait ses traits. Quelques minutes plus tard, il s'excusa auprès d'Aziras, se leva et sortit de l'auberge.

2

Les ombres s'étiraient dans la vallée. Ahuni, tenant dans ses mains un bol de vin à moitié vide, était assis sur un tronc d'arbre. Il regardait allègrement Zakir et un robuste sergent, suant, soufflant, luttant corps à corps sur un terrain rocailleux. Un petit cercle s'était formé autour d'eux, chacun, à coups de grossièretés, encourageant son héros à la victoire.

Une main s'abattit pesamment sur l'épaule du garçon. Il releva la tête et aperçut Aziras.

— Je viens te rejoindre.

Il s'assit sans grâce, en renversant son vin.

— Hélas ! dit-il d'une voix fatiguée, je ne suis plus le gars que j'étais autrefois, capable de te mener une bataille, d'avaler un tonneau de vin, de danser jusqu'au petit jour ou de faire l'amour dix fois en une nuit. Maintenant, j'ai honte d'avouer que je suis las avant que la soirée ne batte son plein.

Ahuni le regarda de la tête aux pieds.

— Vous êtes-vous blessé ? D'où vient l'entaille que vous avez à la jambe ?

— Ça n'est rien. Je ne suis que plaies et bosses et jadis ce genre de choses ne m'aurait pas ralenti. Enfin, espérons que les années qui viennent seront pour toi meilleures que les miennes. Continue sur ta lancée et je puis te prédire une belle carrière ! D'ailleurs, avec un père comme le tien...

— Oui, je reconnais que Zakir a été un maître excellent. Tenez, aidez-moi à finir mon vin, s'il vous plaît.

— Merci, mon garçon. Écoute, je ne parlais pas de Zakir, je parlais de Belsunu. Celui-là, tu peux te dire que c'était un armurier hors pair...

— Belsunu ? reprit Ahuni l'œil brillant. Vous connaissez Belsunu ?

— Bien sûr, mon garçon. Il était très réputé dans son métier. Oui, continua-t-il en regardant encore une fois Ahuni, tu pourrais être son fils, tu as ses épaules, tu auras sa carrure. Il avait le torse large, de grosses mains. Jamais, on n'aurait pu penser qu'il fût malade, mais il souffrait pourtant des poumons et, après une journée fatigante, on l'entendait tousser...

Le soldat s'arrêta à nouveau, puis reprit :

— Dis-moi, si tu es le fils de Belsunu, si tu es un véritable fils du Lion, tu portes une marque de naissance n'est-ce pas ? Belsunu en avait hérité une de son père.

Ahuni se leva et souleva sa tunique, dévoilant la marque écarlate au-dessus de sa hanche.

— Comme celle-ci ?

— Incroyable ! s'écria Aziras, je ne savais pas si je devais y croire. En voilà la preuve flagrante, mon garçon ! Tu es bien son fils !

Il n'avait plus l'air éméché, il renversa par terre le contenu de son bol et se leva.

— Attention, beugla-t-il, attention, bande de cochons ! Fermez-la et écoutez !

Le vacarme s'estompa, les visages se tournèrent vers lui.

— Silence ! silence, vous tous !

Il monta sur le tronc d'arbre et s'adressa à ses hommes d'une voix de stentor.

— Vous avez remporté une belle victoire aujourd'hui, je tiens à vous en féliciter.

D'un geste de la main, il calma la rafale d'applaudissements et de hourras qui s'ensuivit.

— Avant que vous ne vous tressiez des lauriers et que vous ne vous imaginiez prêts à affronter les troupes égyptiennes, je désire vous présenter quelqu'un. (Il fit signe à Ahuni de se lever.) Debout, mon garçon, allons, allons !

— Je vous en supplie, répondit Ahuni, je ne veux pas...

— On se fiche pas mal de ce que tu veux, répliqua Aziras. Regardez-le, abrutis que vous êtes ! Vous avez pu croire que les Assyriens étaient proies faciles et que vous étiez soudain devenus invincibles ! Quelle idiotie ! Les Assyriens n'ont pas changé. Voilà, devant vous, la raison pour laquelle vous avez gagné ! Ce jeune garçon ! C'est lui qui a façonné les armes avec lesquelles vous avez massacré les Assyriens. Voici votre nouvel armurier, Ahuni, de Babylone !

Ce fut un tonnerre d'applaudissements. Ahuni, gêné, scrutait nerveusement les visages, s'attendant à y trouver du ressentiment ou du mépris. Il n'y rencontra que de l'admiration et de l'amitié.

— Ce n'est pas tout ! hurla Aziras. Les bons armuriers ne tombent pas du ciel. Ils sont rares. On ne devient pas armurier. On naît armurier. Vous rappelez-vous ce que je vous ai raconté au sujet d'un dénommé Belsunu avec lequel j'ai servi dans le temps ?

Il s'arrêta pour jauger l'effet produit.

— Eh bien, Ahuni est le fils adoptif de notre ami Zakir et le fils naturel de Belsunu !

Ahuni laissa retomber son bras, en entendant les acclamations de la foule. Il se sentait comme un homme qui vient de naître au monde. Il prit la coupe pleine à ras bord qu'un homme lui tendait et y but. Il était heureux de se voir reconnu et de voir son père reconnu à travers lui. « Ahuni... fils de Belsunu... », pensait-il. Jamais encore cela ne lui était arrivé. Sa première réaction fut de partager sa joie avec Zakir. Il le chercha dans la foule, mais l'ancien forgeron restait introuvable.

Il avait suffi à Zakir de franchir les murailles de la ville pour que les échos des festivités du camp s'évanouissent, noyés dans les bruits de la cité de Mari. C'était la tombée de la nuit. Il arriva cahin-caha chez Yalampa, la courtisane, et de sa voix éraillée lui cria de descendre de son appartement situé au deuxième étage, afin qu'elle vienne l'aider à monter l'escalier. Elle se montra agacée, acerbe, mais eut tôt fait de s'adoucir lorsqu'il eut pris soin de laisser tomber sa bourse bien garnie sur le sol au moment où elle lui apportait du vin. La bourse avait fait un bruit substantiellement satisfaisant. Elle devint indulgente, amicale, voire amoureuse...

... Mais bientôt terre à terre, un tantinet distante, rassurante pour la forme, et, en fin de compte, plus que légèrement énervée. Aucune femme n'aime s'évertuer à réveiller les ardeurs amoureuses d'un homme pour le voir rester flasque comme une huître. Encore moins s'il s'agit d'une courtisane professionnelle qui se pique de ses talents amoureux et vit de ses charmes ! Zakir prit son bol de vin, le contempla, le reposa sans y toucher.

— Pardonne-moi ; l'esprit est ardent mais la chair est faible, dit-il.

Yalampa, voluptueusement nue et fort attirante malgré ses trente printemps, fit la moue.

— Allons, viens, dit-elle. L'esprit est au moins à cinquante jours de marche d'ici, quant à la chair elle a carrément fichu le camp. Zakir, tu as des problèmes. Tu as perdu tout désir. Allons, dis-moi, qu'est-ce qui se passe ? Je voudrais savoir, je suis curieuse.

— La barbe ! répondit-il.

Il finit son bol, saisit le pichet et le remplit de nouveau.

Il bredouillait légèrement, mais avait retrouvé ses esprits.

— Rien à voir avec toi. J'en prends les dieux à témoin. Tu es ravissante, la beauté même, Ishtar incarnée. Aucun homme ne saurait rêver d'une compagne plus désirable que toi.

— Alors vas-y, qu'est-ce qui te transforme en chapon ?

— Écoute, Yalampa, ça ne t'arrive jamais d'avoir des soucis ? Quelque chose qui te tracasse ?

— Oui, ça, je peux comprendre. Il arrive que des hommes viennent me trouver et qu'avec la meilleure des volontés je ne sois pas d'humeur à les accueillir parce que je me sens inquiète. Mon astrologue dit que, dans ce cas, c'est que je ne suis pas sous une bonne étoile. Mais que veux-tu, il faut passer outre, j'ai mon métier.

— C'est bien ce que je pense. Tiens, dit-il en mettant la bourse dans la main de la courtisane je n'ai aucune idée de ce qu'elle contient, mais elle est assez garnie pour m'acheter une nuit de ton temps. Tu saisis ce que je veux dire. Parfois un homme a besoin d'un ami, ou d'une amie, douce, réconfortante, plus que de toute autre chose.

— D'accord, dit-elle, en évaluant la bourse de sa main aux doigts effilés. Attends, je vais passer un vêtement.

— Oh ! non, si cela ne te fait rien... Même si mes ardeurs amoureuses sont décevantes, il y a encore en moi un côté artiste. J'aime te contempler comme ça, dans la lumière. Ta peau prend des reflets cuivrés à la lueur des flammes qui dansent.

— Ta langue semble bien déliée ! dit-elle en souriant. Continue donc, car tu as l'air de savoir parfaitement ce qui te tracasse. Allez, vas-y, que ça sorte !

— Tu es chic, dit-il, en se rasseyant et en posant son moignon sur son ventre pansu. Tu vois, Yalampa, il s'agit de mon fils. Celui que j'ai adopté. Figure-toi qu'il a découvert qui était son père.

— Tiens ! qui est-il donc ?

— Peu importe, ou peut-être qu'au contraire c'est important... Le père ! Est-il vivant ? qui sait ? On raconte qu'il était armurier. Un gars qui travaillait le métal, comme moi, mais qui s'est spécialisé dans la fabrication des armes. Un forgeron réputé. Pour l'instant le gamin est en train de festoyer avec des soldats, car ils viennent de massacrer des Assyriens avec des armes qu'il avait fabriquées et... (Il secoua la tête et attrapa le pichet de vin.) Bref, je suppose que ce que je te dis ne tient pas debout.

— Sans doute que si. Tu es jaloux, c'est tout. Te dire que ça tient debout, ça c'est une autre affaire... Le garçon, lui, par contre, doit être enchanté.

— Je suis parti avant de le savoir.

— Qu'importe ? Tu sais exactement à quoi t'en tenir. Toi, tu voulais être tout pour ce garçon — Père, mère, maître, professeur — tout, tout... Du moins, c'est l'impression que j'avais eue en en parlant avec toi.

— Bien sûr... Sans Ahuni que me reste-t-il ?

— Allons, tu ne vis tout de même pas aux crochets de ce garçon. Ce n'est pas l'argent d'Ahuni que je tiens dans la main ! Crois-moi, je sais très bien ce que chacun gagne, mon ami, simplement en voyant ce qu'ils dépensent auprès de mes consœurs. Après tout, quand votre femme vous déclare : « Ça suffit, j'ai assez de gosses comme ça !... » que veux-tu faire d'autre que venir ici ?

— Tu as raison, une partie de la somme que je t'ai donnée m'a été versée par Nabousakin pour le compte de qui je dois aller à Harân au printemps prochain en tant que représentant.

— Tu vois, espèce d'idiot, que tu ne vis pas aux crochets d'Ahuni ! Tu as une profession, un travail tout neuf et, ma parole, tu ne sembles pas réaliser la chance que tu as ! Tu ne dois pas être dépendant de ce garçon, que ce soit financièrement, professionnellement ou affectivement. J'ai rencontré le garçon. Il est bien. Il te respecte énormément. Alors pourquoi serais-tu jaloux parce qu'il découvre qui sont ses parents ? Tu ne rivalises pas avec son père, à ce que je sache. Son vrai père n'est pas ici. Il ne peut donc pas courir le trouver pour se faire consoler lorsqu'il est déprimé. C'est vers toi qu'il vient dans ces moments-là. Pour la plupart des hommes je t'assure que ce serait assez. Tu auras tout le temps de t'inquiéter de ce père quand tu l'auras rencontré. Et d'ailleurs tout laisse à penser qu'il est mort. Ah ! vous les hommes, ce que vous pouvez être stupides et vous laisser abattre facilement...

Elle aperçut une lueur dans le regard de Zakir. Elle se tut, sourit, rougissant presque. Dans un geste de coquetterie qui ne lui était pas naturel elle cacha ses seins de ses belles mains si fines. Les yeux de Zakir parcoururent son corps voluptueux. Elle se sentit tout à coup la chair de poule. Le désir s'éveilla en elle, un désir comme en ont les jeunes filles. Elle serra ses cuisses l'une contre l'autre, convulsivement. Elle tremblait.

— Viens, dit-il, d'une voix basse, musquée, passionnée.

CHAPITRE XI

1

Lot et Zillah allaient à cheval. Ils paraissaient épuisés. Leurs beaux atours n'étaient plus que loques poussiéreuses. Ils geignaient constamment. Derrière eux Shepset, les poignets attachés à une longue corde nouée à la monture du soldat, les suivait au pas de course. Son corps nu était brûlé par le soleil. Elle était décharnée. Les esclaves n'étaient nourris qu'une fois par jour et celle-ci avait acquis la réputation d'être une véritable tigresse. Le dernier soldat qui avait essayé de s'approcher d'elle pour lui apporter son repas s'était fait mordre la main jusqu'à l'os.

Lot et Zillah pouvaient, bien sûr, être rachetés moyennant rançon. Mieux valait donc les garder relativement en bonne forme. Mais qui s'inquiéterait d'une jeune esclave, si frêle ? Shepset comprenait tout, ne pardonnait rien. Son visage fin, émacié par la faim et la soif, exprimait haine, détermination, mépris, mais ses pensées étaient obstinément pratiques. Elle se concentrait sur la nécessité de tout faire pour survivre.

Au début, le pas de la retraite avait été trop rapide pour elle. Jamais, au cours de la marche à travers les déserts du Sinaï ou du Négueb, elle n'avait eu à suivre l'allure d'un cheval. Le premier jour elle était donc tombée une première fois et avait appris ce qu'il en coûtait : on l'avait attachée et fait traîner par un cheval. Alors, en sanglotant, en marmonnant d'incohérentes imprécations en égyptien, elle avait réussi à se relever, et s'était efforcée de suivre. Après cinq jours de marche elle avait même commencé à prendre le rythme. Elle arrivait également à riposter aux soldats qui passaient auprès d'elle et se livraient à des plaisanteries grivoises pour l'exaspérer.

Le soldat qui la traînait s'appelait Tahash. Par rapport

aux autres, ce n'était pas le pire. Il veillait à faire ralentir son cheval plusieurs fois par jour pour permettre à Shepset de se reposer. Elle le détestait, mais tout de même moins que les autres.

Un soldat, dressé sur une monture gigantesque, vint rejoindre Tahash et elle reçut des sabots du cheval de la poussière dans les yeux. Mais poussière, crottin, elle devait suivre... et elle se dit que finalement elle pouvait tout supporter. Non, ils ne pourraient pas la décourager ni lui faire courber la tête.

— Tahash ! dit le second soldat, je reviens de l'état-major. Je crois que nous nous arrêterons demain.

— Heureusement ! s'exclama Tahash. Y en a besoin ! Je me demande pourquoi nous avons attendu si longtemps.

— Écoute, j'ai posé la question et j'ai bien écouté..., surtout aux portes... Sais-tu que nous nous sommes fait presque massacrer à Siddim, qu'il s'en est fallu d'un cheveu ? Grâce aux dieux, Aryok, d'Ellasar, a réalisé ce qui se passait et nous a permis de passer à travers son territoire.

— Qui aurait pu imaginer que l'ennemi était si redoutable ? Ils sont sur nos talons. La seule chose qu'il nous reste à faire est de fuir.

— Attends demain matin ! Amraphel connaît à fond les environs de Heshbon. A l'aube, au lieu de repartir vers le nord, nous ferons demi-tour et nous contre-attaquerons. Je crois qu'ils la trouveront saumâtre !

Shepset ne pouvait plus se contenir :

— C'est exactement ce qu'ils attendent, couards que vous êtes ! Vous allez voir ce que c'est que de se battre contre des troupes commandées par un Égyptien !

Le soldat se retourna, la regarda de la tête aux pieds et se mit à rire.

— Tahash, dit-il, où l'as-tu trouvée, celle-là ?

— Je la garde pour Tidéal, il s'en est entiché. Ne t'en approche pas de trop près, elle mord. Mais Tidéal aime ce genre-là. « Si elles ne se débattent pas », dit-il...

— Bien, il peut se la garder. Trop maigrichonne pour mon goût.

Il continua :

— De toute façon, si nous devons nous arrêter, je suis

heureux que ce ne soit pas dans un endroit comme le Sink. Malgré tout ce qu'on peut dire, ils nous ont bien eus, ces salauds !

— Et c'est ce qui va vous arriver encore ! hurla Shepset.

— La ferme ! grogna le soldat. A moins que tu aies envie d'un petit coup de fouet.

— Tout doux, dit Tahash. Tidéal n'aimera pas ça, du moins si ça se voit.

— D'accord. Mais qu'elle ferme sa gueule ou nous devrons expliquer à Tidéal qu'elle est tombée et que c'est ainsi qu'elle a écopé du cocard que nous allons lui faire.

— Allons, calme-toi ! Mais, tu as raison. Ils nous ont presque joué le même tour que celui que nous avions joué à Béra lorsque nous l'avions coincé dans les fosses d'asphalte.

— Ce soir nous camperons sur une hauteur, sur de la bonne terre ferme, et demain nous les attaquerons avant qu'ils ne soient vraiment réveillés.

Shepset, tout en continuant à trotter, regarda le soldat s'éloigner. Elle se sentait triomphante. Ils allaient donc faire demi-tour et se battre le lendemain, surprenant ainsi les forces de Snéféru. Pourquoi n'aurait-elle pas son mot à dire là-dessus ?... Peut-être faudrait-il qu'elle se décide à donner à Tidéal une légère satisfaction ce soir, même si cela lui répugnait. Qui sait s'il ne lui libérerait pas les mains. Après tout, n'était-ce pas tout ce dont elle avait besoin ? Car désormais elle savait comment les soldats des quatre rois établissaient leurs camps, quelles étaient les sentinelles vigilantes et celles qui ne l'étaient pas. Ce soir, une fois que Tidéal serait saoul comme une bourrique et cuverait son vin, rien de plus simple que de s'échapper. La lune était presque pleine. Tout ce qu'elle aurait à faire serait de retourner sur ses pas jusqu'à ce qu'elle atteigne les premiers piquets de garde de l'armée de Snéféru. Une contre-attaque surprise ? Ça, ils en auraient une surprise !

Les salauds ! les ignobles salauds !

Agar avait maintenant une tente pour elle toute seule, un peu à l'écart de celles qui étaient réservées à la proche famille d'Abram. Et cela, à la demande de Sarai, sans aucun doute. Agar l'avait accepté comme elle acceptait tout ce qu'on lui imposait. Depuis que ses projets de mariage avec Snéféru s'étaient effondrés, victimes de ceux d'Abram, les hauts et les bas de la vie ne semblaient plus l'affecter. Son existence était simplement plus facile. Le gros travail incombait à d'autres, on lui avait même assigné une servante. Malgré tout elle ne semblait pas particulièrement heureuse.

Agar était en train d'essayer les vêtements que Sarai lui avait fait envoyer quand, en se retournant, elle aperçut une silhouette se profilant à travers l'ouverture de la tente. C'était une femme d'une quarantaine d'années, une esclave, dont les bras disparaissaient sous d'autres vêtements aux couleurs chatoyantes.

— Oh! dit Agar, est-ce ma maîtresse Sarai qui me les envoie aussi? Apporte-les-moi, je te prie.

La femme posa le tas de vêtements sur le tapis. Elle s'apprêtait à s'en aller, lorsque Agar l'interpella :

— Attends, mais je te connais!...

L'esclave s'inclina poliment :

— Je suis Katsenut, maîtresse, dit-elle avec déférence. J'étais au service du seigneur Psarou...

Agar se précipita vers elle et prit ses mains dans les siennes :

— Katsenut! comment ne t'ai-je point immédiatement reconnue?

— J'ai tellement maigri que je comprends que vous ne m'ayez pas reconnue, maîtresse.

— Quelle joie de te retrouver!

Elle s'arrêta soudain, puis reprit :

— Tu ne serais pas la servante qu'ils m'ont promise?

— Si, maîtresse...

— Oh! chère Katsenut! oh! mon amie! c'est la première joie qui m'arrive...

Katsenut ne savait trop que faire. Le protocole n'invi-

208

tait pas à la familiarité, mais elle se retrouva en train de consoler Agar en larmes.

— Je suis heureuse de venir auprès de vous, vous avez toujours été bonne avec moi bien que nos rangs fussent si différents.

— Quels rangs? sanglota Agar. Il n'y a pas de rangs ici! Je suis une esclave, comme toi. Avant j'étais l'esclave qui allait au puits chercher de l'eau pour le seigneur Abram, maintenant je suis celle qui doit lui faire un enfant... Mais enfin quelle chance que tu sois maintenant avec moi! J'ai désespérément besoin d'une amie! Les seuls amis que j'avais ici sont partis. Sarai me déteste. Quant à Shepset, la pauvre enfant, je me demande où elle est à l'heure actuelle... Belsunu aussi doit être plus heureux où il est, si ce qu'on raconte sur l'autre monde est vrai.

Katsenut soupira et sourit :

— Excusez-moi, mais on m'a dit que vous étiez amie avec le soldat égyptien...

Katsenut réalisa immédiatement qu'elle avait commis une erreur. Elle se reprit :

— Oh! je suis désolée, sincèrement désolée.

— Ne t'inquiète pas, dit Agar. Puisque nous sommes amies tu l'aurais appris un jour ou l'autre. Snéféru et moi, vois-tu, nous nous aimions. Il devait demander ma main à Abram, mais le jour de son départ Sarai m'a donnée à Abram comme concubine. Et me voilà... (Elle se tut puis soupira.) Je sais que je ne le reverrai jamais. Jamais. J'ai des rêves atroces depuis qu'Abram et moi...

— Allons, maîtresse, allons, n'y pensez pas!

— Figure-toi que j'ai rêvé que Snéféru était mort. Il gisait seul, mort, sur un champ de bataille. J'ai rêvé qu'il m'appelait. Seulement, à sa voix, j'ai senti qu'il savait qu'il ne me reverrait pas. Il était là, abandonné de tous, mourant, désespéré.

— Reprenez-vous, maîtresse.

— La seule chose qui m'empêche de m'effondrer pour l'instant est... Katsenut, dis-moi, comment une femme sait-elle si elle est enceinte?

— Enceinte? C'est difficile de le savoir, du moins si tôt. Enfin, il y aurait combien de temps...

— La nuit avant son départ... Écoute, si je...

— Hélas! maîtresse, c'est encore trop tôt pour en être sûre.

— Mais, moi, je sais, poursuivi Agar. Je le sais. Je ne pourrai jamais l'avouer, mais dans mon cœur je le sais. Pour toujours. Jamais je ne l'oublierai. Jamais.

Ses yeux sombres brillèrent porteurs d'un féroce défi :

— Ils me le prendront. Ils l'élèveront comme le fils d'Abram. On me renverra dans mon coin comme si je n'étais rien pour eux. Et moi seule je saurai. Toujours. Ce sera mon secret! Un secret qu'ils ne pourront jamais violer. Jamais! tu m'entends, jamais!

2

La lune était haut dans le ciel. Du sommet d'une colline, Snéféru et Hazo, l'un de ses éclaireurs, observaient les moindres détails de la vallée ainsi que les lumières du camp ennemi, établi sur la colline opposée.

— Parfait, dit-il, tout a l'air calme pour l'instant, mais attendons demain. Je suis sûr qu'il se trouvera un poète pour appeler un jour cet endroit le champ du carnage ou autre chose du même genre.

— L'attaque est donc au programme? demanda Hazo.

— Il le faudra bien. Le messager du camp d'Abram situé près de Jéricho est arrivé tout à l'heure et j'ai renvoyé un homme à Abram pour lui indiquer qu'il nous fallait couper cette aile du reste de leur armée, coûte que coûte.

— Cette aile? Vous voulez dire que ce n'est pas toute leur armée qui est là?

— Bien sûr que non! Nous n'avons encore jamais vu toute leur armée! Jusqu'à présent nous n'avons eu que des escarmouches, sauf à Zoar. Ces idiots ont perdu au moins cinq belles occasions de se retourner contre nous et de nous massacrer. Ils ont raté leur chance... En tout cas, nous avons affaire ici à l'armée de Tidéal, renforcée sans doute par une partie des troupes d'Aryok! Ce n'est jamais que l'arrière-garde. Kerdor Laomer les a laissés derrière lui pour nous retarder dans notre approche. Il y a de grandes chances qu'il soit près de Damas à l'heure actuelle.

— Mais, mon commandant, je croyais qu'ils étaient beaucoup plus nombreux que nous...

— Ils le sont. Mais rappelle-toi la réputation que nous nous sommes établie à Sodome. Je crois que nous leur avons fichu une sacrée trouille.

— Alors vous pensez qu'ils s'enfuient devant nous?

— Pas vraiment, mais reconnaissons qu'ils ont eu la part belle. Jusqu'à ce que nous entrions en scène, ils avaient surtout massacré femmes et enfants. Pourtant, ils sont loin d'être des couards. Leur tactique est de nous forcer à nous éloigner de nos sources de ravitaillement, vers des horizons qui ne nous sont pas familiers et qu'eux connaissent mieux que nous. Leur plan consistera alors à nous piéger et à nous tomber dessus quelque part par là-bas, en nous attaquant de tous les côtés à la fois.

— Et en attendant?

— Des bataillons comme celui que nous apercevons d'ici sont prévus pour nous avoir à l'usure. Si nous nous en occupons, nous aurons à faire face à une arrière-garde qui est à une journée de marche d'ici et qui nous attaquera. Ils perdront des effectifs. Nous aussi... C'est leur manière d'envisager les choses. Ils veulent une guerre d'usure, il dépend de nous de ne pas nous laisser prendre au jeu.

— Quel jeu?...

— De fait, c'est un carnage. Tu le sais aussi bien que moi. Ne t'en fais pas. Je me suis souvent battu contre ce genre de gars. Le simple fait de camper aussi loin a dû les gêner dans leurs plans qui étaient de nous attaquer au petit matin.

— Vraiment, commandant?

— Oui, ils auraient pu marcher une heure de plus mais ils ont décidé de s'arrêter sur la hauteur.

— Je comprends, commandant. Mais pourquoi ne les attaquons-nous pas?

Le jeune éclaireur, dans sa fougue, réalisa qu'il avait dû aller trop loin.

— Pardonnez-moi !

— Tu es tout excusé, répondit Snéféru. La meilleure façon d'apprendre, c'est de poser des questions. Une chose sûre, nous ne savons pas où sont les otages.

— Quels otages ?

— Le neveu et la nièce d'Abram, par exemple, car je sais qu'il y en a d'autres.

Il se retourna et regarda son propre camp.

— Pourquoi ce vacarme ? Écoute, mon fils, rentre et tâche de savoir ce qui se passe.

— Oui, commandant !

Et le jeune homme disparut.

Snéféru regardait à nouveau la vallée. « Ça ne rate jamais, se disait-il, au moment où l'on se sent en confiance, il y a toujours un abruti qui vous surprend par-derrière et vous transperce les tripes... » Quant à ce contingent d'hommes qu'il voyait dans la plaine, il était à peu près sûr, lui, Snéféru, que ces pauvres crétins n'avaient pas la moindre idée que Kerdor Laomer les sacrifiait pour sauver sa peau, qui, elle, ne valait certes pas grand-chose. Ils étaient persuadés, ces abrutis, qu'on les avait choisis pour une mission héroïque, d'où ils reviendraient couverts de gloire. Mais ils en seraient quittes pour une drôle de surprise.

Il songea à sa petite armée. Il était sûr qu'il les avait bien préparés au combat. A Sodome, où ils auraient pu être anéantis à la première contre-attaque, ils s'étaient défendus comme de vrais soldats, non comme les amateurs qu'ils étaient en fait. Il entendit un bruit derrière lui, se retourna, portant la main à son épée.

— Qui va là ? demanda-t-il.

— Vous avez dit que vous désiriez voir le messager du seigneur Abram, sitôt qu'il serait repu et reposé. Le voici...

La vue du messager fut une plaisante surprise. Snéféru l'étreignit affectueusement.

— Enosh ! Que je suis heureux ! Je suis désolé de ne pas t'avoir vu plus tôt. Si j'avais su que c'était toi...

— Je suis heureux, moi aussi, commandant.

— Quelles nouvelles m'apportes-tu ? Comment va Abram ? Je viens de lui faire dire par son messager qu'il doit attaquer de côté.

— Vous pouvez être sûr qu'il le fera. Il a beaucoup d'estime pour vous. Il était avec notre bataillon lorsque nous les avons fait décamper vers le nord, le long de la rive ouest de la mer Salée. Il a vu la retraite que vous les avez forcé à prendre dans les marécages de tourbe.

— C'était la seule chose à faire. Dis-moi, comment va mon ami Belsunu ?

— Commandant, je suis triste de devoir vous annoncer...

— Oh !

Snéféru fronça les sourcils et resta silencieux un moment.

— Viens ici, près du feu, prends donc un bol de vin avec moi, dit-il la voix rauque. Il n'a donc pas survécu ?

— Non, commandant, Belsunu était un homme courageux. Nous le respections tous profondément.

— Tu ne me surprends pas. C'était un homme de grande valeur. Tiens, buvons à son esprit, qui est de l'autre côté.

Il prit une gorgée et tendit l'outre, à Enosh.

— Sais-tu qu'il m'arrive d'envier la foi d'Abram, souvent même... (Il se saisit de l'outre et se remit à boire, car il avait très soif.) Belsunu..., reprit-il, j'espère que ses dernières heures ont été douces.

— Le seigneur Abram est resté avec lui jusqu'à la fin. Il m'a dit que Belsunu était mort en paix avec lui-même. « Je prie El Shaddai pour lui », a-t-il ajouté.

— Ce cher Abram...

Il soupira, puis reprit :

— Au fait, comment va-t-il ?

— En pleine forme. Figurez-vous qu'à son âge il a pris une concubine. Il raconte qu'El Shaddai lui a promis un héritier et que cette femme le lui donnera, suivant la parole de Dieu.

— J'en suis heureux pour lui. C'est un excellent

homme et un ami très cher. J'espère que la fille sera pleine d'égards pour lui.

— Oh ! je crois que vous la connaissez, commandant, continua Enosh en reprenant l'outre. C'est une des nôtres, une des esclaves que le roi d'Égypte avait donnée à notre seigneur Abram lorsqu'il était dans le delta. C'est une jolie jeune femme au teint basané. Elle s'appelle Agar.

Snéféru sursauta. Il parut tellement stupéfait que Enosh en fit presque tomber l'outre.

— Excuse-moi, dit Snéféru, tu m'as dit qu'elle s'appelait...

— Agar. Elle était la servante de notre maîtresse Saraï. Il l'a affranchie. Elle a désormais sa propre tente, sa servante et elle est traitée avec respect.

Snéféru s'adossa à un tronc d'arbre.

— Agar, murmura-t-il, la voix serrée. Et quand cela s'est-il passé ?

— Il l'a annoncé lors des festivités qui ont précédé votre départ à Sodome. Je pensais d'ailleurs que vous le saviez, mais on m'a dit que vous n'étiez pas venu aux réjouissances de ce soir-là.

— Le soir avant le départ..., reprit tristement Snéféru.

— Oui, commandant. Il l'a prise officiellement pour concubine dès le lendemain. Vous étiez déjà parti.

Il soupira et tendit l'outre à Enosh.

— Le vin me paraît âpre. J'ai dû manger quelque chose qui ne me convient pas.

— Je vais chercher une outre de vin meilleur que celui-ci !

— Oui, s'il te plaît...

Il s'appuya contre l'écorce rugueuse de l'arbre et ferma les yeux. Agar... Elle le savait... et elle ne le lui avait pas dit ?.... Sûrement elle avait deviné le choc qu'aurait pu lui porter la nouvelle avant la bataille et elle avait agi pour son bien. Agar... Soudain il ferma les yeux, essaya de la revoir en pensée, mais n'y réussit pas.

Maintenant il le savait, il lui avait failli. Belsunu, lui, l'avait pressenti. N'avait-il pas suggéré de la demander à Abram ce soir-là ? S'il avait suivi le conseil de Belsunu, si seulement il avait dit à Abram qu'il l'aimait, Abram ne la lui aurait jamais refusée. Ils étaient trop liés l'un à l'autre pour cela. Agar... Il avait brisé sa vie, leur vie à tous deux. Du moins ce qui en restait. Et maintenant qu'il l'avait perdue, il n'avait plus goût à rien. Jusqu'à sa rencontre avec elle, il avait vécu pour son métier, mais depuis il en avait perdu le goût. Il vivait pour elle, avec l'idée de vivre un jour auprès d'elle, de fonder une famille avec elle. Toutes ses pensées qui n'étaient pas orientées vers les détails de la guerre allaient vers elle. Et voilà qu'il lui avait failli... A elle comme à lui-même.

Il se rappelait maintenant ce qu'il lui avait dit la nuit où il lui avait déclaré son amour : « Si je te suis infidèle, si je faillis à ton amour, puissé-je mourir au moment où je m'y attendrai le moins, quand mon cœur est encore plein d'espoir. Puissé-je mourir au seuil du bonheur avec devant moi l'objet de mes désirs. » C'était clair. Il mourrait : il lui avait été infidèle...

Enosh, suivi d'un jeune soldat que Snéféru ne connaissait pas, vint l'interrompre dans ses pensées.

— Commandant, dit-il, je vous présente Elon, une de nos sentinelles. Il vous amène quelqu'un qu'il désire que vous voyiez.

Elon s'avança, suivi d'une frêle silhouette, enveloppée dans une sorte de houppelande.

— Commandant, dit-il, cette jeune fille prétend qu'elle était une des esclaves du seigneur Lot. Elle raconte qu'elle s'est échappée du camp de l'ennemi sur les hauteurs qui surplombent la plaine.

— Tiens, dit Snéféru. Viens ici, ma fille...

Il s'arrêta net :

— Mais je te connais, dit-il à l'esclave. Tu es Shepset, l'amie d'Agar.

— Oui, répondit-elle d'une voix enrouée, on m'a livrée à Tidéal pour la nuit. Je l'ai laissé faire de moi ce qu'il voulait, mes mains étaient attachées, que pouvais-je faire d'autre ? Elle leur montra ses petits poignets sanglants et meurtris. Snéféru sentit la colère monter en lui.

— Je lui ai ensuite demandé de me libérer un moment et j'en ai profité pour m'emparer d'une coupe et je lui en ai asséné un coup sur le crâne, puis je me suis échappée en courant dans la nuit.

— Dieux! s'exclama Enosh. Les salauds!

— Laisse-la continuer, dit calmement Snéféru qui parvenait à peine à maîtriser sa colère. Lot et Zillah sont-ils avec eux?

— Ils y étaient, mais Tidéal les a envoyés à Kerdor Laomer cet après-midi.

— Il a signé son arrêt de mort..., dit Snéféru. Y a-t-il d'autres otages?

— Plus maintenant..., répondit Shepset. Il y en avait, mais ils n'ont pu arriver à suivre. Pour ma part, ils m'ont attachée à un cheval. Chaque fois que je tombais, le cheval me traînait. On m'a privée de nourriture, on m'a violée plusieurs fois. Regardez vous-mêmes!

Elle s'approcha du feu et détacha la corde qui retenait son vêtement. La robe tomba au sol. Les soldats reculèrent d'horreur. Son corps nu était d'une maigreur effrayante, brûlé par le soleil, couvert de meurtrissures, de plaies et de morsures. Elle portait sur son dos des marques de coups de fouet récents. Elle se tourna lentement et leur montra le sang caillé sur ses jambes en ajoutant:

— Je ne me suis pas lavée car je voulais que les soldats du seigneur Abram puissent se rendre compte de la façon dont Tidéal traite les femmes.

La haine qui durcissait les traits de son visage s'effaça, faisant place à un masque de douleur et d'humiliation. Elle se baissa pour ramasser sa robe et s'effondra devant eux en essayant d'en envelopper ses épaules si frêles.

— Je vous en supplie, aidez-moi!, dit-elle.

Enosh l'emmena doucement, en lui murmurant quelques paroles réconfortantes. Snéféru se tourna vers ses officiers:

— Attendrons-nous que ces salauds viennent nous attaquer à l'aube? Regardez, il y a assez de lune... Qu'en pensez-vous?

Eshkol, le frère de Mamré, un grand échalas, s'avança.

— Je pourrais fort bien attendre, mais l'épée que m'a faite Belsunu meurt de faim! Si elle n'a pas pour pitance un cou d'ici à l'aube, jamais plus, elle ne me laissera en paix.

— Le sort en est jeté ! déclara Snéféru qui avait du mal à contrôler sa rage. Rassemblez nos hommes, mais silence ! Moins nous ferons de bruit moins nous aurons de chance de perdre des hommes. Si vous suivez mes ordres au pied de la lettre, nous ne perdrons personne.

— Fort bien, répondit froidement Eshkol. Une seule question : prendrons-nous oui ou non des prisonniers ?

— Non. Que vos épées s'abreuvent du sang de l'ennemi !

La voix de Snéféru avait pris un ton féroce, sauvage. Il se sentait revivre.

3

Le messager atteignit le camp d'Abram peu après la tombée de la nuit. En le voyant trempé de sueur, on le fit passer sans cérémonie. Les gardes l'arrêtèrent devant la tente d'Abram.

— Il faudra que vous attendiez, lui dit le garde. Le seigneur Abram est en prière.

— Écoute, mon ami, reprit le messager, j'ai pratiquement tué ce cheval à force de le faire galoper ventre à terre pour remettre au seigneur Abram un message du seigneur Snéféru. C'est une question de vie ou de mort pour mes amis et tes amis. Je suis sûr qu'il sied d'interrompre cette communication mystique.

— Le seigneur Abram nous a laissé des ordres et nous n'avons pas l'habitude de les enfreindre.

— Si tu ne vas pas le chercher, j'irai moi-même.

Korah fit un pas en avant, la main à l'épée. Le garde baissa sa lance :

— Essaie et je t'embroche comme un bœuf qu'on va rôtir pour la fête.

Korah tira son épée.

— Maudit étranger, tu cherches la chicane ! Enfin, comme tu voudras !

La voix d'Abram parvint de la tente entrouverte.

— Qu'est-ce qui se passe ? Et dans mon camp ?

Les deux hommes baissèrent leurs armes.

— Maître, dit Korah, j'ai un message pour vous de la part du seigneur Snéféru.

— Ne sais-tu pas, mon ami, dit Abram en se tournant vers le jeune garde, que tout messager envoyé par Snéféru doit m'être dépêché sur-le-champ ?

Il se tourna vers Korah :

— Et que me fait dire Snéféru ?

— Que vous vous rendiez immédiatement de Jéricho à Heshbon. Il pense livrer bataille contre les troupes de Tidéal à l'aube. Il désire vous rejoindre et se lancer avec vous à la poursuite des troupes de Kerdor Laomer afin de les rejeter dans la vallée du Jourdain. Le temps joue un rôle primordial.

— C'est entendu, répondit Abram dont les yeux pétillants de jeunesse éclairaient un visage tanné par les ans. Sait-on ce qu'il est advenu de Lot et de sa femme ?

— Non, maître.

— Je vais donner l'ordre de préparer nos montures. Il y a clair de lune, nous devrions arriver rapidement. Je te félicite d'avoir réussi à m'atteindre avant que nous soyons couchés. Tu dois être mort de faim. Va demander une ration à la cuisine. Mais ne mange pas trop, tu as un dur labeur devant toi.

— Oui, maître, dit le messager en saluant.

Divisées en cinq colonnes, les troupes de Snéféru avançaient lentement et prudemment à travers la vallée, avec le minimum de grognements et de plaintes. Snéféru avait rendu parfaitement et brutalement clair que quiconque ferait le moindre bruit aurait maille à partir avec son épée une fois la bataille finie. Ayant vu l'Égyptien au combat, ils le craignaient. A l'exception peut-être du frère de Mamré, Eshkol, le taciturne.

Arrivés au pied de la colline où l'armée de Tidéal avait établi son camp, les deux bataillons de l'aile se dirigèrent sur les côtés, tandis que les trois du centre s'éparpillaient à travers les coteaux.

218

Snéféru alla se placer derrière un promontoire, attendant qu'un garde passe. En entendant ses pas bien rythmés, il dégaina l'épée de Belsunu, qu'il fit tournoyer au moment où le garde arrivait sur lui. Il le blessa à la tempe. L'homme s'effondra. Snéféru grimaça et se retourna juste à temps pour voir les premiers rayons du soleil caresser les collines de l'est. Il regarda à gauche, à droite. Les épées scintillaient dans la lumière du matin. L'un après l'autre les gardes connurent le même sort. Snéféru sentait son sang s'élancer dans ses tempes, ses mains étaient chaudes, ses bras tremblaient, il anticipait la bataille. Soudain, il leva son épée et vit que ses hommes faisaient de même, attendant qu'il donne le signal. Eux aussi étaient prêts à l'attaque, décidés à profiter de ce que Kerdor Laomer avait emmené avec lui la plupart de ses archers. Il avait été convenu de se ruer sur le camp et de tuer tout homme vivant qu'ils rencontreraient.

Tout à coup, tandis que Snéféru se tenait là, le bras levé, il aperçut Eshkol devant lui. La maîtrise glacée de l'homme, l'instinct sanguinaire qu'il percevait dans son regard le firent frissonner. C'est vrai, se dit-il, celui-là ne connaît pas la peur. Quel genre de monstre est-il donc? Tout homme connaît la peur.

Il serra les dents et parvint à contrôler le tremblement de son bras. Alors, il fit retomber son épée, en poussant un cri perçant et menaçant, auquel ses hommes firent écho en se précipitant sur le camp qui s'éveillait à peine, brandissant des épées qui virèrent au rouge vif en quelques instants.

Snéféru tuait tout ce qu'il rencontrait. Jusqu'à ce que son bras n'en puisse plus; puis, en vieux soldat qu'il était, il changea de main. Il se sentait invincible, invulnérable. Il déchiquetait, tranchait tous ces visages terrifiés qui étaient devant lui. Au terme de sa carrière de soldat, il sentait l'ivresse de la puissance et la force de sa jeunesse lui revenir, envahir son corps vieillissant. Un garde cananéen s'approcha de lui, faisant tournoyer son épée. Il para le coup sans effort et flanqua son arme dans la figure de l'assaillant. La lame, qu'on aurait dit enchantée, trancha os et chair comme du mou. Il poussa un cri sauvage, farouche : sales cochons!

Il regarda autour de lui. Il était clair maintenant que ses hommes remportaient la victoire. Mais où était Tidéal ? Il avait aperçu à un moment le roi cananéen sans réussir à s'approcher de lui. Pour l'instant, il demeurait invisible.

Mais un soldat ennemi se dirigeait vers lui armé d'une lance. Il écarta l'arme de sa main nue et embrocha son assaillant d'un coup d'épée. Au moment où il retirait celle-ci pour faire tomber l'homme, il aperçut Tidéal rampant dans les buissons. Avec une grimace féroce, Snéféru se lança à sa poursuite. Un archer cananéen qui l'avait vu l'y suivit, non sans s'assurer qu'il avait encore deux flèches dans son carquois.

Tidéal avançait par petits bonds sur les rochers où Snéféru le pourchassa aisément. Il se sentait en pleine forme.

— Tidéal ! Tidéal ! hurla-t-il, roi de Goïm ! Allons, poltron, viens te mesurer à Snéféru l'Égyptien.

Tidéal qui le devançait, trébucha et tomba. En se relevant, il se retourna et tira son épée.

— C'est bien, dit-il, viens te battre contre moi !

Snéféru ralentit son pas.

— Ah ! lança-t-il d'une voix de jeune taureau, empreinte de l'autorité d'un homme mûr en pleine possession de lui-même. Excellent. Je te voulais pour moi seul. Sais-tu, Tidéal, que la jeune fille à réussi à se traîner à notre camp ? Tu te la rapelles, n'est-ce pas, l'esclave que tu as violée...

— Une esclave... Qu'est-ce qu'une esclave ! répondit Tidéal qui se tenait devant un pont étroit taillé dans le roc, avec derrière lui le vide. Allons, viens te battre, l'Égyptien.

— Je vais te tuer, Tidéal. Cette jeune fille était une de mes compatriotes et une amie. Peu importe. Ce sera la dernière femme que tu auras violée. Car je vais te tuer et faire de toi un chapon. Je me fiche de ce par quoi je commencerai.

Le roi cananéen était un véritable colosse. Il avait une tête de plus que Snéféru.

— Commence par me tuer, répondit-il, puis tu feras ce que tu voudras. Seulement ce ne sera pas si facile...

Snéféru s'approcha, ralentit puis attaqua. Il repoussa

Tidéal sur le petit pont étroit, sous un déferlement féroce de coups de taille et d'estoc.

— Malheureusement, lui dit-il entre deux estocades, on ne peut pas s'en prendre à un homme armé aussi facilement qu'à une petite jeune fille aux mains liées !

Poussant un cri de rage, Tidéal contre-attaqua. Les coups pleuvaient dru sur l'épée de Belsunu, et Snéféru changea de main. Détournant de la droite, il fléchit à gauche, désarmant presque Tidéal, qu'il fit reculer de l'autre côté de l'étroite levée de terre.

L'archer qu'une blessure à la jambe faisait boiter se fraya un chemin à travers les broussailles où il s'arrêta et s'assit sur un rocher, geignant de douleur. Il vit alors Snéféru et Tidéal en train de se battre sur le pont au-dessus du vide et chercha péniblement son avant-dernière flèche. Elle avait perdu une plume, il ne pourrait donc pas compter sur sa précision. Il l'ajusta cependant et, bandant son arc, visa le dos brun de Snéféru, décocha la flèche, qui s'égara... Alors, épuisé, il tira de son carquois sa dernière flèche et l'ajusta.

Tidéal savait manier l'épée. Snéféru le reconnut. Il n'avait pas reculé d'un pouce depuis le coup de pointe qui lui avait été porté. Ses avant-bras étaient énormes, musclés, et Snéféru se sentit tout à coup défaillir ; il se trouvait face à un combattant encore plus expérimenté que lui, face à un homme plus fort que lui-même.

Tidéal le réalisa au même moment. Une lueur de triomphe dans les yeux il se mit à hurler et à attaquer avec une férocité redoublée. Faisant tournoyer son épée, il heurta celle de Snéféru qui recula. Tidéal en profita pour le frapper en plein visage, le blessant au-dessus de l'œil. Le sang gicla, l'aveuglant presque. Snéféru vacilla, recula encore... Tidéal se rua sur lui. La pointe de l'épée de Snéféru l'atteignit au ventre. La blessure était superficielle mais douloureuse. Alors, rassemblant le peu de force qui lui restait, Snéféru s'élança et enfonça son épée dans le cou de son ennemi.

Le sang coulait à flots. Tidéal en lâcha son épée qui rebondit sur un rocher puis tomba dans le vide. Fou de colère, Snéféru brandit son arme, se jeta sur Tidéal qu'il déchiqueta et lacéra. Le géant vacilla et alla rejoindre son épée dans le vide. Snéféru émit alors un grognement de rage et de triomphe.

— Crèves-en ! hurla-t-il...

Il s'arrêta net. Quelque chose venait de le frapper dans le dos. Une douleur soudaine le transperça. Il chancela. Des deux côtés du pont c'était l'abîme. A demi conscient, il sentit que ses jambes ployaient sous lui, il s'effondra sur le dos, s'enfonçant ainsi la flèche au travers du corps.

Étendu sur une pierre plate, il aperçut la pointe de la flèche qui ressortait de sa poitrine. Il voulut s'en saisir, mais la douleur ne fit qu'augmenter. En vain chercha-t-il à extraire le bâton de bois et sa pointe ensanglantée, sa main retomba inerte sur sa poitrine.

Les pressentiments de la veille étaient donc exacts. Il avait commencé à mourir au moment où il avait été infidèle à Agar en permettant qu'on la lui prît. Que je meurre au moment où je m'y attendrai le moins, avait-il demandé. Les dieux qui semblaient si souvent oublier vos prières, se souvenaient-ils toujours de celles-là ?...

Il avait donc tout perdu. Agar, l'espoir de fonder un foyer, de vieillir paisiblement entouré de ses fils et de ses petits-fils. Il ne verrait donc plus la lumière ni la chaleur du feu de camp, si douce au bout de la route pénible et poussiéreuse... Il toussa. La douleur était si intense qu'il sut qu'il n'en avait plus pour longtemps. Il ferma l'œil qui lui restait pour essayer de la revoir, telle qu'elle était lorsqu'il l'avait quittée.

— Agar, murmura-t-il.

Ce fut son dernier souffle. Il s'endormit alors pour toujours.

L'archer marcha jusqu'au pont et jeta un coup d'œil sur l'homme qu'il venait de tuer. Sous son masque de sang caillé, le visage de Snéféru paraissait étrangement serein. « Qu'il repose en paix », pensa-t-il. Il se surprit même à se demander quel était celui qui méritait le plus la flèche : Tidéal ou Snéféru ? Puis il chassa ses pensées, il n'avait pas de temps à consacrer à pareilles balivernes.

Il se trouvait planté là, sans armes. L'escarmouche avait dû tourner à la débandade. Ces étrangers ne faisaient sans doute pas de prisonniers. Il était donc grand temps de redescendre rapidement et de filer vers le nord où il espérait rattraper Aryok et Kerdor Laomer.

Il regarda à nouveau le corps de l'homme qu'il venait d'abattre. Une épée de bronze gisait à côté de sa main. L'archer se baissa pour la ramasser et apprécia aussitôt la façon remarquable dont l'arme était équilibrée. Il la fit tournoyer, grimaçant de plaisir, et la glissa dans son ceinturon, avant de dévaler le petit sentier qui menait au bas de la colline. Dans le ciel matinal aux tons pastels, deux vautours... Les bruits de la bataille finirent par s'apaiser.

4

Le contingent qui était placé sous les ordres d'Abram découvrit le site de la bataille en partie à cause des oiseaux de proie qui planaient dans le ciel. En gravissant la colline, ils aperçurent Eshkol en train de rallier ses hommes afin de poursuivre le reste des troupes ennemies vers le nord.

— Il est temps d'attaquer, dit-il nerveusement.

— Combien des nôtres avons-nous perdus ? demanda Abram.

— Trois ou quatre..., pas plus.

— Et Snéféru ? L'a-t-on retrouvé ? Car, s'il est mort...

— ... Ce serait perdre cinquante ou cent hommes. Mais regardez, Mamré l'a retrouvé.

Les deux hommes se retournèrent. Le frère d'Eshkol apparaissait derrière les taillis, portant sans effort ce corps familier aussi volumineux que le sien. Il paraissait à la fois triste et indigné.

Avec douceur, il le déposa sur le sol, se releva et dit d'une voix lasse, empreinte d'amertume :

— Trois de mes hommes l'ont découvert au sommet de la colline ; au-dessous de lui, j'ai fini par retrouver Tidéal, le corps déchiqueté par sa chute dans les rochers, mis en pièces lors de son combat singulier avec notre ami. Quel homme c'était, ce Snéféru ! soupira-t-il. Mais Tidéal avait, hélas ! la réputation de manier l'épée avec dextérité.

— Nul n'a pu le tuer par l'épée, dit Eshkol.

— J'ai retiré la flèche qui l'avait transpercé. Un salaud l'avait attaqué par-derrière.

— Nous avons donc laissé quelqu'un s'échapper, qui sera allé rejoindre ses maîtres qui se cachent quelque part. A coup sûr, il va les épouvanter avec ses histoires, les rendre mous comme des chiffes, ces couards.

— Oui, dit Mamré qui se tournant vers Abram demanda :

— Alors, nous filons vers le nord ?

— Et nous laisserions notre ami sans l'avoir enterré ? dit Abram sur un ton calme qui exprimait son respect pour Snéféru.

— Mais... les otages..., dit Eshkol, qui se tourna vers son frère pour chercher son assentiment.

— Abram a raison, dit Mamré. Que Kerdor Laomer les garde. Il n'osera pas les tuer.

— Tu devrais voir la façon dont ils les ont maltraités. Il y a une fille qui s'en est échappée, si tu la voyais.

— Quoi qu'il en soit, Abram a raison. J'aurais honte de moi si je ne pouvais trouver le temps d'ensevelir avec dignité un camarade comme Snéféru. Nous avons tout le temps d'aller souiller nos épées du sang de ces cochons-là. Simplement, restons vigilants. A nous entendre, on dirait que nous avons déjà tué notre proie et qu'il ne nous reste qu'à la manger. Nous semblons oublier que les effectifs de Kerdor Laomer sont le triple des nôtres !

— Snéféru nous a infusé son courage, dit Abram. C'est grâce à lui que nous savons que nous pouvons vaincre. Raison de plus de lui rendre hommage, quitte à ce qu'il nous en coûte une journée.

Eshkol secoua la tête et dit la voix hérisée par l'émotion :

— Je suppose que vous avez raison. Vous n'en combattrez que mieux demain. Dire que nous avons perdu Snéféru et le forgeron d'un seul coup ! Nous les pleurerons ensemble... avant d'aller trancher quelques têtes. Je crois savoir où sont nos ennemis, du moins je sais où j'irais si j'étais à la place de Kerdor Laomer.

— Où ? demanda Eshkol. Pas sur la côte ?

— Non, à l'intérieur des terres. Devinant que nous sommes à ses trousses, il sera allé s'approvisionner à Gérasa et traversera Rabbah.

— Il prendra donc la route de Damas ?

— Très vraisemblablement.

— Je suis sûr que vous vous y connaissez, continua Abram, mais nous en reparlerons plus tard. Il est temps de dire un dernier adieu à notre ami et de rendre hommage à la bravoure des vivants. Eshkol, ton frère m'avait vanté ton courage et ta valeur, mais je vois qu'il t'avait à peine fait justice.

Eshkol rougit. Mamré le regardait en souriant.

Les funérailles se poursuivirent tard dans la nuit, bien après qu'ils eurent conduit Snéféru et les autres soldats tombés avec lui à leur dernière demeure, une grotte à flanc de coteau. Au cours de l'après-midi, une escorte de gardes accompagna à la chênaie de Mamré Shepset et les blessés qui étaient trop mal en point pour continuer vers le nord.

A l'aube, Abram et ses troupes s'ébranlèrent, chantant les hymnes qui avaient rythmé leur longue marche entre le désert du Sinaï et la terre que le Dieu d'Abram leur avait promise. Eshkol et Mamré joignaient leurs voix aux leurs, sans connaître ni comprendre les paroles.

Au cours de la seconde journée, ils traversèrent Mahanaïm et demandèrent à une caravane qui passait s'ils avaient vu des troupes se dirigeant vers le nord. Mamré put vérifier ses suppositions. L'ennemi préférait rester à l'intérieur des terres et éviter la vallée du Jourdain. Un sourire féroce aux lèvres, Mamré fit redoubler l'allure.

Le lendemain, un contingent des troupes d'Aryok les attendait, embusqué dans un défilé montagneux, près d'Ashtaroth. Plusieurs des hommes d'Abram furent blessés, cinq furent tués. Mamré et Eshkol allèrent trouver Abram.

— Que voulez-vous que nous fassions maintenant ?

— Que voulez-vous faire d'autre que de continuer à vous battre. La seule différence est que cette fois-ci nos archers attaqueront sur le côté.

La seconde bataille dans ce défilé montagneux fut brève et désastreuse. Les archers de Mamré ayant pris en enfilade les troupes ennemies qui s'étaient retranchées, leur infligèrent de lourdes pertes. A la tombée de la nuit, quand ils parvinrent de l'autre côté de la montagne, ils avaient laissé derrière eux un vrai festin pour tous ces vautours et oiseaux de proie des solitudes désertiques de la région amorite.

L'émissaire de Kerdor Laomer arriva à l'aube. Les troupes du grand roi avaient planté leurs tentes près d'Hobah, la cité de Damas leur ayant refusé de les héberger. La bataille finale était imminente.

— Le grand roi envoie ses vœux de paix à son frère Abram, dit-il, répétant soigneusement les mots qu'il avait appris par cœur. Il offre les vies des otages en signe de paix.

Abram parla lentement, pesant bien chacun de ses mots :

— Va dire aux trois rois, qui, d'ailleurs, étaient quatre avant de s'attaquer à nous, que, si les otages nous sont rendus vivants et intacts d'ici midi, nous ne déshonorerons pas les corps des rois et de leurs vassaux sans distinction de rang, lorsque nous les aurons tués. Tu diras à Kerdor Laomer que la main du Très-Haut a marqué pendant la nuit le front des trois rois et de tous ceux qui les suivent, qu'elle les a marqués du sceau de la mort. Dis-leur que le soleil ne se lèvera pas deux fois sur eux et qu'ils feraient bien de mettre de l'ordre dans leurs affaires. Tu ajouteras également que si les otages sont épargnés et nous sont rendus, nous les enterrerons avec honneur et dignité. Mais malheur à vous s'il arrive quoi que ce soit aux otages ou s'ils sont mutilés : car ainsi souffrirez-vous ! Le soleil se lèvera sur vos os blanchis, desséchés, rongés par les vautours, les chacals, et éparpillés aux quatre vents. Répète-leur cela.

L'émissaire, les sourcils froncés dans un effort de concentration pour se rappeler tout cela, hocha gravement la tête.

— Bonne journée, maître, je ne pense pas que vous me reverrez.

— Comme tu voudras, dit Abram.

L'émissaire s'en fut. Abram se tourna vers ses frères qui étaient à ses côtés. Son visage semblait imperturbable, mais une lueur presque imperceptible animait son regard.

— Aiguisez vos épées, mes amis, dit-il. Nous aurons de quoi faire.

5

Katsenut avait passé une partie de la matinée à chercher sa maîtresse. En allant au puits, elle y rencontra une des servantes de Mamré qui lui conseilla de se rendre à la forge de Belsunu. Cela lui parut un endroit étrange, mais elle y aperçut bientôt sa maîtresse assise par terre, appuyée au pin parasol sous lequel le forgeron avait vécu ses derniers instants. Agar ne leva pas la tête. Elle ne vit Katsenut que lorsqu'elle fut tout près d'elle.

— Maîtresse ? dit Katsenut en égyptien, car elles s'étaient remises à parler leur langue maternelle lorsqu'elles étaient seules.

— Katsenut, dit Agar, veux-tu t'asseoir un moment à côté de moi ou as-tu quelque chose d'urgent à me dire ?

Katsenut se tut un moment puis reprit :

— Maîtresse, je ne sais pas comment...

Agar leva la tête. Ses traits étaient tirés. Elle avait pleuré.

— J'ai entendu dire qu'on avait ramené les blessés de Jéricho, dit-elle. Je suppose que quelqu'un a de mauvaises nouvelles pour moi. Sa voix était triste, monotone. Dis-moi..., Snéféru..., ils l'ont tué, n'est-ce pas ? Le rêve que j'ai fait ces deux dernières nuits...

— Oui, maîtresse. J'en ai tant de peine.

— Reste ! Assieds-toi, je t'en supplie. Tu vois, reprit-elle, je m'y attendais. J'ai versé toutes les larmes de mon corps, et il y a longtemps que je ne dors plus paisiblement. Je ne faisais plus que d'horribles cauchemars qui me tenaient éveillée. Maintenant que j'ai eu la confirmation de mes angoisses, peut-être vais-je pouvoir retrouver le sommeil. Dis-moi, comment est-il mort ?

— Je n'ai pas eu de détails. Je suis sûre que parmi ceux qui sont rentrés certains sont au courant. Shepset est avec eux. Elle a réussi à s'échapper et à se rendre à notre camp. On vient de la ramener. La pauvre petite ! On dirait qu'il y a quelque chose qui ne va pas. Elle refuse de parler. Elle est couverte de meurtrissures et de plaies. Nos hommes nous ont raconté qu'on avait atrocement abusé d'elle.

— Pauvre enfant ! Je vais aller la trouver, dit Agar sans laisser paraître la moindre émotion dans sa voix. J'irai dans un moment, mais maintenant je désire m'asseoir et réfléchir.

— Si je vous dérange, maîtresse, je préfère partir.

— Non, non, j'ai besoin d'une amie près de moi. Snéféru est mort... J'espère qu'il est mort avec dignité.

Soudain, elle s'arrêta. Son visage s'assombrit.

— Je me demande s'il avait appris ce qui se passait entre Abram et... moi, reprit-elle.

— Peut-être quelqu'un pourra-t-il vous le dire...

— Je verrai ça plus tard. Je suis venue ici mettre de l'ordre dans mes pensées. Je ne sais pourquoi il m'a paru bon de retrouver cet endroit où Belsunu est mort. Et voilà que Snéféru est mort... Mon cher Snéféru. Je sais qu'un de ces jours je réaliserai mon chagrin et que je m'effondrerai. Pour l'instant la seule chose que je ressente, c'est ma lassitude. Je me sens vieille, si vieille... Tu vois, Katsenut, ma jeunesse est finie. Elle s'est achevée en un jour. Il me faut désormais penser à d'autres choses. Il m'avait déclaré qu'il en avait assez de vivre seul et qu'il allait se mettre à vivre avec l'espoir de fonder un foyer, une famille et de me prendre pour sa femme.

— C'était quelqu'un de bien, acheva Katsenut qui ne savait que dire d'autre.

Agar n'y fit pas attention et continua :

— Oui, tu l'as dit. Ce qu'il me reste à faire c'est de

trouver une nouvelle raison de vivre. L'enfant. L'enfant qui est en moi.

Un peu plus tard, elles allèrent trouver Shepset. La jeune fille portait une robe blanche toute simple, la tête couverte d'un capuchon. Elle pilait du grain dans un mortier pour faire du pain.

— Bonjour, Agar, dit-elle sans même lever la tête.

— Shepset, dit Agar, on m'a dit que tu avais été emmenée comme captive...

— C'est exact, répondit Shepset dont le regard criait sa douleur et son amertume. Je suis sûre qu'on t'aura tout raconté. Ici tout le monde le sait. Du moins tout le monde s'imagine savoir ce par quoi je suis passée là-bas, pourtant ils n'en ont aucune idée ! Personne. Sauf Lot et Zillah. Eux ils ont pu voir ce qui s'était passé avant que je réussisse à m'échapper. Vous autres...

— Arrête, Shepset. Personne ne parle de toi. Nous étions tous si inquiets pour toi.

— Bon, merci, reprit-elle, la gorge serrée, merci à vous tous, seulement j'apprécierais qu'on me fiche la paix.

— Mais, Shepset...

— Je t'en supplie !

Elle regarda Agar droit dans les yeux :

— Comprends-moi, Agar, je t'en supplie ! La seule façon dont je puisse arriver à supporter ce qui m'est arrivé, c'est en n'y pensant plus.

— Bien sûr, ma chérie, je sais.

Assise sur les talons, elle posa le pilon sur le blé à moitié concassé et reprit :

— Agar, j'ai rencontré Snéféru juste avant sa mort. C'était un homme étonnant. C'est lui qui a tué l'homme qui m'a violée.

Les sanglots l'empêchèrent d'achever sa phrase. Agar s'agenouilla près d'elle. Katsenut lui prit le bras.

— Laisse ça, Shepset, nous le finirons pour toi. Viens avec moi. Katsenut te remplacera. N'est-ce pas, Katsenut ?

— Non ! déclara Shepset avec véhémence, non ! laissez-moi tranquille ! J'ai besoin d'avoir quelque chose à faire en ce moment, de m'occuper les mains autant que l'esprit.

Agar la serra contre elle un court instant, puis elle se rassit sur ses talons.

— Je crois que je comprends, dit-elle, ou plutôt que je peux comprendre un peu ce que tu ressens, sachant ce par quoi tu es passée !

— Oh ! ne peux-tu donc pas me laisser tranquille ! Laissez-moi tous tranquille !

— Oui, mais rappelle-toi simplement ce que je t'ai dit il y a longtemps. Je suis ton amie. Si je puis faire quoi que ce soit pour toi, tu n'as qu'à me le demander. Ici on me respecte. J'ai droit à certains privilèges, même s'ils ne sont pas si nombreux, et Abram m'écouterait, je pense, si je lui demandais une faveur à laquelle je tienne vraiment...

— Merci, répondit Shepset, la gorge toujours serrée.

Ses paroles paraissaient mesurées, retenues comme si elle devait contrôler une grande colère ou une vive émotion.

— Merci, Agar, je l'apprécie. Si j'ai besoin de toi, je ferai appel à toi. Mais maintenant j'ai du travail.

Elle remit ses mains sur le mortier et attendit patiemment le départ des deux femmes.

— Merci d'être venues, leur dit-elle. Au revoir !

6

Mamré, monté sur un splendide cheval capturé aux Cananéens, alla retrouver Abram et leur petite armée. En descendant de sa monture, il l'aperçut s'entretenant avec un esclave solidement bâti, qu'il reconnut immédiatement.

— Abram ! s'exclama-t-il, vous devriez bien affranchir cet Enosh que voici. C'est un vrai lion au combat. Il vaut deux hommes. Si vous ne l'affranchissez pas, je suis prêt à vous l'acheter et à l'affranchir moi-même.

Enosh rayonnait de fierté, mais il reprit vite sa simplicité coutumière. Il inclina la tête respectueusement et ne dit mot. Abram le regarda et se tourna vers Mamré :

— Sois sûr que j'y ai pensé, dit-il. Je suis depuis long-temps mécontent d'Eliézer. J'avais espéré faire de Snéféru mon bras droit... Si nous survivons à cette échauffourée, nous reverrons la question. Pour ma part, j'ai réfléchi ces temps derniers à la question des esclaves. Elle me semble de plus en plus étrange. Toute ma vie j'ai vécu entouré d'esclaves et je ne m'y suis jamais vraiment accoutumé. Quand j'étais enfant, mon père, Térah, m'a laissé jouer avec les enfants des esclaves jusqu'à un certain âge. Et puis, un beau jour, les choses ont changé et d'égaux nous nous sommes retrouvés maîtres et vassaux. Reconnaissons que souvent l'esclave a autant de sang noble que nous dans ses veines. Parfois même davantage. Ainsi, celui qui est fils de roi aujourd'hui peut se retrouver esclave demain. Je ne voyais alors aucun changement en moi et en mes amis, et pourtant soudain notre statut avait changé, basculé. Je dois dire que, sur le moment, je me rappelle avoir été surpris, et puis j'ai fini par l'accepter. Le plus curieux c'est que maître et esclave l'acceptent aussi bien l'un que l'autre. Personne n'ose se demander pourquoi il ne devrait pas posséder un autre homme, au même titre qu'il possède un mouton ou un bœuf.

— Maître, il me semble qu'il se passe quelque chose là-bas, dit Enosh en montrant la vallée qui séparait les forces d'Abram de celles des trois rois.

Mamré grommela. Le soleil de midi le fit cligner des yeux.

— Oui, dit-il, tu as bonne vue. Tu as raison, ils sont en train de se mettre en branle.

Il avait à peine achevé ces mots qu'une sorte de gémis-sement, poussé par un millier d'hommes, déchira la vallée encore calme. C'était un stratagème qui avait pour but de démoraliser l'ennemi avant même que les troupes s'affron-tent, et c'est ainsi que les armées des rois avaient effrayé leurs ennemis précédents. Enosh trembla.

— C'est terrifiant... et très efficace, sauf si on s'est déjà battu contre eux et que l'on sait que ce sont des hommes qui se laissent saigner à mort lorsqu'ils sont blessés.

— Tu es un brave, Enosh, reprit Mamré, tu as le courage de reconnaître tes peurs et de leur faire face. C'est ce qui fait de toi un homme et non une lopette. Abram, vous avez là un homme, et je saurai vous le rappeler quand nous serons rentrés à la chênaie.

— Et moi, je vous écouterai respectueusement, répondit Abram. Enosh, va trouver Eshkol et demande-lui de ne pas contre-attaquer tant que je n'en ai pas donné le signal. Eshkol est impulsif et, là, il faut savoir temporiser.

— Oui, maître, dit Enosh qui s'en alla au galop.

Tous deux le regardèrent partir, puis se mirent à observer ce qui se passait dans la vallée. Les troupes ennemies avançaient en désordre.

— Oh ! dit Mamré avec mépris, un vrai troupeau de moutons. Pourquoi ne pas dire à nos archers de passer à l'attaque dès maintenant ? Cela affecterait le moral des ennemis et éclaircirait leurs lignes de bataille.

— C'est vrai, répliqua Abram, mais attendons qu'ils aient traversé le lit du fleuve qui est à sec à cet endroit. Nos archers s'embusqueront sur la rive et les cueilleront dès qu'ils montreront leur tête.

— Excellent, murmura Mamré au serviteur qui était à ses côtés. Vous savez, Abram, continua-t-il, je me suis montré un peu sceptique envers votre Dieu, mais chose curieuse, j'ai un étrange sentiment d'invulnérabilité, de force, comme si...

— Il n'y a rien d'étrange à cela, dit le vieillard avec sérénité. C'est le Très-Haut qui nous l'a envoyé. Regarde-les, ne dirait-on pas des fourmis grouillant sur une fourmilière ? Ce soir, ils seront tous morts.

Il se tourna vers Mamré et continua sur un ton calme, en mesurant ses paroles :

— Et après je ne pense pas qu'il s'en trouvera un pour contester ma place dans ce pays ou dans le vôtre.

— Ils sont assurément nombreux !

— Aucune importance, répliqua Abram. Ils pourraient être dix fois plus, cela reviendrait au même. Mais attention, ils vont traverser le fleuve, il est temps de donner le signal à vos archers.

Mamré leva le bras et le rabaissa... L'aile droite répondit aussitôt. Les archers ajustèrent leurs flèches.

232

— Je dois reconnaître que, même si la chance n'était pas de notre côté, votre Dieu a choisi une tactique à mon goût. Je trouve excellente l'idée de les faire avancer. C'est moins fatiguant pour les nôtres, mais usant pour eux.

Il haussa les épaules :

— Mais c'était une idée de Snéféru et non pas de votre Dieu.

— C'est mon Dieu qui m'a envoyé Snéféru. C'est Lui aussi qui m'a envoyé Belsunu. Tous deux étaient ses instruments. Ils reposeront en paix. Leurs noms seront honorés.

Ils entendirent des cris de joie provenant de la droite. Les archers avaient décoché leurs flèches et ils pouvaient déjà voir les premiers fantassins chanceler et s'écrouler dans le lit de la rivière.

— Maintenant, dit Abram, dites à vos hommes de s'arrêter. Il faut attendre que les derniers aient franchi cette ligne décolorée que vous voyez tracée sur le sol. Alors, vous leur tirerez dessus. Eshkol les attaquera de biais et pendant ce temps nous attaquerons de front.

— Parfait, répondit Mamré, Snéféru parle à travers vous.

— J'honore sa mémoire. Il m'a beaucoup appris et a donné aux enfants de mes enfants un royaume.

Mamré regarda le vieillard d'un air incrédule. « Le voilà qui recommence à parler de ses " enfants ", pensa-t-il. Bah ! laissons-le. Tous les hommes de génie ont leur petit grain de folie. » Il dégaina son épée et, levant son bras le plus haut possible, donna aux archers de l'aile gauche le signal de la seconde attaque.

Perché sur les hauteurs qui dominaient l'autre côté de la vallée et le camp de Kerdor Laomer, Mesha, commandant des gardes des trois rois, à qui incombait la surveillance des otages et du bétail volé, vit échouer le premier assaut contre les positions ennemies. Il assista à la contre-attaque des soldats d'Ellasar, et pâlit en voyant les troupes d'Aryok devenir la proie de cette attaque féroce et barbare.

— Pourquoi ne ripostez-vous pas ? hurlait-il. Froussards ! bande d'abrutis, lopettes, allons, remuez-vous ! battez-vous !

Lot, lui dit sur un ton sarcastique :

— C'est le commencement de la fin. Ne vous avais-je pas dit que mon oncle vous poursuivrait et vous massacrerait tous autant que vous êtes. Vous refusiez de me croire...

Mesha se tourna vers lui, s'apprêtant à lui répondre, mais cette expression de mépris sur cette face de faible, flanquée sur ce corps flasque de pédéraste, le dégoûtèrent.

— Retiens ta langue, dit-il.

Lot voulut ajouter autre chose mais Mesha s'écria :

— Boucle-la ! Je te demande de la boucler ou je te casse la gueule.

— Tu n'oserais pas, répondit Lot. Tu sais trop ce qu'il pourrait t'en coûter s'il y avait sur nous la moindre marque quand ils viendront nous chercher.

— Je peux t'assurer que personne ne viendra te chercher. Tu ferais bien de te mettre ça dans le ciboulot.

— Comment personne ? reprit Zillah. Regardez ! Les troupes d'Abram sont en train d'attaquer, et les vôtres m'ont l'air d'en prendre un coup !

— Ta gueule ! hurla Mesha.

Il se tourna vers Lot, rouge de colère.

— Écoute, dis à ta garce de femme de la fermer, sinon je la balance du haut de la falaise.

— Tu ferais ça ? Non ! Imagine plutôt ce qui se passerait si ton maître l'apprenait. Et encore faudrait-il qu'il soit en vie à la tombée du jour !

Des traces de maquillage de femme étaient restées sur la peau poussiéreuse de Lot. Elles conféraient à son visage un caractère étrange, irréel, l'image même d'une vie dissolue. On aurait dit un masque de mort, celui d'une vieille femme. Mesha grimaça de dégoût en le regardant. Quel âge pouvait avoir cet androgyne ? La quarantaine ? Sûrement pas plus.

Mesha se retourna et vit la débandade des troupes. Les soldats des trois rois tombaient comme des mouches. Certains s'enfuyaient en jetant leurs armes. Les archers d'Abram qui les attendaient leur décochèrent une rafale de flèches. « Qu'est-ce qui me vaut cette bande de poltrons ! » se dit Mesha.

Lot prit Zillah à part, sans quitter des yeux le champ de bataille qui s'étendait au-dessous d'eux.

— Écoute, je crois que nous ferions mieux de le laisser seul un moment. Il est dans tous ses états et capable de tout.

— Le Cananéen est fier comme un paon ! J'espère que les hommes d'Abram l'empaleront.

— Abram ne le permettra jamais. Tu le connais, tu sais comme il est. En tout cas, il est bon que nous nous rappelions que désormais nous n'avons plus la moindre valeur pour eux, tout au moins depuis que le messager a annoncé qu'Abram ne transigerait pas et ne ferait pas de prisonniers.

— Je ne comprends pas ce que tu veux dire, répliqua Zillah, qui essayait de faire disparaître une tache sur sa robe.

— Ce que je m'escrime à t'expliquer, c'est que Mesha n'a plus besoin de nous garder en vie, puisque nous ne sommes plus monnaie d'échange. Abram aurait mieux fait de rester tranquille. Comment a-t-il osé prendre tant de risques avec ma pauvre vie ?

— Tu veux dire... que cet homme pourrait...

— Il pourrait nous tuer pour en finir avec nous et s'enfuir. Je peux te garantir que, si j'étais à sa place, c'est ce que je ferais. En tout cas, ma chère, à la tienne je ne le narguerais pas trop...

— C'est toi qui as commencé, riposta-t-elle.

— Oui, d'accord, mais je n'avais pas réfléchi. Maintenant que j'y songe, franchement... Disons que je ne me sens pas très à l'aise dans notre situation présente. Nous sommes totalement démunis, sans protection. Comment Abram a-t-il pu nous jouer pareil tour ?

— Le vieil imbécile ! En tout cas, permets-moi de te dire que si nous en réchappons, je veux que nous nous installions aussi loin de lui que possible. Il est constamment en train de se mêler de tout, de nous faire la leçon, j'en ai marre.

— J'ai pensé à cela également. Quand Abram sera victorieux, il sera considéré comme puissant. Mais je n'ai pas le moindre désir de m'établir près de lui. Et puis tu sais bien, Zillah, que j' 'me la vie de Sodome. On s'y sent libre. Tant que nous étions auprès d'Abram j'avais sans cesse l'impression qu'on nous surveillait, qu'on surveillait nos amis, et cela même en Égypte où pourtant les mœurs sont, dirons-nous, plus souples qu'ici. Si nous nous installons à Sodome en tant que neveu et nièce de l'homme le plus puissant du territoire, nous jouirons d'un certain prestige. La cité sera considérée comme placée sous la protection d'Abram bien que je sois sûr qu'il s'en fiche royalement, il a les villes en horreur. Mais qu'importe, nul n'osera l'attaquer et nous ferons partie de l'élite de la cité.

— Voilà que tu parles enfin en des termes intelligibles.

— J'espérais que tu finirais par comprendre... Écoute, pour le moment, le mieux est de persuader ce gars-là que nous interviendrons en sa faveur, ou même que nous sommes prêts à envoyer les hommes d'Abram sur une mauvaise piste lorsqu'ils viendront nous chercher et qu'il aura décampé.

— Tu es toujours plein d'idées...

— Reste près de moi, chérie. Tu verras qu'au printemps nous tiendrons le salon le plus décadent de toute la vallée de Siddim. Pour une fois tu en auras ta dose et plus que ta dose ! Et, qui sait ? reprit-il en minaudant, peut-être aurai-je aussi le droit de m'amuser un peu ? Tu m'en laisseras quelques-uns, n'est-ce pas ?

— Hum ! dit-elle, songeuse, garçons ou filles ?

— Bah ! on verra bien le moment venu. Ne soyons pas trop rigides là-dessus.

Au moment où le Cananéen se retournait, Enosh le jeta presque par terre. La jambe ouverte jusqu'à l'os, il poussa un hurlement de douleur et lâcha son épée. Enosh l'en transperça puis, sans même attendre que l'homme se soit effondré, fit demi-tour.

Abram, lance en main, observait la déroute. De fait, c'était plutôt un carnage. Il vit Eshkol qui décapitait un homme, d'un seul coup, oubliant ses propres blessures. Son visage incarnait la furie. Sous les yeux d'Enosh il frappa un autre soldat du revers de son épée.

Enosh entendit du bruit. Il se retourna et aperçut un archer cananéen, debout derrière lui, qui ajustait son arc.

Abram ! Il visait Abram ! Enosh se précipita. L'archer fit volte-face. Sa flèche était encochée en son arc bandé. D'un coup d'épée, Enosh la lui arracha. La flèche partit, l'arc tomba. L'archer voulut dégainer son épée, mais Enosh regarda l'arme et fut pris d'une colère noire :

— Espèce de salaud ! cette épée nous appartient, tu l'as volée à l'un de nos morts !

L'archer attaqua mais Enosh furieux le fit reculer.

— Toi, fils de pute ! Attends ! hurla-t-il, ignoble rapace, tu as tué l'un des nôtres et tu l'as volé ! Attends...

Il n'eut même pas à finir sa phrase. L'archer vacilla et Enosh l'acheva.

Il regarda à ses pieds. L'épée faite par Belsunu gisait là, devant lui. Il se baissa pour la ramasser et en sentit le pouvoir quasi magique. Elle lui semblait une prolongation de son propre bras. Il la fit tournoyer avec une joie sans bornes. Il la connaissait, cette épée ! Il avait si souvent aidé son propriétaire à la mettre à son ceinturon. L'épée de Snéféru ! Son épée !

7

Des nuages sombres avaient recouvert le mont Hermon. L'air fraîchissait. Il ne s'agissait plus de se battre à égalité. Il s'agissait de poursuite, de carnage, d'achever un à un les·derniers hommes de l'armée de Kerdor Laomer. Aussi déplaisant que fût le travail, il fallait le faire de sang-froid, à l'épée.

De nombreux ennemis s'étaient échappés, certains vers Damas, d'autres vers le mont Hermon.

— Laissez-les, avait dit Abram, ils annonceront mieux notre victoire qu'une douzaine de bardes ne pourraient le faire.

Maintenant la déroute avait tourné à la débâcle, et les hommes de Mamré et d'Eshkol poursuivaient les soldats à la traîne, ils les massacraient.

Enosh, épuisé, avait depuis longtemps perdu le désir de tuer. Tout ce qu'il souhaitait pour l'instant c'était trouver un endroit calme, et de préférence sec et chaud, où il put se reposer. Et voilà qu'il lui fallait poursuivre ce grand colosse dégingandé qui le devançait. Ses jambes lui semblaient de plomb, il avait du mal à reprendre son souffle. Ses muscles étaient épuisés. Oh ! certes il avait eu la tentation de s'en retourner, de cesser la poursuite, mais c'était sur l'ordre exprès d'Abram qu'il recherchait cet homme ; il estimait donc particulièrement important de faire tout son possible pour montrer au vieil homme sa fidélité, sa loyauté et son courage.

C'est au moment où Enosh crut que ses jambes n'allaient plus le porter que l'homme s'arrêta et se retourna. Enosh chancela. Il serrait plus fort encore cette épée qu'il avait si chèrement gagnée au combat.

— Toi, hurla l'homme, déguerpis ou je te tue.

Enosh s'arrêta à une vingtaine de pas de sa proie. Un grondement de tonnerre venait de retentir dans le lointain. Il se mit à pleuvoir à torrents. Enosh tremblait.

— A quoi bon, dit-il, tu peux me tuer si tu veux, car c'est la seule façon dont tu pourras te débarrasser de moi.

L'homme le regarda. On lisait sur son visage une expression de profond ressentiment.

— Tu es esclave, dit-il, et dans ce pays un esclave ne lève pas la main contre un homme libre, encore moins un roi.

— Un roi ? dit Enosh en faisant un ou deux pas en avant. Je ne vois pas de roi. Je ne vois qu'un homme veule, obèse, trempé jusqu'aux os. Et pour ce qui est de qui je suis et de ce que je suis, j'ai dans les veines du sang aussi noble que celui de n'importe qui.

— Sais-tu que tu parles à Kerdor Laomer, le roi d'Elam ?

Le tonnerre l'empêcha de terminer sa phrase.

— Et, moi, je ne vois qu'un pauvre diable comme moi. Oui, un pauvre diable que j'ai reçu mission de tuer, dit Enosh en s'essuyant les yeux du revers de la main. Allons, j'ai froid, je suis las, viens par ici, roi d'Elam, et tue-moi si tu le peux.

Kerdor Laomer soupira. Il s'avança vers Enosh en brandissant son épée et trébucha. L'effort qu'il fit pour se redresser trahissait sa fatigue. Pourtant il attaqua et Enosh para le coup, un coup si violent qu'il en lâcha presque son épée. Alors qu'il reculait, Kerdor Laomer en profita pour réattaquer, et se ruer sur Enosh qu'il blessa à l'épaule gauche. Celui-ci recula encore et aurait été tué si l'Elamite n'avait pas glissé sur le terrain détrempé.

Il contre-attaqua ; Kerdor Laomer parait les coups avec adresse, mais il s'enfonça dans la boue jusqu'aux genoux. Enosh, qui s'élançait sur lui, glissa à son tour et se retrouva à terre, incapable d'achever son adversaire. Il sentait le désespoir l'envahir : était-ce une façon de mourir... à bout de forces, le corps meurtri, l'épaule déchiquetée, dans cette fange, des mains d'un homme aussi épuisé que Kerdor Laomer. Et cela sous un ciel aux nuages d'un bleu sombre, sinistre, avec cette horrible pluie, glaciale, pénétrante...

Mais ainsi en avait-il été décidé : ce serait leur dernier jour, à l'un ou à l'autre. Finalement peu importait qui serait l'élu. Pour le vainqueur il n'y aurait pas de victoire, il s'en tirerait sans gloire, avec le sentiment d'avoir été sali, terni et dévalué par ce lamentable corps à corps. Il cracha dans la boue.

— Allons, viens, dit-il, tue-moi. J'en ai marre de t'attendre.

Kerdor Laomer se jeta sur lui. Enosh leva son épée et d'un coup de revers en enfonça la lame dans le cou de l'Elamite, juste au-dessous du menton, lui tranchant la carotide. Le sang jaillit ; il frappa de nouveau plusieurs fois. Les mains de Kerdor Laomer tâtaient la fange pour essayer de retrouver son épée, ses larges épaules recroquevillées par crainte des coups. Il voulut parler mais ne put y arriver. Il retomba la face dans la boue, essaya de se retourner, puis s'immobilisa.

Enosh allait et venait autour de lui, titubant comme un homme saoul. Puis il fut pris de vomissements et se mit à sangloter sans pouvoir s'arrêter. Quand il réussit à se maîtriser, ce fut pour s'appliquer à découper la tête de l'ennemi qui gisait à ses pieds. Il voulait avoir quelque chose à ramener à Abram...

Il leur fallut une journée pour rassembler les troupeaux de bétail qui avaient été volés aux habitants de Sodome, et pour arranger le transport de ceux qui avaient été sérieusement blessés. Mais le lendemain matin, la petite armée d'Abram était prête à grimper les collines et à faire étape dans le défilé où le bétail aurait de quoi paître.

Ainsi, ils longèrent les marécages de Hula, et les Égyptiens qui étaient parmi eux, esclaves et autres, virent avec nostalgie les papyrus poussant au bord de l'eau. Ces régions étaient insalubres, sauf pour les pélicans qui y venaient par milliers tant la pêche était bonne.

Au-dessus du lac Chinnereth, ils plantèrent leurs tentes. En apercevant l'eau bleue, ils supputèrent les festins de poisson frais pêché qui les attendaient et le ciel de plomb lui-même ne put altérer leur joie.

Enosh était devenu une sorte de héros. Abram lui avait publiquement rendu hommage comme à celui qui avait anéanti Kerdor Laomer et repoussé l'agresseur du territoire. Enosh, avec un sourire forcé, s'était donc levé et avait dû recevoir malgré lui l'ovation de la foule. Voilà, se disait-il, qu'il était devenu un héros, un vaillant guerrier alors qu'il avait à peine réussi à sauver sa peau des mains d'un meilleur combattant que lui ? Mais son bon sens l'emporta et il se tint coi. Ce qui le mettait dans une situation plus pénible encore était cette tendance qu'avaient les autres à faire des commentaires sur sa modestie. Cela le rendait enragé. Il en devint encore plus taciturne et renfermé, tout en se montrant poli et serviable quand il le fallait.

Abram faisait davantage attention à lui. Il lui arrivait de passer une matinée à marcher à ses côtés. Il leur arrivait de se taire pendant de longs moments. Enosh sentait que le silence était une des choses qu'Abram appréciait le plus en lui. Par contre, il arrivait à ce dernier de faire part de ses pensées à son esclave comme s'il voyait en lui son égal. Enosh y était très sensible et osait espérer que la liberté promise deviendrait bientôt une réalité, le jour où ils atteindraient la chênaie de Mamré. Car il avait été décidé que pour le moment Abram garderait ses quartiers chez Mamré. Il valait mieux qu'il en fût ainsi jusqu'à ce que la nouvelle de la victoire d'Abram, de Mamré et de ses frères sur l'envahisseur eût atteint les confins de Canaan. Dès que leur réputation aurait été solidement établie, il serait temps pour Abram de s'installer ailleurs.

Le fleuve serpentait à travers des plaines alluviales et la jungle, le paysage changeait. C'est avec joie qu'Abram remarqua la richesse du pays, sa végétation luxuriante. Ceux qui s'étaient enfoncés dans les forêts en ramenaient des peaux d'ours. L'un d'eux affirma avoir entendu un lion rugir dans les taillis, mais on n'en trouva aucune trace. Encouragés, ils décidèrent d'établir leur camp à l'orée des bois.

Après avoir doublé le nombre des gardes chargés de la surveillance du bétail, Abram avait pris Enosh à part.

— Viens avec moi, lui avait-il dit.

Ils descendirent vers le feu de camp et se rendirent chez Mamré.

— Mamré, dit Abram, j'ai un service à vous demander. Pourriez-vous ramener nos hommes au camp sans moi ? Enosh et moi, nous avons une mission à accomplir.

— Et laquelle ?

— Je dois aller à Jérusalem trouver le grand roi Melchisédech, qui a quelque chose à me dire, quelque chose qu'il est important que je sache.

— Dans ce cas, c'est le bon moment de vous y rendre. Allez-y en paix, ne vous inquiétez de rien. Nous ramènerons les troupes saines et sauves au bercail. Seulement, puisque vous me demandez une faveur, j'en solliciterai une autre en échange, celle que vous m'avez d'ailleurs promise.

— Laquelle ? commença Abram.

Il s'arrêta, sourit et hocha la tête.

— Oui, dit-il, vous avez raison, il est temps, grand temps.

Il se tourna vers Enosh.

— Nous formaliserons les choses plus tard. Mais pour l'instant considérez que c'est chose faite. Vous savez que je n'ai qu'une parole et que l'on peut s'y fier.

Il tendit la main à Enosh.

— Je ne comprends pas, dit Enosh. Pardonnez-moi, maître, mais...

Mamré reprit sur un ton bourru mais gouailleur :

— Parbleu ! Il veut dire que tu n'es plus esclave... Tu piges ? Que tu es libre ! Désormais tu es libre et j'en suis témoin. Félicitations, mon ami ! Tu l'as bien mérité ! Allons, serre la main que te tend Abram. Tu n'es plus son esclave. Il est ton employeur.

— Et ton ami, acheva Abram. Un ami qui a beaucoup de respect pour toi.

8

Enosh ne put dormir tant il était excité. Il était peu frais quand il partit avec Abram le lendemain matin. Les trois frères, Mamré, Eshkol et Aner, supervisaient les opérations de rangement du camp. Ils prirent en charge les hommes d'Abram, les intégrant aux leurs. Le soleil était déjà haut dans le ciel lorsque Mamré, qui attendait qu'on lui dise que faire du bétail volé par l'ennemi avant de permettre à la caravane de s'ébranler, aperçut Aner qui arrivait l'air préoccupé.

— Eh bien, lui dit Mamré, qu'est-ce qui se passe ? As-tu bien augmenté le nombre de gardes à l'arrière de la caravane ?

— J'ai fait tout cela quand vous étiez en train de dormir, dit Aner qui paraissait de mauvaise humeur. Non, cela n'a rien à voir avec ça. Le problème, c'est le neveu d'Abram, il prétend qu'il n'est pas prêt, que sa femme a je ne sais quoi...

Eshkol vint se joindre à eux, à temps pour entendre le ricanement méprisant de Mamré.

— Que se passe-t-il ? Cela fait pourtant déjà un moment que nous sommes prêts à partir, dit-il.

— Je te le donne en mille ! rétorqua Aner.

— Lot ? dit Eshkol sur un ton tranchant. Parbleu ! cette fois (il secoua la tête, cracha par terre, serra les poings), je ne me retiendrai pas ! Abram n'est pas là. Je sais que vous voulez toujours éviter de mettre le vieil homme dans tous ses états, mais... je suis dans mon droit ! Ce Lot, lui et son espèce de gouine peinturlurée...

Mamré regarda ses deux frères, l'un après l'autre. Puis il s'adressa à Aner :

— Étaient-ils prêts quand tu les as quittés ?

— Non, la bonne femme n'était même pas habillée. Je lui ai dit de se mettre quelque chose sur sa croupe voluptueuse. Une peau d'ours, si elle veut, je m'en fiche pas mal ! Mais je leur ai dit qu'il vaudrait mieux pour eux qu'ils soient prêts quand je reviendrai, sinon !...

— Écoute, dit Eshkol, c'est moi qui irai leur faire savoir de quel bois je me chauffe. Je commence à en avoir assez.

— Vas-y, si tu veux, répondit Mamré après un moment de réflexion. Mais toi, Aner, accompagne-le. Je veux que tu aies un témoin avec toi, nous en aurons sans doute besoin lorsque Abram sera de retour. Ne me demande pas pourquoi, mais j'ai l'impression qu'il a un faible pour ce neveu, et, pour ma part, j'éprouve un profond respect pour Abram.

— Moi aussi, répondit Eshkol. Mais, bonté ! j'ai du mal à croire que ce freluquet lui soit vraiment apparenté !

— Peu importe. Abram est un ami précieux. Vas-y, va dire à Lot et à Zillah ce que tu as sur le cœur, mais rappelle-toi que nous voulons partir aussi vite que possible et, pour l'amour de tous les dieux, ne fais rien qui puisse mettre en jeu les relations que nous avons avec Abram !

— Bien sûr que non, dit Eshkol, dont pourtant la manière dont il fila et éperonna son cheval dénotait la fureur la plus grande.

Il fit un signe de tête à Aner qui partit à sa suite.

Au moment où ils descendirent de cheval, ils virent Lot, assis sur un tronc d'arbre en train de se faire raser par un esclave. Eshkol, furieux, jeta un coup d'œil autour de lui. La tente de Lot n'avait pas encore été démontée, et, à l'intérieur, une femme chantait une chanson cananéenne d'une atroce vulgarité. Il resta là, sans bouger, sentant monter sa colère. Puis, tirant son épée, il se dirigea vers la tente dont il trancha les tendeurs. La femme se mit à pousser des hurlements. Eshkol se retourna vers Lot et fut ahuri de voir que le neveu d'Abram n'avait pas même interrompu sa toilette matinale. Un sourire amusé apparut sur son visage de faible. Il haussa les épaules avec affection :

— Tu vois, Zillah, dit-il, tu ne peux pas dire que je ne t'avais pas prévenue.

Puis il baissa la voix en s'adressant à son barbier :

— Fais donc attention, si tu me coupes, je te fais écorcher vif.

Eshkol, fou de colère, leva son épée et la planta dans le sol, où elle s'enfonça jusqu'à la garde. Puis, repoussant l'esclave sur le côté, il saisit Lot par les plis de sa tunique et le flanqua contre un tronc de chêne. Le neveu d'Abram se débattait frénétiquement.

— Écoute un peu, lui dit Eshkol d'un ton cassant, nous sommes tous prêts depuis longtemps. C'est toi qui nous fiches en retard. Si tu crois que nous allons accepter ce genre de choses !

— Laisse-le tranquille, s'écria Zillah, qui, émergeant de sa tente, vint l'attaquer par-derrière en le bourrant de coups avec ses pattes aux ongles griffus.

— Aner, hurla-t-il, retiens cette espèce de garce ! s'il te plaît.

Il se retourna vers Lot qu'il tenait encore :

— Écoute, tiens-le-toi pour dit. Nous levons le camp et nous mettrons en branle dès que j'arriverai en tête de la colonne. Tu n'as que le temps de plier bagage et d'enfourcher ta monture, sinon je vous laisse ici, toi et ta donzelle, et les loups se chargeront de vous deux.

— Tout doux, reprit Lot. Tu crois donc que tu peux me parler comme ça, à moi ?

Eshkol, poussé à bout, le gifla.

— La ferme et écoute, dit-il furieux. Tu as peut-être un certain pouvoir sur Abram, mais cela ne me fait aucun effet, compris ? Abram est parti ce matin à l'aube pour Jérusalem et il nous a confié à mes frères et à moi la responsabilité de ramener la caravane à la chênaie. Cela veut dire que c'est nous qui commandons.

Lot essaya de nouveau de parler, mais Eskhol lui porta la main à la gorge.

— Une dernière chose, poursuivit Eshkol, tu te rappelles cette esclave qui s'est échappée du camp de l'ennemi et qui a réussi à venir nous rejoindre ? Certaines des meurtrissures infligées à son pauvre corps si frêle sont récentes et ont sans doute été faites par Tidéal et sa bande de salauds, mais il y en avait de moins récentes... Lot, nul autre que toi n'a pu les lui infliger...

— La fille m'appartient, répondit Lot d'une voix tremblante mais insolente. Je ferai d'elle ce dont j'ai envie.

Eshkol poussa un grognement et se détendit comme un serpent, enfonçant son poing dans le ventre flasque de Lot qui se plia en deux de douleur. Eshkol le redressa de force et le fixa dans les yeux.

— M'entends-tu ? dit-il, j'ai appris beaucoup de choses sur ton compte, méfie-toi !

Il se tourna vers l'esclave :

— Toi, le barbier, réponds-moi : l'un de ces deux énergumènes t'a-t-il touché ? T'ont-ils fait des propositions ? Réponds !

— Maître, je vous en supplie, je ne fais que ce qu'on me demande.

— Tiens, attrape ça, salaud ! dit Eshkol qui frappa Lot sur le visage. Couard ! Bougre de salaud ! Tu le ferais avec un animal si l'animal n'avait pas le choix.

Il saisit Lot à la gorge encore une fois.

— Écoute, dit-il, je ne te le répéterai pas. Je t'ai à l'œil désormais et puis t'assurer que si tu touches à un esclave, qu'il soit à toi ou à qui que ce soit, tu verras ce qu'il t'en coûtera. Et ce que je dis s'applique à toi aussi bien qu'à ta femme. Quant à cette jeune fille qui nous a montré ses blessures, si jamais tu t'approches d'elle, si jamais tu la prêtes pour la nuit à l'un de tes amis pervertis, ou si tu l'embêtes d'une manière ou d'une autre, prends garde !

— Eshkol ! dit Aner, qui cherchait à calmer son frère.

— Silence ! Aner, reprit-il, je n'ai pas fini. Si l'un ou l'autre vous touchez à cette jeune fille, ou si vous la faites toucher soit par perversion, soit par vengeance, je vous préviens, je vous tuerai. Oui, je vous tuerai. Essayez et vous verrez ce qu'il vous en coûtera, acheva-t-il, en se débarrassant de Lot comme d'un pestiféré. Maintenant préparez vos bagages, ou faites ce que vous voudrez. Mais je vous le répète, dès qu'Aner et moi aurons rejoint la tête de la colonne, cette caravane que vous voyez là-bas s'ébranlera. A vous de décider si vous voulez être ou non des nôtres. Vous m'avez fait déjà perdre trop de temps. Je veux rentrer chez moi. Gare à ceux qui me retarderont ! Je me fous de ce qu'Abram pense à ce sujet.

Il tourna les talons et enfourcha sa monture.

Enosh bâillait, assis, jambes croisées, sur un petit mur d'un marché de Jérusalem. Il attendait Abram. Quand celui-ci finirait-il par venir ? Enosh s'assoupit un moment. Il se réveilla en sursaut, sentant qu'on lui prenait le bras. Il ouvrit les yeux et vit un Abram radieux.

— Réveille-toi, mon ami. Réveille-toi, écoute ce que j'ai à te dire ! Si tu savais comme je suis heureux d'être venu !

— Vous êtes donc content de votre entrevue avec Melchisédech ?

— Elle n'aurait pu être meilleure. J'espère que tu as déjeuné. Oui ? Tant mieux ! Le grand roi m'a traité comme un roi. Il m'a donné sa bénédiction, me reconnaissant comme celui que le Très-Haut a désigné pour le délivrer de ses ennemis. Le Dieu, m'a-t-il dit, me protège de sa main et je serai son instrument. Enosh, mon ami, sais-tu que durant toutes ces années c'est ma foi qui m'a fait vivre et m'a dirigé ? Ma foi dans les rêves et les visions que le Dieu Très-Haut m'envoyait, ma foi dans l'authenticité de mes visions et de ma mission. Et maintenant...

— Et maintenant, maître ?

Enosh regarda le vieillard. Il était au bord de l'extase. Il se demanda s'il avait jamais vu quelqu'un d'aussi heureux.

— Maintenant, Enosh, j'ai rencontré quelqu'un qui a, comme moi, entendu les paroles du Très-Haut, les paroles de El Shaddai. J'ai parlé à quelqu'un qui les a entendues avant même que je ne les entende, quelqu'un qui me précède dans la foi. Oui, j'ai parlé à un prêtre de El Shaddai, un serviteur de Dieu.

— Oui, maître ?

— Enosh, figure-toi qu'il a confirmé tout ce que je

savais et avais gardé dans mon cœur au long de ces années, sans pouvoir le partager avec personne. Ses expériences avec le Dieu reflètent fidèlement les miennes. A une exception près qui est d'importance. Le Dieu m'a parlé d'une future alliance entre Lui, moi et ma descendance. Une alliance éternelle. El Shaddai, loué soit son nom ! m'en a parlé, mais n'en a pas parlé à son prêtre, Melchisédech. Melchisédech prétend que je suis possédé par Dieu, que j'ai été choisi pour de grandes choses. Il m'a béni et m'a parlé d'une prophétie où il était question d'une vision annonçant qu'un homme béni de Dieu établirait la paix à Canaan par l'épée et y fonderait un royaume.

» Enosh, poursuivit-il, si tu savais comme je suis heureux !

Enosh baissa la tête respectueusement et se tut un moment, puis reprit d'une voix forte :

— Oui, maître, je peux comprendre votre joie.

Abram et Enosh s'en retournèrent donc chez eux et la caravane les y rejoignit le lendemain.

Sur les terres de Mamré, la vie du camp reprit comme auparavant, à la seule différence que Béra, de Sodome, leur rendit visite pour saluer Abram à l'égal de l'un de ses pairs. Lot et Zillah, qui s'étaient tenus à l'écart depuis leur retour, furent heureux de s'apercevoir qu'auprès de Béra ils jouissaient d'un certain prestige. Dès lors ils commencèrent à former des projets pour retourner s'installer dans la vallée de Siddim, dès que la maison qu'ils avaient achetée là-bas serait remise en état.

Des visiteurs d'Hébron arrivèrent aussi, désireux de s'assurer que les intentions d'Abram étaient pacifiques. On savait désormais qu'il fallait compter à Canaan avec une nouvelle puissance.

Un matin, alors que Lot et ses gens se préparaient à partir, Shepset fut attristée d'apprendre que Rekhmira ne les suivrait pas. Sa jambe cassée avait du mal à se remettre et Abram avait décidé de l'échanger pour un homme ingambe afin qu'il eût à faire des travaux moins fatigants. A la tombée de la nuit, Shepset alla le trouver :

— Rekhmira, lui dit-elle, je suis venue te dire au revoir. Tu vas me manquer. Demain nous partons pour Siddim. Là-bas, sans toi, il ne me restera plus un ami au monde.

Il sourit tristement et la serra fraternellement contre lui.

— Tu me manqueras aussi, chère enfant. J'avais espéré qu'Agar te demanderait à Abram.

— Elle l'a fait. Abram a réfléchi, puis il a oublié. Il est préoccupé par d'autres choses. Agar est enceinte.

— Quel dommage ! je veux dire quel dommage pour toi ! Mais, tu sais, tu as plus d'amis que tu ne le réalises. Te rappelles-tu Ezbon, l'esclave de Lot ?

— Oui, il travaillait pour toi, je crois.

— C'est exact. J'ai parlé à Enosh l'autre jour et il m'a dit quelque chose te concernant. Lot et Zillah ont changé d'attitude envers toi depuis ton retour, n'est-ce pas ?

— Oui, je suppose qu'ils se tiennent à carreaux devant Abram.

— Non, ce n'est pas d'Abram dont ils ont peur, c'est d'Eshkol, le frère de Mamré, celui qui habite près du petit ruisseau qui porte son nom, là où poussent les figues et les grenades.

— Je connais Eshkol, mais qu'a-t-il à faire avec moi ?

— Il semble s'être institué ton gardien. Il a admiré la façon dont tu t'étais échappée pour aller prévenir Snéféru de l'attaque de l'ennemi. Sur le chemin du retour il a eu un démêlé avec Lot et l'a giflé. Il a ensuite déclaré à Lot et à Zillah que s'ils te battaient ou s'ils touchaient à un cheveu de ta tête, il les tuerait, demandant à Ezbon de lui faire part de tout ce qui pouvait te concerner. Donc, s'il y a quoi que ce soit, tu n'as qu'à faire passer un message à Ezbon, qui le fera parvenir à Eshkol et, permets-moi de te dire, ma chère enfant, que mieux vaut ne pas être là quand Eshkol s'emporte. Il est violent. Selon Enosh, il se bat comme un lion et il est fort comme un Turc.

— Merci, tu m'as rassurée, mais je me sentirai tout de même seule sans toi.

— Adieu, dit-il. Il s'éloigna en boitant. Shepset le regarda partir, le cœur serré. Elle perdait son seul ami.

Jadis elle aurait pleuré, mais maintenant ses yeux restaient secs, elle ne pleurerait plus jamais.

La saison des pluies arriva et Canaan devint aussi verdoyante que le delta du Nil. Les collines étaient parsemées de narcisses, de cyclamens et de crocus. Les arbres ployaient sous leur frondaison, leurs feuilles déjà rousses commençaient à tomber. Les argousiers étaient couverts de fruits et, le soir, des nuées de chauves-souris venaient en manger les baies. Dans les mares, les grenouilles coassaient.

L'hiver suivit, très progressivement. Les oiseaux se firent rares, les flamants, les cigognes noires et les grues émigrèrent vers les marécages du nord. Dans la vallée du Jourdain, des nuages d'étourneaux noircissaient le ciel. Les arbres étaient dépouillés de leurs feuilles et se courbaient sous les rafales glacées. Les mammifères sauvages des environs avaient revêtu leurs manteaux d'hiver, et lorsque les chasseurs d'Abram rentraient, souvent ils portaient sur eux des peaux d'animaux qu'ils avaient tués.

Puis le temps tout doucement se mit à changer. L'air devint plus chaud, les anémones apparurent, puis les iris, les jacinthes délicieusement parfumées et aussi pâles que l'azur du ciel.

Le désert du Négueb était en fleurs, et dans ce pays aride des genêts couvraient les collines ondulantes. Les oiseaux faisaient leurs nids, les vallées retentissaient de leurs chants.

Un beau matin de printemps, Agar sentit pour la première fois que la vie remuait en son sein. Elle ouvrit les yeux, instantanément éveillée. Avait-elle rêvé ou ?... Non, cela recommençait ! Un léger mouvement, puis un ferme coup de pied, elle posa la main sur son ventre pour le sentir. Voilà !

Elle se releva, s'appuya sur son coude :

— Katsenut, dit-elle à mi-voix.

Katsenut s'éveilla. La lumière pastel du matin lui fit cligner les yeux. Elle s'assit :

— Maîtresse, qu'y a-t-il ? M'avez-vous appelée ?

— Katsenut, il m'a donné un coup de pied. Il est bien vivant !

L'esclave cligna des yeux encore une fois puis lui adressa un sourire ensommeillé.

— Comme je suis heureuse, maîtresse ! Puis-je le sentir bouger ?

— Oh ! oui, essaie, mets ta main là, veux-tu ? Attends, dit Agar en lui guidant la main, par là, non, ici ! c'est ici ! Tiens, l'as-tu senti ?

— Oh ! oui. Un fichu coup de pied ! Écoutez, maîtresse, il faut que nous en avertissions le seigneur Abram, il en sera tellement heureux !

— Laissons-le attendre un peu, il prendra les choses en main bien assez tôt à mon goût. Permets que ce bébé soit mien encore un peu, qu'il soit juste à moi, ce tout-petit sans défense, mais bien vivant, qui grandit en moi.

— Oui, maîtresse.

— Attends, ça y est ! Katsenut, écoute, je suis sûre que c'est un garçon ! J'en suis persuadée !

— J'espère que vous avez raison, maîtresse. Cela serait une telle joie pour...

— M'as-tu entendue ? reprit Agar sur un ton irrité ne pouvons-nous pas l'oublier, lui, un moment !

Elle haussa les épaules et ajouta :

— Oh ! tu as raison, n'as-tu pas toujours raison ? Pardonne-moi d'avoir été si sèche. Mais avoue que c'est merveilleux.

Elle n'attendit pas sa réponse. Elle contempla son ventre ballonnant :

— Combien de mois à ton avis ?

— Six. Nous avions imaginé que vous l'auriez au milieu de l'été.

— Oh ! si seulement Abram avait des astrologues ou quelqu'un qui puisse me prédire sa destinée !

— Le seigneur Abram a rompu avec ce genre de personnes avant de partir d'Our. On m'a dit que...

— Oui, je sais, je sais, sa religion... Sa chère religion !

Elle soupira :

— Enfin je suppose que je ne devrais pas me plaindre. Il y en a tellement qui sont loin d'avoir ma chance, je pense à Shepset, par exemple, ou à toi.

— Oh ! ne vous inquiétez pas pour moi, tout va très bien. Honnêtement.

— Mais pas pour Shepset, dit Agar avec fermeté. Ce qui me déroute, c'est de ne pouvoir rien faire pour elle. Elle secoua la tête comme pour chasser cette pensée et celles qui l'accompagnaient.

— Dans le fond tu as raison, je devrais aller trouver Abram et le lui dire immédiatement. Allons, habillons-nous avant qu'il ne soit levé, on m'a dit qu'il devait partir je ne sais où, aujourd'hui.

— C'est exact, maîtresse, il doit se rendre à Jérusalem, en passant par les montagnes.

— Bon, alors, allons-y.

Ce fut par devoir, non par plaisir, qu'elles se rendirent à la tente d'Abram.

Elles payèrent cher ces quelques minutes d'indécision. Abram, qui s'était levé tôt, était parti vers les plantations. Sarai se tenait devant la tente, les mains sur les hanches. Son visage, beau malgré l'âge, arborait un air d'implacable hostilité.

— Que me voulez-vous ? leur demanda-t-elle.

— S'il vous plaît, maîtresse, nous voulions dire au seigneur Abram...

— Toi, dit-elle à Katsenut, attends qu'on te parle pour parler. Veux-tu que je te fasse fouetter comme une putain ?

Elle fulminait de rage. Elle aperçut Agar et son expression fut loin de se radoucir.

— Et toi ? Qu'est-ce que tu peux encore avoir à faire avec mon mari ?

Elle insista sur les deux derniers mots avec une subtilité remarquable.

— Je vous en prie, maîtresse, dit calmement Agar. L'enfant a bougé en mon sein. J'ai pensé que le seigneur Abram serait heureux de le savoir.

— Ça c'est sûr qu'il le sera ! Il ne parle plus que de cela, à tel point que c'en est une véritable pitié. Et tu viens ici pour chercher ses faveurs ? Pour lui rappeler que toi, sa concubine, tu as réussi là où sa propre épouse a échoué !

— Oh ! je vous en prie !

Katsenut s'avança. Sarai la gifla avec le tue-mouches

qu'elle tenait à la main. L'esclave tomba à genoux, se couvrant le visage de la main. Agar s'aperçut que du sang perlait sous la main de la femme.

— Fiche le camp d'ici ! hurla Sarai à Katsenut et que je ne te revoie jamais devant ma tente !

Katsenut s'éclipsa.

— Quant à toi ! Oui, toi, qui te pavanes devant moi avec ton gros ventre, sans la moindre vergogne, je vais t'apprendre qui est l'épouse et qui est la servante.

Elle s'avança vers Agar en brandissant le tue-mouches. Son visage exprimait une haine profonde. Agar recula.

— Mais, maîtresse, l'idée de me donner au seigneur Abram comme concubine, c'est vous qui l'avez eue.

— Quelle importance ? Je veux que tu déguerpisses ! Toi et ce bâtard que tu portes en toi ! Éloigne-toi de moi, sale putain d'Égyptienne !

» Et pour ce qui est d'Abram laisse-moi te dire que je me suis plainte de toi et de tes airs suffisants. Je lui en ai fait part hier soir. Sais-tu ce qu'il m'a répondu ? « Fais d'elle ce que tu voudras ! »

— Non, Abram ne dirait jamais ça !

— Il ne le ferait pas ! ah ! tu crois ça ?

Ce furent les seules paroles cohérentes qu'Agar put saisir de la tirade furieuse de Sarai. Tout le reste ne fut que hurlements, malédictions pleines de fiel, scandés des coups qu'elle continuait à faire pleuvoir sur sa rivale enceinte, qui se tenait à peine sur ses jambes. Agar tomba enfin par terre, les mains sur le ventre pour se protéger. Sarai tourna les talons et s'en fut, folle de rage.

Agar s'assit et regarda autour d'elle. Elle vit plusieurs des esclaves de Mamré qui l'observaient en silence. Elle leva les yeux, les vit détourner leur regard et s'éloigner d'elle.

— Dieux du ciel, pensa-t-elle, dire qu'elle m'a humiliée devant des esclaves !

Elle se releva avec précaution. Ses yeux étaient emplis de larmes amères. Une main sur le ventre, elle se mit à marcher sans savoir où elle se rendait. Elle était prête à aller n'importe où pour s'éloigner de Sarai qui avait tenté de la tuer et de tuer l'enfant qu'elle portait.

Le soleil brillait dans le ciel. Les sandales d'Agar commencèrent à s'effilocher. Elle s'en débarrassa et continua nu-pieds. Arrivée sur une petite hauteur, elle regarda autour d'elle. Le Négueb était inondé de soleil. Au loin, à plusieurs jours de marche, on apercevait Enmishpat et, au-delà, le désert du Sinaï. Au bout ce serait les terres verdoyantes du delta d'où elle était partie, esclave, il y avait de nombreux mois. Elle savait qu'elle n'y parviendrait pas vivante et que l'enfant en son sein n'y parviendrait pas vivant lui non plus. Elle avait soif. Depuis combien de temps errait-elle de la sorte ? Après tout, cela importait-il ? Elle savait maintenant qu'il n'y avait pas de place pour elle en ce monde.

Vers midi, quelqu'un remarqua qu'elle manquait. Mamré convoqua ses serviteurs et ses esclaves. Il eut tôt fait de reconstituer le drame.

— Aner, hurla-t-il, Eshkol, vite, préparez trois montures ! filons ! Elle n'a pas dû aller loin !

Il avait le cœur serré en disant cela, car il ne savait ni quand elle était partie ni où elle se dirigeait. Il était difficile de se rendre compte à travers le récit des esclaves de la sévérité des coups qu'elle avait reçus, mais tous affirmaient que Sarai l'avait jetée à terre et, dans une grossesse aussi avancée que la sienne, cela pouvait provoquer une fausse-couche ou un travail prématuré.

Le visage brûlé par le soleil, la langue gonflée par la soif, Agar s'effondra sur une roche plate.

— Je vais me reposer ici, dit-elle à haute voix. Peut-être ne continuerai-je pas. Peut-être est-ce ici que tout doit finir.

Elle vit un mirage dans le lointain : une sorte de lac dans le ciel et sur ce lac un homme. Un homme marchant sur l'eau comme sur de la terre ferme. Un homme vêtu de blanc.

— Vous, dit-elle. Qui êtes-vous ? Qui que vous soyez, partez ! Vous mourrez ici. Vous mourrez comme moi.

L'homme continua à avancer puis s'arrêta. Il lui sourit, ramassa une petite pierre et la jeta nonchalamment dans un trou. Elle voulut parler mais il plaça son index sur ses lèvres et lui fit signe d'attendre.

Alors elle entendit un bruit léger, un éclaboussement :

— Tu vois ? C'est un puits. De l'eau de source toute

fraîche. Ton instinct t'a conduite à cet endroit où tu es en sécurité.

— Mais qui êtes-vous ? demanda-t-elle.

— Peu importe qui je suis, dit-il.

Elle essaya de fixer son visage sans y parvenir.

— Agar, servante de Saraï, d'où viens-tu et où vas-tu ?

Elle répondit :

— Je fuis devant ma maîtresse Saraï. Elle veut...

— Elle ne sait pas ce qu'elle veut. Saraï est troublée et n'a aucune idée de ce qu'elle veut. Allons, lève-toi, retourne chez ta maîtresse et sois-lui soumise. Tu as une destinée à accomplir : un enfant à mettre au monde.

— Mon enfant ! dit-elle. Mais...

— Allons, calme-toi, dit-il sur un ton rassurant. Tout se passera pour le mieux. Je puis déjà te dire que tu auras un fils, le fils que tu espérais. Tu lui donneras le nom d'Ismaël.

— Ismaël ?

— C'est un beau nom, reprit-il. Cela veut dire « Dieu écoute ». Car Dieu a entendu ton cri de détresse, Agar. Il te rendra mère d'une grande nation. Ton fils sera un homme puissant et indomptable. Il s'établira à la face de tous ses frères.

Un sourire plein de bonté éclairait son visage. Il continua :

— Il sera merveilleux et tu seras bénie pour l'avoir mis au monde. Allons, quelle plus noble destinée pourrait souhaiter une femme ?

Il tendit les mains vers elle, des mains réconfortantes, les mains du père qu'elle avait perdu. Elle tendit les bras vers lui et pleura sans se cacher, sans la moindre honte.

— Oh ! oui, dit-elle, oui, oui !

Les nuages cachèrent le soleil. Le désert se rafraîchit. Ils la retrouvèrent là, près du puits, dormant paisiblement. Elle s'éveilla et voulut leur parler de l'homme vêtu de blanc qui était venu la trouver, mais Mamré, évitant son regard, secoua la tête. A part les empreintes de leurs pas, et les siennes, on ne voyait aucune trace de pas autour du puits.

CHAPITRE XII

Zakir avait prévu de se rendre à Harân dès la fonte des neiges. Cependant, au cours de l'hiver, il obtint, grâce à Nabousakin, une commande d'armes pour la garde royale, qu'Ahuni passa un mois à achever. Zakir s'apprêtait à partir quand un messager arriva, porteur d'une seconde commande, cette fois en provenance du port de Mari. Debout sur la place du marché, tandis qu'Ahuni rangeait et emballait forge et outils, Zakir lut la tablette, et son visage s'illumina d'un immense sourire.

— Ahuni, s'exclama-t-il, crois-le ou non, l'honorable Nabousakin est venu nous faire lui-même ses adieux !

Ahuni eut lui aussi un sourire jusqu'aux oreilles.

— Quelle joie, père ! Où est-il ?

— Là-bas, chez l'inspecteur du port. Te reste-t-il beaucoup à faire ?

— Ce ne sera pas long. Va donc le trouver et j'irai vous rejoindre dès que tout sera solidement empaqueté.

Le jeune garçon saisit une courroie et Zakir put admirer les biceps de son fils adoptif. « Un vrai forgeron », pensa-t-il.

— D'accord, répondit Zakir qui s'en alla radieux, tiré à quatre épingles, l'image même de la prospérité.

Ahuni le suivit du regard jusqu'à ce qu'il eût disparu derrière un mur, puis il se remit à ficeler soigneusement ses paquets. A genoux, dans la poussière, il ne remarqua même pas la petite foule qui s'empressait autour du stand.

Pourtant, au bout d'un moment, il se rendit compte que quelqu'un l'observait. Il leva la tête et vit une tunique violette d'où sortaient des pieds minces portant sandales :

— Tavas-Hasina ! s'écria-t-il. Il se leva et se frotta les mains l'une contre l'autre. La courtisane le regarda de la tête aux pieds, l'air approbateur.

— Non, pas possible ! Serait-ce bien le même Ahuni, ce jeune garçon qui est venu chez moi l'été dernier pour y rencontre Etillitou ! Sapristi ! Mais te voilà un homme, maintenant !

— Je suis forgeron, dit-il, ravi du compliment. Quel bon vent vous amène ?

— Mon garçon, si tu ne nous a pas vues ces temps derniers, à qui la faute ? A ce que je vois tu te prépares à nous quitter pour de bon. Tu devrais avoir honte !

— Eh bien...

— Oh ! je comprends... Tu dois aller où ton destin t'appelle. Mais permets-moi de te dire que tu laisseras derrière toi des cœurs brisés.

— Vraiment ?

— Ne va pas me raconter que tu ne t'en es pas rendu compte. Regarde la fille du boucher, et ces autres filles tout à fait nubiles juste ici, à côté de toi, au marché ! Même Etillitou... Pourtant je t'assure qu'elle ne s'éprend pas facilement.

Elle le regarda rougir puis continua :

— A moi aussi, il me manquera ce gros ours de Zakir, plus que je ne saurais le dire ! (Sa voix changea et s'adoucit.) Il me manquera... Une femme aime les hommes auxquels elle peut parler... je veux dire après...

— Oh !...

— Je sais, tu ne sais pas trop que dire, et c'est sans doute une des raisons pour laquelle les femmes ont un faible pour toi. Tu parles sans ambages. Les femmes aiment ceux qui sont honnêtes avec elles. Elles sont très pratiques. Les hommes manquent d'esprit pratique... Ils inventent chants et poésie. La poésie n'est pas notre fort, à nous les femmes...

— Pourquoi alors les hommes s'adonnent-ils à la poésie si ce n'est pas pour vous ?

— C'est leur forme d'esprit. Les dieux les ont ainsi faits, pour que nous les attirions et en fassions nos maris ! (Elle poussa un soupir.) Ils inventent des chansons parce qu'ils s'imaginent que cela nous fera plaisir, alors que la seule chose qui nous rende vraiment heureuses, c'est leur attention, et, toi, tu prêtes attention à la moindre de mes paroles.

— Bien sûr, Tavas-Hasina.

— Bien sûr... Permets-moi de te dire que, si je m'adressais au boulanger ou au marchand de cordages, il n'y aurait jamais de « bien sûr ». Ils continueraient à pétrir leur pâte ou à épisser leur corde. C'est bien là la différence, Ahuni ; ne perds pas cette précieuse qualité, continue à donner toute ton attention à une femme lorsque tu lui parles. Promis ?

— Oui, Tavas-Hasina.

— Bon. Rappelle-toi cela, c'est un des conseils les plus précieux que tu puisses recevoir, mon jeune ami, et il ne te coûte rien, bien qu'il provienne de Tavas-Hasina, de Mari, qui, elle, ne donne rien pour rien.

Elle fit une moue ironique et se reprit :

— Disons presque jamais. Pour Zakir, peut-être... Mais enfin dis-lui de me dire au revoir, veux-tu ?

— Oui, certainement, et merci pour le conseil...

Ahuni la regarda s'éloigner. Il paraissait songeur. Un léger sourire appréciateur se dessina sur ses lèvres. Soudain il se retourna et vit un galopin maigrichon d'une dizaine d'années qui le fixait d'un œil las. On sentait ce petit corps, vrai squelette ambulant, sur le qui-vive, aux abois.

— Hé ! comment t'appelles-tu ? lui demanda Ahuni.

Le gamin le dévisagea, ouvrit la bouche mais aucun son n'en sortit.

— Ça ne fait rien, reprit Ahuni, tu n'as pas besoin de me le dire, crois-moi, je comprends que tu te méfies.

Ahuni poursuivit :

— Tu te tailles ? T'as la trouille ? N'aie pas peur, c'est pas moi qui moucharderai. Tu vois, mon vieux, il y a un an j'étais à ta place, à Babylone, et si tu crois que c'est difficile ici de se tailler, je te jure qu'à Babylone c'est pas du gâteau.

— Toi, esclave ? Tu te fous de moi ! Montre-la-moi ta marque.

Ahuni fit glisser le bracelet le long de son solide biceps.

— Tu vois ? Rassure-toi, je comprends que tu te méfies de moi.

Une idée traversa l'esprit d'Ahuni. Une idée gênante, grisante...

— Écoute, dit-il, nous allons bientôt partir de cette ville. Aimerais-tu qu'on te donne une nouvelle chance ? Peut-être la chance d'être un jour libre ? Qu'en dirais-tu ?

— Tu plaisantes ?

— Non, pas le moins du monde. Je ne puis rien te garantir, mais je vais essayer. En attendant, surveille ce barda qui est ici, jusqu'à mon retour. D'accord ? D'ailleurs je ne vois pas qui pourrait s'y intéresser : le coffre où sont rangés les outils pèse aussi lourd qu'un hippopotame !

— Surveiller ça ? Mais qu'est-ce que je fais si quelqu'un essaie de le piquer ? Tu t'imagines pas que je vais appeler les gardes tout de même !...

— Es-tu fou ? Arrange-toi pour renverser l'éventaire du marchand de légumes, pour faire du grabuge. Du coup les gardes se précipiteront et les voleurs déguerpiront. Prends ensuite tes jambes à ton cou et rejoins-moi, au crépuscule, de l'autre côté des murs de la ville, sous la troisième lanterne, à l'endroit où se forment les caravanes. D'accord ?

Il acquiesça de la tête.

Le colosse que Nabousakin avait engagé comme garde du corps mena Ahuni à sa tente, au bord du fleuve. Zakir et le marchand l'y accueillirent chaleureusement.

— Ahuni ! s'écria Zakir, regarde ça, veux-tu ?

Ahuni salua poliment le marchand puis regarda ce que Zakir tenait dans la main.

— Dis-moi, c'est bien une des nôtres ?

— Non, justement, répliqua Zakir, c'est bien notre modèle mais quelqu'un d'autre l'a reproduit. Il brandissait une gaffe de pêcheur bien différente de celles que l'on voit ordinairement. Devine où notre honorable client l'a trouvée ?

Nabousakin intervint :

— Comme vous avez pu le deviner, j'ai un nouveau fournisseur. Il m'approvisionne, non seulement en gaffes pour les pêcheurs, mais en cordages. C'est l'homme le plus insolent, le plus filou, mais aussi le plus attachant que j'aie jamais rencontré ! Un scélérat, noir de soleil, dégingandé, qui vit dans un petit village à un jour de voile de Babylone. Le gaillard sait travailler, je le reconnais.

— Binshoumedir ! s'écria Ahuni, ravi. L'avez-vous vu, maître ?

258

— Oui, mon garçon, et il m'a chargé de te dire beaucoup de choses de sa part. Peut-être préféreriez-vous que je vous les dise à sa façon : « Dites à ces deux rats d'égout, que j'ai retirés des flots à moitié noyés l'an dernier, de boire un coup à ma santé. » Et il a continué dans cette veine, mais je suppose que vous pouvez aisément deviner la suite.

— Sans problème, répliqua Zakir amusé. C'est un de nos grands amis. Nous lui devons la vie et bien davantage.

— Si cette gaffe est de votre invention, je puis vous assurer que vous vous êtes acquittés de votre dette. Personne, de Babylone au golf, n'accepte de se servir d'autre chose : j'ai des commandes qui attendent depuis deux mois. Il a beau n'avoir démarré son commerce qu'au solstice dernier, à son stand au Bazar des Trois Palmiers il vend plus de cordages et de gaffes que tous les autres marchands de la cité réunis.

— J'en suis vraiment heureux pour lui ! dit Ahuni. Comme je voudrais le revoir !

— Je ne peux pas faire grand-chose pour ça, dit Nabousakin, il est trop occupé pour pouvoir s'absenter. Il va devenir riche ; son petit village deviendra cité d'ici peu d'années. Et, vous deux ? prêts à partir ?

— Ahuni, dit Zakir, tout est empaqueté ?

— Oui, père. Oh ! père, pourrais-je vous dire un mot ?

Zakir se rapprocha de lui, et Ahuni lui murmura quelque chose à l'oreille.

Zakir eut un mouvement de recul.

— Disons que c'est risqué, mais... (Il se tourna vers Nabousakin.) Il s'agit d'un jeune gamin avec lequel il est devenu copain. Il voudrait le faire partir en douce de la cité, mais avec les gardes...

Nabousakin regarda Ahuni. Un sourire éclaira son visage.

— Je vois, dit-il, que tu te rappelles tes propres débuts, n'est-ce pas, mon ami ? Je t'en félicite. Connais-tu bien ce jeune garçon ?

— Pas du tout. Je l'ai examiné de près et j'ai soudain réalisé que c'était à moi de lui donner une chance. Si on m'en avait donné une quand j'avais son âge...

— N'y repense même pas, dit Nabousakin. Je veillerai

à ce que la caravane soit en route depuis une bonne journée avant que l'on aille se préoccuper d'inspections. J'ai de très bonnes relations à la frontière avec les douaniers et les officiers. Dites-leur simplement que c'est un de vos esclaves. Mon nom peut arranger pas mal d'affaires du côté de Harân.

— Nous vous sommes redevables de tant de choses, maître, dit Ahuni.

— Tu vois, dit Nabousakin en regardant le grand fleuve, les yeux embués, tu t'embarques pour la grande aventure, mon garçon. Sachons faire bénéficier les autres des faveurs que nous avons reçues. Je sens que la confiance que j'ai en toi est justifiée et que j'ai bien choisi ceux qui me représenteront à Harân.

— Merci, maître, répondit Zakir, nous ferons tout notre possible pour être dignes de votre confiance.

— Oui, maître, vous serez fiers de nous, je vous le promets, acheva Ahuni.

Le gamin était parti lorsque Ahuni retourna à la forge. Il embaucha des porteurs pour l'aider à transporter leurs affaires jusqu'à la caravane et passa l'après-midi à surveiller l'opération. A la tombée de la nuit, Zakir alla faire ses adieux à Tavas-Hasina et Ahuni s'en fut chercher son jeune ami qu'il finit par trouver à demi caché derrière un immense panier, contre un mur.

— Allons, lui dit Ahuni, tout va bien, tu peux sortir.

— Les gardes sont passés, dit le gamin, j'ai fait ce que tu m'avais dit.

— Écoute, nous t'emmenons avec nous !

— Vous m'emmenez avec vous, mais où ça ?

— A Harân, si tu le veux. C'est d'accord ! Nous sommes protégés par quelqu'un de bien placé.

— Mais...

— Je sais. Tu n'y crois pas. Moi non plus, je n'y aurais pas cru... et j'aurais eu tort...

Il regarda les côtes saillantes du gamin :

— Quand as-tu mangé pour la dernière fois ?

— Hier.

— Allons, viens avec moi. Je te préparerai du gruau, car je crains qu'autre chose ne te rende malade. Je te montrerai aussi où dormir. Tu as besoin d'une bonne nuit de repos. Demain nous marcherons toute la journée.

— Demain ?

— Bien sûr, demain. Nous partons à l'aube.

Il regarda autour de lui. La nuit arrivait vite. Le vent frais qui venait du fleuve faisait vaciller les flammes des lanternes.

— Je voulais te demander ton nom, mais ça peut attendre. Dépêchons-nous !

Il tourna les talons et s'en fut, pour inciter le jeune garçon à faire de même, puis il s'arrêta et répéta :

— Allons, viens !

— Belanum, dit le gamin, je m'appelle Belanum.

CHAPITRE XIII

Au milieu de la nuit, Abram eut une vision. Dans les ténèbres il discerna une lumière douce qui devenait petit à petit éblouissante. Il mit la main devant ses yeux pour se protéger, mais la lumière était si intense qu'il tomba à genoux. Tremblant de peur, il réalisa qu'il était en présence de Dieu. Il entendit alors une voix apaisante qui lui disait : « Ne crains pas, Abram ! Je suis ton bouclier. Ta récompense sera très grande. »

— Récompense ? répondit Abram d'une voix faible. Pourquoi aurais-je mérité une récompense ? Je ne suis rien et je ne mérite rien.

La voix continua : « Je suis Celui qui t'a fait sortir d'Our en Chaldée, pour te donner ce pays. Écoute, Abram, tu trembles, tu ne me crois pas, tu as peur de croire. Lève-toi et suis-moi. Va me chercher une génisse de trois ans, une chèvre de trois ans, un bélier de trois ans, une tourterelle et un pigeonneau. Dépêche-toi, pendant que tes gens sont endormis. Je te donnerai un signe. »

Alors Abram s'éveilla. Il s'assit, secoua la tête, se glissa hors de son lit et affronta l'air glacial du matin. Je suis fou, se disait-il, mais il alla néanmoins choisir lui-même tous ces animaux. Il les amena au sommet de la colline qui dominait le camp, vers un petit autel de pierre qu'il avait construit. Là, il les partagea par le milieu et plaça chaque moitié vis-à-vis de l'autre. Cependant, il ne partagea pas les oiseaux mais les tua. Alors il s'assit sur une pierre et attendit. Le soleil se leva. Abram n'avait rien apporté à manger ni à boire. Les rapaces s'abattirent sur les cadavres, mais Abram les chassa.

Peu de temps après midi, un de ses serviteurs voulut aller le rejoindre, mais Enosh l'en empêcha. Tous savaient qu'il ne fallait déranger Abram sous aucun prétexte.

— Maître, insistait le serviteur, il fait chaud et il n'a rien sur la tête...

— Ne t'inquiète pas, répondit Enosh. J'apprécie ta sollicitude, mais ne crains pas pour lui, il a une endurance que nous pourrions tous lui envier.

Les heures passaient... Les oiseaux de proie tournoyaient, et Abram se tenait, vigilant.

Comme le soleil allait se coucher, voilà qu'Agar fut prise des douleurs de l'enfantement.

— Ah! cria-t-elle, Katsenut! aide-moi! S'il te plaît, aide-moi!

L'esclave lui tint la main.

— Allons, dit-elle, respirez profondément. Plus profondément. Lentement, si vous le pouvez. Oui, je sais que ça fait mal. Serrez ma main. Cramponnez-vous aussi fort que vous le voudrez. Oui! Plus fort!

Elle jeta un coup d'œil un peu inquiet sur le ventre énorme de la jeune femme. L'enfant serait un robuste gaillard. Elle appela une esclave qui passait :

— Va vite me chercher de l'aide, Agar, ma maîtresse, est en train d'enfanter.

Les vents du crépuscule se levèrent, l'air se rafraîchit. Abram était toujours assis au même endroit. Bientôt il s'endormit.

Un grand effroi le saisit. Il tremblait de terreur. Pour la première fois il réalisait pleinement qu'il serait le père d'une nation. Voici que tout à coup c'était pour ses descendants, pour ceux en qui il osait à peine croire avant cette vision qu'il tremblait.

— Que m'arrive-t-il? dit-il. Aidez-moi, je vous en supplie. Je ne peux comprendre et j'ai peur.

La vision se fit plus précise. Il vit un fils, puis un autre fils, des filles, des petits-enfants. Il vit sa descendance se multiplier, s'étendre sur tout le pays de Canaan. Il vit une période de prospérité. Il vit...

— Non! s'écria-t-il.

Il se couvrit les yeux. Mais à quoi bon? Ses mains ne lui servaient à rien... L'implacable vision se fit plus sombre.

Il vit son peuple, sa descendance, esclaves, prisonniers dans une terre étrangère. Il les vit opprimés pendant de nombreuses générations. Leurs enfants naîtraient, grandiraient, se marieraient, engendreraient, vieilliraient, mourraient esclaves, asservis à des nations étrangères. Les siècles passaient...

Alors l'obscurité diminua. Il les vit rassembler leurs forces et se libérer du joug étranger. Il les vit marcher à travers le désert en chantant. Il vit les nations s'écrouler devant eux : Quénites, Quénizzites, Qadmonites, Hittites, Perizzites, Rephaïm, Amorites, Girgashites, Jésubéens, tous les Cananéens. Une grande nation, jadis désunie et maintenant une, honorant son nom à lui, Abram, le Père des nations ! A jamais ! Son cœur bondit de joie en les voyant : oui, c'était bien ses fils, ses filles, qui prenaient possession de ce pays, y engendraient des enfants et louaient le Dieu éternel.

Les contractions continuaient. L'accouchement était difficile.

— Courage, Agar ! murmurait Katsenut d'une voix douce et calme. Maintenant..., allez-y ! Poussez !

Abram ouvrit les yeux. Dans la nuit, la lune brillait. Les étoiles étaient innombrables dans le ciel. Il eut froid, frissonna et eut faim.

Il fronça les sourcils. Il avait eu un rêve. Un rêve...

Il ne percevait plus maintenant la présence de son Dieu. Plus du tout. Il était transi de froid. Il réalisa alors qu'il n'était plus si jeune. C'est bien, pensa-t-il, n'est-il pas temps que tu commences à sentir le poids des ans ? Peut-être devrais-tu même agir en fonction de ton âge ! Tu as eu une hallucination et...

Alors il sentit de nouveau la lumière. Avant même qu'elle apparut, il tomba la face contre terre. Oui, son Dieu était là. Tout près de lui.

La lumière était différente. Ce n'était plus la lumière froide de la vision du matin. C'était une flamme dévorante.

Voici alors qu'un brandon passa sur l'autel entre les animaux partagés...

La vision s'évanouit, Abram contempla les flammes. Elles disparurent lentement. Bientôt il n'y eut plus que les ruines d'un autel, le clair de lune, la colline et un Abram plutôt abattu. Grelottant de froid, il regarda l'autel une dernière fois avant de tenter de retrouver le sentier qui le ramènerait vers le camp.

Le visage d'Agar trahissait sa douleur. C'était plus que ce qu'elle avait jamais eu à supporter. Plus que ce qu'elle avait jamais imaginé. Les autres esclaves lui tenaient les bras et les jambes. Elle se débattait et hurlait.

Tout à coup, la douleur cessa. Voilà que l'une des femmes tenait une chose rose et rouge, couverte de sang, traînant une espèce de longue corde visqueuse. Le silence se fit ; puis on entendit un vagissement, un petit cri, faible, perçant. Cri de douleur de naître à un monde nouveau...

— Maîtresse, s'écria Katsenut en se penchant vers elle, c'est un garçon, un vrai petit homme, vigoureux et robuste !

— Donne-le-moi ! dit Agar qui avait à peine la force de parler. S'il te plaît ! Je le veux !

— Patience, maîtresse, on coupe le cordon. Reposez-vous !

Agar lui saisit le bras.

— Non, dit-elle, donne-le-moi. Maintenant ! Il est à moi.

La femme de Mamré lui présenta l'enfant. Il continuait à hurler. Agar aperçut dans la pénombre sa bouche grande ouverte, ses traits déformés par les hurlements, ses toutes petites oreilles, ses bras et ses mains minuscules qui s'agitaient de colère et de souffrance.

— Mon fils ! Mon fils ! Donnez-le-moi ! répéta-t-elle.

Elle s'assit, prit l'enfant des bras de la femme de Mamré et s'étendit, les mains posées sur la petite tête du nouveau-né, le pressant contre ses seins nus.

Katsenut se pencha vers elle.

— Oh ! maîtresse, que je suis heureuse. C'est un bel enfant ! Un géant ! Une force de la nature !

Agar se mit soudain à pleurer. Elle sanglotait. Il sera puissant, pensait-elle. Oui, elle se rappelait ! « Ce sera un homme indomptable, il s'établira à la face de tous ses frères... »

Mais, aujourd'hui, il était tout petit, fragile, il ne pouvait rien faire par lui-même. Un jour, elle le savait, Abram voudrait le lui enlever. « Son » fils... Les hommes voyaient toujours les choses ainsi. Et, à la puberté, il serait confié aux hommes qui attesteraient qu'il était comme eux, et alors jamais plus il ne pourrait retourner vivre avec les femmes comme auparavant.

Elle caressa la peau tiède et si douce de l'enfant. Les yeux ruisselant de larmes, elle chantonnait tout bas, dans le creux de sa petite oreille. Les cris de l'enfant s'apaisèrent doucement. Tu es à moi, songeait-elle, je serai auprès de toi pour toujours. Mon tout-petit ! On ne t'enlèvera jamais à moi. Jamais !

— Maîtresse, j'ai envoyé quelqu'un annoncer la nouvelle au seigneur Abram.

Agar regarda Katsenut. Elle soupira et de nouveau se sentit faible.

— Oui, dit-elle, il doit être averti de la naissance, il en sera tellement fier.

Soudain elle prit conscience d'une autre présence autour du feu. Toutes les femmes qui étaient là la sentaient. Katsenut se retourna et vit Sarai. Elle jetait un regard si dur, si froid, si méchant à la mère et à l'enfant, qu'Agar en frissonna. Elle serra l'enfant encore plus fort tout en continuant à chantonner au creux de son oreille, puis fixa Sarai droit dans les yeux et soudain fut emplie d'une fierté féroce. Ses yeux lançaient des éclairs. Sarai tressaillit. Mais le regard de haine qu'elle lui renvoya en fut assez pour terroriser Agar au plus profond de son être. Sarai fit demi-tour. Elle était venue et repartie sans mot dire...

Agar se retourna vers son bébé.

— Regardez-le, dit-elle, regardez ces cheveux noirs. Qu'il est grand et fort !

Elle pressa l'enfant contre sa joue, émerveillée par la délicatesse et la douceur de sa peau.

— Donnez-moi quelque chose pour le couvrir, il a froid. Tiens, mon tout-petit, tiens, mon enfant.

Katsenut lui sourit timidement.

— Maîtresse, avez-vous songé à un nom pour cet enfant ?

— Oui, répondit Agar avec empressement. Son nom est Ismaël, « Dieu écoute », Ismaël !

Les trompettes résonnèrent, une sentinelle leur fit écho du haut de la colline. Elles annonçaient la naissance d'un enfant mâle, le début d'une dynastie attendue depuis longtemps... La venue d'un roi en terre de Canaan...

LIVRE II

CHAPITRE XIV

1

Il leur fallut un bon mois pour qu'ils parviennent tous à se rassembler. Les premiers arrivés furent ceux des tribus de Canaan, de Dor au Négueb. Puis vinrent des représentants des tribus de Bashan et du Moab, ainsi que des émissaires des colonies phéniciennes en voie de disparition sur les rives de la Méditerranée : Sidon, Tyr, Bérite, Gébal. En l'espace de deux semaines, la chênaie de Mamré eut à accueillir aussi bien des visiteurs venus d'Ugarit, du pays des Hittites, que quelques Bédouins farouches du désert madian. Les peuplades dont les bateaux faisaient escale dans les ports cananéens envoyaient des présents. Tous avaient des raisons de souhaiter la paix entre leurs tribus et celle d'Abraham, jadis appelé Abram, car Abraham signifie « Père des nations ». Sa femme, elle aussi, avait reçu un nom nouveau : Sara, qui veut dire « princesse ».

L'hommage rendu ainsi à Abraham faisait partie du rituel de la région. Le roi non couronné de Canaan avait mérité, après quatorze ans passés dans ce territoire qui va du Jourdain à la Méditerranée, l'admiration et le respect de tous les peuples des environs. Bien qu'il n'eût jamais demandé qu'on lui rendît hommage, le jour où il décida qu'une grande fête célébrerait au printemps le treizième anniversaire de son fils premier-né, Ismaël, on s'attendit à ce que chaque tribu et chaque cité se fît représenter aux festivités. Les collines et les vallées situées au pied du mont Hébron se couvraient de tentes, tous les voisins d'Abraham étaient venus participer aux réjouissances.

Des éclaireurs qui surveillaient les limites du domaine envoyèrent cependant des messagers annoncer l'arrivée d'un visiteur pour le moins inattendu. C'était, dirent-ils, un membre haut placé du gouvernement égyptien, escorté de guerriers shaïretana, triés sur le volet. On s'attendait si peu à ce genre de visite que beaucoup prirent peur. Abraham, imperturbable, choisit quelques hommes qu'il envoya sous les ordres d'Enosh, en leur recommandant d'accueillir les représentants du seigneur des Deux-Pays le plus courtoisement possible.

Après avoir autorisé les gardes à se retirer, Enosh accompagna le visiteur à la tente de son seigneur et maître. Il était irrité à l'idée d'avoir rencontré l'émissaire égyptien auparavant, mais de ne pas réussir à mettre un nom sur son visage. Tandis qu'ils approchaient d'Abraham, Enosh commença de longues présentations, avec toute la pompe souhaitée.

L'Égyptien l'interrompit au beau milieu de son discours, leva la main et dit :

— La paix soit avec vous ! Le seigneur Abraham et moi nous connaissons déjà, je crois.

Il fit un sourire qui ressemblait plutôt à une grimace, s'inclina et dit :

— Nakhtminou, commandant de la garnison de...

— Oh ! dit Abraham, Nakhtminou. Quelle joie de vous revoir !

Il tendit les bras vers lui et les deux hommes s'embrassèrent.

— Enosh, reprit Abraham, cet officier était l'envoyé du roi d'Égypte à Silé lorsque nous sommes partis de Goshen. Ne le reconnais-tu pas ?

— Oh ! oui, maître. J'essayais de me rappeler...

Abraham n'écouta pas la fin de la phrase, il fit entrer Nakhtminou chez lui.

— Je suis heureux de vous retrouver après tant d'années. Venez, vous accepterez bien de prendre quelque chose avec moi ?

— Comme vous voudrez, répondit Nakhtminou.

On leur présenta trois plats de mets délicats et deux fiasques de vin des coteaux du mont Hébron. L'appétit de Nakhtminou ne semblait pas avoir diminué. Il but de bon cœur également, ce qui le rendit d'humeur songeuse.

— J'ai du mal à réaliser la façon dont vous avez changé, dit-il, bien que vous soyez certainement devenu un chef ici. Incidemment, le seigneur des Deux-Pays a été enchanté d'apprendre que vous aviez repoussé l'invasion des Élamites il y a quelques années. Vous nous avez évité une expédition qui nous aurait coûté cher.

— Cela ne nous a pas coûté grand-chose, dit Abraham ; grâce à Snéféru qui avait merveilleusement préparé nos hommes et les a dirigés lors des premiers combats. Vous le connaissiez, je crois ?

— Oui, c'était un de mes plus vieux amis. Nous avions fait la campagne du Nil dans notre jeunesse, alors que nous n'étions presque que des bambins ! C'est drôle, je pensais justement à lui, en arrivant ici, car j'ai vu un jeune garçon qui me l'a rappelé...

Une quinte de toux l'interrompit, une toux grasse, qui le secoua tout entier.

— Tenez, prenez donc un peu de vin pour vous remonter, lui dit Abraham. Avez-vous été souffrant ?

— Oui, répondit Nakhtminou, et c'est en partie pour cela que je suis ici. J'avais réussi à obtenir un poste intéressant à Lisht, mais une maladie pulmonaire m'a obligé à rester au lit quelque temps. Et une fois que je me suis senti en forme pour reprendre mes activités, j'ai appris que quelqu'un m'avait remplacé. Finalement, j'y ai gagné, je passe le moins de temps possible dans cette maudite étuve qu'est Silé et le plus de temps possible en tournée d'inspection dans les territoires éloignés appartenant à Sa Majesté. Des territoires, qui, comme votre Canaan, sont en général des endroits secs. Si j'arrive à continuer à voyager ainsi, j'aurai peut-être encore une dizaine d'années devant moi.

— Je vous souhaite meilleure santé, reprit Abraham. Nous avons perdu un de nos plus chers amis des suites d'une maladie de ce genre... Mais il me semble que l'arme que vous portez ne peut avoir été faite par aucun autre que lui.

— Cette épée ? dit Nakhtminou en la sortant. C'est Ka-Nakht qui m'a offert ce chef-d'œuvre avant de prendre sa retraite. Mais si vous connaissiez l'homme qui l'a faite, je vous envie. Il est mort, dites-vous ?

— Oui, il y a quelques années. C'était un homme respecté et aimé de tous, du nom de Belsunu. (Les yeux d'Abraham s'embuèrent un instant.) C'était, reprit-il, l'homme le plus seul que j'aie jamais rencontré.

Et il se mit à raconter comment Belsunu avait perdu sa famille, à parler de ce long pèlerinage infructueux qu'avait été sa vie, en quête de son fils.

— C'est étrange, maintenant que j'ai un fils à moi, je pense souvent à Belsunu. Je crois que je comprends mieux qu'avant la profondeur de son chagrin.

— Je puis dire, en tout cas, que Belsunu était un armurier sans égal, conclut Nakhtminou, et je suis fier de posséder une épée faite par lui. Si j'avais un fils qui pouvait en hériter...

— Oh! il n'est pas trop tard!

— C'est vrai, en tout cas pour vous... (Nakhtminou repensait au jeune garçon qu'il avait vu en arrivant au camp.) Vous avez engendré un fils à un âge plus avancé que le mien aujourd'hui.

— Assurément, et c'est un beau garçon, plein de vigueur. Il s'appelle Ismaël. Sa mère était esclave chez Psarou. Elle est maintenant ma concubine.

— Votre femme était donc stérile?

— Oui, elle l'a été jusqu'à présent. Bien sûr, si jamais un jour elle concevait, se serait son fils, à supposer que ce soit un fils, qui deviendrait mon héritier selon nos lois. Mais, pour le moment, j'ai Ismaël, et je dois me méfier car j'ai un peu peur de trop le gâter.

— Et ces festivités? Sont-elles organisées pour célébrer sa majorité?

— En partie. Disons qu'elles veulent célébrer sa majorité et celle de tous ceux qui sont nés au cours du printemps qui a suivi notre première année ici, comme elles veulent célébrer l'alliance entre Dieu et notre peuple.

— On m'a dit que vous pratiquiez la circoncision?

— Oui, c'est une pratique courante dans la région, aussi bien chez ceux qui révèrent Baal que chez nous qui suivons la parole d'El Shaddai. Mais notre coutume sera désormais de circoncire les enfants mâles au huitième jour qui suit leur naissance. C'est ainsi que nous marquons dans notre chair notre alliance à notre Dieu. Mais je vous ennuie avec nos usages...

— Non, non, mais j'étais en train de penser... Y a-t-il des réjouissances prévues pour ce soir ?

— Oui. A la tombée de la nuit. Nous serions heureux si vous pouviez être des nôtres.

Abraham leva la tête. Enosh se tenait dans l'embrasure de la porte.

— Qu'y a-t-il, mon fils, lui dit Abraham.

— Le seigneur Lot vient d'arriver.

— Ah ! oui, dit Abraham en se levant, et en ajoutant pour son hôte : Lot est le fils un peu fantasque de mon frère. J'ai promis à ce dernier sur son lit de mort que je veillerais sur lui. Souvent je crois que je n'ai pas été fidèle à ma parole. J'aurais dû me montrer plus strict avec lui quand il était jeune. Maintenant c'est un homme mûr et... Enfin, je dirais que c'est un incapable. Espérons que j'aurai assez de bon sens pour en tirer leçon et mieux élever mon fils.

— Je ne vous cacherai pas que ma mission avait en partie pour but de vous assurer l'amitié et le soutien du seigneur des Deux-Pays.

— Ayez l'obligeance de lui dire que ces sentiments sont réciproques, même si ma puissance est bien limitée par rapport à la sienne.

— Je lui en ferai part ? A ce soir, donc.

En rentrant chez lui, Nakhtminou s'arrêta pour observer un groupe de jeunes garçons en train de jouer. Deux d'entre eux, de robustes gaillards, grimpaient sur un troisième qu'ils attaquaient par-derrière. C'était un garçon à la peau brune, solidement bâti. Quand il se retourna pour faire face à ses adversaires, Nakhtminou vit tout de suite que c'était le jeune garçon qu'il avait repéré plus tôt. Une véritable force de la nature qui paraissait rechercher l'attaque ! Nakhtminou le vit se saisir de l'un de ses assaillants par le cou et le jeter par-dessus son épaule, le faisant atterrir sur le dos, le souffle court. En moins de deux, le second se retrouva par terre, épaules au sol.

Le jeune garçon aperçut Nakhtminou et, laissant ses adversaires, alla le trouver.

— Vous êtes Égyptien ? lui dit-il.

— C'est exact, mon garçon.

— Et vous êtes soldat ?

— C'est également exact. Pourquoi me demandes-tu ça ? Aimerais-tu être soldat ?

Le regard du garçon s'illumina.

— Je veux être un chef et refuse d'être sous les ordres de qui que ce soit. Je veux conduire les hommes au combat, pour qu'ils se battent et conquièrent de nouveaux territoires.

— Je te souhaite bonne chance. C'était aussi ce que je voulais faire à ton âge.

— Et vous avez vu votre rêve se réaliser ? demanda le garçon.

— Je pense que j'ai traversé plus de batailles que tu n'as eu de repas depuis que tu es né !

— C'est vrai ? Et vous les avez toutes gagnées ?

— Je suis ici, mon garçon, est-ce que cela ne répond pas à ta question ?

— Oh ! vous auriez pu déserter, vous enfuir...

— Mais je ne l'ai pas fait, et je parierais que tu ne feras pas ça, toi non plus.

— Non !

Il n'y avait pas la moindre déférence dans le ton du gamin.

— Écoute, mon garçon, je suis Nakhtminou.

— Enchanté de vous rencontrer.

— Et toi ?

— Oh ! c'est vrai, vous ne connaissez pas mon nom. J'ai oublié que vous étiez étranger. Parce que tout le monde sait qui je suis par ici. Je m'appelle Ismaël. Fils du seigneur Abraham.

Nakhtminou eut un large sourire.

— Eh bien, salut, Ismaël !

Et avec un bref signe de tête, il s'éloigna en boitant.

2

Kéret, le fils aîné d'Eshkol, suivait, sur un poney, la silhouette élancée et raide de son père, dans le lit plat et large de l'oued. L'épée lui cognait contre les cuisses, tandis que l'animal trottait sur le chemin pierreux. Pour la centième fois, Kéret se dit qu'il aurait mieux fait de ne pas avoir été là lorsque son père avait demandé un compagnon pour aller rechercher le bétail qui n'était pas rentré.

Il soupira. « Père, se disait-il, je vous aime, quoique que ce soit plus facile de vous craindre et de vous respecter que de vous aimer. » Il haussa les épaules, secoua la tête. Non, décidément il ne pouvait pas supporter que son père voulût tout contrôler, attendît de ses fils qu'ils suivent ses normes rigides.

Eshkol se retourna sur sa selle et lui cria sur un ton bourru :

— Allons ! Ne traîne donc pas comme ça !

Et Kéret, se retenant pour ne pas répondre, donna à son poney un coup de talon dans les côtes pour le faire avancer. L'animal pressa le pas et rejoignit la monture du père.

— C'est bien, dit Eshkol. Je voulais que tu voies cela de tes propres yeux. Tiens, regarde !

De son bras long et osseux, il montra les touffes d'herbe desséchée, tondues à ras du sol.

— Des moutons, tu vois, ils vous bouffent ça jusqu'à la racine, ne laissant rien derrière eux pour les autres animaux. Nous sommes sur le bon chemin.

— Je suis sûr que vous avez raison, père, dit Kéret, mais pouvez-vous me dire qui nous poursuivons ou ce que nous poursuivons ?

— Les Bédouins de l'Arabah, bien sûr, répondit Eshkol. Ceux-là même dont tes oncles et moi sommes issus. Je t'ai dit que j'avais repéré des traces de cavaliers. Peux-tu me dire qui, à part les Bédouins, aurait su domestiquer le cheval par ici ? Qui préfère une bête aussi noble que le cheval à ces pauvres ânes ? Pourtant je ne saurais dire quel Bédouin a fait cela, ou à quelle tribu il appartient. Du moins pas encore. Mais pourquoi me poses-tu cette question ? Si tu avais écouté ce que j'ai essayé de t'apprendre depuis des années, tu ne la poserais pas !

Kéret fulminait, il se mordait les lèvres pour ne pas répondre...

— Je me soumets à la sagesse de mon père, répondit-il la gorge serrée.

— Sapristi ! ne t'y soumets pas, s'écria Eshkol. Fais attention à ce qui se passe autour de toi. Je ne serai pas toujours à tes côtés. Le jour où je n'y serai plus et qu'une tribu venue de je ne sais où viendra voler tes troupeaux, leur enverras-tu un gentil message les priant de te les ramener ou bien t'emporteras-tu ?

— C'en est trop, s'exclama Kéret qui saisit les rênes du cheval de son père et força les deux bêtes à s'arrêter.

Il regarda son père droit dans les yeux, furieux.

— Écoutez, dit-il, j'en ai assez. Père, je ne suis pas un lâche, et mon bras est aussi fort que le vôtre. Je peux me battre contre n'importe qui aussi bien que vous. La différence entre nous deux c'est que je ne m'emporte pas.

— Par tous les dieux, s'exclama Eshkol, voilà que la souris se redresse sur ses pattes de derrière et se met à rugir comme un lion !

Son regard devint froid. Le ton était dur. Tout sourire avait disparu de son visage.

— Bien parlé, souris ! mais si ta main ne lâche pas ces rênes illico...

Kéret poussé hors de ses gonds ne se maîtrisa plus.

— Ah ! dit-il d'une voix glaciale, que ferez-vous alors, mon père ? Me tuerez-vous ? M'étriperez-vous comme un pourceau, comme je vous en ai si souvent entendu menacer Lot ? (Ses mains serraient les rênes de cuir.) Eh bien, pourquoi ne vous mesurez-vous pas à moi ? Vous verrez que vous n'avez plus à faire à un jouvenceau effarouché. Allons, ça suffit ! Cette fois vous avez fini d'abuser de moi. Désormais je ne suivrai plus aucun de vos fichus ordres à moins que vous ne soyez prêt à me les faire suivre à la pointe de l'épée. Quand vous souhaiterez obtenir quelque chose de moi, il faudra me le demander comme vous le demanderiez à l'un de vos amis, sinon vous le ferez vous-même.

Eshkol lâcha les rênes.

— Tout doux, jeune freluquet, dit-il avec flegme, veux-tu donc descendre et me montrer cette virilité toute neuve que tu découvres à peine ? Je me suis parfois demandé si tu la trouverais jamais. Allons, mesure-toi à moi avec cette jolie épée encore vierge ! Bien sûr, faudrait-il encore que tu aies le courage de t'en servir et la force de la manier.

Kéret descendit de cheval et prit soin de l'entraver avant de faire face à son père.

— Dépêche-toi, mon garçon, dit Eshkol. J'en ai assez d'attendre.

— Vous n'en avez jamais été capable, rétorqua Kéret en dégainant calmement son épée. Ainsi donc, c'est votre seule façon de savoir si l'on est un homme ? Je suis différent de vous. Je suis lent à la colère, ce qui pour vous n'est pas preuve de virilité. Jamais, je le sais, vous n'accepterez que je sois autre chose que votre ombre.

Il ne put achever, Eshkol, furieux attaquait. Il feignit un coup d'estoc, battit le fer de Kéret d'un rapide coup de manchette. Celui-ci riposta avec la rapidité de l'éclair, para, rabattit le fer d'Eshkol puis dégagea, et recula avec un salut fort bref. Eshkol lui retourna son salut.

— Par tous les dieux, lui dit-il, mon garçon, tu as un bras d'acier ! Je suis fier de toi ! Qui t'a appris ces coups ?

Il se mit en garde et regarda son fils, l'air inquiet.

— Enosh m'a donné des leçons, dit-il. Enosh qui a tué Kedor Laomer, d'Elam, en combat singulier et a ainsi gagné sa liberté. Faudra-t-il donc que j'en fasse autant avec vous pour mériter la mienne.

— Eh bien, vois ça par toi-même, dit Eshkol en attaquant.

Il feinta un coup bas, engagea le fort de la lame de son fils contre le fort de la sienne qu'il fit voleter. Kéret para, rabattit l'épée de son père, allongea, mais s'effaça au dernier moment. La lame pointue avait atteint Eshkol au cœur. Une goutte minuscule de sang apparut. Le jeune homme rompit immédiatement.

— Touché ! dit-il.

— Oui, parbleu ! dit Eshkol. Excellent, mon garçon ! Diantre ! j'attendais ce jour ! Viens, allons, recommençons !

Il bondit comme un homme de la moitié de son âge, ponctuant chaque mouvement d'une joie féroce.

En parant, Kéret évita le premier coup. Mais Eshkol riposta, jeta à terre l'épée du garçon et, profitant de ce qu'elle était encore au sol, leva la sienne le plus haut qu'il put...

... alors quelque chose secoua son corps, long et musclé. Kéret devait se rappeler cet instant le reste de sa vie... Les yeux d'Eshkol se révulsaient, sa main s'était mise à trembler, sa bouche s'ouvrit.

— Mon fils, dit-il, je...

Il tomba lentement, face contre terre. Kéret s'agenouilla, posa la main sur son épée qui gisait dans la poussière. Une longue flèche traversait le dos de celui qui, il y avait quelques instants encore, était son assaillant.

Du regard, il balaya l'oued, serrant son épée dans la main, surveillant les alentours, prêt à bondir.

Alors juste à sa gauche, un cri sauvage éclata. Il fit volte-face et vit deux Bédouins qui fonçaient sur lui brandissant une épée. L'un d'eux portait un arc bandé. Eshkol essaya de se relever.

— Mon fils, arrête-les, cria-t-il, mais déjà, il retomba la face contre terre.

Kéret vit les cavaliers arriver au galop, prêts à le prendre chacun en écharpe. Il feignit d'aller d'un côté mais se jeta de l'autre, plongea sous les chevaux, les frappant aveuglément de son arme qu'il enfonça dans les tripes de la bête, presque jusqu'à la garde. Le cheval hennit, s'effondra. L'homme fut projeté en avant et retomba sur la nuque. Il poussa un grognement et demeura immobile.

L'autre cavalier qui avait d'abord ralenti chargeait maintenant avec un hurlement de rage. Kéret prit l'épée de son père dans la main droite et s'accroupit, prêt à bondir au moindre mouvement de son adversaire.

— Kéret! dit Eshkol qui gisait à ses pieds, grimaçant de douleur et de rage, le visage blême. Attention!... Attention!...

— Tout va bien, père, dit Kéret en se relevant. Je ne bougerai pas. Il ne vous touchera pas tant que je serai en vie.

Il leva la tête et hurla :

— Allons, viens me chercher, toi, Bédouin, mangeur de cochons! Viens essayer de me tuer, vermine, pédéraste! Allons, approche!

Il entrouvrit sa tunique montrant sa poitrine nue.

— Voici mon cœur. Montre-moi si ta fichue épée saura le trouver. A moins qu'elle ne soit bonne qu'à étriper des cochons ?

Il connaissait la portée de l'insulte. Aucune tribu des environs, la sienne y compris, même affamée, n'aurait jamais touché à de la viande de porc.

Le Bédouin chargea. Kéret fit tournoyer son épée de ses deux mains et transperça le cavalier au travers des côtes, le jetant à bas de sa monture. L'homme atterrit sur le dos. Le cheval prit peur et s'enfuit.

Kéret allait se précipiter sur son assaillant pour l'achever quand il se rendit compte de la profondeur de la blessure qu'il avait infligée. L'homme s'affaiblissait rapidement.

— Veux-tu me dire à quelle tribu tu appartiens et qui a volé nos troupeaux ?

— J'appartiens à la tribu de Yatpan, répondit le Bédouin, nous sommes venus voler vos bêtes il y a une quinzaine de jours.

— Et où vit-elle, cette tribu ?

— A deux jours d'ici à cheval, près du puits qui porte ce nom. S'il vous plaît, épargnez-moi, je souffre.

Kéret baissa les yeux, respira profondément, puis frappa le corps encore une fois, deux fois... Il y eut un soupir... puis plus rien.

Il secoua alors la tête et se tourna vers son père. Le visage émacié de l'homme avait perdu son maque d'impassibilité. Il avait l'air serein. C'était la première fois que Kéret le voyait ainsi en dix-sept ans.

3

Katsenut revint de sa longue marche au milieu de l'après-midi. Elle aperçut Agar en train de trier des dattes séchées.

— Maîtresse, lui dit-elle, laissez-moi faire ça, s'il vous plaît.

Agar perçut à sa voix qu'elle était épuisée. Katsenut avait en effet beaucoup vieilli depuis quelques années et elle souffrait des jambes.

— Non, répondit Agar, j'ai manqué d'égards envers toi, j'aurais dû envoyer quelqu'un de plus jeune là-bas.

Katsenut s'appuya un instant contre un tronc d'arbre, mais elle se redressa fièrement.

— Oh! il faudra bien qu'un jour vous me mettiez au rancart...

— Et pourquoi ça? répliqua Agar. Tu auras ta place auprès de moi tant que tu vivras. Quant à ces courses longues et éreintantes, je suis certaine que je peux les confier à quelqu'un d'autre. Pourtant, raconte-moi vite ce que tu as appris.

— J'ai laissé un message pour Shepset car elle était sortie avec les filles de Lot. Je crois qu'elles lui en font voir de toutes les couleurs! Elles sont intenables, disent les femmes du camp. Mais comment pourrait-il en être autrement?

— Tais-toi, tu ne sais que des on-dit sur Sodome.

— Non, maîtresse, je ne fais que répéter ce qui est rumeur publique.

— Laisse-les dire et ne t'en mêle pas. Ce qui m'importe, c'est de savoir comment va Shepset. Il y a si longtemps que je ne l'ai vue! Cinq ans, je crois... Non, c'est vrai, Ismaël avait sept ans. Il y a donc six ans. Que t'a-t-on dit à son sujet?

— Vous savez, maîtresse, cela dépend de la personne à laquelle vous parlez. Il y en a beaucoup qui la trouvent arrogante. Pourtant comment peut-on dire cela d'une esclave?...

— Shepset m'a dit un jour qu'elle avait un protecteur, je crois que c'est le seigneur Eshkol, le frère de Mamré, qui aurait pris Lot à part et lui aurait déclaré que s'il la touchait une fois encore, il le tuerait. Il avait d'ailleurs un espion à Siddim qui veillait sur elle. Cela lui donnait un statut particulier : elle était en fait une esclave, mais il y avait des limites que nul n'osait franchir...

— Ceux de là-bas sont de méchantes gens, maîtresse.

Ils révèrent maintenant les dieux de la cité et vivent, dit-on, d'orgies.

— Ils sont immondes ! continua Agar et la seule bonne influence que reçoivent leurs filles vient de Shepset qui fait ce qu'elle peut, étant chargée de leur éducation.

— Les autres esclaves l'appellent la « princesse » pour se moquer d'elle.

— Pauvre Shepset, reprit Agar, nous avons tous eu nos malheurs mais je crois qu'elle en a eu plus que nous tous. J'espère qu'elle viendra me rendre visite, comme je le lui ai suggéré. As-tu bien remis ce message à quelqu'un de confiance.

— Je l'ai remis au seigneur Ezbon, je crois que c'est lui qui veille sur Shepset pour le seigneur Eshkol.

— Lot, dit Abraham, je veux te parler. J'ai ouï-dire... Enfin on m'a raconté certaines choses à ton sujet.

Abraham paraissait solennel, presque inquiet. Il était assis dans sa tente, jambes croisées. Une coupe de vin était posée entre eux deux.

— Qu'est-ce qu'on vous a raconté, mon oncle ? dit Lot en tapotant nerveusement ses genoux.

— En un mot, on m'a dit que tu avais adopté les mœurs de la ville.

Lot essaya de se tirer d'affaire :

— C'est exact, mon oncle, nous nous habillons comme les habitants de Siddim, car il est gênant de paraître étranger.

— Qu'est-ce que peut faire la façon dont tu t'habilles ? Non, ce que j'ai appris c'est que vous aviez une manière de vivre· différente, différente de celle de ton père. Toi qui aimes évoquer ton arrière-grand-père, le père de mon père, qui vécut à Our, je puis te dire que c'était un homme probe. Si, personnellement, je suis plutôt conservateur et suis les préceptes de mon père, je puis concevoir qu'on ait une façon de voir autre que la mienne. Le monde est vaste, il y a de la place pour tous. Seulement...

— Seulement ?

— A toi de continuer, mon neveu...

Le vieillard s'assit et scruta le visage de Lot, sans dureté, mais d'un regard pénétrant.

— Je sais que tu n'offres pas de sacrifices à El Shaddai, je sais que tu n'élèves pas tes enfants dans les voies du Seigneur Dieu, et j'en souffre, je te l'avoue.

Il attendit un moment, mais Lot ne disait toujours rien. Aussi, reprit-il d'une voix lente, en choisissant soigneusement ses mots :

— As-tu donc adopté la religion de la ville ?

— Oh ! non, mon oncle ! bien sûr que non ! Comment voulez-vous que je croie à leurs superstitions ? Je ne suis pas si bête !

— Comment peux-tu donc rendre un hommage aussi peu sincère aux us et coutumes des habitants de la cité ?

— Il faut savoir se faire aux us et coutumes des gens parmi lesquels on se trouve. Je dois faire tout mon possible pour ne pas les insulter. Vous vivez à l'écart des autres et c'est ce qui vous permet d'être inflexible dans vos attitudes. Mais moi...

Abraham reprit :

— Lot, je ne mâcherai pas mes mots. Les habitants de Sodome sont réputés pour cultiver certaines perversions, disons... sexuelles. J'ajouterai de plusieurs sortes. Je n'ai toutefois jamais été à Sodome et je ne fais que répéter ce que l'on m'a dit, sans y accorder trop de crédit. Mais que veux-tu...

Il regarda la figure bouffie de son neveu et ajouta :

— Entre toi et Zillah... tout va bien ?

— Mon oncle, s'écria Lot sur un ton de feinte indignation, c'est vous qui me parlez de la sacro-sainte unité familiale ! Vous qui avez engendré un fils par une concubine ! Une esclave affranchie ! Vous qui avez relégué votre épouse...

— Tu vas un peu loin, riposta Abraham qui commençait à s'irriter.

Mais Lot savait qu'il avait touché le point faible, il continua donc.

— Enfin, mon oncle, vous semblez oublier que je suis un homme mûr, et non un jouvenceau que vous pouvez vous permettre de questionner sur l'intimité de sa vie conjugale, sans vous attendre à ce que je vous renvoie les mêmes questions. Vous me posez des questions, par conséquent je vous en pose aussi !

Abraham leva sa main aux doigts effilés :

— Paix, dit-il. J'ai compris ce que tu voulais dire. Mais je tiens à te faire savoir que je n'ai pas renvoyé Sara. Loin de là. Quant à la concubine, qui s'appelle Agar, je n'ai pas vécu avec elle depuis le jour où elle est tombée enceinte. Rappelle-toi, Lot, que c'est l'ordre du Seigneur que j'engendre un fils, un héritier.

— Mon oncle, je vous en prie, je ne veux pas le savoir. La seule chose que je veuille établir clairement, c'est que je ne mets pas le nez dans vos affaires et ne vous espionne pas.

Abraham secoua la tête tristement.

— Lot, vois-tu, j'ai promis à ton père, mon frère...

— Je sais, et j'apprécie votre sollicitude. Mais de temps en temps, vous devez m'accorder le bénéfice du doute et ne pas nécessairement croire le premier délateur qui cherche à se faire bien voir de vous.

Abraham soupira.

— La réputation de Sodome est lamentable, tu le sais. Débauche, promiscuité, homosexualité, inceste. Aussi quand on me dit que tu as donné des fêtes qui coïncidaient avec celles des dieux de Sodome...

— Les raisons en étaient purement diplomatiques, mon oncle. Vous seriez sans doute surpris d'apprendre que je mène bien mes affaires et que je me suis enrichi depuis que je suis installé dans la vallée de Siddim. Je suppose que vous vous imaginez que j'ai gaspillé ma part d'héritage.

Abraham soupira encore une autre fois. Il regarda son neveu, l'air mécontent. Lot savait toujours s'en tirer.

— Enfin, tu réalises que je ne faisais que demander...

— Et que c'était pour mon bien ? Évidemment, mon oncle, et je l'apprécie vraiment. Mais je suis un homme mûr et souhaite que vous ne continuiez pas à me traiter comme si j'avais seize ans !

Abraham, le visage défait et triste, leva la tête. Il aperçut Énosh.

— Excuse-moi, dit-il à son neveu.

Puis s'adressant au nouveau venu :

— Énosh, je sais que tu ne viendrais pas nous interrompre pour une futilité.

— C'est exact, dit Énosh. Mais Kéret, le fils du seigneur Eshkol, vient d'arriver avec le corps de son père étendu sur la croupe d'un cheval bédouin. Un flèche lui a transpercé le dos.

Lot regarda Énosh.

— Excuse-moi, dit-il, tu as dit le seigneur Eshkol... ?

— Oui, maître, il essayait de retrouver la trace d'un troupeau égaré. Kéret nous a d'ailleurs confirmé que celui-ci avait été volé.

— Oh! reprit Lot, quelle tristesse, Tu feras mes condoléances à sa famille.

Shepset était assise sur les talons, au bord de la mare. Elle regardait les deux filles de Lot qui s'amusaient à s'asperger d'eau. Adah, l'aînée, était trop âgée, selon les normes cananéennes, pour se promener nue. Ses seins, à peine éclos, étaient fermes et quand sa sœur Elishéba l'éclaboussait elle se couvrait instinctivement la poitrine.

Elishéba, moins développée physiquement, montrait par contre des signes de précocité sexuelle qui, à Sodome, risquaient de lui attirer des ennuis si on ne prenait pas immédiatement les mesures nécessaires. Tandis que Shepset la surveillait, la fillette posa une main sur son petit ventre plat et commença à se caresser, tout en faisant des sourires suggestifs à sa sœur et en narguant Shepset.

— Arrête ça, dit Shepset d'un ton calme, tu sais ce que je t'ai dit à ce sujet.

— Ah! répondit l'enfant. Ma mère fait ça tout le temps et ses amis aussi, alors... C'est parce que ces choses-là ne t'intéressent pas que...

— Suffit! dit Shepset. As-tu envie d'aller te coucher sans dîner ?

— Essaie un peu et tu verras, j'irai le dire à mon père !

Shepset s'apprêtait à aller les chercher dans la mare, quand une voix derrière elle la fit sursauter.

— Shepset !

286

Elle se retourna.

— Ezbon ! tu m'as fait peur ! Qu'est-ce qui se passe ?

— J'ai un message pour vous de la part de notre maîtresse, Agar, elle désire vous voir dès que possible.

— Entendu. J'irai dès que...

— Autre chose, le seigneur Lot est rentré il y a
quelques instants. Il a déclaré que nous devions tous nous
préparer à partir pour Sodome, puis il a ajouté : « Dès que
je pourrai décemment partir, dès que je pourrai me libérer. »

— Se libérer ? Il est pourtant libre de faire ce que bon
lui semble... Je ne comprends pas.

— C'est une question de savoir-vivre, il ne veut offenser personne, prétend-il, du moins s'il peut l'éviter. Il
espère que les funérailles auront lieu d'ici peu, et selon
toute probabilité, c'est ce qui se passera. Le seigneur Abraham souhaite envoyer des hommes à la recherche des meurtriers le plus rapidement possible.

— Quelles funérailles ? Quels meurtriers ? (Shepset le
regarda les yeux ahuris.) Je n'y comprends rien. Qui est
mort ? Qui a été assassiné ?

— Le seigneur Eshkol, maîtresse ! Des Bédouins l'ont
tué. Ils avaient volé un de ses troupeaux, m'a-t-on raconté.

Shepset restait là, bouche bée. Elle n'entendit pas la fin
de la phrase. Eshkol était donc mort...

— S'il vous plaît, maîtresse, dit Ezbon qui attendait, le
seigneur Lot vous demande. Immédiatement. Je me dépê-
cherais si j'étais à votre place. Vous connaissez ses colères.

Shepset, le cœur serré, essaya de dire quelque chose
mais les mots s'arrêtèrent dans sa gorge.

— J'y vais tout de suite, dit-elle.

CHAPITRE XV

1

Padan-Harân connaissait depuis trois ans une famine comme on n'en avait encore jamais vu. Des pluies torrentielles avaient succédé à la sécheresse et la seule végétation qui avait survécu était ces broussailles vertes qui poussaient sur les flancs des coteaux, devenues brunâtres à la fin de la saison des pluies.

Ensuite il y eut dans les collines un incendie qui ferma la route de Harân à Karkémish pendant une semaine. Enfin, lorsque les premiers voyageurs quittèrent la cité hittite en direction de Harân, des sentinelles les prièrent de rebrousser chemin. Un nuage plus sombre que tous les incendies recouvrait désormais Harân : c'était la peste. Interdiction était faite à quiconque de traverser la ville. Les caravanes qui suivaient la route semi-circulaire reliant la mer au pays des Deux-Rivières étaient désormais détournées ou priées de se disperser. Il n'y avait plus assez d'eau pour pourvoir à leurs besoins, il n'était pas rare que des voyageurs trouvent des puits à sec là où les attendait habituellement une oasis.

A Harân, l'épidémie battait son plein. La victime, d'abord prise de frissons et d'une forte fièvre, accompagnée d'un pouls rapide et irrégulier, tombait ensuite dans une sorte de stupeur, de prostration. Quand les bubons, apparus à l'aine et sous les bras, étaient de la taille d'un poing d'enfant et gonflés de pus, la victime ne tardait pas à tomber en état de choc, puis dans le coma. On ne connaissait aucun remède au mal et la moitié de la ville avait succombé durant le premier mois. Désormais la cité était en quarantaine la plus stricte et le ravitaillement déposé aux portes de la ville par des gens de l'extérieur qui s'esquivaient rapidement.

Néanmoins grâce à cette quarantaine, on réussit à

empêcher la maladie de se propager. Elle n'atteignit que quelques rares bergers vivant presque à l'ombre de la ville, ce fut tout.

A Karkémish, Zakir et Ahuni s'étaient retrouvés sans ressources pendant cette période de disette. L'annonce des inondations et des incendies ne fit qu'accroître leur inquiétude. Et lorsque la nouvelle de la quarantaine parvint au camp hittite où ils s'étaient rendus pour y vendre des armes, cette fois, Zakir, toujours vigoureux malgré sa barbe grisonnante, réunit un conseil de guerre à la taverne où Ahuni, Belanum et lui prenaient généralement leurs repas.

— Je me demande, dit-il en buvant une tasse de vin, si nous n'avons pas fini notre temps à Harân. Après tout, je crois qu'il vaudrait mieux ne plus y retourner...

Ahuni le regarda avec stupéfaction :

— Ne plus y retourner ? (Il jeta un coup d'œil à Belanum puis fit un signe de tête à Zakir.) Nous t'écoutons avec tout le respect qui t'est dû, père.

Zakir prit une nouvelle gorgée de vin et s'essuya les lèvres avec une délicatesse presque exagérée.

— Vous savez que depuis la mort de l'honorable Nabousakin, j'ai été, pour ma part, mon propre patron. Mais le marché de Mari et celui de la vallée des Deux-Rivières ont périclité et j'ai perdu beaucoup d'affaires. En outre, je connais le côté superstitieux des gens du coin : à cause de cette épidémie, un commerçant de Harân ne fera guère d'affaires dans les années qui viennent, et cela jusqu'à ce que le tabou qui s'attache à cette ville ait disparu.

Ahuni regarda Belanum pour voir s'il approuvait. Le jeune homme auquel Zakir et Ahuni avaient fait faire des études pour devenir scribe était en charge de leurs livres de comptes depuis quelques années.

— Alors, Belanum, qu'en penses-tu ?

Belanum sourit :

— Je trouve que Zakir a raison. A mon avis, mieux vaut oublier Harân pour les années à venir. La cité doit se relever et n'est pas en mesure pour l'instant de reprendre des échanges commerciaux normaux avec d'autres cités. De plus, je ne suis pas très chaud à l'idée de retourner dans une ville qui sort d'une telle épidémie.

— Et puis regardez ce que nous laissons derrière nous, reprit Zakir : une maison, quelques biens. A nous trois nous avons assez de ressources pour nous débrouiller pratiquement n'importe où. Nous jouissons d'un certain crédit dans le Kizzuwatna et les villes de la côte. Nous pourrions nous installer à Ebla, Ougarit, Arvad, n'importe où. Aussi bien vers le nord et tenter notre chance à Kanish, Ankuwa, Malataya...

Ahuni ayant jeté un regard inquiet, Zakir s'enfonça dans son siège et regarda son fils adoptif, qui parut se détendre.

— Excuse-moi, père, dit-il avec gentillesse, c'est que, vois-tu, j'ai du mal à changer ma routine et les idées nouvelles... idées...

— Je sais, dit Zakir, mais pensez-y tous les deux et réfléchissez à l'endroit où vous voudriez redémarrer nos affaires.

— En tout cas, d'après ce que vous dites, maître, je comprends que Karkémish n'est pas l'endroit où vous voudriez vous installer, reprit Belanum.

Zakir haussa les épaules :

— Nous connaissons déjà Karkémish. Nous y avons passé toute la saison des pluies à mettre en ordre nos affaires. Je me rends bien compte que l'un comme l'autre vous en avez assez autant que moi.

— Je vais réfléchir à la question, père. Mais as-tu personnellement des idées sur l'endroit où tu aimerais te fixer, as-tu des préférences ?

Il se tourna vers Belanum :

— Et toi, Belanum, qu'en penses-tu, as-tu quelque idée ?

— Je m'en remets à Zakir, répondit Belanum.

Zakir se rassit sur son tabouret, les épaules bien calées contre le mur de pisé de la taverne.

— A vrai dire, j'aimerais un endroit ni trop humide ni trop froid. Je dois avouer que tout ce temps que nous avons séjourné à Mersin, entre le vent glacé de l'hiver qui nous arrivait des collines et l'humidité qui provenait de la proximité de la grande mer, mes articulations m'ont fait constamment souffrir. Je deviens vieux...

— Parfait, continua Ahuni, éliminons d'office Ougarit et Malataya maintenant que je sais ce que tu ne veux pas. Pour le reste, je dois aller faire un tour du côté des portes de la cité, dit-il en se levant. Je dois réfléchir.

— S'il te plaît, puis-je y aller avec toi ?

Ahuni ayant opiné de la tête, Belanum le suivit après avoir salué Zakir, laissant respectueusement un pas entre le jeune armurier et lui.

Zakir soupira, finit sa tasse et la montra à la cabaretière. Celle-ci trottina vers lui, pieds nus, à pas feutrés, et s'en fut la remplir à l'amphore. Puis elle la plaça devant lui et le regarda :

— Je n'ai pas pu m'empêcher d'entendre votre conversation, dit-elle. Vous voulez partir, mais sans savoir où vous voulez aller.

— C'est exact, répondit-il, as-tu quelques suggestions à faire ?

— La seule est que de temps en temps il est bien pratique d'aller trouver un voyant. Êtes-vous superstitieux ?

— Oh ! Je l'ai été. Il fut un temps où je n'osais rien entreprendre sans prendre conseil de mon astrologue. Pourquoi cette question ? Connaîtrais-tu quelqu'un par ici ?

— Oui, je connais quelqu'un. C'est un médium, de Damas, un certain Barhaddad.

— Tu veux dire un astrologue ou un numérologue, je suppose.

— Non, un médium. Il parle quand il est en transe. Il est bien connu par ici et dans l'empire hittite. C'est lui qui avait prédit le fléau qui s'est abattu sur Ghazir de Ougarit. Il en avait même donné le jour précis. Comme il a prédit l'épidémie de peste qui s'est abattue sur Harân.

— Dieux du ciel ! Il se spécialise dans les catastrophes, ton médium ?

— Bien sûr que non. C'est également lui qui avait prédit la prospérité de Azitawadda.

— Ça suffit, dit Zakir, finissant son vin. J'ai eu assez à boire pour l'apprécier mais pas assez pour ne pas pouvoir me rappeler ce qu'il m'aura dit !

Quand il fut mis en présence du médium, Zakir faillit se sauver. Apparemment ce Barhaddad était fou, il balançait la tête d'un côté, de l'autre, n'avait aucun contrôle de ses mouvements. Il bavait, ses yeux étaient révulsés, ses paroles inintelligibles. Son compagnon posa la main sur le bras de Zakir et murmura :

— Il ne parle qu'araméen, je te servirai d'interprète. Tu as l'argent ?

Zakir lui tendit une bourse.

— Très bien. Sois patient, donne-lui ta main.

Les doigts osseux du visionnaire cherchèrent immédiatement la main de Zakir et la serrèrent avec une violence inouïe.

— Détends-toi, dit l'assistant, pense à ce qui t'amène à consulter Barhaddad, de Damas. Pense...

Ses mots furent couverts par un déferlement de syllabes araméennes. Le fou ne pouvait plus s'arrêter.

— Qu'est-ce qu'il dit ? demanda Zakir.

— Il dit, traduisit l'assistant, que tu dois éviter d'aller vers le sud car ce territoire sera visité par les dieux du feu. Le feu tombera des cieux, comme la pluie.

— Continue.

— Il dit qu'il faudra que tu traverses le feu pour trouver l'eau qui guérit. Tu devras frôler la mort si tu veux trouver un havre de paix à la fin de ta vie. Il dit que tu es un homme seul, un solitaire, et que toute ta vie durant tu as voulu mettre fin à ta solitude. Que tes souhaits seront comblés, mais qu'auparavant il te faudra faire face à ce que tu redoutes le plus : perdre ce que tu aimes le plus au monde avant que tes désirs soient satisfaits...

Zakir, de marbre, ravala sa salive :

— Non, je vous en supplie, non !

— Il dit qu'il n'y a pas d'autre alternative, et que tu devras connaître le malheur avant de trouver ce que tu as désiré toute ta vie. C'est ton destin. Nul n'échappe à son destin.

Zakir se leva, la main devant les yeux :

— Par pitié, arrêtez !

L'assistant recula en souriant. La tête de l'idiot retomba sur sa poitrine comme une marionnette dont le montreur vient de relâcher les fils.

Zakir donna un coup de pied dans sa chaise, se dirigea en titubant vers la porte.

— Ahuni, dit-il, Ahuni...

2

Le clair de lune éclairait le pied des coteaux. Les rayons d'argent miroitaient dans les eaux paresseuses du fleuve qui s'enroulait autour de la cité. Les feux d'une demi-douzaine de camps scintillaient sur les pentes des collines. L'air était clair et frais.

Ahuni rejeta la tête en arrière et le huma, savourant les riches odeurs de la nuit.

— Ah! dit-il à Belanum, quel endroit merveilleux!

— Oui, Ahuni, répondit Belanum sans autre commentaire.

— Tu sais, je ne parle pas pour moi, mais Zakir a raison. Le temps où nous pouvions considérer Harân comme la base de nos activités tire à sa fin. Tant que vivait l'honorable Nabousakin, c'était bien. Hélas! ses fils se sont répartis ses biens comme des chacals se partagent une dépouille. Ils n'ont pas besoin de nous. Et puisque nous n'avons pas de débouchés dans notre pays d'origine, il est temps de partir et d'avancer.

Belanum se mit à marcher à côté d'Ahuni tandis que celui-ci faisait lentement le tour des murs de la cité.

— Je suis de ton avis, reprit Belanum, mais où aller? As-tu une idée?

— Pas encore, pour être franc, mais j'ai l'impression qu'un signe viendra, nous disant où aller.

— Tu veux dire une sorte d'augure?

— Je n'en sais rien, ce n'est qu'une impression. Mais je

suis de plus en plus persuadé qu'il y a un endroit qui nous est destiné. Belanum, crois-tu au destin ?

— Je ne sais pas. Avant je ne croyais en rien, mais depuis que j'ai fait votre rencontre, je crois à la chance !

— Je sais ce que tu veux dire. Mais c'est plus que de la simple chance. Je sens par moments que quelque chose veut que je fasse ceci ou cela, que mon destin me pousse vers l'inconnu. Et ce sentiment, je l'ai éprouvé lorsque Zakir m'a acheté comme esclave, quand Binshoumedir nous a repêchés de l'Euphrate, quand Nabousakin a voulu nous honorer de son amitié. Et maintenant encore, je sens que quelque chose va nous arriver, qu'un signe guidera nos pas.

Les deux jeunes gens se turent et continuèrent leur route, incapables de penser que les pressentiments d'Ahuni n'étaient pas loin de se réaliser.

3

Zakir ne rentra pas ce soir-là. Il passa la nuit à errer dans les rues en réfléchissant. Sa visite au devin l'avait terrassé et il s'était retrouvé seul pour accuser le coup. Il finit par faire irruption dans un bar, au moment de la fermeture. Il jeta sa bourse sur la table et persuada le cabaretier de le laisser tranquille tant qu'il aurait assez d'argent pour s'offrir à boire. Puis, n'ayant plus sou qui vaille, il partit dans la froidure du petit matin, rendit la moitié de ce qu'il avait ingurgité et rentra lentement, titubant vers la demeure qu'il partageait avec Ahuni et Belanum.

Ahuni s'éveilla en entendant claquer la porte.

— Père, dit-il d'une voix ensommeillée, nous nous demandions où tu étais.

Il s'assit, se frotta les yeux et reprit :

— Oh ! je vois que tu as fait la bringue. Il y a longtemps que cela ne t'était pas arrivé, je croyais que c'était fini.

Allons, viens que je t'aide à te mettre au lit! Il nous est arrivé des aventures extraordinaires ce soir, nous te les raconterons lorsque tu te réveilleras.

Zakir le regarda fixement, il avait du mal à respirer.

— Il m'en est arrivé une fort désagréable à moi... et tout le vin de Karkémish n'a pu m'aider à m'en débarrasser!

— Pauvre père, reprit Ahuni, dis-moi ce que je puis faire pour toi?

— Rien, vraiment... Je suis probablement stupide et cela me met de mauvaise humeur. Je me laisse tourmenter par tout un tas de choses, par ce qui se passe à Harân, par le fait que nous n'ayons plus d'endroit où nous sentir chez nous... J'ai l'impression de me retrouver quelques années en arrière, au moment où je t'ai rencontré, et rien que d'y penser j'en ai des sueurs froides!

— Étends-toi et repose-toi pour l'instant. Veux-tu manger quelque chose?

— Manger quelque chose? Que non!

— Il faut tout de même que je te raconte, je ne peux plus attendre, il faut que je te fasse part de ce que j'ai appris. Peut-être est-ce la réponse à nos prières, qui sait? Figure-toi que j'ai fait la connaissance d'un homme qui avait une épée faite par Belsunu, mon père naturel, puisque dans le fond c'est ce qu'il était.

— Belsunu?

— Oui. J'ai également appris qu'il avait été au service d'un riche cheik de Canaan il y a douze ou treize ans. Cette épée a servi dans une guerre et l'homme que nous avons rencontré l'avait achetée à la veuve d'un soldat qui s'y était battu. Elle porte d'ailleurs des marques de la bataille.

— A Canaan, dis-tu?

— Oui, père.

Zakir eut un serrement de cœur en percevant la joie du jeune homme qui continua:

— Et il y a bien des chances pour que nous trouvions du travail là-bas, à Canaan. De toute façon, nous cherchions bien un endroit où aller?

Zakir secoua la tête, pour s'éclaircir les idées, mais le regretta immédiatement. Il fut pris d'une douleur lancinante juste derrière les yeux. Il eut une nausée et l'impression de s'évanouir.

« Parbleu, se dit-il, me voilà au lait de chèvre pour un mois. »

Il s'étendit sur sa paillasse.

— Continue! dit-il à Ahuni.

— Eh bien, il y a une chance que Belsunu soit encore en vie. Et, si c'était le cas, peut-être ce riche cheik du nom d'Abraham pourra-t-il me dire où il est à l'heure actuelle.

Zakir ferma les yeux. « Voilà, pensa-t-il, ne m'a-t-il pas dit que je le perdrais? Est-il façon plus atroce de perdre un fils que l'on aime plus que tout au monde que de le rendre à son père naturel? »

Il ouvrit les yeux et regarda Ahuni. Le jeune homme paraissait lointain.

— Imagine, père, le peu de chances que j'avais de rencontrer dans un trou perdu comme Karkémish quelqu'un qui connaissait Belsunu. On dirait un signe du destin, quelque chose qui me pousse à essayer de le retrouver.

Zakir en eut un tel coup au cœur qu'il en oublia son mal de tête et ses crampes d'estomac. Le destin. Le destin... C'était ça le destin.

Ils envoyèrent Belanum acheter du bétail pour le voyage. Il s'y entendait et acheta trois chevaux vigoureux. A la fin de la journée, il se dirigea vers l'auberge où il avait promis à Zakir et à Ahuni de les retrouver, tout content de s'être si bien débrouillé.

Belanum était un excellent homme d'affaires. Il savait conclure un marché et, dès le début de son apprentissage de scribe, avait fait preuve d'une extrême facilité à se rappeler d'interminables colonnes de chiffres, sachant toujours où ses partenaires et lui en étaient financièrement parlant. Il avait aussi un sixième sens pour acheter ou vendre au bon moment, en en tirant le maximum de profit. C'était Belanum par exemple qui avait conseillé à ses amis de ne pas investir leur argent dans des biens fonciers lorsqu'ils étaient partis de Harân, mais de le convertir en or, qu'ils pourraient toujours revendre plus tard ou troquer pour des bijoux de valeur, sous l'œil expert de Zakir. Tous deux étaient donc en partie redevables à Belanum de leur relative prospérité, alors que les autres exilés de Harân avaient été ruinés par la peste et la quarantaine.

Il grimpa sur le sommet d'une colline, au-dessus de la cité, et vit dans le ciel une étrange lumière.

Il se retourna pour contempler le coucher du soleil. Il n'avait jamais rien vu de semblable. C'était une véritable explosion de couleurs. Une fusion de toutes les nuances de l'arc-en-ciel. Des bandes d'orangé soulignaient les nuages bleu sombre, des lambeaux de violet côtoyaient des taches de rose. Il regarda autour de lui et vit des pâtres s'agenouiller et faire des signes pour se protéger du mauvais œil. Un présage ? Belanum fit une moue désapprobatrice. Il avait toujours pris à la légère les superstitions. « C'est nous qui sommes les auteurs de notre propre destinée, songeait-il, grâce à l'aide de notre intelligence et d'un peu de chance. » L'idée que des signes pouvaient apparaître dans le ciel pour vous guider lui semblait absolument ridicule. Mais, à force de vivre auprès de quelqu'un d'aussi superstitieux que Zakir, n'était-il pas en train de se laisser contaminer ? Et ces couleurs barbouillant ce ciel en folie, ces teintes étranges, cuivrées, ne seraient-elles pas un signe ?...

Il eut froid, frissonna, puis se dépêcha de redescendre vers la cité.

CHAPITRE XVI

1

En marchant dans les collines, Abraham rencontra son fils qui jouait avec deux amis. Il était facile de repérer Ismaël dans un groupe d'enfants de son âge. Il avait énormément grandi en un an et rattraperait son père d'ici peu. Il étaït robuste, râblé et avait la peau aussi foncée que ces jeunes garçons à demi bédouins qu'étaient les petits-fils de Mamré, Mesha et Hanniab. Ses cheveux et sourcils étaient aussi noirs que ceux d'un Hittite ou d'un Égyptien.

Abraham secoua la tête. Il se rappelait, non sans souffrances, la vision de la nuit précédente. « Ce sont des rêves se disait-il, je dois les recevoir comme une bénédiction, et ne pas les considérer comme une calamité. » En tremblant, il se signa contre le mal. Mais ses doutes revinrent avec plus de force que jamais. Et si... Et si... la voix qu'il avait entendue pendant toutes ces années, si cet esprit qui lui était apparu, qui lui avait parlé dans ses rêves... n'était pas Dieu, mais l'esprit d'un démon ou un faux dieu? Il ferma les yeux, son cœur se mit à battre vite, très vite. Il supplia Dieu de le pardonner. « Seigneur, pensa-t-il, je ne voulais pas dire ça, mais... »

Il continua à regarder jouer Ismaël et ses amis et s'aperçut qu'ils s'amusaient avec les chevaux de Mamré. « Si on les y prend, se dit-il, ils seront battus, et il faudra que je reconnaisse qu'ils ne l'auront pas volé. » Pourtant Ismaël s'en moquait éperdument et les jeunes garçons qui étaient avec lui préféraient prendre une dégelée plutôt que de se voir mépriser par l'adolescent. De toute évidence, Ismaël était un chef, sans peur, ayant confiance en lui. Il n'y avait qu'à le voir s'approcher d'un cheval, faire montre d'une patience incroyable si besoin en était. Depuis treize ans il avait été le prince non couronné de Canaan.

« Un prince, se disait Abraham, et bientôt un roi... »

Cette pensée lui transperça le cœur, comme un glaive. Il aurait dû être heureux, il le savait, et même jubilant, depuis le rêve de la nuit précédente, et pourtant...

« Mon fils premier-né, se disait Abraham... Le premier de mon camp à avoir été circoncis et consacré à Dieu dans ce nouveau pays qu'il nous a donné. Et voilà que maintenant... »

« Je te demanderai de nombreux sacrifices », lui avait dit un jour le Dieu, et lui, Abraham, les avait offerts volontiers. Mais aujourd'hui...

« ... Mon fils premier-né, pensait Abraham, serait-il, lui, un de ces sacrifices que je dois offrir à Dieu ? Ce garçon robuste, plein de vie, qui inspire le respect de ses pairs comme celui des adultes ? » Et pour la centième fois de la journée, il supplia Dieu de lui demander quelque chose d'autre comme preuve de sa foi. N'importe quoi, n'importe quoi.

2

Après avoir longé la côte, Ahuni, Zakir et Belanum se retrouvèrent au pied du massif gigantesque des monts du Liban. Ils évitèrent Tyr et traversèrent de hautes terres vallonnées, virent des lauriers poussant au milieu de platanes, d'érables et de bosquets qui se cachaient au fond des ravins, comme les fleurs blanches incomparables des poiriers sauvages. Les insectes bourdonnaient dans les styrax, les cerisiers en fleur teintaient de rose les collines.

Ahuni avait le cœur débordant de joie. « Vraiment, se disait-il, c'est le pays de cocagne. Ne pourrions-nous pas nous installer ici quelque temps ? N'est-ce pas l'endroit rêvé pour permettre à Zakir de s'établir ? Il vieillit et paraît las de voyager sans cesse. Il faudra, hélas ! qu'un jour je continue à avancer et que je le laisse derrière. »

C'était remuer un fer chauffé à blanc dans son cœur, mais il savait bien que ce moment viendrait, et il espérait que le pays où son père adoptif déciderait de se fixer serait un pays verdoyant, aussi agréable que celui-ci, un endroit où il pourrait jouir d'une vieillesse paisible et heureuse, où le climat serait doux... Il soupira :

— Père, jusqu'à présent tout ce que j'ai vu de ce pays me plaît. Cela me plaît même beaucoup.

— Effectivement, l'endroit me semble fort agréable, mais nous ne savons rien sur ses habitants. Ils peuvent être hostiles et belliqueux.

— Tant mieux, dit Ahuni en souriant, nous n'en aurions que plus de clients à la forge! C'est toujours le problème avec ces cités du nord : leurs habitants sont trop pacifiques. Que peut-on y espérer comme travail ?

— D'accord, d'accord, dit Zakir, mais reconnaissons que de temps en temps j'aimerais mieux te voir suivre mes traces et te lancer dans la fabrication de bijoux et de parures que l'on arbore dans les cérémonies. Les gens qui achètent ce genre de choses vivent, en général, dans des endroits où l'économie est stable.

— Stable ? reprit Ahuni. Prétends-tu que la ville d'Our ait une économie stable ? Et puis, je suis désolé, père, mais à la forge tu es avant tout un artiste alors que, moi, je suis un artisan. J'ai un bon coup de main, mais seulement pour fabriquer des choses pratiques.

— Pratiques ? Crois-tu que l'on puisse appeler cela une chose pratique que de couper des bras et des jambes ou de briser des crânes ?

Ahuni haussa les épaules. Ce genre de discussion revenait par moments mais jamais très sérieusement. Après tout, il était à peu près sûr qu'il était le fils d'un armurier et, qui plus est, de l'un des plus grands armuriers qui fût. Alors qu'y avait-il de plus naturel pour lui que de suivre les traces de son père ?

Quelle pitié que Zakir soit si susceptible à ce sujet ! Pourquoi fallait-il qu'il prît comme une offense personnelle le fait que ses talents soient orientés différemment des siens ? Et pourtant c'était parfaitement compréhensible. Depuis que son association avec Nabousakin était terminée, et qu'il avait perdu la possibilité d'exercer son métier, il se retrouvait, en un sens, forcé de vivre aux crochets d'Ahuni.

Celui-ci soupira. Il fallait trouver une façon de forcer Zakir à vivre pour lui-même et par lui-même. Et rapidement... Sinon, il deviendrait de plus en plus dépendant de son fils adoptif, ce qui aurait des conséquences désastreuses pour la réelle et profonde affection qu'ils éprouvaient l'un pour l'autre. Après tout, Ahuni avait un métier et ce métier l'amènerait souvent à bouger. Ces dernières années, Harân était devenu un véritable repaire de tribus et de nations belliqueuses, où se croisaient Hittites, Hurrites et habitants de Padan-Arâm, de Mari et d'Assyrie. La cité s'était avérée un point de départ idéal pour voyager dans les pays voisins et aller y vendre ses armes et ses connaissances en la matière.

De son côté, Zakir était tellement occupé qu'il n'avait guère eu le temps de s'inquiéter des fréquentes absences de son fils adoptif. Mais maintenant que faire ? Ahuni se creusait la cervelle depuis des jours. Toutes les solutions lui semblaient temporaires, insatisfaisantes.

Belanum, qui le devançait, s'arrêta et leur fit signe d'en faire autant.

— Ahuni, dit-il, des hommes se dirigent vers nous.

Ahuni regarda dans la direction indiquée. Au-dessous d'eux, sur les pentes qui menaient vers une vallée, allongée au pied d'une montagne qui ne pouvait être autre que le mont Carmel, un groupe d'hommes à cheval, armés, leur barrait le chemin. Ils étaient vêtus comme des Bédouins, paraissaient costauds et savoir ce qu'ils voulaient. Ils étaient six et portaient des arcs en bandoulière dans le dos.

Ahuni vint se placer à côté de Belanum :

— Laisse-moi passer, je vais leur parler.

Belanum s'écarta et le jeune forgeron fit avancer son cheval dans le sentier sinueux. A une douzaine de pas des Bédouins, il s'arrêta.

— Paix ! leur dit-il en araméen, levant la main en signe de paix. Je suis Ahuni, de Harân, forgeron itinérant, en quête de qui voudra bien de mes services. J'ai avec moi mon père et un ami. Nos intentions sont pacifiques.

Le jeune homme qui se tenait devant lui les scruta de la

tête aux pieds. Il avait un visage aux traits fins, viril, un regard direct. Ahuni aimait la façon dont il était campé sur sa monture.

— Je suis Kéret, de la chênaie de Mamré, répondit-il, fils d'Eshkol, regretté de tous. Vous me pardonnerez ma curiosité mais votre accent m'intrigue, ce n'est pas celui de Harân.

— Vous avez fort bonne oreille, répondit Ahuni, je suis originaire de Mésopotamie. Nous avons passé quelques années dans la région de Padan-Harân en tant que représentants d'un commerçant connu de Babylone et de Mari.

— Bienvenue en terre de Canaan, dit l'étranger.

Ahuni s'inclina :

— Vous me faites un grand honneur, dit-il, nous avions pensé planter nos tentes dans la vallée. Ayant assez de provisions pour tous, accepteriez-vous d'être nos invités ce soir ?

— Notre camp est déjà prêt, répliqua Kéret, l'honneur sera donc pour nous. Nous étions allés vendre des chevaux et nous rentrions chez nous. Vous êtes forgeron, dites-vous ?

— Forgeron et fils de forgeron, répondit Ahuni avec fierté.

— Alors peut-être aimeriez-vous vous joindre à nous ? Un forgeron trouvera toujours de l'ouvrage chez nous. J'appartiens à la tribu d'Eshkol et nous avons tous une prédilection pour les bons chevaux et les bonnes épées.

Il continua en regardant Ahuni droit dans les yeux :

— Si vous êtes bon forgeron, je puis vous assurer que nous vous accueillerons à bras ouverts. Êtes-vous bon forgeron ?

Belanum les interrompit :

— Le meilleur forgeron des territoires du nord.

Le jeune homme inclina la tête.

— Tant mieux, dit-il, je me réjouis de vous voir à l'œuvre.

De six ils se retrouvèrent neuf. Deux des hommes de Kéret avaient allumé un feu car la soirée était fraîche. Un autre trouva un mouton égaré qu'ils tuèrent, dépecèrent et firent rôtir. Ils arrosèrent leur festin du vin que Belanum avait pris soin d'emporter. Quand le moment lui parut approprié, Ahuni fit signe à Belanum d'aller chercher un paquet qu'il ramena cérémonieusement. Kéret sembla fort intéressé.

— Qu'est-ce que c'est ? dit-il.

— Vous nous avez demandé si Ahuni était ou non bon forgeron. Ouvrez donc ce paquet, vous en jugerez par vous-même. Il déposa ce qu'il avait apporté devant Kéret et s'éloigna.

— Si ce sont des échantillons de votre travail, dit Kéret, j'y jetterai volontiers un coup d'œil. Il dénoua la corde qui entourait le paquet et déroula l'étoffe qui les enveloppait.

Trois armes scintillèrent sur l'étoffe, caressées par la lumière dansante du feu de camp : une épée, une massue et une hache, aux formes à la fois gracieuses et meurtrières. Les yeux de Kéret étaient pleins d'admiration.

— Que mon père aurait été heureux ! dit-il.

Il souleva l'épée, en admira la lame effilée.

— Mon père aimait se battre plus que tout au monde. Enfant, je me rappelle son empressement : il fallait partir dès que retentissait l'appel aux armes. Son regard fulgurait... Chose curieuse, ma mère a beau m'avoir assuré que je suis son fils, je me sens tellement différent de lui que je me demande quel sang court dans mes veines...

Un des hommes de Kéret protesta :

— Kéret irait jusqu'à vous faire croire qu'il ne sait pas se battre. Mais son père, Eshkol, a été victime d'une embuscade il y a environ deux mois et c'est lui qui a tué les deux Bédouins qui l'avaient attaqué.

On sentait l'homme aussi farouchement fier d'Eshkol que de Kéret.

— Allons, reprit Kéret en souriant, après avoir doucement et respectueusement replacé l'épée, n'écoutez pas mon ami. Je suis l'héritier de mon père. Mais bien que je me sois entraîné au combat comme tout homme doit le faire, je n'y prends aucun plaisir, croyez-moi.

Il passa le vin à Zakir avec sollicitude. Ahuni remarqua la délicatesse de ses mouvements.

— J'ai par exemple approché Snéféru, l'Égyptien, le

plus vaillant guerrier que ce territoire ait jamais connu...

Il s'arrêta.

— Je suppose que je parle trop.

— Non, au contraire répondit Ahuni, nous entrons dans un nouveau pays et plus nous en saurons sur lui, mieux ce sera pour nous, continuez, s'il vous plaît...

— Je n'ai jamais vu de soldat aussi remarquable que celui-là. Je le regardais entraîner ses troupes de paysans, de bergers, de gens des plus ordinaires, il les traitait comme s'ils étaient l'élite des mercenaires.

Il sourit et une fois de plus Ahuni fut surpris par la précocité du jeune homme. Il avait la maturité d'un homme beaucoup plus âgé.

— Il venait parfois me parler, bien que je fusse encore un enfant...

— Que lui est-il arrivé ?

— Il est mort au cours de la guerre contre Kerdor Laomer, d'Élam.

Ahuni l'interrompit :

— Vous voulez dire contre les Élamites ?

— Oui, il fut victime, comme mon père, de la flèche d'un lâche. La façon dont il avait formé nos troupes et prévu les batailles nous a permis, à nous qui n'étions que de simples amateurs, d'avoir une armée d'hommes dévoués à la cause de mon père, de ses frères et du seigneur Abraham...

— Abraham..., répéta Ahuni.

Il se pencha en avant, détacha son ceinturon et le posa devant lui sans en retirer son épée.

— Vous avez bien dit Abraham ?

— Oui, c'est exact, mais il s'appelait alors Abram.

Kéret jeta les yeux sur le ceinturon patiné par les intempéries et le manche noirci de l'épée.

— Cette épée n'est sûrement pas votre œuvre. Elle est nettement plus vieille que vous. Drôle de forgeron que celui qui porte une épée faite par un autre !

Zakir se pencha en avant, l'air dépité, mais Ahuni n'y prêta pas attention et continua avec un large sourire.

— Sauf si vous êtes un forgeron qui avez eu la bonne fortune de tomber sur une épée faite par Belsunu, dit-il.

Tenez, sortez l'arme de son fourreau ! Vous voyez ce que je veux dire...

— Belsunu ? s'exclama Kéret, j'ai connu Belsunu. C'est lui qui avait façonné l'épée de mon père. Regardez-la.

Il dégaina son épée et la plaça à côté de celle du jeune forgeron dont il regarda avec étonnement le visage rouge d'émotion.

— Mon père avait énormément d'affection pour lui ! Tous, jeunes comme vieux, nous l'aimions ! D'ailleurs, à son enterrement...

Ahuni le regarda et pâlit.

— Il a été enterré ?

— Oui, dit lentement Kéret, je me le rappelle bien, c'était trois jours après mon anniversaire, il y a treize ans.

3

Ahuri, légèrement inquiet, Abraham regardait les trois voyageurs disparaître derrière la colline. Spectacle étrange que ces trois itinérants, pieds nus, vêtus fort simplement, non armés, sans provisions, malgré la longueur du chemin qu'ils avaient à parcourir et la rareté de l'eau.

La visite avait été encore plus étrange. Il y avait en eux quelque chose de différent... Il secoua la tête et s'aperçut en se retournant que Sara l'observait. Elle avait l'air ennuyée. Elle n'aimait pas ce genre d'énigmes. Il répondit à la question qu'elle n'avait pas eu besoin de formuler.

— Je ne sais pas, dit-il, je n'ai pas la moindre idée de qui ils peuvent être. En revanche, j'ai un sentiment des plus bizarres que je ne puis exprimer, l'impression qu'ils sont une sorte de signe, de présage...

— Des oiseaux de malheur ? riposta-t-elle. Allons, dis-moi.

— Certes pas, on dirait des pèlerins en quête de quelque chose.

— Mais ils ont dit qu'ils se dirigeaient vers Sodome. On sait quelle sorte de pèlerinage se termine à Sodome, le dépotoir de tous les vices !

— C'est précisément ce que je ne comprends pas. Pourtant, en partageant avec eux ce déjeuner, j'ai eu cette impression si étrange... Comme s'ils étaient... Disons que je n'ai jamais ressenti cela en présence de qui que ce soit... Sauf une fois.

— Quand ?

— Lorsque j'ai rendu visite à Melchisédech de Jérusalem. Non, ne te moque pas de moi, c'était vraiment la même chose. Sais-tu ce que l'un d'eux m'a dit après t'avoir vue ? « Félicitations, votre femme est enceinte. »

— Abraham, comment veux-tu qu'il l'ait su ? Cela ne se voit pas encore...

— C'est exactement ce que je veux dire.

Il la regarda droit dans les yeux et dit d'une voix ferme :

— Un autre détail : il a ajouté que l'enfant que tu portais en ton sein serait un fils. Sans aucune équivoque.

— Ciel ! j'espère qu'il dit vrai, et que tu auras véritablement un fils pour héritier et non ce bâtard engendré par une servante.

— Je t'en prie, s'il te plaît. (Il mit la main sur son bras, avec douceur.) Ce n'est pas le moment de se dire des choses désagréables mais de se réjouir. Un fils ! Un fils bien à nous ! Le fils promis par l'alliance...

— Oui, reprit-elle avec passion, un véritable héritier. Le vrai père de ta race. Le vrai roi de Canaan.

— Tu sais combien j'en serais heureux.

Il jeta les yeux vers le haut de la colline à l'endroit où il avait vu les trois pèlerins pour la dernière fois.

— C'est très étrange. Ils se dirigeaient vers Sodome, entre toutes les villes du monde. Pourquoi Sodome ? Qu'est-ce que tout cela veut dire ?

Sara ne répondit pas. De la main, elle caressa doucement son ventre caché sous sa belle robe aux couleurs vives. Un petit sourire triomphant effleura ses lèvres minces.

Agar trempa encore une fois le torchon dans l'huile, l'essora, puis le passa doucement sur le dos nu de son fils, regardant avec appréhension le jeune visage décidé.

— Comment te sens-tu ? Je ne te fais pas mal ?

— Non, mère, recommence, mais plus haut ! Encore plus haut !

Elle toucha son bras et sentit combien ses muscles étaient tendus.

— Mère, tu ne m'as pas fait la leçon cette fois-ci... Pourquoi ?

— Je ne sais pas, répondit-elle simplement, tout en passant délicatement le torchon sur les traces de coups qui marquaient le haut du dos.

— J'estime sans doute que la volée que tu as reçue suffit (elle effleura un endroit où le fouet avait entaillé la peau) ou peut-être ai-je estimé que tu n'avais rien fait de si terrible après tout...

Il se retourna rapidement :

— Je n'ai rien fait de mal. J'ai voulu dresser les chevaux de Mamré à sa place et pour ça je m'y entends mieux que quiconque. C'est donc une faveur que je lui faisais ! De quel droit Mamré m'a-t-il repris ? Je suis le fils d'Abraham et non le sien ! Pourquoi mon père n'a-t-il pas pris ma défense ? Ce n'est pas juste. Si c'était le fils de quelqu'un d'autre...

— Calme-toi, ton père a autre chose à penser. Mamré n'est pas seulement son ami, il est son associé et ils ne s'entendent pas toujours aussi bien qu'on pourrait le croire. Ils se disputent les plantations qui sont à l'est d'ici. Le fils d'Eshkol prétend qu'elles font partie de son héritage, tandis que Mamré les réclame.

— Je m'en moque, s'écria Ismaël. Un jour tout cela sera à moi, de toute façon, n'est-ce pas ?

— Je t'en prie, ne parle pas ainsi, et surtout si fort. C'est un sujet délicat. Ton père a des plans pour toi, mais rappelle-toi que nous ne devons pas les divulguer. Encore moins les claironner sur tous les toits. J'espère d'ailleurs que tu n'en as parlé à personne, ni à Mesha ni à Henniab. Allons, dis-moi la vérité...

Il évita de la regarder.

— Bon, supposons que je leur en ai parlé. N'est-ce pas la vérité après tout ? Ne serai-je pas un jour roi de Canaan ? Dis-moi, est-ce vrai ou faux ?

Il leva la tête et les mots s'arrêtèrent net dans sa gorge.

— Mère... dit-il.

Agar fit demi-tour et regarda derrière elle. Sara était là, les bras croisés sur la poitrine.

— Roi de Canaan ? dit-elle froidement. Est-ce le genre de stupidités dont tu lui bourres le crâne ? Pas étonnant qu'il ait des problèmes. Pour quelle raison a-t-il été battu cette fois ? As-tu volé des fruits ? Ou est-ce encore pure insolence ?

Agar réussissant à maîtriser sa colère parla aussi calmement qu'elle le put :

— Ça, dit-elle en mesurant ses paroles, c'est une affaire entre Ismaël, Mamré et moi.

— Tu oublies, ma fille, déclara sèchement Sara, que bien que libre et jouissant du statut douteux de concubine auprès du seigneur Abraham, tu es un membre de ma maison et que tant que tu en feras partie tu seras priée d'être polie.

Agar la regarda, étonnée que les paroles de Sara fussent moins fielleuses que d'habitude. Ce comportement froid et contrôlé lui ressemblait si peu qu'elle se sentit contrainte de s'excuser.

— Y a-t-il quelque chose que je puisse faire pour vous, maîtresse, dit-elle ?

— Non. Si ce n'est d'éviter d'encourager Ismaël à prendre des airs supérieurs. Je ne sais pas ce qui t'a prise, mais c'est à la fois ridicule et cruel de donner à cet enfant des ambitions exagérées.

Agar se leva les yeux brillants de rage :

— Des ambitions exagérées ? dit-elle furieuse. Mais il est le vrai fils du seigneur Abraham. Le fils premier-né. Le premier enfant parmi les nôtres à avoir été circoncis et marqué dans la foi.

Elle s'arrêta soudain, embarrassée. Elle avait honte de

s'être laissée emporter. Elle détestait le sourire condescendant de Sara. Quelque chose qu'elle n'aurait pu exprimer et dont elle avait peur lui fit tendre une main protectrice vers son fils.

Et puis, soudain, tout devint clair. Son cœur se serra d'angoisse.

— Vous n'êtes pas...

Elle vit le coup d'œil triomphant de Sara et tira Ismaël vers elle, en un geste possessif, désespéré.

— ... Vous êtes enceinte!... Après tant d'années! Après...

Sara inclina la tête en signe d'adieu et, seule femme et véritable épouse d'Abraham, elle s'en retourna avec dignité vers ses quartiers.

Le ciel était toujours barriolé des couleurs les plus étranges. Assis devant sa tente dans la chaleur de fin d'après-midi, Abraham somnolait.

Le soleil s'enfonçait paresseusement dans le mirage, sombrant dans un océan céleste richement coloré. Abraham s'endormit. Le crépuscule approchait. Le ciel s'assombrit. Un souffle de vent remuait les feuilles. Soudain il s'éveilla. Il n'eut pas vraiment la sensation de s'éveiller mais plutôt celle d'être affranchi de son corps, libéré de toute gravité et de toute sensation physique, comme l'impression de survoler le sommet dénudé de la montagne dont la base disparaissait sous des nuages impénétrables.

Il regarda au-dessous de lui et aperçut un vieillard agenouillé, décharné, nu, l'air misérable. Ses cheveux blancs flottaient dans une brise légère qu'Abraham, lui, ne pouvait sentir. Il tremblait de froid.

Il fallut un moment à Abraham pour réaliser que, le vieil homme, c'était lui. « Oui, pensa-t-il, je ressemble à ça. Je suis un vieillard faible, impotent, phtisique, gâteux. Ma vie touche à sa fin. » Cependant il regarda l'individu et devina les raisons de son angoisse. Cela n'avait rien à faire avec son âge, cela avait à faire avec...

Le sommet de la colline était maintenant baigné de lumière, et Abraham vit le corps du vieil homme se détendre, au point de partager avec lui ce sentiment de calme physique ineffable, qui enveloppait le pauvre corps agenouillé là-bas bien loin au-dessous de lui.

Il était en présence de Dieu.

Dieu devait être craint. N'était-il pas maître de la vie et de la mort? Ne pouvait-Il reprendre notre vie à son gré? Mettre fin au monde en un instant? Mais Il était davantage que crainte. Il était réconfort. Celui qui donne la vie autant que Celui qui la reprend. Il n'agissait pas par caprice, mais avec justice, et Lui seul avait le droit de vous demander de reléguer votre propre femme au second rang ou de sacrifier votre fils.

Les nuages se dissipèrent. Le vieil homme leva la tête et ses yeux cherchèrent Abraham qui, dans la vision qui venait de s'ouvrir, pouvait voir le grand bassin de Siddim, avec sa mer d'un bleu profond et les cités de la plaine nettement visibles.

Son regard se porta spontanément vers l'une d'elles qu'il savait être Sodome, ainsi que sa voisine, jumelle mais plus petite, Gomorrhe. Gomorrhe la dévoyée, Gomorrhe qui entretenait les vices de Sodome.

Le ciel s'ouvrit, au-dessus de ces villes une grande lumière brilla, une lumière qui produisait une chaleur terrible. Le doigt de Dieu touchait l'œuvre pourrie de l'homme. « Lot! Lot et les siens!... » songea Abraham.

— Seigneur, s'il vous plaît! s'écria-t-il, punissez les pécheurs si vous le voulez, mais épargnez les justes. Il y a sûrement des justes dans la cité... Peut-être y en a-t-il cinquante. Ne pardonneriez-vous pas à la cité pour cinquante justes?

Il connaissait, hélas! d'avance la réponse. A quoi bon cette question, il n'y aurait pas cinquante justes dans cette ville de malheur.

— Seigneur, dit-il désespéré, peut-être n'y en aura-t-il que quarante, que trente? Que vingt?

Abraham eut alors la certitude que, sur sa prière, Dieu épargnerait la cité si l'on y trouvait dix justes. Mais, il le savait, on ne pourrait y trouver dix justes...

Son cœur se serra. Lot, pensait-il. Lot, sa femme, ses enfants, ses esclaves, ses serviteurs... Voilà qu'ils étaient condamnés et condamnés à une mort horrible, car ces villes allaient être détruites... Il fallait qu'il arrive à les en faire sortir, à les ramener dans un endroit sûr.

Il ne plaida pourtant pas leur cause, mais baissa la tête, conscient de la destinée — non mentionnée, certes, mais inéluctable — qui allait s'abattre sur ces cités et sur ceux qui y vivaient lorsque Dieu déciderait de les châtier. Serait-ce dans un jour? une semaine? un an?

Tout à coup, il sut. Comme il sut que la vie dans le ventre de Sara était celle d'un enfant mâle : le fils promis, le vrai fils de son sang. Car ce ne serait pas avec Ismaël, le fils d'une concubine, que Dieu établirait son alliance éternelle. Ce serait avec le fils qu'il avait engendré de Sara. Il s'appellerait Isaac, nom qui veut dire « rire », et ce serait sa descendance qui régnerait sur la terre donnée par Dieu à Abraham. Ce serait Isaac qui deviendrait le Père des nations...

... Et lorsque la vie nouvelle coulerait dans les veines de l'enfant Isaac, tandis que l'alliance passerait à une nouvelle génération, la lumière de la vie s'étendrait à jamais sur Siddim. Oui, Sodome et Gomorrhe périraient le jour de la naissance d'Isaac.

Il inclina la tête, ne sachant plus que penser, prêt à accepter le jugement dur, impartial, implacable de son Dieu.

« Ismaël, songea-t-il, Ismaël! »

Il se réveilla, transi de froid. La nuit était venue et un brouillard froid s'installait.

CHAPITRE XVII

1

Ils venaient d'arriver dans une région entièrement différente. La saison des pluies d'hiver se terminait par une semaine de chaleur intense, amenée par un vent d'est, chaud et sec, qui remuait une nuée de poussière le long de la piste. Ahuni et ses compagnons n'avaient jamais rien vu de semblable.

— Quel beau pays ! dit Zakir. Il paraît désolé mais quand vous le regardez de près il exude la vie.

— Oui, reprit Kéret avec fierté, tout en saluant de la main un homme que l'on apercevait assis au sommet de la colline près de son cheval attaché.

— Regardez, c'est un des hommes d'Abraham. Comme vous le savez, nous avons encore subi quelques raids de Bédouins ces temps derniers. Il faut donc surveiller étroitement les alentours et assurer la protection des routes commerciales. Car nous sommes dans mon pays maintenant, le mien, celui d'Abraham, de mes oncles Mamré et Aner. Depuis la guerre des Élamites, personne ne nous revendique sérieusement cette terre, mais nous devons veiller à ce que les choses continuent ainsi. C'est pourquoi vous y aurez les meilleures chances d'y trouver du travail. Depuis la guerre contre les quatre rois une nouvelle génération est née qu'il faudra armer. Nos effectifs ont pratiquement doublé. Je sais que mon entourage vous accueillera à bras ouverts, mais je suis persuadé qu'Abraham et les siens en feront autant.

— J'ai hâte de le rencontrer, répondit Ahuni, plus il me parlera de Belsunu, plus je serai heureux. Ne m'avez-vous pas dit qu'Abraham était auprès de lui lorsqu'il est mort ?

— Oui, et il sera content de satisfaire votre curiosité. Mais permettez-moi de vous poser une question, car votre intérêt pour ce Belsunu sort de l'ordinaire. Était-il vraiment un forgeron aussi célèbre qu'on le dit ?

— Je le pense, mais j'ai d'autres raisons de croire qu'il était également...

— Ahuni, dit Zakir en l'interrompant peu innocemment... Je crois que j'ai entendu parler de cet Abraham lorsque j'étais à Harân.

Il se rapprocha de Kéret.

— Savez-vous s'il a vécu là-bas ? Je pense que j'ai dû traiter des affaires avec des gens qui l'ont connu, qui lui étaient peut-être même apparentés.

— C'est fort possible, continua Kéret. Abraham, dont le nom était alors Abram, est venu de Canaan en Égypte mais, auparavant, il avait passé de nombreuses années à Harân. Je crois qu'en lui parlant vous vous découvrirez de nombreux points communs. Une chose est sûre, c'est qu'il est, comme vous, comme Belsunu, Mésopotamien.

— Mésopotamien, dites-vous ? De quelle cité ?

— D'Our, sa famille s'y est installée bien avant la chute de la ville.

Zakir éclata d'un gros rire.

— Peux-tu t'imaginer, Ahuni, qu'un de mes compatriotes soit devenu un riche cheik ! Parbleu ! j'aime de plus en plus votre pays. Si j'arrive à y trouver du travail, je crois que je m'y installerai volontiers.

Tout en haut de la colline, une autre sentinelle perchée sur son cheval les observait. Elle répondit d'un léger signe de tête au signe que lui faisait Kéret. Elle semblait en alerte, armée, dangereuse. Ahuni jeta un coup d'œil rapide à Zakir, sans que Kéret le vît, et celui-ci acquiesça de la tête. Ils étaient de nouveau dans un pays civilisé, mais de quelle civilisation ?

Le messager, son cheval couvert d'écume, s'approcha de la tente d'Abraham. Il allait descendre de sa monture quand le vieil homme l'aperçut et vint le trouver.

— N'es-tu pas le messager que j'ai envoyé auprès de mon neveu, à Sodome ?

— Oui, maître, répondit le cavalier, en s'essuyant le

front avec le pan de sa tunique. Je suis Hanno, de Hébron, entré à votre service l'an dernier.

— C'est exact, et je te prie de m'excuser de l'avoir oublié. C'est mon âge... Mais parle-moi de mon neveu, qu'a-t-il à me dire ?

Hanno fouilla dans ses poches et en retira une tablette d'argile.

— Tenez, maître, je ne puis vous la lire. C'est dans une langue que je ne comprends pas.

Abraham prit la tablette et cligna les yeux pour en déchiffrer les minuscules signes cunéiformes.

— Évidemment que tu ne peux la lire ! C'est dans ma langue maternelle, lança-t-il avant de prendre connaissance du message.

Celui-ci disait : *Parle à mon oncle Abraham que je révère et dis-lui que je ne partirai pas de la cité. Jamais mes affaires n'ont été aussi prospères. Mon absence serait désastreuse pour certaines tractations immobilières auxquelles je travaille depuis deux ans.* Le vieillard secoua la tête.

— Le fou ! Quel imbécile ! Quel entêté !

Hanno haussa les épaules :

— Maître, il n'y avait pas grand-chose à faire pour le convaincre. De plus, ils entrent là-bas dans une sorte de fête qui va durer toute l'année, de caractère plus ou moins religieux.

— C'est précisément à propos de ces festivités que j'ai entendu des choses abominables, mon jeune ami. Si même le centième de ce qu'on raconte est vrai...

Il s'arrêta. Bien sûr que c'était vrai. Sinon, pourquoi Dieu voudrait-il détruire Sodome ?

— Mœurs dépravées. Blasphème. Homosexualité... Inceste... Je crois qu'il va falloir que je me décide à me rendre à Sodome pour en juger par moi-même et, si besoin est, ramener Lot et sa famille.

Hanno secoua la tête en signe d'incrédulité :

— Je doute fort qu'il revienne, maître ! Jamais il n'écoutera la voix de la raison, pas même venant de vous, maître.

Un sourire ironique traversa le visage du vieillard.

— Pas même venant de moi, dis-tu ? Mon ami, de moi,

moins que quiconque! Je n'ai jamais pu le convaincre de rien. Il en a toujours fait à sa tête. (Abraham soupira.) A part cela, l'as-tu trouvé en bonne santé ?

Hanno parut hésiter dans sa réponse :

— Heu... oui, maître, dit-il, en bonne santé. Mais leur façon de vivre diffère de la mienne, maître, et je ne pense pas qu'elle soit proche de la vôtre.

— Tu veux dire, je pense, qu'il a adopté sans réserve les mœurs de la cité.

Abraham avait de la peine à cacher sa tristesse, on le percevait à sa voix. Il pensait aux dix justes...

— Je t'en supplie, sois honnête avec moi !

— Je préfère m'abstenir de tout commentaire, maître.

— Je comprends. Merci d'y être allé, et je me rapellerai ce que tu as fait pour moi en t'y rendant. Il me semble vraiment que je devrais y aller moi-même pour mieux me rendre compte de ce qui s'y passe.

Il vit le visage chagriné du jeune messager.

— Tu préférerais que je n'y aille pas ? Tu veux me protéger. Tu penses qu'en dépit de tout ce que j'ai vu au cours de ma longue vie ce serait un choc !

— Je préfère ne rien dire, maître.

— Je vois. Merci.

Le serviteur s'éloigna. Abraham le suivit des yeux un moment. Puis il aperçut Agar, fragile, silencieuse, qui le regardait. En la voyant si près de lui, Abraham ressentit une tristesse encore plus grande que celle que lui avait causé les nouvelles apportées par Hanno.

— Bonjour, ma chère Agar, dit-il d'une voix morne, que puis-je faire pour toi ?

Il sentit qu'elle avait été tellement blessée qu'il n'osa la regarder dans les yeux.

— Maître, ma maîtresse Sara me dit qu'elle est enceinte. Est-ce vrai ?

— Oui, répondit-il, nous en sommes sûrs maintenant ?

Agar était au bord des larmes.

Elle reprit d'une voix plaintive :

— Sara, ma maîtresse, prétend que si elle met au monde un fils, Ismaël ne sera plus considéré comme le premier-né de votre maison, ne sera plus votre héritier...

Pourtant, c'est lui votre vrai fils, le premier-né de votre sang que vous aviez désigné vous-même pour héritier, le premier enfant marqué du signe de votre foi, le premier circoncis suivant les lois de votre Dieu...

Un sanglot l'interrompit.

— Agar, dit Abraham d'une voix lasse, ce sont les lois de mon peuple. Le fils d'une concubine n'est considéré comme héritier qu'en l'absence de descendance de la part de l'épouse. Tu le savais.

— Quand j'ai donné mon assentiment au concubinage ! Mais je n'ai jamais eu la possibilité de refuser. J'étais esclave et on m'a ordonné de devenir votre concubine, d'avoir un fils de vous... Et ce fils est beau, vigoureux, intelligent, le meilleur dont un homme puisse rêver. Et maintenant vous envisagez de le déshériter, après treize années de promesses !

— Agar, c'est la loi, la coutume.

— Vous êtes roi ici. En tout. C'est vous qui faites les lois. Si vous agissez ainsi, c'est par choix délibéré. Et par choix vous allez reprendre tout ce que vous avez promis à mon fils, le vôtre, parce que vous refusez de modifier une loi que vous pourriez changer d'un simple geste ! Seigneur, cela n'est pas juste ! Ni même honnête !

— Agar, tu vas trop loin !

— Trop loin ? répondit-elle avec véhémence. Par tous les dieux de mon peuple, comment osez-vous dire que je vais trop loin quand je ne fais que vous rappeler vos promesses et la seule chose honorable qui serait de les honorer, même si elles ont été faites à une ancienne esclave qui n'a partagé votre couche et engendré votre fils que sur votre demande expresse.

— Agar, que veux-tu que je fasse ? Les lois me sont dictées par notre Dieu lui-même.

— Votre Dieu (sa voix se fit amère), mais qui est-il donc ce Dieu qui vous dit de briser nos vies et nous fait déchoir d'êtres humains jouissant d'un statut privilégié à la condition de têtes de bétail de vos troupeaux. Et cela après la plus solennelle des promesses ! Non ! sanglota-t-elle, pire que du bétail, bien pire. Quand une vache a sa place chez vous, nous, nous n'en avons plus ! Après nous avoir fait miroiter le ciel, vous brisez nos espoirs au moment où mon fils atteint l'âge d'homme.

Abraham eut soudain une idée :

— Agar, Sara n'a pas encore mis au monde un fils, réfléchis à cela.

Il posa la main sur son épaule et ajouta :

— C'est entre les mains de Dieu.

Après son départ, Abraham alla s'appuyer contre un pin.

— Je vous en supplie, Seigneur, priait-il, c'en est trop pour moi. Ses paroles remuent un fer brûlant dans mon cœur.

Mais aucun signe ne lui confirma que Dieu avait entendu. « Il me met encore à l'épreuve, pensa-t-il. Si je fais ce qu'il m'ordonne, je suis coupable de toutes les injustices dont elle m'accuse... Et pourtant quelle autre attitude puis-je avoir devant l'ordre explicite du Seigneur si ce n'est celle de l'obéissance absolue. Si j'hésitais, ne serait-ce qu'un instant, ma propre vie, ainsi que celle des siens et de tous ses ascendants, risquerait d'être en danger. Pire..., peut-être n'y aurait-il pas de descendance... »

— Quelque chose ne va pas, maître ? demanda Hanno.

Abraham leva la tête sans mot dire. Il ravala sa salive et dit d'une voix rauque :

— Tout va bien... (Il se redressa, se contrôla.) Excuse-moi... As-tu un message pour moi, mon ami.

— Oui, maître. Le seigneur Kéret est de retour des territoires du nord. Il a ramené avec lui des visiteurs... et il a pensé que vous aimeriez les rencontrer, car, a-t-il dit, « ce sont des Mésopotamiens et le seigneur Abraham sera heureux de rencontrer des compatriotes et de bavarder avec eux dans sa langue maternelle ».

Abraham eut un faible sourire.

— C'est très aimable à lui. Aie la bonté de le remercier. Je te suis. Cela me fera du bien de les rencontrer.

2

Il y avait sur le flanc de la colline une source. On l'avait endiguée et on en avait fait un petit bassin où l'on pouvait se baigner. Kéret y mena ses compagnons de route. Ahuni, Zakir et Belanum lui furent reconnaissants de pouvoir s'y plonger. La poussière accumulée au cours de la journée de voyage leur collait au corps. Ahuni lava sa tunique et la mit sécher au soleil sur une pierre plate. Il était en pagne lorsqu'il releva la tête et vit que deux hommes les avaient rejoints. L'un d'eux était grand, mince, aux cheveux aussi blancs que sa barbe. Il avait beaucoup d'allure et paraissait fort bon. Ce devait être le patriarche Abraham. Il était accompagné d'un homme robuste, d'une trentaine d'années, au visage ouvert et souriant. Ahuni eut d'emblée de la sympathie pour ce dernier.

— Ah! seigneur, dit Kéret en s'inclinant (il se tourna ensuite vers ses compagnons), vous avez devant vous celui dont je vous ai si souvent parlé, le seigneur Abraham. Et voici notre ami Enosh, qui a vaincu en combat singulier Kerdor Laomer, d'Elam, roi des nations.

Il se retourna ensuite vers Abraham.

— Ce sont des compatriotes, seigneur; Zakir, de Babylone, marchand à Harân, son fils Ahuni, maître armurier, et Belanum, leur ami, un scribe.

Tous trois s'inclinèrent devant leur hôte.

Abraham était là, ses yeux rivés sur Ahuni, stupéfait:

— Je vous demande pardon, dit Abraham, si j'ai bien compris vous êtes le fils de cet homme qui est ici? (Il regardait Zakir, l'œil perplexe.) Pardonnez-moi, dit-il en s'asseyant sur une pierre plate, la main sur le cœur. Pardonnez-moi, j'ai cru voir un fantôme.

Ahuni s'approcha.

— Vous sentez-vous bien, maître? Voulez-vous prendre quelque chose pour vous remettre?

318

— Non, non, merci..., dit Abraham, c'est juste que...

— Oh! je vois, vous avez remarqué ma marque d'esclave et la barre qui la traverse? Vous voyez, maître, chez nous, être affranchi n'est pas considéré comme un anathème.

— Chez nous non plus, répondit Enosh en souriant. Je suis un homme affranchi moi-même, grâce au seigneur Abraham.

— J'en suis heureux, dit Ahuni. Non seulement Zakir m'a rendu libre, mais il m'a adopté et pris pour héritier. Il s'est montré un père et plus qu'un père pour moi.

— Ce n'est pas ça, dit Abraham. C'est la marque que vous avez dans le dos. Je n'ai connu qu'un seul homme qui la portait et je puis vous dire, mon ami, que d'ici à une vingtaine d'années vous lui ressemblerez comme deux gouttes d'eau.

Ahuni s'agenouilla devant Abraham les yeux brillants.

— Belsunu? demanda-t-il, vous avez connu Belsunu. C'était mon père naturel. Je ne me le rappelle pas. On m'a arraché à lui quand je n'étais encore qu'un bébé, mais j'ai toujours cherché à le retrouver...

Il ravala sa salive et ne put en dire davantage. Ses yeux étaient pleins de larmes.

Abraham se redressa et pria Ahuni de se relever. Lui aussi avait les yeux humides, un étrange calme s'était produit. Tous les regardaient, personne ne remarqua la tristesse de Zakir.

— Ahuni? dit doucement Abraham, est-ce là ton nom? Tu as ses yeux, ses épaules larges. Et tu as dit que tu étais forgeron? Armurier? Enosh, as-tu entendu cela? Un armurier. Ils ont ça dans le sang... La légende était vraie..., celle de la marque de Caïn. Ahuni, j'étais auprès de ton père quand il est mort. Il t'avait cherché partout depuis le pays des Deux-Rivières jusqu'aux frontières de l'Égypte. Il soupira et se mit à pleurer simplement, sans honte. J'étais avec lui au moment où il a fermé les yeux. Il était à la fois fort comme un bœuf et la personne la plus délicate et la plus douce que vous puissiez rencontrer. Je ne connais ni homme, ni femme, ni enfant qui ayant connu Belsunu ne l'ait aimé.

Ahuni essaya de parler mais l'émotion l'en empêcha.

— Ahuni, dit Abraham avec bienveillance, j'ai promis à Belsunu sur son lit de mort de continuer en son nom à chercher son fils, et je l'ai fait. Maintenant je l'ai trouvé. M'entendez-vous, vous tous ? J'ai trouvé le fils de Belsunu ! Enosh, ton cœur ne déborde-t-il pas de joie, nous l'avons retrouvé ! Je peux accomplir la promesse que je lui ai faite !

— Une promesse, maître ? dit Enosh.

— Oui, j'avais promis à Belsunu que si je retrouvais son fils, je le traiterais comme mon propre fils. Il en sera ainsi.

Le jour de leur arrivée au camp de la chênaie de Mamré fut un jour de réjouissances particulièrement pour ceux qui avaient connu Belsunu du temps de la guerre contre les Élamites.

Le soir, au cours du festin, Ahuni les entendit les uns après les autres raconter les hauts faits de son père. Il avait maintenant l'impression de le connaître personnellement. Abraham lui raconta ainsi la façon tragique dont Belsunu avait perdu sa famille, ses efforts infructueux et inlassables pour retrouver son fils. Il apprit aussi l'amitié profonde qui unissait le forgeron au célèbre guerrier égyptien du nom de Snéféru, et comment les armes de son père avaient permis à ceux qui étaient avec Abraham de remporter la victoire, malgré leur petit nombre par rapport aux armées des quatre rois. Enfin, et ce fut peut-être la plus merveilleuse et la plus émouvante de toutes ces histoires, Abraham raconta l'épisode tragique de Caïn, le paysan aux talents de forgeron, tombé en disgrâce dès les premiers jours du monde et marqué, ainsi que tous ses descendants mâles, d'un signe, une marque ressemblant à l'empreinte de la patte d'un lion. Lui, Ahuni, était donc de ses descendants, un enfant du Lion ! Une fois de plus, il s'émerveillait de son étrange destinée qui lui avait permis d'être rescapé, affranchi, adopté, et, plus encore, formé au métier de forgeron par quelqu'un du métier. Et voilà qu'aujourd'hui il se retrouvait au milieu d'amis qui avaient connu et aimé son père et qui, parce qu'il était le fils de Belsunu, l'aimaient et accueillaient ses compagnons. Il ne se rappelait pas avoir été aussi heureux de sa vie.

Déprimé, Zakir s'éloigna du feu de camp et du grand rassemblement. Il se sentait exclus, rejeté. Voilà qu'en quelques heures lui, qui avait été jusqu'à présent le seul père que l'on eût connu à Ahuni, se trouvait n'être plus qu'une sorte de tuteur. La raison même de cette célébration l'empêchait d'y participer.

Il avait déjà pas mal bu, mais cela ne l'avait pas aidé à se remonter le moral. Malgré tout, il ne s'éloigna pas des festivités sans emporter avec lui une outre de vin. La lune était presque pleine. Le ciel du désert clair. Il lui était facile de retrouver le chemin qui le mènerait à son camp. En marchant lentement et d'un pas assuré, il leva l'outre et fit gicler le vin rouge et âpre dans sa bouche ouverte jusqu'à la dernière goutte. Puis, en secouant la tête, il se remit à marcher... Soudain il s'arrêta.

Quel était ce bruit ? On aurait dit une voix de femme, appelant pour qu'on lui vienne en aide, ou peut-être la voix d'un enfant. Il tourna la tête d'un côté, de l'autre, pour essayer de repérer d'où venaient les cris. Ils semblaient provenir du ruisselet juste au-dessous de lui.

— Au secours ! aidez-moi, s'il vous plaît !

— Attendez, j'arrive ! hurla-t-il. Où êtes-vous ? Criez plus fort, je dois vous entendre pour repérer où vous êtes !

— Par ici ! s'il vous plaît, vite, vite !

Zakir se fraya un chemin à travers les broussailles et faillit presque subir le même sort que celui qui appelait au secours. Maintenant le clair de lune lui permettait de voir l'endroit où la rive s'était effondrée, mais il ne pouvait distinguer ce qui se passait au-dessous de lui.

— Où êtes-vous ? dit-il, je n'arrive pas à vous voir, je ne sais pas où vous êtes.

— Pas très loin, reprit la voix qui s'annonçait clairement comme celle d'un jeune adolescent, mais chaque fois que je bouge je glisse davantage ! Si vous pouviez me tendre le bras, peut-être pourrais-je m'y accrocher.

— Ce n'est pas une si bonne idée que ça, dit Zakir, redevenu sobre, en essayant de garder un ton calme et rassurant. Je n'ai qu'un bras. Si je vous le tends, je n'aurai plus rien pour me retenir, et nous risquons de glisser tous les deux. Mais regardez, il y a un arbre, je vais essayer de m'y accrocher et vous pourrez vous agripper à mes jambes. Avez-vous vos deux bras libres ?

— Oui, dit la voix. Je me suis fait mal aux jambes en tombant, mais mes bras n'ont rien eu.

— Parfait, reprit Zakir. Maintenant, ne bougez plus, je vais m'asseoir ici, je crois que je pourrai tenir.

— Au même moment, Zakir sentit une main s'agripper fermement à sa cheville. Ensuite le jeune garçon grimpa en ne se servant que de ses mains. Quand il se retrouva à côté de Zakir, il s'aperçut que sa cheville était trop douloureuse pour qu'il puisse se tenir debout.

— Viens t'asseoir sur cette pierre, lui dit Zakir, laisse-moi voir. Dis-donc, tu t'es bien arrangé la cheville... Une mauvaise entorse. Mais ce n'est pas en tombant que tu t'es fait ces marques-là ?

— Non, ça c'est quand on m'a battu pour avoir monté un des chevaux de Mamré sans permission.

— Je comprends, répondit Zakir avec un sourire. La même chose m'est arrivée autrefois. Écoute, je suis Zakir, de Babylone. Soyons amis, veux-tu ? A ce que je vois, je pense que je vais devoir t'aider à rentrer chez toi.

— Je suis Ismaël, fils du seigneur Abraham, dit le garçon qui tenta de marcher, mais poussa un cri. Je crois que vous avez raison. J'ai cru que je pourrais, mais...

— Ne t'inquiète pas, fiston, je n'ai rien d'autre à faire et je suis heureux de t'aider. Mais... je suis curieux. Dis-moi, je croyais qu'Abraham n'avait pas d'enfants. Il m'a dit que sa femme était enceinte.

— Je suis son fils et le fils d'Agar, sa concubine.

— Ah ! je comprends. Je me demandais comment il se faisait qu'Abraham laisse un autre cheik battre son fils...

— Il m'a élevé comme son héritier, mais il dit que, si Sara a un fils, je ne serai plus le sien. Ce n'est pas juste. Les gens ne devraient jamais reprendre une parole donnée, mais toujours tenir leurs promesses.

— Je suis bien d'accord avec toi, mon fils. Cela ne me semble pas juste. Mais ne va pas répéter ce que j'ai dit. Qui sait si je n'aurai pas à trouver du travail par ici pour mon fils, son ami et moi.

— Nous y sommes presque, c'est cette tente, là, à droite. Voilà ma mère !

D'abord Zakir ne put que deviner la silhouette mince et bien faite d'une femme. Puis, grâce au clair de lune, il aperçut la mère d'Ismaël. Comment s'appelait-elle ? Agar ? Elle était belle, avait les traits marqués des habitants du delta du Nil, les pommettes saillantes, un visage ovale. Elle le regarda, les yeux brillants.

— Ismaël, s'écria-t-elle, que t'est-il arrivé ?

— Je me suis fait mal à la jambe, mère... Cet homme m'a aidé. Voici ma mère, Agar, dit-il se tournant vers Zakir.

— Je suis votre serviteur, madame, répondit Zakir fort courtois.

Dans le même temps il se disait : « Oui, vraiment elle est jolie femme. Quel âge peut-elle avoir ? Trente-cinq ans ? Dire qu'on l'a forcée à être concubine d'un vieillard à la barbe grise comme Abraham ! Quel gâchis, bonté ! Quelle pitié ! »

3

— Ahuni, dit Abraham, j'ai beau chercher, je ne puis trouver trace de ton vénérable père, Zakir. J'aurais pourtant souhaité avoir des nouvelles de mes cousins de Harân. Belanum m'a dit qu'il connaissait certains de mes parents qui traitaient des affaires avec lui du temps où il était dans le commerce.

— C'est étrange, reprit Ahuni, je croyais qu'il était ici.

— Excuse-moi, dit Belanum, mais cela fait un bon moment qu'il est parti ; il ne se sentait pas bien. Je le trouve assez déprimé ces temps derniers.

— Zakir est un homme sensible. C'est ce que j'ai cru comprendre en l'entendant parler, en le voyant agir, continua Abraham.

— Oui, dit Ahuni, c'est d'ailleurs une des raisons, parmi tant d'autres, qui font que nous l'aimons, Belanum et moi. Zakir a du cœur et c'est ce qui le rend si vulnérable. Il a ses humeurs, et elles sont plutôt sombres depuis quelque temps.

— Oui, poursuivit Belanum, il est allé trouver un voyant lorsque nous étions dans le nord qui lui a transmis certaines prédictions particulièrement affligeantes.

— C'est étrange, dit Abraham. J'ai fait de forts mauvais rêves ces jours-ci. J'ai eu également des visions. C'en est assez pour m'inquiéter, bien que je sois beaucoup plus âgé et donc beaucoup moins impressionnable que Zakir.

Il fit passer la cruche qui contenait le vin. Belanum déclina son offre, mais Ahuni tendit sa coupe.

— N'aurait-il pas quelque autre raison d'être déprimé ? demanda Abraham.

— Vous êtes fort perspicace, maître, répondit Ahuni. Il faut comprendre que nous sommes au pays de Belsunu, mon père naturel, cela rappelle à Zakir que je ne suis pas son vrai fils, et c'est une affaire douloureuse pour lui.

— Pire que cela, reprit Belanum, il sent qu'il est en train de te perdre.

— Je m'en rends bien compte, dit Ahuni, et je regrette qu'il prenne les choses de la sorte, que je ne puisse arriver à le rassurer. Comment Zakir pourrait-il me perdre ? Je lui dois la vie. Je lui dois tout. Et même, si je ne lui en étais pas redevable, comment ne pas aimer Zakir ? Dis-moi, Belanum, as-tu jamais eu pareil ami ?

— Non. A part toi, répondit Belanum en baissant la tête.

— Eh bien, dit Abraham lentement, si j'éprouvais de pareils sentiments à l'égard d'un autre être humain, je n'hésiterais pas à lui en faire part...

Ahuni baissa les yeux et fronça les sourcils :

— Vous avez parfaitement raison, dit-il. Belanum, nous l'avons négligé. Si seulement il était ici !

Belanum se leva, chercha ses sandales.

— Avec votre permission, maître, dit-il, je vais partir à sa recherche.

Il salua Abraham et s'éloigna.

Abraham le regarda partir.

— Il est comme un jeune frère pour toi à ce que je vois. Tu as de la chance de les avoir tous deux comme compagnons, qu'ils te soient apparentés par le sang ou non. (Il soupira profondément.) Je voudrais bien avoir autant de chance que toi avec mes propres parents. J'ai un neveu à Sodome, dont je crains que l'on ne puisse jamais rien tirer. C'est même pire, et cela me fait mal de me l'avouer, mais je me demande jusqu'à quel point il s'est éloigné du droit chemin. Hélas! je sais qu'il est déjà fort loin...

— De quelle façon, maître? Veuillez excuser ma curiosité.

— Non, sens-toi libre de poser des questions. Tu es le fils de Belsunu, tu fais donc partie de ma famille. Je me sens beaucoup d'affinités avec toi et, tu vois, je serais heureux que l'enfant qui bouge dans le sein de ma femme te ressemble.

— Je vous en remercie, maître.

Abraham leva la tête, aperçut Enosh. Ahuni reconnut celui qui était venu à leur rencontre avec Abraham l'après-midi même.

— Seigneur, dit Enosh, vous m'avez demandé de vous dire dans combien de temps nous pouvions être prêts pour nous rendre à Sodome.

— C'est vrai, dit Abraham. Merci de me l'avoir rappelé.

Puis il se tourna vers Ahuni:

— Ah! cette mémoire... Heureusement qu'Enosh est là! Mais, j'y pense, Ahuni, aimerais-tu te joindre à nous et nous accompagner à Sodome? Nous en serions heureux, n'est-ce pas, Enosh?

— Certainement maître, répondit Enosh qui continua: Belanum m'a montré des échantillons de ce que tu es capable de faire, Ahuni. Tu es bien le fils de Belsunu! Et je ne peux pas trouver meilleur compliment.

On sentait à travers son sourire un homme sincère, un ami sur lequel on pouvait s'appuyer. Il se tourna ensuite vers Abraham.

— Maître, dit-il, vous m'avez demandé l'autre jour s'il

y avait une faveur que je désirais solliciter. J'ai réfléchi, j'ai une requête à vous faire, si vous me le permettez, et je vous la présente avec respect et affection.

— Quelle est-elle, mon ami ?

— C'est au sujet de Rekhmira, votre esclave. C'est un homme travailleur et capable.

— C'est exact.

— Il a été blessé à votre service. Il boite. Il serait mieux de lui donner un travail où il se servirait davantage de sa tête, qui est excellente, que de ses jambes qui le font souffrir.

— Jusqu'ici je suis entièrement d'accord avec toi. Continue, je sens que tu as une recommandation à me faire.

— Vous m'avez une fois de plus devancé... J'aimerais savoir une chose : depuis que vous m'avez affranchi après la guerre contre les Élamites, avez-vous été oui ou non content de mes services ?

— Tu connais la réponse... Tu sais très bien que tu es mon bras droit.

— Je fais ce que je peux, maître. Je poursuivrai donc ainsi ma requête. Ne croyez-vous pas que, si vous traitiez ainsi Rekhmira, il réagirait comme moi ?

Abraham sourit.

— Comme tu l'as dit, il m'arrive de temps en temps de te devancer. Rekhmira n'est pas seulement un de tes bons et fidèles camarades, c'est un homme que l'on aurait dû affranchir depuis longtemps et mettre à un autre poste. D'ailleurs, j'ai donné des ordres dans ce sens. Il recevra prochainement sa liberté et sera chargé des troupeaux que je possède au sud d'ici ; en compensation, pour les services rendus, il percevra un cinquième des revenus et une jolie somme d'argent.

— Seigneur..., dit Enosh visiblement ému.

— Ahuni, dit Abraham, toi aussi tu as été esclave. Nombre des gens les plus remarquables que j'aie jamais rencontrés étaient esclaves. Il n'y a pas de justice à ce sujet. J'y ai souvent réfléchi. J'apprendrai à mon fils, si un fils m'est donné, à haïr la pratique de l'esclavage et, à ma mort, je laisserai des instructions pour que mes esclaves soient affranchis.

Ahuni regarda Enosh. Tous deux avaient les larmes aux yeux.

— Seigneur, dit-il, vous avez mentionné que vous iriez à Sodome. Ce sera un honneur pour moi de vous y accompagner tous deux.

CHAPITRE XVIII

1

En débouchant de la petite place donnant sur l'avenue où habitait Lot, Shepset sentit tout à coup une main rugueuse lui saisir la cheville. Elle se débattit mais l'étau se resserra.

— Je vous en supplie, implora-t-elle.

— Du calme, du calme, dit une voix bourrue, laisse-moi te regarder, ma fille. Pas besoin de prendre des airs comme ça ! Tout est permis, c'est le festival !

— Laissez-moi tranquille, hurla-t-elle.

Dans sa rage elle s'empara d'une tuile tombée sur le rebord d'une fenêtre et frappa sur le poignet de son assaillant. L'homme hurla et la lâcha. Surprise, elle fila en courant, perdit une sandale en traversant la place noire de monde, tout en se débarrassant de l'autre pour ne pas être entravée dans sa course. Au bout de la ruelle où elle se trouvait, elle s'arrêta par prudence pour voir ce qui se passait sur l'avenue.

Un groupe de bambocheurs, hommes et femmes, arrivait. Ils lui tournaient le dos. Elle les laissa passer. Ils étaient débraillés, deux des femmes et un des hommes étaient nus. Devant elle une enfant traversait la rue en courant. Un des hommes l'attrapa et la tint à bout de bras.

— Viens ici, ma mignonne. Ha, ha ! la gentille petite fille !

Cela faisait déjà deux jours que le festival durait. Finirait-il jamais ? Elle avait réussi à ne pas se faire violer mais de justesse. La seule façon était de se tenir à l'écart des invités de Lot et d'essayer de continuer à surveiller ses filles qui, fortes du changement qu'elles avaient remarqué dans le comportement de leurs parents à son égard depuis la mort d'Eshkol, la narguaient ouvertement. Depuis qu'elles l'avaient vue se faire battre sur l'ordre de Lot, Shepset avait perdu toute autorité sur elles.

Mais voilà qu'elles s'étaient échappées et restaient introuvables. Shepset savait ce qu'il lui en coûterait lorsqu'elle devrait avouer à Zillah que ses filles avaient fait une fugue un soir de festival. Comment néanmoins en aurait-il pu être autrement ? Ayant perdu tout ascendant sur elles, il lui était impossible de les contrôler. Le temps d'aller porter une invitation au voisin de Lot, sur l'ordre de ce dernier, et les filles en avaient profité pour se sauver. Et maintenant, elle pouvait être sûre que Lot et Zillah trouveraient un moyen de la maltraiter. Leurs filles disparues, elle aurait de la chance si elle s'en tirait avec de simples coups de fouet... Pourtant il fallait les avertir, envoyer quelqu'un chercher les fillettes.

Elle arriva à la maison de Lot, pénétra dans l'antichambre où s'empilaient des vêtements, puis passa dans le hall où lui parvinrent des échos de cette fête de la débauche. A terre des corps enchevêtrés jonchaient le sol. Elle se dirigea droit vers Zillah qui, l'œil vitreux, affalée jambes écartées devant une table garnie de nourriture à moitié pourrie, brandissait une coupe de vin dans sa main sale. Ses cheveux pendouillaient, crasseux, et lui retombaient sur l'œil. Elle jeta à Shepset un regard profondément méprisant.

— Qu'est-ce que tu veux encore ? bredouilla-t-elle.

— Écoutez-moi, je vous prie, dit Shepset, Adah et Elishéba se sont enfuies. S'il vous plaît, maîtresse, envoyez quelqu'un pour m'aider à les chercher.

Zillah la regarda, puis lui jeta en pleine figure le contenu de son verre de vin. La jeune fille se couvrit le visage de ses mains. Zillah furieuse prit la lourde coupe et la lui lança à la figure, l'atteignant à la bouche. Un filet de sang se mit à couler.

— Stupide petite garce ! dit Zillah qui ne semblait pas avoir compris le message que lui apportait Shepset. Tu te crois maligne ! Attends ! que je t'apprenne !

Elle se leva, titubant légèrement, et beugla d'une voix de harengère :

— Qui veut une esclave pour la nuit ? Qui me paiera

pour passer une nuit avec cette friponne-là ? Allons ! Allons !
Toi, Magon ? ou toi, Akborat ?

Shepset voulut se sauver mais Zillah la retint par l'en-
colure de son vêtement.

— Je vous en supplie !

— Ta gueule ! croassa Zillah. Toi, Akborat ! hurla-t-elle
à l'intention d'un grand cheval de femme, à l'air hommasse,
qui arborait un sourire plein de suffisance. Peut-être
l'apprécieras-tu davantage qu'un homme. Parbleu, c'est un
vrai morceau de glace ! Mais je suis sûre qu'elle finira par
fondre entre des mains aussi expertes que les tiennes ! Peut-
être as-tu besoin de la voir de plus près ?

Shepset essaya une fois encore de se sauver... mais en
vain. Zillah, sous l'emprise de l'alcool et des drogues, lui
déchirait ses vêtements.

— Non, ne me touchez pas ! Non, je vous en supplie !,
criait Shepset en tentant de se couvrir le corps de ses mains.

Elle voulut reculer mais d'autres mains de femmes l'attendaient pour lui prodiguer des caresses.

— Alors, reprit Zillah, qu'est-ce qu'on m'en offre ? (Sa
main tapotait vulgairement les fesses nues de Shepset.)
Qu'offrirez-vous pour une nuit avec cette petite salope ?
Allons, Magon, un pichet d'huile ? et toi, Abkorat ! le collier
que tu portes ? Cela fait longtemps que je le lorgne !

Akborat s'avança. Sa grosse main anguleuse, une vraie
main d'homme, parcourut le corps de la jeune fille, puis
détachant de son cou le collier et le tendant à Zillah, elle
déclara :

— Marché conclu ! Allons, viens, chérie, j'ai vu qu'il
y avait une chambre libre. Mais ne va pas te mettre à faire
des histoires... D'ailleurs tu ne le regretteras pas, ma
belle !

Shepset la suivit misérablement. Laissant de côté ses
peurs, elle était décidée à s'en tirer d'une manière ou d'une
autre. Qui sait, si ce n'était pas le bon moment !...

Elle y réfléchit tandis qu'Akborat essayait maladroitement de la séduire. Mais la haine finit par l'emporter sur le
dégoût. Elle simula passion, orgasme, épuisement et laissa
retomber sa tête comme si elle avait fini par s'endormir.
Alors profitant de ce qu'Akborat regardait de l'autre côté,

elle s'empara d'une lourde coupe de vin qu'elle s'apprêtait à lancer, quand la femme se retourna.

— Tiens, dit Akborat, tu es réveillée! Je croyais que tu dormais... Tu es vraiment mignonne... Quel dommage de penser que tu vas tomber entre les pattes de ce cochon d'Agbar! J'ai pourtant fait tout ce que je pouvais pour persuader Zillah de te vendre à moi plutôt qu'à lui!

— Agbar? dit Shepset en cachant la coupe sous les draps. Qu'est-ce que c'est que cette histoire d'Agbar?

Agbar, fils d'une des concubines de Béra de Sodome, était un homme puissant, aussi grossier que brutal. Un véritable sadique.

— Je pensais que tu étais au courant. Le marché n'a pas été conclu, Agbar était absent, mais cela fait des jours qu'ils chicanent à ce propos. Il y a une affaire politique là-dessous. Agbar est très influent et Lot le sait fort bien. La vente a toutes chances d'avoir lieu. Quelle pitié!

Shepset aurait voulu en savoir davantage, mais les attouchements de la femme l'écœuraient et la rendaient enragée. Ses doigts se resserrèrent autour de la coupe, que, sans même s'en rendre compte, elle lança, frappant Akborat à la tempe. Les yeux de la femme se révulsèrent. Elle s'effondra sur le lit.

Soudain Shepset entendit derrière elle une voix de femme et des ricanements. Elle se leva, nue, prête à bondir... Adah et Elishéba apparurent derrière un rideau en riant.

— Regarde-moi ça, Adah!... Miss Vertu qui nous ressasse de ne pas nous amuser comme ça entre nous!

Mais le visage d'Adah était devenu sérieux.

— Qu'as-tu fait? dit-elle. Ah! te voilà dans de beaux draps! Tu réalises que c'est Akborat. Elle est riche, son frère est influent, et tu la tues?

Shepset ne bougeait pas.

— Et vous, où étiez-vous?

— Nous nous sommes seulement promenées, nous voulions voir ce qui se passait. Personne ne nous a vues.

Shepset était blême. Elle comprenait soudain que la carte était jouée. Si Akborat vivait, elle se vengerait. Si elle y passait, Shepset avait toutes les chances d'être vendue à

Agbar. Elle regarda autour d'elle, fouilla dans le tas de vêtements jonchant le sol.

— Que fais-tu ? lui demanda Adah. Où vas-tu ?

— Mêle-toi de tes affaires, lui répondit Shepset, et fiche-moi la paix !

Elle trouva une paire de sandales qui lui allaient à peu près, puis enfila une tunique. Les filles de Lot la regardaient.

— Tu ne peux pas te sauver comme ça, dit Elishéba. Mon père te fera rattraper.

— On verra bien ! répliqua Shepset.

Elle sourit froidement, l'air triomphant, fière de sa dernière acquisition, un couteau dans un fourreau élégant qu'elle venait de repêcher au milieu des vêtements.

— Ici, je n'ai plus rien à attendre de la vie. Je préfère me tuer plutôt que de me laisser reprendre.

Elle prit le poignard et le cacha sous sa robe.

— Et n'essayez pas de me suivre !

Les réjouissances durèrent jusqu'au petit matin. Le soleil était déjà haut dans le ciel quand Lot entendit frapper. Il se dirigea pour aller ouvrir en titubant. Arrivé à la porte, il demanda :

— Qui est là ?

— Chemosh, seigneur. En tant que votre intendant j'ai cru bon de vous prévenir...

— Me prévenir ? Et de quoi ? Parle !

— A vos ordres, maître. Figurez-vous que le seigneur Abraham et ses compagnons ont planté leurs tentes au pied des murs de la cité. Ils sont arrivés hier soir, à la tombée de la nuit. Je crois savoir que le seigneur Abraham désire vous rendre visite.

Lot crut que son cœur allait cesser de battre. Abraham ! Abraham à Sodome ! Et, qui plus est, au beau milieu des fêtes du printemps !...

2

Un bâtard qui avait bu un coup de trop rentra dans Ahuni, lui défonçant les côtes. « Pourquoi, se demandait Ahuni, pourquoi ai-je insisté pour accompagner Abraham dans ce bouge qu'on appelle Sodome ? » Il commençait à le regretter. Cette fois, c'en était trop. Devant la grossièreté de cet homme, son sang de Babylonien ne fit qu'un tour. Ignorant les signes désespérés que lui faisait Enosh, il se retourna et envoya de toutes ses forces le gaillard contre un mur. Écumant de rage, Ahuni murmura, les dents serrées :

— Fais donc attention à ce que tu fais ! Tu entends ?

— Calme-toi, dit Enosh. Ne fais pas attention à eux. Ils ont tous perdu la tête !

Ahuni fit la moue et reprit :

— Moi qui croyais avoir vu le pire quand j'étais esclave et que je traînais dans les rues de Babylone... Mais quelle sorte de gens sont-ils donc ?

— Des gens sur lesquels, d'après Abraham, va s'abattre la malédiction divine, répondit calmement Enosh. S'il est venu ici, c'est pour demander à son neveu de partir avant que son Dieu ne détruise la ville en faisant pleuvoir sur elle du soufre et du feu.

— Je le croirais presque ! dit Ahuni regardant Enosh dans les yeux. Et toi ? Je veux dire... ce Dieu d'Abraham ? Tu as été esclave comme moi, et je sais par expérience que parmi eux rares sont ceux qui croient en quoi que ce soit.

— Au début, je ne croyais en rien. J'avais eu beau participer aux cérémonies et avoir adopté la foi d'Abraham, c'était surtout par affection et respect pour le vieillard. Maintenant ? Maintenant, je t'avouerai que je n'en suis plus si sûr. Après tout, El Shaddai n'est pas un maître trop exigeant. Il ne vous embarrasse jamais de sa grossièreté comme ces dieux de Canaan.

Disant cela, il montrait à Ahuni un couple d'ivrognes faisant maladroitement l'amour dans la rue. En les regardant de plus près, ils virent que c'étaient deux hommes.

— Rappelle-toi bien que ce sont des fêtes religieuses ! Regarde tous ces porcs dans les rues... Ils croient plaire à leurs dieux en agissant ainsi ! (Il secoua la tête.) Autre chose, Abraham me dit qu'El Shaddai est contre l'esclavage.

— Un bon point pour lui, opina Ahuni. Incidemment, on m'a dit que tu allais te marier. Félicitations !

— Oui. Je vais épouser une ancienne esclave d'Abraham. Une fille de sa race, du nom de Mibtahiah. Abraham lui assure une dot. Qu'il est bon ! C'est incroyable !

— J'ai une grande admiration pour lui, dit Ahuni.

Tous deux s'applatirent contre un mur pour laisser passer trois noceurs fort bruyants.

— Pouah ! s'exclama-t-il en regardant ces corps sales, à moitié nus, ivres morts, qui déambulaient en titubant dans les rues, se cognant aux murs. Regarde ça, et dire qu'ils se trouvent attirants ! Pour ma part je préférerais toucher une vipère !

— Enfin, je suppose que nous ne nous éterniserons pas ici, dit calmement Enosh. Nous pouvons être sûrs qu'Abraham est encore plus mal à l'aise que nous deux. Je parie qu'il est en train de lui passer un fichu savon !

— J'ose l'espérer.

Ahuni s'arrêta.

— Là-bas, tu vois, sous les arcades ? Au moins ils ne se gênent pas ceux-là !

Sous leurs yeux, un homme et une femme, lui portant un vêtement en lambeaux et elle nue comme un ver, s'éloignaient. Deux autres hommes étaient avec eux et l'un d'eux tenait les bras de la jeune fille. Celle-ci se débattait, elle reçut un coup de poing dans la figure.

Ahuni serra les poings.

— Ça, c'est autre chose. Je t'assure que celle-là n'a pas envie de jouer à leurs jeux. Je me moque du reste, mais pas de ça.

Il se précipita vers le groupe. Enosh le suivit. Il trébucha et s'étala de tout son long. En se relevant il vit Ahuni saisir le bras de l'homme, des épées flamboyer à la lueur vacillante d'une torche, le second homme se jeter sur son camarade et manquer lui enfoncer son poignard dans le ventre. Enosh courut vers eux. Tandis qu'Ahuni se battait avec l'homme armé, la jeune fille qui s'efforçait de se dégager de son agresseur fut entraînée sous l'arcade. Enosh s'y glissa également.

Au même moment il entendit le bruit métallique d'une épée tombant dans la rue, suivi de celui d'un corps qui s'effondrait comme une masse sur les pavés inégaux.

— Prends la fille, Enosh! cria Ahuni.

Enosh s'écarta de la lumière du flambeau. Quelqu'un en profita pour lui assener un coup sur la nuque, suivi d'un autre, plus violent encore, dans le dos. Il essaya de se relever et de détaler, mais un troisième larron se tenait là, devant lui. La fille émit un cri étouffé.

Ahuni s'était emparé d'une des torches qui éclairaient la rue et l'avait jetée sous l'arcade. Il vit les efforts désespérés que faisait Enosh pour se relever, les coups qui pleuvaient sur sa tête et sur ses épaules. Dégainant l'épée de Belsunu, il sauta dans la mêlée avec un hurlement de rage et enfonça son arme dans les boyaux de l'agresseur. Puis il se tourna vers l'homme qui brandissait une matraque.

— Laisse-moi ça et déguerpis, sinon je te découpe en morceaux!

L'homme regarda Ahuni, sa stature et ne se le fit pas dire deux fois.

— Oh! ma pauvre tête! gémissait Enosh qui essayait de se relever. Ça m'apprendra à me méfier la prochaine fois.

Il se baissa pour ramasser la torche. A sa lueur ils purent apercevoir la fille. Elle était nue, couverte de sang, sale. Elle se tenait recroquevillée contre un mur, un couteau à la main.

— N'aie pas peur, dit Enosh, nous ne te voulons aucun mal.

Il continua doucement :

— Nous ne sommes pas de cette cité...

La bouche de la jeune fille s'ouvrit.

— Enosh! s'écria-t-elle, laissant tomber son couteau.

Puis elle fut soudain gênée de sa nudité et chercha désespérément à se protéger de ses mains.

— Oh! Aie la bonté de ne pas me regarder, dit-elle.

Ahuni s'avança. Il enleva sa cape et la lui tendit.

— Tiens, dit-il.

— Shepset? dit Enosh qui n'osait trop y croire. Est-ce bien toi?

En sanglotant elle se blottit dans ses bras. Ils l'entraî-nèrent dans un petit passage où ils pourraient se parler sans être dérangés. En l'entendant, Ahuni sentait le colère monter en lui. Finalement il ne put l'écouter davantage :

— Dieux du ciel! s'écria-t-il, c'est ça, Lot! Le neveu d'Abraham? Moi qui étais venu ici avec l'idée de travailler pour lui! Eh bien, je peux dire que jamais, à aucun prix je n'offrirai mes services à un individu aussi ignoble!

— En tout cas, moi je n'y retournerai pas, dit la jeune fille. Vous n'avez aucune idée de ce qu'ils sont capables de faire!

— Calme-toi, répétait Enosh. Je sais ce qui s'est passé. Après la mort d'Eshkol, tu n'avais plus de protecteur. Du coup, ils se sont vengés sur toi. Je pense faire savoir à Lot que tu as désormais un nouveau protecteur, dans les mêmes termes que jadis.

— Et même deux, dit Ahuni, ce qui permet d'ajouter : dans des termes plus rigoureux encore qu'autrefois.

La jeune fille se retourna et aperçut son regard furieux.

— Je suis affranchi, comme Enosh, dit-il, et rien qu'à l'idée que l'on puisse traiter une esclave de la sorte...

— Excuse-moi, dit Enosh. Shepset, je te présente Ahuni. Te rappelles-tu ce fils que Belsunu croyait avoir perdu? Et bien, nous l'avons retrouvé, et c'est lui qui est là, devant toi. Il ressemble même à Belsunu.

Il sourit et lui prit la main pour la rassurer pleinement.

— Nous irons ensemble trouver Lot et Zillah et nous leur parlerons. Nous ne pouvons les laisser te traiter ainsi, et je suis sûr qu'Abraham nous soutiendra, même si tu as frappé cette créature pour laquelle Zillah t'avait racolée.

— Non, c'est impossible, s'écria-t-elle terrifiée, je ne peux pas y retourner! Car je ne vous ai pas tout raconté! Ils ont décidé de me vendre à Agbar! Et je préfère mourir!

Rapidement, portant sur le visage toute l'angoisse du monde, elle leur fit part de ce qu'elle avait appris au sujet de la vente prochaine et de son éventuel acheteur.

Enosh regarda Ahuni.

— Une chose sûre, c'est que nous ne laisserons pas faire cela.

Son expression avait pris une dureté peu commune, il cogna son poing dans le mur de torchis qui était derrière lui.

— Ah! si seulement j'avais l'argent...

Il regarda Ahuni puis eut une idée :

— Et si j'en demandais à Abraham ?

— De l'argent ? Pour quoi faire ? demanda Ahuni.

— Pour surenchérir l'offre d'Agbar.

— Cela ne servirait à rien, reprit Shepset en larmes. Agbar est l'homme le plus influent de la ville. Cela fait partie du marché.

La fureur d'Enosh continuait à monter.

— Outre l'argent, je proposerai à Lot quelque chose de plus important encore que toute considération politique, je l'assurerai de ma protection contre ma propre colère, parce que, je puis l'affirmer, s'il te vend ou s'il te maltraite encore une fois, je l'étripe. Ne t'inquiète pas, Shepset, je trouverai l'argent !

Ahuni posa la main sur le bras d'Enosh.

— Va parler à Lot, répète-lui ce que tu viens de nous dire. Pour ce qui est de l'argent, je t'aiderai.

Habillé en moins de deux, cheveux en bataille, le visage bouffi par la boisson, les drogues et le manque de sommeil, Lot se retrouva en face de son oncle.

— Mon oncle, dit-il l'air irrité, je ne vous prierai même pas de m'excuser pour le fatras dans lequel je vous reçois. Voilà ce que c'est d'arriver à l'improviste.

Abraham se rendit compte de l'état immonde des lieux, que Zillah avait vaguement commencé à nettoyer.

— Ma vie privée ne regarde que moi seul, reprit Lot. Vous n'avez aucun droit de me juger, je suis assez grand pour vivre comme bon me semble.

Abraham se leva et se dirigea vers les pièces du fond où Lot le suivit.

— Le jugement de Dieu plane sur cet endroit, et je comprends pourquoi, déclara Abraham en s'efforçant de rester calme. J'avais espéré que les propos rapportés étaient exagérés et que toi, le fils de mon frère, tu n'avais pas osé adopter les mœurs des cités de la plaine.

— Mon oncle, n'entrez pas ici ! Je vous l'interdis ! intervint Lot.

— Mais Abraham ne se laissa pas impressionner, ouvrit la porte et s'arrêta. On apercevait deux pieds nus remuant au-dessous d'une table... L'un appartenait à un homme, l'autre à une femme. Abraham referma la porte.

Lot insistait, mais il ne parvint pas à arrêter Abraham qui rentra dans la pièce contiguë... Deux jeunes corps nus, à peine formés, y étaient enlacés sur un lit qui manifestement avait beaucoup servi. Abraham laissa échapper un cri de douleur, et l'un des jeunes visages se tourna vers lui, les yeux égarés, l'air à moitié ivre.

— Oh ! dit la toute jeune fille qui était au-dessus, Mais c'est mon père ! Et vous, grand-oncle Abraham ! Tiens, Adah, regarde qui est là...

3

Abraham était assis sur un banc. Il semblait accablé.

— Excusez-moi, maître, dit Ahuni avec douceur, les chevaux sont prêts. Nous pourrons partir dès que vous le voudrez.

— Partir ? reprit Abraham. Oui, je suppose que nous ferions bien d'y songer, je me sens mal à l'aise ici, comme souillé. Tu sais, j'accusais toujours Zillah, je trouvais mille excuses à Lot, incapable d'imaginer que quelqu'un de ma famille, de mon sang... (Il haussa les épaules.) Aujourd'hui je comprends que le châtiment de Dieu s'abattra sur Lot comme sur les autres, à moins que je n'arrive à le persuader de s'en aller. Mais il me défie ouvertement. Je lui ai offert de l'accueillir, là-bas, chez moi, à Canaan, s'il changeait d'avis ; rien n'est moins probable.

Ahuni posa la main sur l'épaule décharnée du vieil homme. Le problème de Lot le minait. Oui, le mieux était de partir.

— Je me demande pourquoi Enosh tarde tant à revenir, dit Abraham.

— Il a des comptes à régler avec Lot au sujet de Shepset, la jeune esclave égyptienne.

— J'ai entendu dire qu'il avait recommencé à la maltraiter. Il y a longtemps que j'aurais dû lui offrir de la racheter, et je me sens un peu responsable puisqu'elle est partie avec moi d'Égypte lorsqu'elle était enfant. Mais je me suis toujours laissé avoir par Lot, sot que je suis...

— Ne vous tourmentez pas, maître, dit Ahuni, Lot avait formé le projet de la vendre à un notable de Sodome, qui a une réputation particulièrement épouvantable. Enosh est en train de l'en dissuader et, s'il n'y arrive pas, j'aurai, moi, quelques arguments de poids, dit Ahuni en montrant son poing.

— Je suis d'accord. C'est une fille bien, nous devons la faire sortir d'ici.

— C'est bien là notre plan. En tant qu'anciens esclaves...

— Je vous en félicite. Tu diras à Enosh de venir me trouver s'il a besoin d'argent.

— Oui, maître.

Ahuni leva la tête et aperçut Enosh qui revenait. Celui-ci lui fit comprendre qu'il voulait s'entretenir seul avec lui.

— Que t'a dit Lot ? demanda Ahuni avec impatience.

— Il a essayé de me tenir tête mais je lui ai montré que je ne plaisantais pas et je puis t'affirmer qu'il ne maltraitera pas Shepset de sitôt.

— Et cette histoire de vente, où en sommes-nous ?

Enosh fit un clin d'œil à son ami :

— Tu m'as l'air de porter un grand intérêt à Shepset ! Tu ne l'as pourtant pas beaucoup vue. Mais je reconnais que tu n'as pas mauvais goût, c'est peut-être la seule fille bien de cette cité de malheur. En tout cas, on ne peut pas dire que sa situation soit enviable !

Ahuni l'interrompit :

— La vente, dit-il, qu'en sais-tu ?

— Si elle est annulée précipitamment, Lot risque de perdre un contact qui lui assure le ravitaillement des troupes de la cité. Aussi va-t-il essayer de la retarder jusqu'à ce qu'il ait son contrat en main.

— Mais en attendant ?

— Shepset en est très reconnaissante. Je l'ai aperçue en sortant de chez Lot. Elle souhaite te faire ses adieux et te remercier. Quant à Lot, je lui ai fait entendre que si jamais sa femme ou lui touchait à notre protégée ou même la réprimandait avant qu'elle nous soit remise, ils s'en repentiraient.

Ahuni se mit à rire.

— Ça va, ça va. Écoute, Abraham a l'air fort malheureux, rends-moi service, tâche de le distraire. Tu vois, ce petit jardin, là-bas ?... Shepset t'y attendra tout à l'heure. Elle a tenu à aller s'arranger un peu avant de nous rejoindre.

— Merci.

— Je voulais te remercier, dit-elle de sa belle voix grave.

— Je t'en prie, ne dis rien.

Elle s'avança vers lui, prit sa main dans les siennes. Enosh m'a fait de grands compliments sur toi. Il m'a dit que tu étais le fils de Belsunu.

— C'est exact, dit Ahuni ému, et je regrette beaucoup de ne pas l'avoir connu.

— Tu l'aurais aimé comme nous l'aimions tous. Je le retrouve en toi, Ahuni. C'était un homme d'une force extraordinaire et en même temps d'une rare bonté, d'une douceur touchante, d'une honnêteté irréprochable, et...

Elle lâcha ses mains et recula :

— Pardon, dit-elle, je suis allée trop loin.

— Non, non, dit-il, en s'avançant et en posant une main timide sur son épaule. Tout à coup, sans trop savoir comment, il la prit dans ses bras protecteurs et rassurants et la serra contre lui. Elle était menue, fragile et pourtant si courageuse.

Il ne pouvait pas parler. Les sentiments qui l'envahissaient étaient si violents, si confus, qu'il ne savait où il en était. Il l'étreignit et enfouit son visage dans ses cheveux encore humides.

— Oh! dit-elle d'une voix douce légèrement rauque. Oh! mon cher Ahuni!

— Écoute, dit-il en laissant son regard se perdre dans ses yeux immenses et insondables. Je veux te voir libre. Je m'en chargerai. Je te le promets. Je t'en supplie, écoute-moi. Toi et moi... Sens-tu aussi qu'il y a un lien entre nous ? Je ne saurais te dire lequel, j'ai connu des femmes, mais je ne sais rien de l'amour. Peut-être est-ce le sentiment que j'éprouve envers toi ? Oublions les mots, seul importe ce lien.

— Ahuni, reprit-elle, visiblement émue, je le ressens aussi et je ne puis le décrire, moi non plus.

Il l'interrompit avec fougue :

— Shepset, je dois avant tout te libérer. Je ne veux de ta part aucune gratitude. Je ne te demande que de respecter ce lien. Je veux que tu sois libre de choisir. Alors, si tu me choisis...

Elle posa son doigt sur les lèvres du garçon :

— Ahuni, je crois que nous avons été faits l'un pour l'autre. Je me rappelle qu'étant enfant je rêvais parfois à un homme qui te ressemblait. Vois-tu, la première fois que j'ai vu Belsunu, je crois que j'ai compris ce que je rechercherais un jour dans un homme. Il a ensuite fallu que je suive Lot à Sodome, et mon rêve s'est évanoui. Pourtant, parfois, dans mes songes...

Son visage était tourné vers le sien. Elle avait laissé de côté les défenses, les barricades dont elle se protégeait. Ses yeux étaient rivés aux siens. Avec un sanglot, Ahuni se pencha et l'embrassa.

— Shepset, murmura-t-il.

Il entendit qu'on l'appelait :

— Ahuni! nous sommes en retard, il faut partir!

— Un moment, cria Ahuni, j'arrive.

Mais il tenait toujours Shepset dans ses bras et ne pouvait se décider à la quitter.

— Comment puis-je te laisser maintenant, dit-il, parmi tous ces...

— Tout se passera bien. J'ai entendu la conversation qu'Enosh a eue avec Lot. Il n'osera pas manquer à sa parole. Il sait fort bien qu'alors Enosh le tuerait. Ne t'inquiète pas pour moi, mon chéri ! Pour la première fois depuis bien des années je reprends espoir. Un espoir qui me soutiendra, parce que je sais que, toi, tu es un garçon vrai et fort.

Elle l'embrassa, prit ses mains dans les siennes et les pressa contre ses lèvres avec tendresse.

— Ahuni, reviens me chercher, s'il te plaît. Le moment venu, viens me chercher !

— Je viendrai. Rien ne pourra m'arrêter. Ni Lot ni l'armée de Sodome.

— Pars maintenant, mon chéri. Tes amis t'attendent. Garde-moi dans ton cœur jusqu'à ce que nous nous revoyions.

— Je te le promets.

Elle lui serra la main et le laissa partir.

CHAPITRE XIX

1

Ahuni fut anormalement silencieux durant le retour. Enosh remarqua son air songeur mais le laissa seul. Abraham, déprimé et écœuré, réclamait toute son attention. A l'arrivée, le vieillard dut s'aliter pendant plusieurs jours.

Ahuni chercha Belanum. Il appréciait le bon sens du jeune scribe et n'hésitait pas à se confier à lui, surtout quand il s'agissait de problèmes qu'il ne pouvait aborder avec Zakir.

Belanum l'écouta sans l'interrompre tout en faisant avec lui le tour du mont Hébron.

— Je suppose, dit-il, que cela n'avancerait à rien si je te disais que les événements me semblent un peu précipités?

— Tu as raison, répondit Ahuni, mais je ne pense pas me tromper à ce point! Enosh la connaît depuis qu'elle était enfant. Mon père l'avait rencontrée avant que Lot ne l'emmène à Sodome.

— Sans dot..., sans famille...

— Elle est esclave. Comme nous l'étions toi et moi.

— Je ne peux pas dire le contraire. Fort bien. Disons donc qu'elle est la femme idéale pour toi. Est-ce que vous avez, Enosh et toi, l'argent nécessaire?

— J'allais te le demander.

— Il faut faire parvenir une lettre à Karkémish pour qu'on nous envoie des fonds. Nous en avons un peu là-bas.

— Hélas! nous n'en avons pas autant que je l'espérais!

— Nous en avons tout de même et Abraham a offert d'aider Enosh.

— Je veux agir seul. J'ai eu un entretien avec Abraham. Il n'a pas de travail pour moi dans l'immédiat, mais il connaît un Égyptien du nom de Nakhtminou qui commande une garnison et il m'a promis de me recommander à lui.

Belanum réfléchit puis ajouta :

— Cela paraît une bonne idée. Je te connais, tu es impatient, tu deviendras enragé et, du même coup, tu me rendras enragé si tu restes ici à ne rien faire, en attendant d'avoir des nouvelles de Lot.

— Alors, c'est chose faite. Veux-tu m'accompagner ?

— D'accord. Je n'ai jamais vu un soldat égyptien au travail et il paraît que cela en vaut la peine.

— Mais... et Zakir ?

— Ça, c'est encore autre chose... Figure-toi que pendant que tu étais parti il s'est lié d'amitié avec Ismaël, le jeune fils d'Abraham, le fils de sa concubine. Tu te rappelles cette femme, une Égyptienne à la peau foncée, très jolie, de trente à trente-cinq ans ?

— Je l'ai vue, oui, pourquoi ?

— Je t'ai dit que Zakir était devenu l'ami du jeune garçon, mais c'est surtout la mère qui l'intéresse.

— Tu veux dire... la concubine d'Abraham ? Je prévois des ennuis. Je sais bien qu'on raconte qu'Abraham n'a jamais vécu avec elle depuis qu'elle a conçu l'enfant, mais quand même !

— Je suis de ton avis, mais figure-toi que Sara est enceinte. Imagine !

— A son âge !

— Oui ! Sara déteste Agar, elle prétend qu'elle est arrogante, qu'elle est ambitieuse, etc. Si cet enfant est un fils, permets-moi de te dire que la portion d'héritage d'Ismaël sera plutôt maigre.

— Je te demandais des nouvelles de Zakir. Veux-tu me dire ce qu'il a à voir avec toutes ces histoires ? N'est-ce pas risqué pour lui de s'éprendre d'une femme qui est un peu la seconde épouse d'Abraham ?

— Absolument. Je me demande parfois s'il réalise pleinement ce qu'il fait. Il passe de plus en plus de temps avec le jeune garçon et par conséquent avec la mère. Tout a commencé le soir de notre arrivée. Le garçon s'est foulé la cheville et Zakir l'a aidé à rentrer chez lui. Maintenant il lui apprend à monter à cheval, sur son propre cheval.

— As-tu essayé de lui parler ?

— Pas vraiment. Tu sais comme c'est difficile de parler à Zakir d'un sujet qu'il n'a pas envie d'aborder.

— Je sais, je sais. Je vais lui parler et je le persuaderai de venir avec nous à Enmishpat auprès de cet Égyptien.

— Bonne chance ! Je doute que tu arrives à grand-chose !

Une pensée traversa l'esprit de Belanum. Il regarda Ahuni droit dans les yeux.

— Ahuni, je ne sais pas si tu crois à ces choses, mais je me souviens qu'Abraham nous a dit qu'il avait eu une vision et que Sodome serait détruite par le feu « venant du ciel » comme si son Dieu allait faire pleuvoir du soufre sur ces cités. Il a ajouté que cela arriverait bientôt. Sans doute cet automne. Si j'étais toi je ne m'attarderais pas trop à Enmishpat sachant que ma bien-aimée est à Sodome.

2

Lot s'assit. Il se frotta les yeux, ravala sa salive et essaya de reprendre son souffle. Son cœur battait la chamade, il ressentait une douleur lancinante dans la tête, il avait mal à l'estomac et envie de vomir.

Son lit était trempé de sueur et son vêtement à tordre.

Il entendit tambouriner à la porte.

— Je vous en supplie, dit-il, qu'on me laisse tranquille.

Les coups reprirent de plus belle. Il voulut se lever, chancela et faillit tomber.

On continuait toujours à frapper. Une voix familière beugla depuis la rue.

— Lot ! Ouvre cette porte ! Je sais que tu es ici !

— Ça va, une minute ! dit-il.

Il tituba jusqu'à la porte, la déverrouilla et s'en écarta rapidement ne voulant pas être l'objet de la colère de Zillah. Elle entra, l'insulte à la bouche. Il se couvrit les oreilles de ses mains et alla s'asseoir sur le lit humide.

Cela ne servit à rien, Zillah ramassa une serpillière et la lui jeta à la figure.

— Tu ne peux donc jamais m'écouter, espèce de crétin ! Si tu l'avais fait nous n'en serions pas là. Et maintenant c'est moi qui doit essayer de tout arranger pendant que tu cuves ton vin.

— Zillah ! pour l'amour de...

— Tais-toi ! Toi et ta soi-disant promesse à ce foutu ancien esclave qu'est Enosh ! Tu réalises que cela risque de nous coûter le contrat de l'armée, tu t'en rends compte, abruti !

— Au nom du ciel, vas-tu arrêter, dit-il en la regardant de ses yeux injectés de sang. Si tu ne crois pas que cela me suffit d'être hanté jour et nuit par ces maudits rêves, sans que j'aie en plus à supporter les hurlements d'une harengère qui m'accuse de tous les péchés possibles et imaginables, et me traite de tous les noms.

— Écoute, dit-elle. Je suis désolée pour toi que tu sois poursuivi par de si mauvais rêves. C'est ton sacré bonhomme d'oncle. Il est certainement plus ou moins sorcier et il t'a jeté un sort, on ne m'en fera pas démordre.

— Toujours le même rêve, dit-il misérablement. Oui, toujours le même. Deux hommes se présentent à ma porte. Pensant que ce sont des visiteurs, je les fais entrer et, soudain, je me trouve encore une fois au beau milieu des fêtes récentes. La foule réclame les étrangers. Tu peux deviner pourquoi je suis prêt à offrir n'importe quoi à cette horde, mais ils refusent de m'écouter. Au moment où un de ces noceurs va enfoncer la porte jaillit une lumière terrible. Je me couvre les yeux. Voilà que les deux hommes sont des êtres divins, des messagers du Dieu d'Abraham. Ils m'annoncent que cette cité est tellement avilie qu'ils vont la détruire et que je ferais bien de partir avant qu'il ne soit trop tard.

— N'est-ce pas exactement ce que ton oncle t'a prédit ? dit-elle amèrement. Dire que tu refuses de m'accompagner au temple pour que j'achète une amulette qui te débarrassera de ce sort. Oh ! non. Oh ! non. Nous ne pouvons pas faire une chose comme ça, me chantes-tu, alors que je suis en excellents termes avec l'archiprêtre d'Ashtaroth et qu'elle serait heureuse de...

— Non, dit-il en se levant. Cent fois, tu me l'as déjà proposé. J'apprécie beaucoup ta sollicitude, mais je dois me tirer moi-même de cette affaire.

— Dans ce cas, reprit Zillah sur un ton pincé, ne pouvons-nous nous en occuper tous les deux ? Nous sommes dans un très mauvais cas ! Oublie tes rêves et fais face à la réalité pour une fois, veux-tu ? Non seulement tu risques de perdre ton contrat avec l'armée mais peut-être aussi tout ce que tu possèdes. Te rappelles-tu la dette que nous avions envers Béra ?

— Oui, bien sûr, mais la famille n'a jamais fait pression pour que nous nous en acquittions. Ils sont très aisés. Lui est le fils d'un roi de la ville et ce sont de bons amis. Pourquoi s'inquiéter ?

— Voilà le problème. Ils doivent à Agbar une somme considérable et nous devenons du même coup ses débiteurs. Comprends-tu ? Maintenant nous lui devons de l'argent que nous ne pouvons lui rendre sans ce fameux contrat. Tu connais sa façon de faire... Rappelle-toi la manière dont il a vendu Shaïl et sa famille comme esclaves pour payer leurs dettes. C'est ça ce que tu souhaites ? Vraiment ?

— Tais-toi ! Je suis déjà au courant. Je le savais avant toi. Je pensais bien qu'il essaierait de faire pression et que je me trouverais entre le marteau et l'enclume. D'un côté, j'ai Agbar et ces fichues dettes et, de l'autre côté, Enosh, l'homme qui a tué Kendor Laomer, d'Elam, et qui me dit que, si je vends la petite garce à un autre que lui, il me tordra le cou. Que veux-tu donc que je fasse ?

Elle poussa un soupir de dégoût.

— Tu sais ce que tu pourrais faire. Tu le sais même très bien. Je te l'ai répété maintes fois, mais tu refuses de m'écouter.

— Cela représente trop de risques. Enosh a beaucoup d'amis et il est très proche d'Abraham.

— Qu'est-ce que ça peut faire ? C'est un solitaire. Nous avons pris des renseignements à son sujet. Les bergers connaissent ses habitudes. Envoie à Abraham un faux message et fais en sorte qu'Enosh vienne nous apporter la réponse. Chemin faisant quelque chose peut lui arriver.

— Trop simpliste.

— Eh bien, trouve une autre idée, mais souviens-toi qu'il entrave notre prospérité et aussi notre liberté.

— Non ! Il y a trop de chances pour qu'Abraham s'en aperçoive !

— Crétin, sacré crétin ! hurla-t-elle. Tu nous mènerais à l'esclavage pour sauver ta peau. Mais, moi, je ne marche pas ! Si tu n'essaies pas de nous tirer du merdier dans lequel tu nous as mis, c'est moi qui prends l'affaire en main. Va t'asseoir sur ton cul de plomb et pleurniche en revivant tes mauvais rêves. Moi, je refuse de rester plantée là et d'attendre passivement ce qui va se passer.

Il la regarda d'un air exténué.

— Qu'est-ce que tu envisages ?

— Tout ce qui s'avèrera nécessaire, dit-elle.

Elle sortit brusquement et claqua la porte.

Dans une ruelle étroite, la porte d'une petite maison s'entrouvrit. L'homme reconnut Zillah et la fit entrer.

— Tu as bien veillé à ce que personne ne te voie ? dit-il.

— Évidemment. Je ne suis pas complètement idiote.

— Doucement, ne te fâche pas !

Il alluma deux lampes et les posa sur une table au milieu d'une pièce sordide.

— Maintenant, parlons affaires. D'abord, je tiens à t'avertir que les prix ont changé depuis notre dernier entretien.

— Les prix ont changé, mais je croyais que...

— Écoute, ma belle, s'il s'agissait d'un pauvre diable traînant dans les rues, ce serait une autre histoire, mais avec quelqu'un comme Enosh il faudra au moins trois hommes, peut-être même quatre ?

— D'accord. Du moment que tu peux nous en débarrasser. Il y a un autre grand type avec lui. Un très costaud. Il s'appelle Ahuni. Il est plus ou moins forgeron. Combien veux-tu pour le tuer lui aussi ?

— Hum..., voyons. Tu veux du rapide ou du lent ? Qu'on lui tranche simplement la gorge ou tous les raffinements ?

— Je m'en fiche, qu'il meurt, c'est tout ce que je

demande ! Et que ce soit le plus vite possible. Il faut que la nouvelle de leur mort nous parvienne à Sodome d'ici à huit jours.

— Ça, ma fille, ça se paie. Je suis forcé de doubler le prix.

— Écoute, je n'ai pas beaucoup d'argent.

— Patronne, tu veux qu'on les tue ou non ? Si tu crois que tu vas marchander avec nous comme avec des marchands de tapis, va-t-en. J'ai pas le temps pour ce genre de choses, moi !

— Une fois et demie ton premier prix ? Ne pouvons-nous nous entendre à moins que ça.

— Et pourquoi ? Les affaires sont les affaires. J'ai mes prix. Tu sais que si tu veux un travail bien fait, il vaut mieux t'adresser ici. Pour ce genre de boulot, je suis le seul à Sodome auquel on puisse faire confiance. Satisfaction garantie. C'est à prendre ou à laisser. Je n'ai pas le temps de marchander. Bien sûr, si le problème est de trouver la somme en une fois, je puis comprendre... Peut-être pourrions-nous nous arranger.

— Pourquoi ne m'as-tu pas dit ça dès le départ ? dit-elle.

Elle défit la broche qui retenait sa robe et la jeta sur la table.

— Tiens, dit-elle. Prends déjà ça, veux-tu ?

3

Dans la chaleur de la fin d'été, Enosh retourna à la chênaie de Mamré depuis le camp égyptien près d'Enmishpat de l'autre côté du désert du Négueb. Les acacias étaient encore en fleur, dans les rochers folâtraient des lézards, mais c'était à peu près tout ce qu'il restait de vie apparente dans ces terres brûlées de soleil. Par cette chaleur torride, tous furent surpris de voir Abraham, averti par les senti-

nelles, se rendre à cheval à la rencontre d'Enosh. Ils se
retrouvèrent sur la route d'Hébron.

— Enosh, dit Abraham avec émotion, viens t'asseoir
un moment à l'ombre. Vraiment, je ne devrais plus monter,
je deviens trop vieux.

— J'allais vous le suggérer, mais je reconnais que je
suis honoré et touché que vous veniez à ma rencontre.

— En vérité, je me sentais seul. Ma femme attend son
enfant d'un jour à l'autre et cela la rend nerveuse. Il n'y a
personne à qui parler.

Enosh laissa échapper :

— Mais il y a Agar... (Il s'arrêta aussitôt.) Je suis
navré. Je n'aurais pas dû...

Abraham soupira :

— Non, non, ça ne fait rien. Je sais ce que tout le
monde en pense. Je puis te dire que ma conscience me fait
mal. Mais là-dessus, comme pour tout, j'ai choisi ce que
m'ordonnait expressément mon Dieu. Enosh... Les lois de
mon peuple... La volonté de Dieu...

Il y avait peut-être autre chose à faire, si Sara mettait
un fils au monde, que de déshériter Ismaël. Ni l'un ni
l'autre ne voulaient en parler, le sujet était trop douloureux.

— Changeons de sujet, maître. Ahuni et Zakir vous
saluent. Ils sont enchantés là-bas et s'entendent fort bien
avec Nakhtminou.

— Zakir travaille-t-il aussi ?

— Zakir est chargé des accessoires de parade pour les
officiers de Nakhtminou. Tous deux meurent d'envie de
revenir. Ahuni, naturellement, s'inquiète pour Shepset. On
le comprend. Il est grand temps de la sortir de là. Ah ! si
seulement Lot coopérait. Il a mis des bâtons dans les roues
la dernière fois et je crois qu'il va falloir que je fasse pression sur lui, il retarde trop les choses.

— Quand penses-tu que nos amis reviendront du camp
des Égyptiens ?

— Bientôt. Dans un mois environ. Ahuni travaille jour
et nuit pour achever la commande. Zakir et Belanum se
relaient aux soufflets. Ils forment une bonne équipe.

— Ils me manquent, reprit Abraham. Je sens que je ne
les aurai pas longtemps autour de moi. Je m'attends à

perdre tous ceux qui me sont proches. Toi aussi, mon ami, je te perdrai le jour où tu te marieras, je ne te verrai plus chaque jour et je ne sais pas vraiment à qui je pourrai parler.

— Allons ! Ne vous laissez pas abattre par de noires pensées ! Nous serons tout près de vous, vous le savez.

Agar vint elle aussi à sa rencontre. Elle le regarda sans mot dire tandis qu'il attachait son animal puis demanda :

— Comment va Zakir ?

— Fort bien. Veux-tu que je te dise une chose, Agar ?

— Dis-moi.

— Rien de ce qui te rend heureuse ou rend Ismaël heureux ne peut faire mal à Zakir. Il t'aime à ce point-là. Je crois qu'il serait heureux de rester simplement ici, près de toi, même si rien ne devait en sortir, même si tu devais rester en titre la concubine d'Abraham.

— Enosh, es-tu sérieux ?

— Je le suis. Tu vois, Agar, Zakir est un homme qui, comment dire, a besoin d'être un père. Ahuni est grand maintenant et notre Zakir est désorienté, sauf lorsqu'il est avec toi ou Ismaël.

— C'est curieux, je suis plus flattée qu'il se montre attentif à mon fils que s'il se montrait attentif à moi seule. Il aime tout ce que je suis, y compris cette part de moi qu'est mon fils.

Son visage s'assombrit. Un fils qui va être déshérité. Un fils que l'on appellera bâtard au lieu d'héritier.

— Agar, crois-tu que cela lui importe ?

— Non, mais je suis la concubine d'un autre homme. Ismaël est le bâtard d'un autre homme, ajouta-t-elle avec amertume.

Enosh ne sut que répondre.

La nuit s'avançait. Enosh était songeur. Un homme maigrichon, au visage de fouine, s'approcha de lui :

— Maître, dit-il, excusez-moi, mais ils sont en train de se battre par là-bas et je crains que quelqu'un ne se fasse sérieusement blesser si vous ne venez y mettre de l'ordre.

— Tiens, dit Enosh, curieux ? un combat ? Est-ce sérieux ? De quel côté ?

— Par ici, maître.

Enosh suivit, mais ses pensées étaient ailleurs. Peut-être devrait-il demander à Abraham de renoncer à Agar et au jeune garçon pour qu'elle... Mais, non, Abraham ne l'accepterait jamais.

— Par ici, maître. De ce côté.

Enosh suivit l'homme dans le petit canyon où les bergers gardaient les bêtes égarées. Il revit Shepset... C'était une autre affaire ; il faudrait agir rapidement.

— Allez, maintenant, chien que tu es, bats-toi, cria l'homme.

Il regarda dans le canyon à une dizaine de mètres de lui deux hommes couteaux tirés qui s'affrontaient.

— Eh ! vous deux ! dit-il. Je suis Enosh. Rangez ces armes. Vous êtes sur les terres du seigneur Abraham.

L'homme qui était le plus proche de lui l'ignora, l'autre le regarda et cracha par terre.

— Je n'accepte que les ordres d'Aner, dit-il. Mêle-toi de ce qui te regarde.

Ils commencèrent à se battre.

Enosh dégaina son épée.

— Écoutez, dit-il d'une voix calme, si vous vous arrêtez immédiatement, je vous promets qu'il n'y aura pas de conséquences.

Les deux hommes se regardèrent. Ils baissèrent leurs couteaux.

— J'aime mieux ça, dit Enosh. Maintenant si vous voulez bien me remettre vos armes. Il leur tendit la main, en signe de conciliation.

A ce moment précis il reçut un énorme coup sur la nuque. Il chancela, sentit qu'il allait tomber. Il réussit cependant à ne pas s'effondrer. L'épée pendait dans sa main devenue soudain inerte. Il tituba en essayant de reprendre son équilibre et alla s'empaler sur les deux épées qui l'attendaient. La première s'enfonça dans son flanc gauche, la seconde l'atteignit au creux de l'estomac et le déchira. L'épée d'Enosh alla tinter sur les pierres au-dessous de lui. Il voulut retirer la lame qui était plantée dans son flanc, mais ne put la faire bouger. Ses mains étaient aussi faibles que celles d'un nouveau-né. Il aperçut le troisième homme, celui qui l'avait pris en traître par derrière. Il avait ramassé l'épée d'Enosh et le fixait.

— Regardez-moi ça ! Il est mort mais il ne tombera pas.

Le troisième homme, dans un accès de rage, fit un bond en avant, l'épée levée. Enosh para le coup, mais le suivant l'atteignit au cou. Le sang rouge de l'artère gicla.

Il tomba à genoux, et, déchiré par la lame, s'effondra face contre terre.

— Non, murmura-t-il faiblement, pas fini. Encore beaucoup à faire.

A faire... Oui, il avait tant à faire... Il laissait tant de choses inachevées. Mais ce serait à d'autres de s'en soucier désormais.

Il crut vaguement entendre des voix autour de lui.

— ... lui couper la tête. Alors...

— ... pas le temps de...

— Rapporter l'épée...

Après tout, peu importait. Tout était sombre maintenant. Tout se teintait d'un gris apaisant. Puis tout devint ruisselant de lumière comme le clair matin.

CHAPITRE XX

1

— Alors j'avais raison, demanda Nakhtminou, Abraham ne va pas déshériter Ismaël ?

Zakir prit l'outre de vin et le présenta à l'Égyptien.

— Pas que je sache, répondit-il. Eh bien..., une fois que nous aurons terminé ici, je rentrerai et j'irai trouver Abraham. Gentiment mais fermement. Agar est en train de gâcher sa vie à rester dans une situation. Quelles satisfactions a-t-elle, je te le demande ? Le garçon a besoin d'un père.

— Je suis de ton avis, mais te le laisseront-ils ?

— Rappelle-toi qu'Abraham et moi sommes du même endroit. Si l'enfant qui va naître est un garçon et s'il faut le considérer comme le nouvel héritier, il s'agit plus que de déshériter le pauvre Ismaël.

— Je comprends, reprit Nakhtminou. Ismaël est gênant. Il ne peut y avoir deux premier-nés.

— Tu vois, continua Zakir, je vais proposer une solution. Abraham préparera les documents, je prendrai Agar pour épouse et j'adopterai le garçon. Je n'ai pas de difficultés financières, j'ai une grosse somme d'argent placée à Harân, je jouis d'un bon crédit à Karkémish et dans d'autres villes également. Je l'emmènerai là-bas avec son fils pour les sortir de cet endroit où ils ont connu tant de souffrances.

— L'idée est bonne, mais qu'en pense Agar ?

— Je sais qu'elle est heureuse de l'intérêt que je porte à son fils. Mais attendons qu'elle soit revenue de sa déception. Tu la connais, elle est encore persuadée qu'elle peut gagner.

— Et tu y crois, toi ?

— Je suis un peu superstitieux, plus que cela même... et si Abraham prétend que cela va être un garçon, je suis sûr que c'en sera un. Revenons à Agar. Je pense qu'elle m'aime. En tout cas, elle fait preuve d'amitié à mon égard. Oh! cela finira bien par changer à la longue. Je dois chasser le fantôme de ton ami Snéféru.

— Rends-la heureuse et tu n'auras plus à t'inquiéter du fantôme. Ton Ahuni est un chic type. J'aimerais le renvoyer à Silé si je le pouvais, en tout cas pour quelque temps. Qui sait, il pourrait se faire connaître dans la vallée du Nil. Il paraît que Sésostris fait cliqueter le fer de lance ces temps-ci. De quoi occuper un armurier !

— C'est à envisager. Il espère épouser une Égyptienne.

— C'est exactement ce que je pense. Tiens, regarde, on dirait qu'un messager du camp d'Abraham se dirige vers nous.

C'était Jakim, un esclave d'Abraham. Il avait grimpé si vite qu'il avait du mal à reprendre son souffle.

— Plusieurs messages pour le seigneur Zakir, le premier vient du seigneur Abraham.

Il raconta haletant la triste histoire du meurtre d'Enosh. Zakir l'écouta horrifié, les yeux écarquillés. L'esclave était encore en train de parler quand Ahuni arriva apportant une épée qu'il venait de terminer.

— Ahuni ! s'écria Zakir, Enosh a été tué, assassiné dans son camp... Qui a pu, au nom du ciel, commettre un tel crime.

— Vite, dit Ahuni à l'esclave, raconte-moi ça, comme tu viens de le raconter à Zakir, s'il te plaît.

— Eh bien, maître, ce matin nous avons trouvé...

L'histoire fut vite racontée. A la fin, Zakir aida Jakim.

— Tu avais d'autres messages, fais-nous-en vite part !

— Oui, maître. Notre maîtresse Sara était entrée dans les douleurs de l'enfantement lorsque je suis parti hier matin.

— Dans les douleurs ! s'exclama Zakir. Ahuni, rappelle-toi la vision d'Abraham annonçant la destruction de Sodome le jour où Sara accoucherait. Voilà qu'elle est en avance de trois semaines...

Ahuni le regarda intensément :

— Shepset est sûrement à la chênaie de Mamré, maintenant. J'ai envoyé l'argent à Enosh il y a des semaines.

Jakim, dis-moi, te souviens-tu d'une esclave, une Égyptienne qu'Enosh a dû ramener avec lui, il y a environ quinze jours ? Une jeune fille toute menue et à la peau basanée du nom de Shepset ?

— Je connais Shepset, maître. Mais, hélas ! elle n'est pas à la chênaie de Mamré. Elle est encore à Sodome. Le seigneur Lot a repoussé la date à laquelle elle devait vous être remise.

Ahuni jeta un coup d'œil à Zakir.

— Dieux du ciel ! Elle est encore là-bas, et s'il y a une once de vrai dans la prophétie d'Abraham... (Il parut fort excité.) Mais, bien sûr, il n'y a rien de vrai là-dedans ! Un tas de superstitions stupides.

— Un coup de Lot, dit Zakir, sans nul doute, qui d'autre aurait pu assassiner Enosh ? Et pour quelle raison ? Enosh n'avait aucun ennemi.

— Et si elle est encore à Sodome... (Le visage bronzé d'Ahuni devint livide.) Le salaud ! Il l'a vendue ! Il l'a vendue à...

Nakhtminou l'interrompit en hurlant à l'un des gardes :

— Capitaine, préparez immédiatement leurs chevaux. Immédiatement !

Nakhtminou se tourna vers Zakir et Ahuni :

— Dépêchez-vous, j'envoie chercher Belanum pour qu'il vous suive. Filez comme le vent !

Abraham dut placer une sentinelle à l'entrée de la tente de Sara. On fit chercher Agar.

— Sara, notre maîtresse aimerait vous voir, dit un homme qu'Agar ne connaissait pas.

Sara était sur son lit, trempée de sueur, les yeux cernés, le visage défait. On aurait cru qu'elle souffrait également d'un accès de fièvre.

— Toi, dit-elle à Agar, dans quelques heures, nous n'aurons plus besoin de toi par ici. As-tu compris ? Malgré tous les airs que tu te donnes, tu n'as jamais été autre chose qu'un substitut.

— Sara, reprit Agar, pourquoi voulez-vous me faire

mal ? J'ai toujours essayé d'être votre amie, votre fidèle servante. Je suis restée aussi discrètement dans l'ombre que je le pouvais et maintenant que vous êtes en train de mettre au monde un enfant, je souffre avec vous. Ne pouvons-nous pas tirer un trait sur toutes les mesquineries qui nous séparent ?

— Maintenant, reprit la femme, comme si elle n'avait rien entendu, oui, maintenant, je vais me débarrasser de toi pour toujours. Prépare ton baluchon. Prépare celui d'Ismaël. J'ai donné des ordres pour que l'on veille à ce que vous soyez tous deux hors d'ici dès demain. Demain midi, tu m'entends ? Quand mon fils sera né, il n'y aura qu'un héritier. Un seul. Tu le sais, c'est la loi. Tout autre prétendant doit partir. Et si jamais on trouve ton fils sur les terres d'Abraham...

— Mais, Sara, où irons-nous ? Qui nous accueillera ?

La femme continua à cracher son venin :

— C'est ton affaire. Un esclave t'emmènera à un jour de marche dans le désert du Négueb, vers le sud. Tu peux retourner en Égypte avec ton bâtard, je m'en fiche. Garde ! hurla-t-elle à l'homme qui venait d'amener Agar, faites sortir cette femme d'ici. Aidez-les à se préparer. Obéissez à mes ordres.

Agar envoya un messager auprès d'Abraham. Mais il se vit interdire l'accès de la tente : le vieillard souffrait sa propre agonie. Une vision encore plus réaliste, plus puissante et plus longue que les autres.

Quand la lune fut haut dans le ciel, le vieil homme sortit. Il paraissait hagard, hâve comme un homme qui jeûne depuis plusieurs jours. Il s'approcha du feu et s'assit sur le sol, jambes croisées. La nuit était fraîche, l'air sec. Il regarda la lune. « Encore quelques heures avant le lever du jour », se dit-il. Alors il se rappela ce que l'étranger lui avait promis dans son rêve : « Voilà que Sara enfantera ce matin. Un roi naîtra à Canaan. Sa lignée, une lignée de rois vivra pour toujours. Le jour où commencera la dynastie d'Abraham, la vie de la cité du mal sera éteinte à jamais. Ce sera comme si elle n'avait jamais existé. On cherchera en vain ses ruines. Une vie t'est donnée, celle de ton fils. Pour cette vie tu perdras toutes les vieilles vies et, même si leur perte peut te faire souffrir, tout sera pour le mieux pour toi, car tu es béni.»

Béni. Le mot paraissait vide, amer comme du fiel. Il allait perdre tout ce qu'il avait aimé, même son neveu égaré, ce Lot qu'il avait promis à son frère de protéger. Lot mourrait dans le feu qui ravagerait Sodome au petit matin, et il était trop tard pour faire quoi que ce soit.

2

A l'aube Sara mit au monde un fils. Tous voulaient féliciter Abraham de la naissance de son premier-né, le jeune prince de son royaume. Ce fut une longue procession, Abraham y reconnut Rekhmira, un de ses anciens esclaves.

— Rekhmira, dit-il, que je suis heureux de te voir!

— Félicitations, seigneur, dit l'homme en charge des troupeaux. C'est un grand jour pour Canaan. J'étais en train de me diriger vers le camp pour saluer l'enfant et présenter mes félicitations à sa mère quand... J'hésite à vous le dire, maître.

— Je t'en prie, dis-le moi, quoi que ce soit.

— J'ai aperçu Agar, votre concubine, qui traversait mes champs avec son fils, votre fils, maître.

— Agar, qui s'en allait d'ici? Et au matin de la naissance d'Isaac. Je ne comprends pas.

— Vous ne comprenez pas, maître. Elle m'a raconté qu'elle avait été chassée de votre camp. Chassée parce que maintenant Ismaël n'était qu'un autre prétendant, ce qui était normal, et qu'elle se sentait profondément blessée, brisée à ce sujet. Elle s'est servie de l'expression « débarrassé » de moi. Je ne lui ai posé aucune question, maître. Un de vos serviteurs l'accompagnait. Elle m'a dit qu'il l'emmenait au désert où il devait l'abandonner et où son fils et elle finiraient par mourir.

— L'abandonner?... Je n'ai jamais rien entendu de

pareil ! (Abraham regarda, bouche bée.) Comment a-t-elle pu croire à ces balivernes ? Jamais je n'ai donné pareil ordre. Jamais je n'aurais pu le faire. Comment pourrais-je abandonner une servante aussi bonne que fidèle, une amie ? Comment pourrais-je abandonner mon fils à la mort ? Comment a-t-elle pu... ?

Il s'arrêta, réfléchit quelques instants puis ajouta :

— Quel est le serviteur qui l'accompagnait ?

— Un dénommé Elishama. Je ne le connais pas très bien.

— Ah ! s'exclama Abraham, en poussant un long et douloureux soupir. C'est un serviteur de Sara, mon ami, et je devine ce qui s'est passé. Mais pourquoi personne n'est-il venu me trouver ! Envoie immédiatement quelqu'un les rechercher. Ils n'ont pas dû aller bien loin.

— Parfait, maître. Je m'en occupe sur-le-champ. Je suis heureux que vous voyiez les choses de cette façon.

Abraham le salua et le regarda s'éloigner. Pauvre Agar... Pauvre Sara. Elle se sentait donc bien peu sûre d'elle-même. Il allait la rassurer, la réconforter.

Une idée lui vint pourtant à l'esprit : si Agar et Ismaël partaient, certains problèmes disparaîtraient. Bien des choses se simplifieraient.

Ahuni leva le bras pour demander que l'on fasse halte. Les trois hommes rapprochèrent leurs chevaux. La route vers Beershéba s'étirait devant eux serpentant paresseusement à travers les collines arides, sous la chaleur implacable de midi.

Ahuni secoua la tête impatiemment.

— Ce chemin n'en finit pas, dit-il. Nous allons traverser les montagnes, couper en passant par la plaine d'Arabah et en faisant route vers le nord. La route ordinaire fait trop de détours.

— Mais il n'y a pas de piste, Ahuni, dit Belanum.

— Je n'en ai pas besoin. Dieux du ciel, je sais comment trouver Sodome. Rien d'autre au monde ne lui ressemble.

— Qu'en pensez-vous, Zakir ?

Le visage de Zakir était sombre et inquiet.

— Je suis de l'avis d'Ahuni, mais je ne le suivrai pas. Ce genre de marche à travers les collines, sans piste, c'est pour vous, les jeunes.

— Père ? reprit Ahuni, tu ne viens donc pas ?

— Non, mon fils, répliqua Zakir, je ne ferai que vous retarder et je désire retourner à la chênaie de Mamré. Je vais voir Agar. Ma place est auprès d'elle, maintenant et aussi longtemps qu'elle le souhaitera. Elle a besoin de moi, je le sais.

— Père, dit Ahuni, en prenant la main gauche de Zakir, je suis heureux. Tu as fait un bon choix. C'est ce que tu as de mieux à faire. Pars avec ma bénédiction. Quant à moi...

— Oui, dit Zakir, oui, mon fils. Va vite la rejoindre !

Ahuni lui serra le bras.

— Comme d'habitude tu m'encourages, père. Et toi, Belanum, accepteras-tu encore de me suivre, comme tu le fais toujours ?

— As-tu besoin de le demander ? répondit le scribe.

— Vous êtes tous deux de bons et fidèles compagnons, reprit Ahuni.

— Parbleu ! grommela Zakir. File !

— La voilà, dit une voix derrière elle.

Shepset se retourna aussi rapidement qu'elle put malgré la foule qui l'entourait. Elle essaya de se hisser sur la pointe des pieds pour regarder et aperçut deux gaillards de la taille d'Ahuni, hirsutes, barbus, et c'était elle que le plus grand des deux désignait du doigt. Terrifiée, elle jeta un coup d'œil derrière elle. Ils se rapprochaient.

— Toi, la fille ! dit le plus grand des deux. Oui, toi ! Tu sais très bien à qui je m'adresse !

Elle joua du coude, se faufila et arriva à mettre encore deux personnes entre elle et ses poursuivants. L'un des hommes l'appela encore une fois, mais la musique reprit, une musique où cors, lyres et flûtes s'en donnaient à cœur joie. Les paroles de l'homme se perdirent entre la musique et le bruit de la foule. Elle bouscula tout le monde pour essayer d'avancer.

Que pouvaient-ils donc lui vouloir ? Il y avait pléthore

de femmes dans les rues, au physique aussi agréable que le sien et certainement plus faciles qu'elle. Aujourd'hui commençait la grande fête de l'arrière-saison. Cela voulait dire que durant deux semaines tous les plaisirs de la chair seraient permis.

Elle se retourna. Ils étaient maintenant tout près d'elle. Elle crut que son cœur s'arrêtait de battre. Une main saisit doucement la sienne. Elle virevolta. Un homme d'une cinquantaine d'années la regardait avec bienveillance :

— J'ai suivi ces gaillards du coin de l'œil, ils te poursuivent, n'est-ce pas ? Puis il la prit par le bras et l'aida à se frayer un passage dans la foule. Ils sortirent par le Bazar de l'Olivier. Elle regarda l'homme. C'était un esclave, comme elle. On sentait en lui un homme qui avait souffert.

— Vite, dit-il, remontons cette allée, je connais un moyen de leur échapper.

— Qui sont-ils et que me veulent-ils ?

Des serviteurs d'Agbar, répondit l'homme. Crois-moi, il ne faut pas que tu tombes entre leurs mains.

— Agbar ! s'écria-t-elle, mais...

— Écoute, je ne te veux que du bien. Aie confiance en moi. Suis-moi, personne ne pourra nous suivre.

— Où allons-nous, dit-elle en courant, tu ne sais même pas où j'habite.

— Que si ! Tu appartiens à Lot et tu habites rue d'Anath. Je t'ai vue qui en sortais. J'ai demandé à un ami...

Elle ralentit et s'arrêta.

— Je te remercie d'avoir eu la gentillesse de m'aider.

Un bruit le fit sursauter. Il regarda autour de lui.

— Il y a des gens dans ta rue, dit-il, il va falloir que nous les évitions. N'aie pas peur, je m'appelle Yamm, je te ramènerai chez toi saine et sauve.

Alors il regarda derrière lui et sourit.

— Vous voici enfin, dit-il, vous avez vraiment pris votre temps !

Shepset fit demi-tour. Les deux gaillards se tenaient derrière elle.

— Oh ! Vous !..., dit-elle, paralysée de terreur.

Elle voulut s'échapper, mais une grosse main s'abattit sur son poignet.

Yamm, derrière elle, intervint :

— Pas la moindre chance.

Il s'effaça devant une porte qu'il lui tint ouverte avec une galanterie pleine d'ironie :

— Après toi, ma belle.

Écoutez, dit-elle en se débattant, voler une esclave est une sérieuse offense. On vous pendra pour cela.

— Voler ? reprit Yamm. Je ne le pense pas. Les documents ont été signés ce matin. Nous ne faisons que livrer la marchandise.

— Documents ? s'exclama-t-elle. Mais de quels documents s'agit-il ?

— Oh ! s'exclama Yamm mi-figue mi-raisin, on t'a vendue à Agbar aujourd'hui, disons pour une bonne somme, si tu tiens vraiment à le savoir.

— Vendue ? hurla-t-elle. Non ! Non ! Il n'a tout de même pas fait ça ! Il ne pouvait pas ! Il l'a promis ! Il va savoir ce qu'il lui en coûtera ! Non, je n'irai pas, je n'irai pas !

— Tu n'iras pas ? poursuivit Yamm imperturbable, mais, mon bijou, tu n'as pas à y aller, tu y es déjà !

Et de son pied, il lui fit lâcher la porte et la fit rentrer.

Les festivités durèrent toute la journée et toute la nuit. Dans les rues ce n'était que rixes, meurtres, viols. Un des fêtards, qui avançait en chancelant au bord d'un toit, fit tomber une torche sur un appentis. Celui-ci prit feu et enflamma une charrette pleine de brindilles. Le propriétaire de la charrette, qui vivait juste à côté, sentant l'odeur âcre de la fumée, sauta tout nu hors de son lit et se dirigea vers l'allée. Pour éviter que le feu gagne sa maison, il repoussa la charrette qui alla se heurter contre l'atelier d'un menuisier...

Là-bas, sur le mur de la cité, quelqu'un avait réussi à faire parvenir au garde en faction deux outres de vin de palme et il avait eu sa petite beuverie à lui tout seul. Les outres gisaient à ses pieds et il cuvait son vin.

3

Quand Lot s'éveilla, il se retrouva par terre, au milieu de cruches brisées et de vin renversé. Il avait horriblement mal à la tête et au dos. Après bien des efforts, il réussit à s'asseoir. La tête lui tournait. Pris de nausées, il vomit tout ce qu'il avait ingurgité pendant la nuit.

— Sapristi ! dit-il en reprenant son souffle.

Dans un coin une femme ronflait, la robe remontée jusqu'à la taille. Il se demanda où était passée Zillah. L'air était vicié. Immonde. Il rampa jusqu'à la porte et s'agrippa au verrou pour se relever. Ce geste si simple sembla l'épuiser. Il parvint cependant à ouvrir pour laisser entrer l'air frais. Les rayons du soleil matinal l'éblouirent. Il réussit cependant à percevoir la colonne noire de fumée derrière les maisons de l'autre côté de la rue. Dieux du ciel ! La cité était en feu !

Il se précipita dans la rue, sale, mal rasé, la tignasse en bataille, nu-pieds. Il faillit se faire renverser par Balak, le marchand, qui poussait sa voiture à bras à travers les rues.

— Balak ! croassa Lot. Bonté ! Qu'est-ce qui se passe ?

— Le feu ! espèce d'idiot ! Tu peux pas le voir, non ! Il a ravagé tout une rue à l'est d'ici, maisons, bazar, tout y est passé ! Zadok le menuisier a tout perdu, tout son bois ! Tout !

— Est-on arrivé à le maîtriser ?

— Le maîtriser ? (L'impatience de Balak ressemblait à de la colère.) Peut-être que oui, peut-être que non, toujours est-il que je vais mettre ce que je possède à l'abri, de l'autre côté de la ville. L'incendie a ravagé un pâté de maisons. Personne ne pouvait en sortir. Impossible d'atteindre le puits.

Il n'avait pas achevé sa phrase quand une secousse se fit sentir. Ce n'était qu'un prélude, l'annonce d'un tremblement de terre plus important. Sans bruit, une ligne en zigzag apparut dans le mur de briques. Lot rentra affolé chercher Zillah et ses filles.

Ahuni et Belanum avaient passé leur nuit à cheval. Au petit matin ils étaient déjà loin de la vallée d'Arabah, et dès que le brouillard matinal se fut dissipé ils aperçurent la colonne de fumée.

Leurs montures étaient épuisées.

— Ahuni, demanda Belanum, crois-tu que nous y arriverons ou, plutôt, que ce cheval y arrivera?

— Il le faudra bien. C'est triste, mais il le faudra. Ciel! regardez cette fumée, on dirait la fin du monde... Allons, Belanum! Va! Et quand ton cheval s'effondrera, cours! Je t'assure qu'il ne nous reste guère de temps!

Agbar était énorme, gras et impotent. Il se réveilla trempé de sueur. Il y avait de la fumée dans la pièce. La maison était vide, abandonnée. Où étaient-ils donc tous passés?

C'est à ce moment-là qu'il vit la jeune femme égyptienne à même le sol. Quelqu'un avait eu pitié d'elle et l'avait couverte d'une espèce de couverture. Il la souleva et la regarda. Il sentit le désir s'éveiller de nouveau en lui. Les rêves de la nuit précédente lui revinrent à l'esprit. Il s'y retrouvait jeune, mince, et la jeune femme le suppliait de lui faire l'amour passionnément, sauvagement, en conquérant.

Il jeta son regard sur le petit corps nu. Il fit la moue. Personne pour la lui préparer. Personne pour enlever ce sang caillé et la nettoyer. Il devrait donc le faire lui-même. Il déchira un coin de la couverture et alla le mouiller à la citerne. Pas d'eau. Il ne manquerait pas de s'en plaindre lors de la réunion du conseil municipal qui devait avoir lieu demain. Quelqu'un y risquerait sa tête!

Ahuni et Belanum descendirent de cheval et réussirent à se rendre à la porte de la ville. Des gardes, armés jusqu'aux dents, voulurent les empêcher de passer. Ahuni, en colère, sortit l'épée de son père et les força à s'écarter. Ils se frayèrent enfin un chemin à travers la foule.

— Voyons, dit Belanum. Où est la maison de Lot ?

— Par ici, répondit Ahuni.

Il partit en courant, dévalant les rues étroites, suivi de Belanum. Ils passèrent à côté de gens portant des enfants, leurs biens, des vieillards, des malades. En temps normal Ahuni se serait arrêté pour les aider, mais pour l'instant ce qui importait, c'était Shepset.

Au coin de la rue, un spectacle l'atterra : Lot était là, devant lui, avec sa fille aînée, essayant d'aider Zillah à tenir debout. Une Zillah droguée, à demi endormie. La plus jeune de leurs filles trébuchait à côté d'eux sous le poids d'un petit coffre trop lourd pour elle.

— Lot, dit Ahuni, te souviens-tu de moi ? Je suis Ahuni, l'armurier. Tes serviteurs... Mais où sont tes serviteurs ?

Lot le fixa, les yeux écarquillés, silencieux, bouche bée. Ahuni, les lèvres serrées, lui décocha une gifle.

— Abruti ! réponds-moi ! Où sont passés tes serviteurs ?

— Serviteurs ? Esclaves ? Oh !... Zillah ! Zillah ! Tu te sens bien ?

La femme s'appuyait sur l'épaule d'Ahuni. Il lui dit avec douceur :

— `Alors, vous pouvez tenir sur vos jambes ? Allons, maintenant, attention pas trop vite.

Elle se tint debout et passa la main dans ses cheveux. Elle regarda autour d'elle.

— Mais c'est un incendie, Lot ! Le feu tout autour de nous ! Qu'est-ce qui se passe ? Où est notre maison ? (Elle leva les yeux et vit ce qu'il en restait.) Ma maison ! Ma belle maison ! Elle voulut se précipiter, mais les filles la retinrent.

Ahuni se tourna alors vers Lot et le secoua par les épaules.

— Maintenant réponds ou je te tue. Les esclaves, qu'as-tu fait des esclaves ?

— Ils ont tous fichu le camp pendant que je m'évertuais à réveiller Zillah !

— Tous ? Et Shepset ? Était-elle avec eux ? Où sont-ils allés ?

— Shepset ? dit une des filles. Père l'a vendue hier à Agbar.

— Vendue ? hurla Ahuni fou de rage.

Il leva son épée. Il aurait décapité Lot, mais il se domina et baissa son arme.

— Où habite Agbar ? dit-il. Réponds vite !

Lot recula, soudain terrifié. Où il habite ? Il habite dans la rue des Puits-Secs, au milieu. Il y a un croissant de lune sur sa maison.

Ahuni se tourna vers Belanum.

— Conduis-les dans un endroit sûr, dit-il. C'est pour Abraham que nous le faisons. Je pars à la recherche de Shepset et j'espère qu'il n'est pas trop tard.

La terre trembla de nouveau et le mur de briques de la maison de Lot s'effondra lentement.

4

— Voilà, dit Agbar. C'est mieux.

Il prit du recul pour admirer son travail. Le corps de Shepset, nettoyé, gisait sur la couverture. Elle avait remué une ou deux fois dans son sommeil tandis qu'il la lavait. Agbar essuya la sueur qui perlait sur son front et se leva lentement et péniblement. Ses genoux craquèrent. Pour s'aider à se relever il avait posé la main sur le mur mais l'avait vivement retiré. Ce mur était aussi brûlant que les parois d'un four dont on vient de se servir.

Il s'essuya de nouveau le front. Ce n'était donc pas son imagination. Il y avait de la fumée dans la pièce. Il voulut ouvrir la fenêtre mais la poignée lui brûla la paume de la main ! Il hurla de douleur.

— Yamm ! hurla-t-il. Où es-tu ? Dépêche-toi, j'ai besoin de toi !

Ne voulant pas attendre, il se dirigea vers la porte d'entrée. Le pommeau de la porte était encore froid, il put l'ouvrir.

La rue était déserte. La maison de son voisin était en feu ! Les flammes sortaient par les fenêtres ouvertes !

— Dieux du ciel ! s'exclama-t-il. Pas moyen de s'échapper. Yamm ! Yamm, où es-tu ?

Il se dépêcha de rentrer chez lui par la porte de service. Shepset grognait. Il lui jeta un regard rapide et l'oublia.

— Le feu ! hurlait-elle. Je vous en supplie, détachez-moi ! Ma cheville !

Il l'ignora.

— Yamm ! beuglait-il.

Il atteignit la porte de service et réalisa qu'il ne lui restait que fort peu de temps, toute la rue allait être la proie des flammes. Où étaient ses objets de valeur ?...

Shepset, de ses mains fiévreuses s'acharnait à délier le nœud qui la retenait captive. De temps à autre elle voyait par la fenêtre ouverte la fumée chassée par le vent. La cité brûlait ! Elle se tenait tranquille, estimant que sa seule chance serait de ne pas se faire remarquer par Agbar. Si elle pouvait seulement défaire ce nœud, peut-être arriverait-elle à se sauver en courant. Lent comme il l'était, Agbar n'arriverait pas à la rattraper.

Elle entendit un bruit, Yamm était devant elle, un ceinturon volé autour de la taille, tenant une petite boîte.

— J'ai eu des remords à ton égard. J'espère qu'il ne t'a pas trop fait mal !

— Je t'en supplie, murmura-t-elle, détache-moi. Il faut que nous sortions d'ici.

— Oui, dit-il, le vieux barbon est dans les pièces du fond en quête de ses trésors. Je les ai, je me les garde ! Mais c'est moi qui t'ai mise dans cette situation. Attends...

Il posa la boîte, tira son épée pour couper la corde qui la tenait attachée.

— Tu es étrange, lui dit-elle, je t'avais d'abord pris pour un brave homme et tu m'as trahie. Maintenant...

— Ce ne sont pas les années passées comme esclave qui vous améliorent. Elles vous rendent incroyablement égoïste. Vous faites ce qui vous causera le moins d'ennuis, et finalement, quand vous vous retrouvez au pied du mur, eh bien...

— Qu'est-ce que tu veux dire, sommes-nous enfermés ?

— Peut-être. Impossible de sortir par la porte d'entrée, il nous reste celle de service. Agbar n'a aucune chance de s'en tirer : il ne peut pas se déplacer assez rapidement. A nous la liberté ! Et si je m'en vais, je m'en vais avec classe ! dit-il en brandissant le coffret contenant les bijoux volés.

D'un coup d'épée, il trancha la corde.

— Vas-y, dit-il à Shepset, maintenant, tire ! Tire !

— Yamm ! cria une voix derrière lui. Où es-tu ? N'entends-tu pas que je t'appelle ?

Agbar eut tôt fait de repérer l'épée et le petit coffret contenant les bijoux.

— Voilà donc ce que tu faisais, ingrat !

Il abattit son bras sur l'esclave et le fit tomber. Puis ramassa l'épée avec une agilité surprenante et s'avança vers Yamm. Celui-ci, terrifié, s'enfuit à quatre pattes.

— Chien ! Fils de putain ! hurlait Agbar, tu me voles après tout ce que j'ai fait pour toi !

Il fit tournoyer son épée et le blessa au bras.

La terre trembla de nouveau. Une autre partie du toit s'écroula. Une énorme poutre s'en détacha et s'abattit sur Agbar qu'elle écrasa. Shepset aperçut sa tête, broyée par le choc. Elle se détourna.

— Yamm, dit-elle, es-tu blessé ?

Il ramassa le petit coffret, se dirigea vers ce qui restait de son maître et retira l'épée de ses doigts morts.

Pendant un instant Yamm parut perdre le contrôle de lui-même.

— Je ne peux même pas le toucher, dit-il en pleurant. Quand je pense à toutes les atrocités que j'ai dû faire quand j'étais à son service...

— Allons, viens, répondit Shepset en passant une tunique et en enfilant des sandales trop grandes pour elle. Oublie tout ça. L'important c'est de sortir.

Il y eut une autre secousse et la porte d'entrée s'écroula dans un nuage de poussière.

Une silhouette émergea. La silhouette d'un homme grand et imposant. Il se tenait sur le pas de la porte, essayant de se débarrasser de la poussière et de la fumée.

— Shepset ? demanda l'homme.

— Ahuni ! s'écria la jeune fille en se précipitant dans ses bras.

Ils s'étreignirent. Ahuni la relâcha.

— Vite, lui dit-il, nous risquons d'être bloqués. J'ai à peine réussi à arriver jusqu'ici. Qui est-ce ? demanda-t-il, en désignant Yamm.

— Il m'a aidé à échapper à Agbar qui vient de mourir.

— Très bien, dit Ahuni, il se pourrait que nous soyons les derniers survivants de ce quartier. Le vent tourne ! Jusqu'à présent nous avions échappé à la fumée, mais elle se dirige rapidement vers nous.

Shepset suffoquait. Elle tomba dans les bras d'Ahuni. Celui-ci se tourna vers Yamm.

— Eh bien ? lui demanda-t-il.

L'homme aux cheveux gris lui jeta un regard perplexe.

— Nous sommes peut-être bloqués. Mais... qui est-ce ?

Au milieu du bazar calciné, en ruine, se tenait un jeune garçon, sale, maigrichon, ceint d'un pagne en loques. Sur son bras décharné on repérait la marque des esclaves.

— Il y a une façon de sortir d'ici, dit-il, mais les pilleurs se bousculent et j'ai eu du mal à passer, peut-être y parviendrez-vous !

Il scruta anxieusement leurs visages.

Une autre secousse, la vingtième ou la trentième fit tomber le garçon sur les genoux. Le mur qui était derrière lui s'effondra, un autre toit prit feu, ils pouvaient sentir la chaleur sur leurs visages. Ahuni s'avança pour aider le gamin à se relever. En regardant dans les yeux cet enfant d'une douzaine d'années il se retrouva des années en arrière, se tenant là, maigre, sale, désespéré. Il donna une tape amicale sur l'épaule du garçon.

— Tu connais un chemin ? Montre-le-nous !

5

— Allons, dit Belanum, une main sur chacune des épaules de Lot, le regardant droit dans les yeux. Vous êtes sûr que ça va, vous et vos filles ? Vraiment sûr ?

— Oui, dit Lot sur un ton flegmatique, tout en évitant le regard inquisiteur de Belanum. Je suppose que j'ai plus de chance que bien d'autres. J'ai des bergers là-haut sur les collines et je peux aller vivre avec eux.

— Est-ce vraiment le mieux pour vous ? Je pensais que vous pourriez vous rendre à Zoar.

— Évidemment, mais continuez votre chemin et ne vous inquiétez pas de nous. Rentrez, aidez vos amis à se sauver et dites-leur quelque chose de ma part, s'il vous plaît.

— Oui ? répondit Belanum qui ne le lâchait pas des yeux.

— C'est au sujet d'Enosh. Zillah se vante de l'avoir fait assassiner. Je n'étais au courant de rien. Cela a été fait à mon insu. J'en suis navré. Il faut que vous compreniez. Agbar faisait pression sur moi. Nous lui devions de l'argent, beaucoup d'argent. Jamais je n'aurais fait cela.

— Je le leur dirai, répliqua sèchement Belanum. Est-ce tout ? Il faut que je parte. Ahuni...

Lot posa la main sur son bras. Belanum eut un mouvement de recul.

— Écoutez, dit Lot, c'est important. Il y a quelque chose que Zillah ne sait pas, c'est que j'ai fait porter sur les registres l'acte de vente de Shepset au nom d'Enosh. Le scribe en a été témoin. J'allais faire envoyer les documents à la chênaie de Mamré quand j'ai appris la mort d'Enosh. Je vous en supplie, dites-leur que la fille appartient à Enosh et aussi à Ahuni.

— Je le leur dirai s'ils sont encore en vie. Adieu!
Là-dessus, Belanum fit demi-tour et descendit la colline en

370

courant. Lot remarqua ses filles, maintenant tranquilles, qui le regardaient. Il y avait un sourire énigmatique sur le visage d'Adah. Un sourire à la fois moqueur et presque charnel.

Le grenier de l'entrepôt dans lequel s'étaient réfugiés Yamm et le jeune garçon s'écroula. Ahuni les vit tomber comme dans un rêve, au ralenti. Il s'aplatit à côté de Shepset contre le mur, mais les pierres se mirent à trembler sous l'effet d'une nouvelle secousse.

— Ahuni, hurla soudain Shepset, tu prends feu !

Il regarda et s'aperçut que sa tunique était en flammes. Il la déchira, la jeta dans la rue au-dessous d'eux et se tint nu à côté d'elle.

C'est ainsi que Belanum, qui descendait de la colline les vit arriver, nus comme Adam et Ève. Ils n'avaient besoin de rien et pourraient réaliser tout ce dont ils auraient besoin, y compris une dynastie d'armuriers...

La poussière les fit suffoquer. Ils étaient encore loin de toute cité ou de tout campement. Le vent du soir changea de direction. Agar s'enroula dans son châle en frissonnant.

— Ismaël, dit-elle, couvre-toi, tu vas tomber malade !

Son regard croisa celui d'Elishama. Elle lut sur son visage un mélange de profonde compréhension et de ressentiment. L'espace d'un court instant elle éprouva pour lui de la pitié. Après tout, il ne faisait que suivre des ordres et il en souffrait aussi.

— Je suppose, lui dit-elle, qu'il est grand temps pour toi de t'en retourner, si tu veux être au camp demain matin.

Elishama parut embarrassé :

— Comment voulez-vous que je vous laisse tous deux ici ? Ce serait vous abandonner à la mort.

— C'est bien ce que l'on souhaitait que tu fasses, répondit-elle. Mais je te pardonne.

— Moi, je ne me le pardonnerai pas, dit-il. Je connais le Négueb. Le soir, en cette saison, il foisonne de scorpions, de serpents venimeux et de bêtes sauvages.

— Je pense connaître le Négueb encore mieux que toi, dit-elle, je l'ai traversé en venant d'Égypte. Je suis passée à travers des endroits encore bien pires lorsque tu n'étais qu'un enfant. J'étais pratiquement nue et le temps était bien plus pénible à supporter que celui-ci.

— Comment puis-je repartir ? reprit Elishama. On m'a parfois demandé de faire des choses cruelles, mais jamais comme celle-ci.

— Aide-nous à monter nos tentes, lui demande-t-elle, tu n'es absolument pas coupable.

Elle se retourna et éleva la voix :

— Ismaël ! Ismaël ! C'est ici que nous établirons notre camp.

Le garçon vint vers elle.

— D'accord, mère.

Il fit une moue en signe de mépris et de ressentiment et ajouta :

— Et lui, il va rester avec nous ?

— Non, la lune en est à son troisième quartier, il nous aidera seulement à monter les tentes.

Le jeune garçon se tenait, les mains sur les hanches, devant eux deux :

— Dis-lui de partir, mère. Je suis bien assez grand pour installer nos tentes. Nous n'avons pas besoin de l'aide d'un...

— Ismaël !

Elle se tourna vers Elishama, embarrassée.

— Ne fais pas attention à lui. Mais il a raison, nous sommes capables de nous débrouiller seuls.

— Je comprends, dit Elishama, l'air gêné. Je prendrai donc congé de vous.

Il s'éloigna. Elle le regarda puis se tourna vers son fils. Il était déjà en train d'enlever les peaux de mouton qui recouvraient la croupe de l'âne. En le voyant les jeter au sol, elle admira son air décidé, la force de son jeune corps et s'en réjouit. Son fils ! Oui, son fils ! fier, au cœur de lion, viril !

Le vent souleva ses cheveux et la fit frissonner de nouveau. Elle regarda vers l'horizon, là où la route de Beersheba s'enroule autour d'une petite colline avant d'aller se perdre vers le sud.

Elle en eut le souffle coupé et porta la main à son cœur. D'un coup, elle se sentit envahie par un sentiment qu'elle n'avait jamais connu auparavant, pas même avec Snéféru. Paix..., satisfaction..., joie parfaite... Elle soupira, et ce soupir était presque sanglot.

L'homme était à cheval. Sa silhouette se découpait sur un ciel de crépuscule. Il agitait un moignon en guise de bras droit. Il était aussi solide, aussi carré qu'une statue de pierre et était assis sur son cheval comme si la bête et lui ne faisaient qu'un. Elle n'avait jamais vu de sa vie un homme aussi fort, aussi viril, aussi puissant. C'était un roc contre lequel elle pouvait s'appuyer. Il l'abriterait du vent, la protégerait des intempéries. Elle n'avait jamais douté, au fond d'elle-même, qu'il viendrait, et c'est cet espoir qui lui avait redonné courage depuis qu'elle avait quitté la chênaie de Mamré.

A son tour Ismaël leva la tête et l'aperçut. Il poussa un cri de joie et eut tôt fait d'escalader la colline.

L'homme descendit de cheval et marcha à leur rencontre, tenant les rênes dans sa main gauche. Quand l'homme et le jeune garçon se retrouvèrent, le bras droit de Zakir l'arracha du sol et le serra contre sa poitrine aussi large que celle d'un ours. Zakir ne pouvait détacher son regard de la mère.

— Zakir ! s'écria le garçon.

Il l'embrassait tandis que Zakir essayait de son autre bras de faire signe à Agar de s'approcher.

— Agar, dit-il, Agar, viens, ma chérie.

Elle s'avança vers lui comme hypnotisée, se retenant pour ne pas se précipiter comme l'avait fait Ismaël. Après tout, pourquoi courir ? Ce bras si réconfortant lui faisait signe de venir non pas pour un court instant, mais pour toujours. Elle sourit et rejeta le châle qui recouvrait ses longs cheveux, sachant combien il les aimait déroulés. Elle vit alors son large sourire, chaleureux, aimant, consolateur.

— Ma chérie, lui dit-il d'une voix qu'il savait faire si douce. Nous rentrons chez nous, à la maison, où que ce soit, on verra bien.

CHAPITRE XXI

La grande fête marquant la circoncision du fils d'Abraham et sa consécration au Dieu d'Abraham vit également la célébration du mariage d'Ahuni et de Shepset. Les chefs des pays voisins restèrent longtemps, profitant un peu trop de la générosité du patriarche. Ahuni et Shepset, rayonnant de joie, trouvèrent que le vieil homme n'avait jamais paru si jeune et vigoureux. Il traita ses invités avec une largesse royale, et le respect de ses voisins à son égard en fut considérablement accru. Ahuni fut heureux de remarquer qu'Abraham était maintenant l'arbitre officiel des querelles entre les tribus.

Après les festivités vint le temps de se séparer. Belanum revint du camp égyptien d'Enmishpat et Abraham réalisa qu'Ahuni et Shepset le quitteraient bientôt. Il se dirigea vers leur tente et trouva l'armurier en train de charger les mulets tandis que Shepset rangeait la petite forge de voyage.

Abraham les observa un moment. Un sourire illumina lentement son visage ridé.

— Parle, lui dit Ahuni. J'aimerais savoir ce qui te rend si heureux.

— Je pensais à ton père, Belsunu, répondit Abraham. Je l'ai toujours vu triste et ceux d'entre nous qui le connaissaient espéraient qu'un jour cette tristesse disparaîtrait. En voyant ton bonheur, Ahuni, j'ai l'impression qu'une fin heureuse lui est enfin accordée après toutes ces années.

— Cher ami, dit Ahuni en embrassant le vieil homme, j'ai passé de nombreuses années sans un seul père. J'en ai maintenant trois !

Il recula et fixa Abraham droit dans les yeux.

— Ne parlons pas de fin. C'est un commencement. Pour nous tous.

Shepset se serra contre lui.

— Oui, un commencement, reprit-il. Vous avez un nouveau fils, Canaan a un nouveau prince, une nouvelle nation, une nouvelle foi. Pour Shepset et moi c'est l'aube d'une nouvelle vie, merveilleuse ! Notre ami, Belanum, qui s'est toujours tenu à l'écart des femmes vient de m'avouer qu'il y a une fille amorite, à Enmishpat qui...

— Ahuni, dit Belanum en rougissant, je t'en prie !

— Il n'y a pas de honte à avoir ! dit Abraham, c'est une grande joie.

Son visage s'assombrit un instant :

— Oserais-je vous demander ce que deviennent Zakir et Agar ?

— Agar ne souhaite pas revenir. Le passé la gêne, vous comprenez. Elle veut que son fils pense plutôt à l'avenir. Zakir est aimant, compréhensif et doux avec elle, et je crois que la tendresse de Zakir aidera ses blessures à se cicatriser.

— Je l'espère et je m'en réjouis.

— Oui, confiez Ismaël pendant cinq ans à Zakir et vous verrez. Ajoutons qu'Ismaël est né pour commander. Il sera un jour à la tête de sa propre tribu.

Les yeux d'Abraham suivaient Ahuni.

— Ahuni, tu pars donc t'installer à Enmishpat ?

— Pendant un certain temps. J'ai du travail à achever pour Nakhtminou. Il désire que je me rende ensuite à la garnison qu'il commande à Silé pour y fabriquer des armes. Il semblerait que Sésostris, le seigneur des Deux-Pays, commence à se rappeler qu'il est issu d'une lignée de guerriers. Le sang d'Amenemhet court dans ses veines. Il projette d'inspecter personnellement les forteresses des frontières. Du coup Nakhtminou veut que je m'occupe des armes de sa garnison.

— Alors, dit Abraham, le grand roi admirera ton travail ! Quand je songe à l'arrogance avec laquelle je l'ai traité quand j'ai quitté l'Égypte ! Nous avons été protégés, comme toujours ! Sans doute finiras-tu par travailler au service du roi.

— Cela ne m'étonnerait pas. Shepset en sera ravie, elle se retrouvera avec les siens !

— Ahuni, dit-elle, vous tous, vous êtes les miens. Toi, Agar, Zakir, Ismaël, Belanum.

— Et moi ! dit Abraham. Quelle tristesse de penser que je ne vous reverrai peut-être plus jamais !

— Je comprends, dit Shepset. J'allais dire que je n'ai jamais su ce que c'était une famille auparavant. Je sens que j'en ai une maintenant. Moi qui étais si pauvre, me voilà comblée. Elle termina en embrassant encore une fois Ahuni qui la prit dans ses bras.

— Vous me réchauffez le cœur, dit Abraham. J'aurais tant aimé que vous soyez de mon sang. Une impression de tristesse apparut sur son visage. J'ai des nouvelles de Lot. Je ne crois pas qu'il ait compris malgré la fin tragique de Sodome. On l'a trouvé vivant avec ses filles dans une grotte au-dessus de Zoár.

Abraham, écœuré, poursuivit :

— Il vivait avec elles comme un homme vivrait avec deux femmes.

Shepset lui mit les mains sur le bras.

— Ne songez pas à eux. Cela les regarde. C'est une affaire entre eux.

— Entre eux et Dieu, dit Abraham, secouant tristement la tête. Mais je ne veux pas laisser de telles pensées gâcher mes derniers instants avec vous. Ahuni, crois-tu que Shepset te donnera un fils du Lion, un enfant qui en portera la marque ?

— Au moins un, répondit Shepset avec fougue. Et si j'ai mon mot à dire il y en aura davantage.

— Bien dit. Mais surtout prenez soin de leur rappeler, lorsqu'ils grandiront, que les fils du Lion seront toujours les bienvenus parmi les descendants d'Abraham. Nous sommes ici pour y rester, dit-il avec fierté, et y serons encore d'ici une centaine de générations.

— Alors vous aurez besoin de nous, dit Ahuni gravement. De moi et des miens. (Il serra le bras d'Abraham si vigoureux malgré son âge.) Vous avez conquis ce pays, maître, mais vous aurez à vous battre pour le garder.

Le bras autour des épaules du vieil homme, Ahuni regardait Belanum préparer leurs montures.

— Serons-nous bientôt prêts ? demanda-t-il.

— Dès que tu le voudras, répondit Belanum, qui aida Shepset à s'asseoir sur sa monture.

Ahuni serra la main d'Abraham, le regarda en silence puis sauta sur son cheval. Il se retourna une dernière fois. Et la petite caravane descendit lentement la colline à travers les oliviers de la vallée du mont Hébron.

ÉPILOGUE

Les derniers mots du troubadour retentirent. Un silence pesait sur la foule. Silence rempli d'émotions...

— Écoutez, ô mes bien-aimés, dit-il. Je m'en vais maintenant. Mais je reviendrai. Quand vous me reverrez je vous raconterai comment la descendance d'Abraham s'étendit à travers Canaan. Vous apprendrez comment ses fils et petits-fils devinrent de puissants rois et seigneurs et comment ils durent tout risquer contre un envahisseur tellement redoutable que personne n'osait l'affronter. Vous entendrez l'histoire des rois bergers. Vous saurez comment ils vinrent en ce pays d'alliance, amenant avec eux la mort et l'esclavage.

Vous saurez comment la guerre survint dans le pays du Croissant et comment les descendants d'Abraham rentrèrent de l'exil pour défendre la terre de leurs pères. Vous saurez comme ils firent appel aux descendants d'Ahuni, les fils du Lion, pour qu'ils les arment contre les hordes sans merci des pays du nord.

Il retenait maintenant toute leur attention et sembla, l'espace d'un instant, vouloir continuer, mais de ses mains de magicien il fit un geste qui effaça l'image qu'il avait commencé à conjurer.

Ses yeux parcoururent l'auditoire. Il pressa ses paumes l'une contre l'autre et inclina légèrement la tête. Ce geste éloquent, révérend même, était promesse de merveilles à venir : une tapisserie riche, réaliste, tissée d'émotions, prête à être déroulée un jour pour la plus grande joie de tous. Un conte fait des destinées de milliers d'hommes et de femmes.

Conte de l'amour, conte de la haine... Conte de la vie nouvelle, conte de la mort... Conte de la jalousie, conte de la cruauté. Conte du sacrifice, conte de la peur...

Exultation !...

Passion !...

La magie s'en était allée... Elle reviendrait.

— Que Dieu reste avec nous, dit le conteur...

Et la nuit tomba.

L'impression de ce livre
a été réalisée sur les presses
des Imprimeries Aubin
à Poitiers/Ligugé

Achevé d'imprimer le 20 octobre 1981
N° d'édition, 81158. — N° d'impression, L 14027
Dépôt légal, 4e trimestre 1981

Imprimé en France